SMEULEND VUUR

ARNALDUR INDRIÐASON

Smeulend vuur

Vertaald door Adriaan Faber

'/OLT

AMSTERDAM · ANTWERPEN

Dit boek is vertaald met financiële steun van:

 ICELANDIC LITERATURE CENTER

Omslag Wil Immink Design
Omslagbeeld Wil Immink Design / iStock
Foto auteur © Gassi
Binnenwerk Michiel Niesen / ZetProducties

ISBN 978 90 214 2283 1 / NUR 332
www.uitgeverijvolt.nl

Dit verhaal is verzonnen. Namen, personen en gebeurtenissen zijn volledig aan de fantasie van de schrijver ontsproten en elke overeenstemming met de werkelijkheid berust op louter toeval.

Aanspreekvormen

Hoewel het IJslands de beleefdheidsvorm 'u' wel kent, wordt deze zelden gebruikt. Iedereen, met uitzondering van de president en enkele hoge functionarissen, wordt met de voornaam of 'je' aangesproken. Daarom is in dit boek gekozen voor de laatste aanspreekvorm.

Uitspraak van þ, ð en æ

De IJslandse þ wordt ongeveer uitgesproken als de Engelse stemloze th (bijvoorbeeld in *think*). De IJslandse ð, die nooit aan het begin van een woord voorkomt, is de stemhebbende variant: als in het Engelse *that*. De IJslandse æ wordt uitgesproken als *ai*.

1

De jonge vrouw stond aan het raam van de huiskamer en staarde de donkere avond in. Ze rookte een sigaret en blies de rook genietend uit. Haar omtrekken waren duidelijk zichtbaar in het zwakke schijnsel dat vanuit het appartement naar buiten drong. Haar haar viel tot op de schouders; een strakke jurk omspande haar slanke lichaam. Ze nam een slok uit een glas dat ze in de vensterbank had gezet. Het leek alsof ze net terug was van een feestje. Ze zag er chic uit, zoals ze daar met haar sigaret aan het raam stond. Achter haar verscheen een man, ongeveer even oud als zij. Hij liep naar haar toe, dronk uit haar glas en omhelsde haar. Ze kusten elkaar.

De meeste mensen zaten naar een tv-quiz te kijken. Op de onderste woonlaag van het huis ernaast zat een echtpaar van middelbare leeftijd op de bank naar het scherm te staren. De man zat in hemdsmouwen voor het toestel. Hij had een kaal hoofd en droeg een bril; zijn das had hij losgeknoopt. De vrouw, die haar haar in een paardenstaart had opgebonden, hing dicht tegen hem aan en gaapte. Ze stond op, liep naar de keuken, rommelde wat bij het aanrecht en zette borden, kopjes en schotels in de kast. Plotseling keken ze allebei op, tegelijkertijd.

In de huiskamer van het appartement boven hen waren kinderen aan het spelen, twee jongens en een meisje. Ze hadden een massa legoblokjes over de vloer uitgestort en waren iets aan het bouwen. Ineens stopten ze en keken in de richting van de gesloten keukendeur.

Hun ouders waren in de keuken; ze leken ruzie te hebben. De vrouw zei iets, de man schreeuwde terug en sloeg op tafel, waarna hij dreigend op haar afkwam, alsof hij haar wilde slaan.

In de huiskamer stond de oudste van de twee jongens op, liet zijn lego liggen en ging met zijn broer en zus naar de gang.

In de keuken ging de ruzie door. Opeens haalde de man uit naar zijn vrouw.

De man op de onderste woonlaag stopte met tv-kijken. Hij stond op en keek naar het plafond. De heibel in de keuken boven hem leek tot hem door te dringen. De vrouw hield ook op met haar werk en liep naar haar man in de woonkamer. Ze praatten; het was alsof ze de man aanspoorde de trap op te gaan om de bovenburen tot kalmte te brengen. Naar hun gebaren te oordelen was het niet de eerste keer dat zoiets gebeurde.

De man in de keuken bleef brullen en gaf zijn vrouw opnieuw een klap, die zo hard aankwam dat ze op de grond viel.

De twee feestelijk geklede mensen kusten elkaar nog heftiger en de vrouw begon de man van zijn jasje te ontdoen. Hij aarzelde even en keek op zijn horloge, alsof ze niet veel tijd meer hadden, te laat waren, ervandoor moesten. De vrouw leek niet van plan haar actie te staken en knoopte zijn overhemd los. Even later liet ze haar jurk van zich af vallen en duwde ze de man achterover, zodat hij languit op de bank viel. De man lag op zijn rug, de broek op zijn enkels, en keek hoe de vrouw haar beha losmaakte. Ineens aarzelde ze, stopte midden in haar bezigheid, liep naar het raam en trok de gordijnen dicht. Kort daarop ging het licht uit.

De man in de keuken stond dreigend en tierend over de vrouw gebogen. De kinderen waren verdwenen. Plotseling verstarde de man en luisterde scherp. Hij was ergens door in verwarring gebracht. De vrouw lag nog op de vloer, maar hij hielp haar overeind en fatsoeneerde haar kapsel, dat helemaal in het ongerede was geraakt; met handgebaren maakte hij haar duidelijk dat ze stil moest zijn en in de keuken moest blijven. De vrouw droeg een grijze rok en een witte bloes. Ze trok de rok glad; de man opende de deur en ging naar de woonkamer. Hij gluurde rond en zag dat de kinderen er niet meer waren. De in de steek gelaten legoblokjes lagen her en der over de vloer verspreid. Toen keek hij naar de buitendeur en trok die open. Zijn vrouw stond in de keuken, terneergeslagen, bewegingloos.

De vrouw op de verdieping onder hen stond bij haar geopende

voordeur en luisterde scherp. Ze zag er bezorgd uit. Haar man was naar de bovenburen gegaan. De vrouw daar hield zich in de keuken schuil en leek niet te weten wat ze moest doen. Er zou wel hulp komen.

De twee mannen stonden bij de voordeur met elkaar te praten. Eindelijk liep de vrouw langzaam naar de keukendeur, opende die en liep naar voren. De mannen keken om en zagen haar komen. De oudste jongen verscheen in de gang en keek naar de deur. Zijn broertje en zusje stonden achter hem. De man van beneden zei iets tegen de vrouw, maar ze schudde haar hoofd alsof hij zich onnodige zorgen had gemaakt. Haar man vond dat hij nu lang genoeg was lastiggevallen en wilde de deur weer sluiten. De onderbuurman was niet van plan zijn bemoeienis te staken. Ze leken ruzie te maken, waarbij de vrouw en de kinderen toekeken.

De zware gordijnen die het liefdespaar afschermden bewogen niet.

De man was het nu zat. Hij wilde dat zijn onderbuurman verdween en probeerde hem naar buiten te duwen. De vrouw stond er zwijgend bij, zonder iets te ondernemen. De kinderen liepen naar haar toe en sloegen hun armen om haar heen. De vrouw van de benedenverdieping stond nog in haar voordeur te luisteren naar wat er gebeurde. Eindelijk lukte het de man zijn buurman weg te krijgen; hij knalde deur achter hem dicht. Toen draaide hij zich om naar zijn vrouw, die daar stond, omringd door haar kinderen. Beurtelings staarde hij naar haar en de kinderen en liep toen snel weg, de gang in.

In een appartement aan de overkant van de straat zat een schaars geklede vrouw aan haar eettafel en verborg haar gezicht in haar handen. Ze leek het niet makkelijk te hebben. Een paar keer keek ze dieper de woonkamer in, alsof ze tegen iemand daar praatte. Even daarna kwam een man naar voren die haar op haar mond kuste. Hij droeg een donkere broek en een donkere trui en trok nu zijn jasje aan. De vrouw liep met hem naar de voordeur en de man stapte het trappenhuis in. Het leek alsof ze niet wilden opvallen, alsof niemand hem mocht zien. De vrouw bleef alleen in de woning achter en ging weer aan tafel zitten. Maar ze had geen rust, stond weer op en keek op haar horloge. Ze pakte een telefoon en legde hem weer neer.

In het appartement boven haar zat een oude vrouw voor de tv. Alleen het licht dat het scherm uitstraalde bescheen haar. Ze keek op, kwam overeind en liep aarzelend naar de voordeur.

Ze deed open. Voor ze kon reageren werd ze door een man aangevallen en neergeslagen. De man boog zich over haar heen. In het donker was hij maar heel vaag te onderscheiden.

Kort daarna liep de schim haastig met een plastic tas door het appartement. Hij schoot bliksemsnel van het ene vertrek naar het andere, trok laden open en rukte spullen uit de kasten. Daarna liep hij weer naar het trappenhuis en deed de deur zorgvuldig achter zich dicht.

De gordijnen in de kamer van het liefdespaar werden weer opengeschoven; de jonge vrouw stond naakt in het donker. Ze keek uit het raam en trok zo gulzig aan haar sigaret dat er een zwak schijnsel op haar kalme gezicht viel.

2

Marta parkeerde voor het trappenhuis en nam haar e-sigaret mee. Het was in een van die stadsbuurten waar flats, rijtjeshuizen en twee-onder-een-kapwoningen elkaar afwisselden, met hier en daar een vrijstaand huis ertussen voor degenen die wat meer te besteden hadden. De buurt was in het begin van de jaren zeventig verrezen en had betere dagen gekend. De politie moest er soms optreden vanwege rellen en dronkenschap; vandalen hadden er hun gang kunnen gaan en de muren met de smerigste opschriften bewerkt. Inbraken en diefstallen vonden eveneens hun weg naar de politie-registers, maar een zó ernstig misdrijf was hier nog nooit voorge-komen. De bewoners waren even verbaasd als ontdaan toen het nieuws zich verspreidde. Politiewagens met sirenes, een ambulance en een auto van de technische recherche stonden in een rij voor het flatgebouw. Een stroom mensen in uniform was het trappenhuis binnengekomen en naar de tweede verdieping gegaan. Daar begon-nen camera's te flitsen.

De vrouw lag in haar gang, vlak achter de voordeur, zodat het nauwelijks mogelijk was het appartement binnen te komen zon-der over haar heen te stappen. Ze leek ongeveer zeventig jaar oud en was gekleed in een bloes, een vest en een bruine broek. Aan een dunne halsketting hing een bril. Haar haar was bijna helemaal grijs. Aan haar gezicht was te zien met hoeveel geweld ze om het leven was gebracht. De ogen puilden uit en de mond was opengesperd alsof ze haar laatste krachten had gebruikt om nog wat zuurstof binnen te krijgen.

In het appartement was alles overhoopgehaald. Op de vloer la-gen spullen van de vrouw, voor een deel gebroken. Laden stonden open, boeken waren van de planken getrokken, meubels omver-gegooid. De vrouw bezat een aantal schilderijen, die nu schots en scheef aan de muren hingen. Er leken er geen te zijn gestolen.

Marta stond met een e-sigaret tussen haar lippen in de deuropening van het appartement. Ze was gestopt met haar milde menthol-sigaretten en overstag gegaan door de boodschap dat de e-sigaret zo goed als onschadelijk was voor de gezondheid. Het lekkerst vond ze de vanillesmaak; verder maakte het haar niet uit welk aroma eraan te pas kwam. Ze gebruikte een matige hoeveelheid nicotine en zolang ze nu maar snel genoeg rookte en flink inhaleerde voelde ze zich er heel prettig bij. Soms zag je boven haar hoofd een rookkolom als van een geothermische centrale.

'Kom je ons een beetje in de gaten houden?' vroeg een van de technisch rechercheurs. De irritatie lag er duimendik bovenop.

'Rustig, joh,' zei ze. Ze wendde zich tot de districtsarts, die gekomen was om de dood van de vrouw vast te stellen.

'Kun je zien waaraan ze is overleden?' vroeg Marta.

'Dat is toch duidelijk? Ze kreeg geen adem meer,' zei de arts. 'Ze is gestikt. En het is nog maar net gebeurd, een halfuur geleden of zo. Hoe kan het dat jij hier al zo gauw bent?'

'Bedoel je dat ze is gewurgd?'

'Nee. Het lijkt er meer op dat iemand iets over haar hoofd heeft getrokken. Een plastic zak misschien. Dichtgetrokken, hier om de hals,' voegde hij eraan toe. Hij wees op een paar vage sporen in haar nek. 'Ze heeft zich verweerd. Haar nagels zijn afgebroken. Verder zal de sectie uit moeten wijzen wat er precies is gebeurd.'

'Wie heeft er gebeld?' vroeg Marta.

'Anoniem,' zei de politieman die bij de voordeur stond en als eerste op de plaats delict was aangekomen. 'Iemand vertelde dat er een overval was gepleegd, hier, en dat er een vrouw gewond in het appartement lag.'

'Kunnen we dat gesprek achterhalen?'

'Dat kon weleens moeilijk worden, zeggen ze.'

'Kan het de dader zelf niet zijn geweest?' zei Marta alsof ze tot zichzelf sprak. 'Dat hij is gaan twijfelen over die vrouw? Omdat hij niet zo ver had willen gaan?'

Haar vragen waren niet speciaal tot iemand gericht en er was niemand die antwoordde. Het was nog maar zo kortgeleden dat de vrouw was overvallen, en de enige getuige was de dader zelf. Of daders – wie weet waren het er meer en hadden ze afgesproken de politie op de hoogte te stellen. De vrouw had zonder enige argwaan de deur geopend en was meteen door iemand overweldigd die haar tegen de grond had geslagen. Of misschien was ze voor haar aanvaller gevlucht, maar niet verder gekomen dan tot haar voordeur. Als dat zo was had ze hem waarschijnlijk vooraf zelf binnengelaten en dan had ze hem ook gekend.

Marta liep met haar e-sigaret het trappenhuis in. Ze keek naar boven en daarna naar de verdieping onder haar. Ze daalde de trap af tot aan de ingang van het gebouw en liep door naar het souterrain. In de donkere keldergang deed ze het licht aan. Aan beide kanten waren deuren van berghokken. Aan het eind van de gang was een royale wasruimte, met een raam op borsthoogte, dat uitzag op een grote achtertuin. Het was voorzien van een raamuitzetter en stond half open. Aan de raamdorpel was te zien dat er hier niet lang geleden iemand naar binnen was gekomen: er zaten vegen van schoenzolen en straatvuil op.

'Hier ben je dus naar binnen gekropen, rotzak,' fluisterde Marta, terwijl ze de sporen vluchtig onderzocht. De dader had zich niet erg gehaast. Hij had zich nog de tijd gegund om het raam weer halfgeopend vast te zetten, alsof daarmee zijn sporen wel voldoende waren uitgewist. Marta probeerde vanuit het raam in het gras voetsporen te ontdekken, maar het was donker buiten. Ze zag niets.

Weer terug op de verdieping liet ze de technisch rechercheurs weten wat ze in het souterrain had gezien. De technici droegen dunne witte overalls met een capuchon. Een van hen ging meteen met zijn gereedschap naar beneden. Na korte tijd gaven ze Marta toestemming de woning binnen te gaan; ze beloofde niets aan te raken. Bewoners van de andere appartementen kregen het vriendelijke verzoek binnen te blijven, maar voor het gebouw had zich een groep kijkers verzameld. Het lichaam van de vrouw werd de trappen af gedragen en voor sectie naar het Rijksziekenhuis gebracht. Op het bordje naast de deurbel stond de naam Valborg.

Marta nam de ravage in ogenschouw. Ze was tot vervelens toe in huizen geweest waar een inbraak had plaatsgevonden en op het eerste gezicht viel hier niets afwijkends te constateren. In alle hoeken en gaten was gezocht naar waardevolle spullen; geen plekje waar iets te vinden kon zijn was overgeslagen. Marta vroeg zich af of de dief naar iets speciaals op zoek was geweest. In de slaapkamer stond een juwelenkistje op de vloer; er zat niets meer in. Een schoudertas was leeggekieperd; de inhoud lag her en der over de vloer verspreid. Vlak erbij lag een portefeuille waar al het papiergeld en alle betaalkaarten uit waren gehaald.

In de badkamer was de kast op dezelfde brute manier leeggehaald. Een leeg pillendoosje was in het bad gegooid en ook in de toiletpot lagen een paar voorwerpen: een nagelschaartje, een flesje vloeibare zeep. Erboven dreef de verpakking van een cholesterolverlagend middel – de vrouw had dus een te hoog cholesterol gehad. Marta boog zich over het doosje dat in het bad was gegooid. Ze had het idee dat de vrouw ook aan een ernstige ziekte had geleden.

Een computer vond ze niet, geen pc, geen laptop, geen tablet. Niet eens een mobiele telefoon – de vrouw had dus niet op Facebook of Twitter gezeten, concludeerde ze. Op een tafeltje in de hal had een ouderwetse telefoon gestaan, maar die was op de vloer beland. Marta had al zo vaak ouderen meegemaakt die geen computerspullen in huis wilden hebben en meenden dat internet het absolute kwaad was. Maar ze vond de vrouw in dit appartement ook weer niet oud genoeg om volkomen afwijzend te staan tegenover de revolutie die de computer had veroorzaakt.

In de hoek van de kamer stond een bureau. Eromheen lagen overal papieren en kranten. Medicijnrecepten van specialisten, diverse papiertjes met notities en andere memoranda lagen zowel op als onder het bureau. Marta bekeek er een paar. Op een ervan zag ze een telefoonnummer dat ze goed kende. Een naam stond er niet bij en ze staarde er een hele tijd naar, terwijl ze zich afvroeg welk verband er kon zijn tussen degene van wie dit nummer was en de vrouw. Ze besloot het vraagstuk maar meteen op te lossen, haalde haar mobiel tevoorschijn en belde het nummer. Even later hoorde ze een bekende stem.

'Konráð.'

'Stoor ik?'

'Wat is er aan de hand?'

'Ken jij een vrouw die Valborg heet?'

'Nee.'

'Ze leek jou anders wel te kennen,' zei Marta.

'O ja? Valborg... Ik ken helemaal geen...' Even werd het stil. 'Wacht eens... Is het een oudere vrouw?'

'Ik vond jouw telefoonnummer op haar bureau. Ze is overleden.'

'Overleden?'

'Ja.'

'Ben je in haar huis? Wat is er met haar gebeurd? Wat doe je daar?'

'Er is bij haar ingebroken en ze is gestikt,' zei Marta. 'Waarschijnlijk is er een plastic zak gebruikt.'

'Dat meen je niet!'

'Hoe ken jij haar?'

'Ik ken haar helemaal niet,' zei Konráð, en Marta kon zelfs via de telefoon merken hoe onaangenaam hij was getroffen. 'Ze wist dat ik bij de politie had gewerkt en wilde me spreken. Een maand of twee geleden, denk ik. Als het tenminste dezelfde vrouw is. Eh... een plastic zak?'

'Wat wilde ze van je?'

Konráð zuchtte. 'Tja, ze had een nogal bijzonder verzoek. Ze wilde weten of ik haar kind kon opsporen.'

3

Ze hadden elkaar ontmoet in het Ásmundarsafn, een van de kunstmusea.

Konráð herinnerde zich dat hij weinig zin had gehad om haar te helpen toen ze belde. Hij werkte niet meer bij de politie, had hij gezegd, en hij nam geen verplichtingen meer op zich. Maar ze had niet opgegeven. De week daarna had ze opnieuw gebeld en hem gevraagd of hij al van mening was veranderd. Konráð was verbaasd geweest over zoveel koppigheid, maar wilde niet onbeleefd zijn. Hij merkte de pijn op die in haar stem doorklonk; hij vermoedde dat het niet makkelijk voor haar was contact met hem te zoeken.

Tegen het eind van het gesprek was ze terneergeslagen geweest; hij had al twee keer geprobeerd er een punt achter te zetten. 'Heb jij niet aan die zaak op de Langjökull gewerkt?' had ze gevraagd. Dat kon hij niet ontkennen. Het was een van zijn moeilijkste zaken geweest, maar ook een die hem veel aandacht in de media had opgeleverd: de oplossing ervan had dertig jaar op zich laten wachten. Konráð had soms last gehad van mensen die van alles aan hem kwijt wilden over de IJslandse misdaadwereld: wonderlijke samenzweringstheorieën over vermissingen, sterfgevallen, verraad, oplichterij.

Kort daarna hadden ze het gesprek beëindigd. Konráð dacht dat daarmee de kous af was, maar twee maanden daarna had ze opnieuw gebeld.

'Ik heb je al eerder om hulp gevraagd. Misschien herinner je je dat nog,' begon ze het gesprek.

Hij herinnerde het zich, herkende weer de pijn die in haar stem doorklonk en schrok terug voor de gedachte de vrouw voor de derde keer hulp te moeten weigeren. Over wat ze eigenlijk wilde had hij verder niet nagedacht. Ze had eerder ook niet de kans gehad het hem rustig te vertellen, alleen gevraagd of hij bereid was haar te helpen bij een persoonlijke kwestie die haar al heel lang had bezwaard. Hij had toen niet willen doorvragen; hij was bang geweest dat dat het begin zou worden van meer contact. Nu moest hij toegeven dat zijn geweten niet zuiver was.

'Waar maak je je dan zoveel zorgen over? Wat wil je eigenlijk dat ik voor je doe?' vroeg hij eindelijk – het gesprek begon ongemakkelijk te worden.

'Dat bespreek ik liever niet door de telefoon,' zei ze. Ze merkte dat zijn houding een beetje in haar voordeel was veranderd. 'Ik zou het fijn vinden als we elkaar konden ontmoeten. In een café misschien, ergens in de stad. Of waar je maar wilt. Neem me niet kwalijk dat ik zo lastig ben, ik begrijp best dat ik stoor. Maar ik weet gewoon niet wat ik anders zou moeten.'

Ze vertelde hem dat ze voor ze was gestopt met werken een baan had gehad in de buurt van het museum. Aan het eind van de dag was ze daar soms naar binnen gelopen om in de rustige atmosfeer van de drukte te bekomen. Ze spraken af om elkaar er op een middag te ontmoeten.

Toen Konráð binnenkwam was het museum op enkele bezoekers na verlaten. Een bus met toeristen reed juist weg, maar natuurlijk zouden er weer andere komen. Reykjavík werd overspoeld door vakantiegangers en de reisbureaus waren wanhopig op zoek naar bezienswaardigheden om hun klanten uitstapjes te kunnen bezorgen. Het Ásmundarsafn was een van de belangrijkste; het stond aan wat eens de stadsgrens was geweest. Het was omringd door een aantal zeer bijzondere kunstwerken.

Het museum zelf zag er wonderlijk tijdloos en vreemd uit; nergens in de stad was een gebouw als dit te vinden. Het was een geheel van strakke muurvlakken en zacht gebogen lijnen; bovenop verhief zich een koepel die aan een observatorium deed denken. Het leek alsof er uit de wijde verte op deze plek een schip was gestrand.

In de iets gekromde ruimte van de museumzaal zat Valborg op een bank bij een van de beelden. Het werk stelde een moeder voor die vol liefde keek naar het kind dat ze op haar knieën had. Het heette *Moederliefde*. Toen Konráð binnenkwam wenkte Valborg hem aarzelend. Ze begroetten elkaar en ze vroeg hem naast haar te komen zitten.

'Dat het mogelijk is doodgewone brokken steen in zulke mooie kunstwerken te veranderen,' zei ze terwijl ze naar het beeld keek.

Konráð had ooit een stukje van een tv-gesprek met de kunstenaar gehoord. Hij had – nog in zwart-wit – de sterke vingers van de beeldhouwer opgemerkt, de afgebroken nagels, de rouwrandjes, de pijnlijk aandoende sporen die beitel en hamer hadden achtergelaten. Bekwame handen, die steen verbrijzelden en er verhalen en liederen van maakten.

'Hij heeft zulke mooie vrouwenbeelden gemaakt,' zei Valborg. 'Moeders vooral. Sterke vrouwen, die hun kinderen vasthouden en adoreren en ze beschermen en voeden. De liefde van moeder en kind, uitgehouwen in steen.'

'Denk je daar vaak aan?' vroeg Konráð na een korte stilte. Hij keek Valborg aan. Ze had mooie gelaatstrekken: een hoog, intelligent voorhoofd en donkere, fraai gebogen wenkbrauwen.

'In de loop van de jaren steeds meer,' zei ze. 'Ik heb het niet één keer vast willen houden. Ik heb het nooit gezien.'

'Wat heb je nooit gezien?'

De vrouw bleef naar het beeldhouwwerk kijken.

'Ik ben bij weet ik hoeveel specialisten geweest en ze zeggen allemaal dat het een aflopende zaak met me is. Ze hebben wel medicijnen om de pijn te verzachten, maar het proces is onomkeerbaar. Daar zal ik het mee moeten doen. Ik heb mijn best gedaan, maar makkelijk is het niet. Ik heb mijn doen en laten tot nu toe overdacht... Ik weet eigenlijk niet hoe ik het moet zeggen. Ik heb een kind gekregen, en dat is direct na de geboorte bij me weggehaald. Of nee... het is niet bij me weggehaald, ik heb het afgestaan. Zo had ik het besloten voordat het geboren werd; het leek me het verstandigste dat ik het niet te zien zou krijgen en het niet in mijn armen zou nemen, om elke binding te vermijden. Maar ik ben er altijd aan blijven denken. Toch heb ik tot nu toe nooit serieus geprobeerd uit te zoeken hoe het mijn kind vergaan is. Het is nu zevenenveertig jaar geleden dat ik... Ik weet het niet, ik weet niet eens of het een jongetje of een meisje was. Ik verzoende me ermee door mezelf voor te houden dat het helemaal mijn eigen beslissing was en dat ik het kind niet kon houden. Dat wist ik, maar nu wil ik toch weten wat voor leven het heeft gekregen. Misschien zou ik het kunnen vertellen... vertellen wat er gebeurd is, waarom het zo gegaan is, en horen of het zich in het leven heeft kunnen redden, zodat ik daar geen zorgen over hoef te hebben. Zodat het ondanks alles toch een goede beslissing geweest is.'

'Zevenenveertig jaar, dat is een hele tijd.'

'Ik heb het altijd over "het kind",' zei Valborg zacht. Konráð merkte hoe vermoeid en versleten ze was; hij moest denken aan de pijnstillers waarover ze had gesproken. 'Het wordt algauw vijftig,' zei ze, 'en toch praat ik nog altijd over "het kind". Ik weet natuurlijk ook niks anders. Hoe zou ik erover moeten praten? Ik heb het nooit gekend.'

'Wat heb je gedaan om het terug te vinden?' vroeg Konráð.

'Ik woonde destijds in Selfoss. Ik was daarheen verhuisd vanwege mijn toestand en ben er bevallen. Ik had het er heel goed. Er was een vroedvrouw die prima voor me zorgde en begrip had voor mijn situatie. Eigenlijk heeft zij me aangespoord deze weg verder te volgen en geen abortus te ondergaan. In haar handen heb ik het kind voor het laatst gezien. Ik ben erachter gekomen dat ze niet meer leeft en over het kind kan ik geen informatie vinden. Maar gezien de manier waarop we te werk zijn gegaan is dat niet zo vreemd. De geboortedatum en het jaar ken ik natuurlijk, maar dat leverde ook al niks op en ik vraag me af of de datum niet veranderd is. Ik heb het nog bij de politie geprobeerd, maar ook daar konden ze me niet helpen: het was geen misdrijf, het was allemaal met mijn toestemming gebeurd. Ze kwamen om in het werk en ze raadden me aan advertenties te plaatsen, de pers en de tv in te schakelen. Maar daar begin ik niet aan. Nooit van zijn leven.'

'Waarom heb je je kind afgestaan?'

Het was een meedogenloze, rechtstreekse vraag en Konráð had meteen spijt.

'Denk je dat je me zou kunnen helpen?' vroeg Valborg zonder hem antwoord te geven.

'Ik zie niet hoe ik dat zou moeten doen,' zei Konráð. 'Ik begrijp dat je de belangrijkste mogelijkheden hebt geprobeerd. Als je het mij vraagt kun je de zaak maar het beste laten rusten. Als er geen papieren zijn te vinden en de mensen die je zouden kunnen helpen zijn overleden, dan is het misschien maar beter dat je ermee stopt. Je weet bovendien niet wat je na al die jaren aantreft. Misschien is het allemaal goed afgelopen en word je een blij en tevreden mens. Maar het kan net zo goed zijn dat je nog meer te lijden krijgt dan nu.'

'Dat weet ik, en ik ben bereid dat risico te nemen,' zei Valborg. Ze keek hem aan als iemand die daar niet verder over na hoefde te denken. 'Ik ben bereid alles te doen om uit te vinden wat er van mijn kind geworden is. Ik kan je ervoor betalen, ik heb er geld voor opzijgelegd.'

'Het gaat niet om geld,' zei Konráð.

'Die zaak op de Langjökull heb je toch ook opgelost?' zei Valborg. 'Dertig jaar heeft het geduurd. Maar je hebt het nooit opgegeven.'

'Feitelijk heb ik het heel wat keren opgegeven. Ik heb stommiteiten begaan. Nee, op die zaak ben ik allesbehalve trots.'

'Maar in de kranten stond...'

'Wat in de kranten staat is lang niet altijd waar.'

Valborg keek lang naar het beeld van de moeder met haar kind.

'Dus je bent niet van plan me te helpen?' vroeg ze. Het klonk totaal niet verontwaardigd, maar de wanhoop in haar stem liet zich niet verbergen.

'Ik zie echt niet wat ik voor je zou kunnen doen. Helaas. Met dit soort zaken kan ik gewoon niks.'

'Volgens jou zou ik de zaak moeten laten rusten?'

'Het is natuurlijk niet aan mij om dat te zeggen.'

'Nee, misschien niet.'

Ze zaten een poosje zwijgend naar de kunstwerken te kijken; het licht van de dalende zon, dat door de ramen in het schuin aflopende plafond viel, bescheen hen.

'Ken je het verhaal van de Tregasteinn?' vroeg Valborg.

'Nee,' zei Konráð.

'De Tregasteinn is een rotspunt op de helling van een berg, in het westen. Daar moet ik soms aan denken als ik naar dit prachtige beeld kijk.'

Toen ze merkte dat Konráð op zijn horloge keek kapte ze haar verhaal af.

'Ik wil je niet langer ophouden,' zei ze en ze stond op.

'Ik laat je liever niet gaan als je overstuur bent,' zei Konráð.

'Ik ben helemaal niet overstuur,' zei Valborg. 'Dank je dat je met me hebt willen spreken.'

'Ik zou willen dat ik je kon helpen, maar ik zou zelfs niet weten waar ik moest beginnen.'

'Nee, ik begrijp het. Ik wilde deze weg gaan, zo ver als ik kon, maar ik zie dat hij onbegaanbaar is. Nogmaals bedankt dat je hiernaartoe bent gekomen en met me hebt willen praten. Neem me niet kwalijk dat ik je last bezorgd heb. Je zult niet meer van me horen.'

Konráð zag voor zich hoe de vrouw het museum had verlaten, klein, eenzaam, geplaagd door haar smartelijke verleden. Ze had zich aan haar woord gehouden: hij had niet meer van haar gehoord. In zekere zin had hij haar in de steek gelaten, dacht hij nadat Marta het ongelooflijke bericht had doorgebeld dat Valborg in haar eigen huis was vermoord. Na het telefoongesprek bleef hij verwezen zitten en dacht terug aan hun ontmoeting in het museum. Hij kon met geen mogelijkheid begrijpen hoe iemand deze rustige vrouw zo te lijf had kunnen gaan – Marta had verteld hoeveel geweld er was gebruikt. Tijdens zijn gesprek met Valborg had niets erop gewezen dat ze in gevaar was en hij had geen zin gehad om verplichtingen op zich te nemen, ook niet in de zaak waarbij ze zijn hulp wilde inroepen. Hij voelde er niets voor om in de privézaken van anderen verwikkeld te raken, met alle gevolgen van dien, zoals toen hij nog bij de politie werkte. Je kon er je werk van maken om in andermans tragedies te duiken, maar voor hem hoefde het niet meer.

Uiteindelijk ging hij weer achter de papieren zitten waarin hij had zitten lezen toen Marta hem had onderbroken, en nu zag hij helderder dan eerst dat ook hijzelf beproevingen kende als die van Valborg. Ook hij was op zoek naar antwoorden. Hij had een blad papier in zijn handen: de geprinte getuigenverklaring van een jonge vrouw over een tientallen jaren geleden gepleegde misdaad, die niet veel mensen zich nog herinnerden en die nooit was opgelost.

De vrouw was op een avond in 1963 door de Skúlagata gelopen, waar ze op het lijk was gestuit van een man die in een plas bloed voor de slachterij van de Sláturfélag Suðurlands lag. Die man was Konráðs vader. Iemand had hem twee messteken toegebracht en hij was daar op het trottoir gestorven. Het waren diepe steken, en zodanig geplaatst dat ze maximale schade hadden aangericht. De vrouw die het slachtoffer had ontdekt was steeds weer begonnen over al het bloed dat in de rioolput was gelopen.

Die vrouw was nog in leven. Konráð had haar nooit ontmoet, haar nooit gesproken. De laatste tijd had hij daar veel over nagedacht. Moest hij haar benaderen of kon hij de zaak beter laten rusten? Over zulke vragen had hij zitten denken toen Marta belde. Nooit in alle jaren dat hij bij de recherche had gewerkt had hij zich met de moord beziggehouden, maar helemaal op de achtergrond geraakt was die toch niet. En de afgelopen tijd had hij geprobeerd moed te verzamelen om de vrouw op te zoeken en haar te vragen of hij haar ergens mee mocht lastigvallen.

Nog steeds was hij er niet toe gekomen. Als hij het deed zou het de grootste stap zijn die hij ooit had gezet in het onderzoek naar de moord op zijn vader, dat wist hij.

En hij was bang dat hij dan niet meer terug kon.

4

Terwijl ze naar Konráð luisterde bekeek Marta een verzameling foto's van de plaats delict. Het was de dag na de ontdekking van het
lijk. Nadat Konráð van de moord had gehoord had hij nauwelijks
een oog dichtgedaan. Voortdurend had hij aan Valborg moeten
denken, aan het beeld, en aan het museum waar ze na haar werk
haar toevlucht had gezocht. Hij maakte zich verwijten omdat hij
niets voor haar had gedaan. In de weken na hun ontmoeting had hij
af en toe aan haar gedacht, en toen hij hoorde van haar dood en de
wijze waarop ze was gestorven leek het alsof hij een harde stomp tegen zijn borst kreeg. Geweld en genadeloosheid lieten zich op geen
enkele manier in verband brengen met de rustige, welgemanierde
vrouw die zich tot hem had gewend en die haar verdriet zo lang in
stilte had gedragen. Hij wilde dat hij meer begrip had getoond en
beter naar haar smartelijke verhaal had geluisterd.

'Dus ze had, zoals ze dat vroeger noemden, een onecht kind?' zei
Marta, voor wie het verhaal helemaal nieuw was. Ze legde twee foto's voor zich op tafel. Ze zaten op het bureau aan de Hverfisgata;
Konráð had haar opgezocht om haar over zijn contact met Valborg
te vertellen, hoe weinig dat ook te betekenen had.

'Daar heeft ze niks over losgelaten. Ik heb het volledige verhaal
ook nooit te horen gekregen. Dat zou ze me vast wel hebben verteld, denk ik, als ik een beetje ontvankelijker was geweest voor wat
ze vroeg. Maar ik heb haar op afstand gehouden, helaas. Daar heb
ik nu spijt van. Ik had beter naar haar moeten luisteren.'

'Komen er wel meer mensen met zulke kwesties naar jou toe?'

'Jawel.'

'Niks voor jou om overal op in te gaan, hè?'

'Nee.'

'Kan ik me voorstellen,' zei Marta. Ze reikte hem drie foto's van de plaats delict aan. 'Zie jij hier iets bijzonders op?'

Hij bekeek ze en zag hoezeer het appartement door de dief of de dieven was geruïneerd. Hij zag het behang en de schilderijen die er hingen. Het was een wonderlijke ervaring om nu een blik in de woning van de vrouw te kunnen werpen.

'Ze woonde alleen, zeker?' vroeg hij.

'Ja. Negenenzestig jaar. Ongetrouwd. Kinderloos. Erg op zichzelf. Ouders leven al lang niet meer. Familie schijnt er nauwelijks te zijn, vrienden had ze ook niet veel. We weten dat er één zus is, die in een verpleeghuis ligt, meer niet. Haar ga ik nog opzoeken. De laatste pakweg twintig jaar heeft Valborg in een gezondheidscentrum in de Ármúli gewerkt, als administratieve kracht. Niet lang geleden is ze gestopt. We hebben met het personeel gesproken; die mensen waren natuurlijk verslagen na het horen van het nieuws. We moeten ze nog verder verhoren. En informatie verzamelen. Erachter komen wie ze eigenlijk was.'

'Je weet nu in elk geval dat ze haar baby heeft afgestaan,' zei Konráð. 'Je zou kunnen proberen uit te zoeken hoe het dat kind verder vergaan is.'

'Ja, we zullen zien.'

'Wat zeiden de buren ervan?'

'Die waren heel positief over haar. Lief voor de kinderen. Behulpzaam. We kunnen ons niet voorstellen dat een van hen het gedaan zou hebben. De flat heeft vier verdiepingen, met elk twee appartementen. Van twee zijn de bewoners met vakantie, in IJsland of in het buitenland. De anderen waren thuis, maar worden in ieder geval niet verdacht. Ze zijn nooit met de politie in aanraking geweest en niemand had duidelijke redenen om haar iets aan te doen. Misschien moeten we dat nog beter controleren.'

'En niemand die iets gemerkt heeft?'

'Er was een tv-quiz aan de gang waar massaal naar wordt gekeken,' zei Marta.

'Hebben jullie ontdekt wie het heeft gemeld?' vroeg Konráð.

'Nee. Het was iemand met een geheim telefoonnummer, een man. Meer weten we niet, maar daar wordt nog aan gewerkt. Ik heb vanochtend met Valborgs huisarts gepraat en die zei dat er alvleesklierkanker bij haar was vastgesteld, in een vergevorderd stadium. Uitgezaaid en ongeneeslijk. Als degene die haar heeft overvallen haar goed genoeg kende om dat te weten...'

'...had hij alleen maar hoeven wachten,' vulde Konráð aan. 'Laten we zeggen een paar maanden. Ze was al ten dode opgeschreven.'

'Precies,' zei Marta. Ze haalde haar e-sigaret voor de dag, stak hem op en begon enorme rookwolken te produceren.

'Dus ze kenden elkaar waarschijnlijk niet?'

'Nauw contact hadden ze in elk geval niet met elkaar, ik denk dat we dat wel kunnen zeggen.'

'Ik vond haar erg zwijgzaam als het over haarzelf ging,' zei Konráð. 'Best mogelijk dat ze niemand over haar ziekte heeft verteld.'

'Het personeel van het medisch centrum had er geen idee van. Ze wisten niet dat ze ziek was en hadden ook niet gemerkt dat ze was veranderd, de laatste dagen dat ze daar werkte. Ze was net als altijd. Zwijgzaam. Vriendelijk. Ze hebben met taart en bloemen afscheid van haar genomen.'

'Het lijkt wel alsof er een wildeman in haar appartement heeft huisgehouden,' zei Konráð terwijl hij de foto's nog eens bekeek.

'Klopt, maar dat is normaal. Ik heb heel wat inbraken gezien,' zei Marta, 'en eigenlijk was deze niet zoveel anders dan anders, afgezien van die dode vrouw. Wat er gestolen is weten we niet precies. Het een en ander uit haar portefeuille en waarschijnlijk ook uit de laden.'

'En haar medicijnen?'

'We hebben een lijstje gekregen van de pijnstillers die ze slikte. Dat zijn behoorlijk zware middelen. Die zijn heel geliefd bij drugsverslaafden en er valt flink aan te verdienen. Morfinederivaten. Medicijnen die je als drugs kunt gebruiken. Dieven nemen ze allemaal mee. Inbrekers uit onze vaste clientèle zijn er fel op. Die zijn we nu aan het verhoren. Om zulke spullen te pakken te krijgen zouden ze desnoods uit het toilet drinken. Dus ja, wat zullen we ervan zeggen? Het is het gebruikelijke rotzooitje.'

'En die melding?'

'Daar begrijpen we helemaal niks van,' zei Marta. Ze blies een wolk rook uit. 'Behalve de dader is niemand getuige van de aanval geweest. Het is gebeurd in het appartement, in de deuropening. Hij moet het zelf hebben doorgebeld. Maar waarom wilde hij dat we het lijk meteen zouden vinden? Waarom wilde hij niet dat het een paar dagen zou duren? Waarom zo'n haast?'

'Misschien had hij niet zo ver willen gaan en is hij, toen hij zag dat ze dood was, zo geschrokken dat hij de politie heeft gebeld.'

'Nou ja, wat voor iemand het ook is, een idioot is het wel,' zuchtte Marta. 'Een verrekte, verdomde idioot,' herhaalde ze, terwijl ze de foto's op tafel smeet en Konráð aankeek. 'Die plastic zak, daar wist je al van, hè? Eigenlijk moet ik dat niet aan jou doorvertellen.'

'Wat is er met die zak?'

'Ze hebben op het gezicht en in het haar van de vrouw sporen van frisdrank en bier gevonden. Uit de zak die gebruikt is om haar te smoren, denken ze.'

'En?'

'Het leek wel alsof er lege frisdrankblikjes of zo in hadden gezeten.'

'Daar zijn jullie dan mooi klaar mee,' zei Konráð. 'Je hoeft alleen maar de hele stad af te zoeken.'

'Ik hoorde trouwens dat jij kopieën opvraagt van allerhande papieren uit het archief,' zei Marta, een beetje geïrriteerd om Konráðs opmerking. 'Heb je niks anders te doen?'

'Een mens moet toch wát doen?'

'Of komt je vader bij je spoken?'

'Ik geloof niet in spoken,' zei Konráð.

5

Eygló had meer mensen verwacht bij het plechtige afscheid van de gestorvene. Het zou plaatsvinden in de kapel van het Fossvogskerk-hof. Er waren nog geen tien mensen en daar was niemand bij die ze kende van de Society for Psychical Research.

De kist was open; Málfríður lag onder een sneeuwwit kleed, met een wat strenge uitdrukking op haar gezicht, alsof ze nog iets ernstigs wilde zeggen. Ze was het oudste lid van de Society geweest, en een goede vriendin van Eygló, ondanks het aanzienlijke leeftijdsverschil. De laatste jaren hadden ze echter weinig contact gehad. Málfríður beschikte naar ze zelf zei niet over mediamieke gaven, maar was getrouwd geweest met een bekend medium en genezer. Eygló kende weinig mensen die meer belang stelden in het leven aan gene zijde of met meer geestdrift over de etherwereld spraken. Toen ze destijds bij de Society had aangeklopt omdat ze behoefte had aan leiding was het Málfríður geweest die haar had opgevangen. Die had haar geleerd niet bang te zijn voor de visioenen die haar in verwarring brachten, maar er liever van te genieten dat ze niet was zoals alle anderen.

Zij was het destijds geweest die Eygló had aangeraden seances te gaan houden. Dat had ze gedaan, aarzelend eerst, en onzeker. Ook haar vader had als medium gewerkt, maar die had nooit een goede naam gehad; er werd verteld dat hij onder één hoedje speelde met een oplichter die er niet voor terugdeinsde gebruik te maken van de ellende van rouwende mensen.

Eygló wilde zo min mogelijk met haar gave te koop lopen, maar zowel haar vader als Málfríður had gezegd dat ze met haar talent moest woekeren. Eigenlijk wilde ze dat ze het nooit bezeten had; ze wilde niet dat de helderziendheid onrust in haar leven bracht, maar Málfríður had haar moed ingesproken en gezegd dat ze zich er niet tegen moest verzetten; ze moest proberen haar gave te beheersen en ten goede aan te wenden.

De oude vrouw was gestorven in het verpleeghuis waar ze de laatste jaren had gewoond en waar Eygló haar kort voor haar overlijden nog had bezocht. Málfríður had laten vragen of ze wilde komen. Toen ze op weg naar haar door de gang liep had Eygló naar haar toestand gevraagd en gehoord dat ze het niet lang meer zou maken. Ze sliep veel en soms leek het alsof ze buiten de wereld verkeerde en niet volledig bij kennis was. Dan praatte ze in zichzelf, of zelfs tegen ingebeelde gasten in haar kamer, alsof ze ijlde. Bezoek kreeg ze maar heel weinig. Alleen haar zoon kwam regelmatig even bij haar kijken. Die dag was Eygló de enige die haar was komen opzoeken.

Maar toen ze Málfríðurs kamer binnenkwam zag ze dat er toch een vrouw bij haar was. Kennelijk waren bezoekjes niet zo zeldzaam als het personeel voorgaf. De bezoekster was een oudere vrouw met een hoofddoekje. Ze droeg een groene mantel die zijn beste tijd achter de rug had en zat op een stoel naast het bed, met haar handen in haar schoot. Het viel Eygló op dat ze een heel zachtaardig gezicht had.

Op dat moment klonk de telefoon in Eyglós zak. Ze liep even naar een recreatieruimte en nam op. Toen ze in de ziekenkamer terugkwam was de vrouw aan het bed verdwenen. Eygló ging op de stoel zitten.

Op het kastje bij Málfríðurs bed lagen wat persoonlijke bezittingen. Een foto van haar zoon, een paar luisterboeken – IJslander saga's en thrillers, dacht Eygló. Ze wilde de patiënte niet wekken. In de kamer was het schemerig. Málfríður was nagenoeg blind en nam alleen nog maar schaduwen en bewegingen waar.

Eindelijk begon Málfríður wakker te worden; ze opende haar ogen en vroeg of er iemand naast haar bed zat.

'Ben jij dat, Hulda?' zei ze. 'Zit je daar nou nog?'

'Nee, ik ben het, Eygló. Hoe gaat het met je?'

'Eygló, kind,' zei de oude vrouw. 'Wat lief van je om me te komen opzoeken.'

'Ik wilde je niet wakker maken.'

'Ik dacht dat ik al was overgegaan. Het lijkt wel alsof me dat steeds overkomt als ik in slaap val. Ik was weer bij mijn moeder, het was allemaal zo ongelooflijk mooi.'

Málfríður tastte in Eyglós richting en greep haar hand.

'Ik verlang zo naar die dromen,' zei ze. 'Dan kan ik weer helemaal zien en is alles om me heen zo levendig en kleurig.'

Málfríður glimlachte. Ze begon Eygló te vertellen over haar dromen, die allemaal zo helder en warm waren. Ze was zo oud dat ze niet bang was om te sterven, eerder nieuwsgierig hoe het verder zou gaan. In die zin had ze al eerder gesproken toen ze zei dat ze een goed leven had gehad en dat haar hoe dan ook een ander stadium wachtte, of dat nu het koude graf zou zijn, zonder enige hemelse zaligheid, of de wereld waarin de zielen verbleven van hen die haar waren voorgegaan en waarin ze zo vast geloofde.

'Ik ben helemaal niet bang,' zei ze. 'Herinner je je dat zieke meisje in Þingholt* nog?'

'Dat zieke meisje? Hoezo...?'

'Ik moet aan haar denken, ik weet niet waarom,' zei Málfríður.

'Dat is jaren en jaren geleden,' zei Eygló. Ze had niet de indruk dat de oude vrouw ijlde of in de war was.

'Het komt waarschijnlijk doordat ik zoveel aan Kristleifur heb gedacht, die toen bij haar geweest is, samen met jou,' zei Málfríður. 'Dat heeft hij zich zo aangetrokken. Ik heb over hem gedroomd. Hij stond hier bij me in de kamer, in levenden lijve. Je herinnert je Kristleifur toch nog wel?'

'Ja, natuurlijk, heel goed,' zei Eygló.

'Ik denk niet dat het nog lang zal duren,' zei Málfríður. 'Ik denk dat hij gekomen is om me te halen. Ik heb de afgelopen tijd twee keer over hem gedroomd. Dan staat hij hier in de kamer en glimlacht tegen me.'

'Het was een beste man.'

Málfríður zweeg en sloot haar ogen weer. Zo ging er een tijdje voorbij.

'Zie je die politieman nog weleens?' vroeg ze.

'Niet zo vaak meer,' zei Eygló.

---

* Oude, centraal gelegen wijk in Reykjavík. *(Noot van de vertaler.)*

'Nee?' zei Málfríður, en het was geen verbeelding dat er teleurstelling in haar stem doorklonk. 'Zie je niks in hem?'

'Daar denk ik gewoon nooit over na.'

Eygló had haar verteld dat ze Konráð kende, de gepensioneerde politieman, en dat hun vaders elkaar destijds ook gekend hadden. Die hadden zich met louche zaakjes beziggehouden: ze troggelden mensen geld af. Een heel nare geschiedenis.

'Wie is die Hulda die je daarnet noemde?'

'Dat is een dierbare oude vriendin van me, die altijd vast in het leven na de dood heeft geloofd en ernaar uitkeek,' zei Málfríður. 'Voor haar was dat vanzelfsprekend. Jarenlang hebben we samen besproken hoe het zou zijn om na het leven hier in een ander stadium van het bestaan te komen. Zo komt het dat ik nu zoveel nadenk over de zielenwereld. Wij tweeën, jij en ik, hebben het daar ook vaak genoeg over gehad, en ik zou het erg fijn vinden als je iets voor me wilde doen. Als je dat kunt.'

Eygló knikte. In de loop van de jaren was Málfríður hoe langer hoe meer geïnteresseerd geraakt in wat er na de dood zou gebeuren.

'Wat wil je dat ik voor je doe?' vroeg ze, nieuwsgierig naar wat Málfríður haar te zeggen had.

'We hebben er al eerder over gepraat. Ik zou je graag boodschappen willen doorgeven.'

Málfríður klemde Eyglós hand vast en staarde naar haar met haar bijna nietsziende ogen.

'Mijn nieuwsgierigheid is het enige wat ik nog heb,' zei ze. Ze begon zachter te spreken. 'Ik zou zo graag willen weten of je ervoor openstaat als het zover is.'

De dominee kwam de kapel binnen, begroette de weinige aanwezigen en maakte een kruisteken over de kist. Toen opende hij een bijbel en sprak de bekende woorden uit over de opstanding en het eeuwige leven. Hij herdacht de overledene in een kort in memoriam, waarin hij vermeldde dat ze haar hele leven oprecht had geloofd in het spiritisme. Hij bad en vroeg de aanwezigen in het gezangboek het lied op te zoeken over de bloem die wordt weggemaaid. Achter Eygló schraapte iemand zijn keel en daarna klonk ijl en schuchter het gezang. Toen het afgelopen was en ieder een kruisteken over de overledene had gemaakt, legden medewerkers van de uitvaartonderneming het deksel op de kist en zetten er vergulde sierschroeven op. Vrienden en bekenden werden uitgenodigd ze aan te draaien. Eygló nam eraan deel en terwijl ze de schroef vastdraaide deed ze een kort gebed. Ze nam afscheid van haar oude vriendin en dacht aan de belofte die ze haar gedaan had.

Na afloop van de plechtigheid condoleerde ze Málfríðurs zoon. Hierna wilde ze naar buiten lopen, maar in het portaal van de kapel werd ze staande gehouden. Iemand greep haar bij de arm.

'Ben jij misschien Eygló?' vroeg een man van haar eigen leeftijd, iemand die ze nooit eerder had gezien.

Eygló antwoordde bevestigend.

'Neem me niet kwalijk dat ik je stoor. Mijn naam is Jósteinn; ik heb Málfríður en haar man via de Society for Psychical Research leren kennen. Ze had het weleens over jou en over Engilbert, je vader. Die kende ik niet, maar ik wist wel van hem af.'

'Juist, ja,' zei Eygló. Ze glimlachte en wilde doorlopen.

'Heb je na haar dood iets gemerkt?' fluisterde de man. Zijn felle interesse liet zich niet verbergen en was bijna onbeleefd.

'Wat gemerkt?'

'Heb je contact gekregen met Málfríður?' De man droeg een afgedragen lange, zwarte jas; zijn haren piekten wild om zijn hoofd. 'Is ze hier? Is ze hier bij ons?' Hij trok zijn ruige wollen muts over zijn oren.

Eygló werd een beetje bang van zijn opdringerigheid; op zoveel directheid was ze niet gesteld. Ze vond het bijzonder ongepast om zulke dingen op deze plaats te bespreken.

'Ik geloof niet...' begon ze, maar ze kon haar zin niet afmaken.

'Ik weet het van je vader,' zei de man zachtjes. 'Málfríður heeft het me verteld. Dat jij en je vriend op zoek waren naar informatie. Hij was toch van de politie? Málfríður zei dat hij agent was geweest.'

'Ik weet niet wat...'

'Málfríður zei dat je misschien een seance zou houden. Dat je zou proberen boodschappen van haar op te vangen.'

'Je zei dat je iets over mijn vader weet? Wat is dat dan?'

'Ga je het doen? Ga je een seance houden?'

'Daar heb ik nog niet over nagedacht,' zei Eygló. Ze probeerde rustig te blijven. 'Wat weet je over mijn vader?'

'Ja, die Engilbert,' zei de man. 'Ik ben twee of drie jaar geleden bij een seance geweest en toen heb ik gehoord dat hij had geprobeerd een weduwe uit Hafnarfjörður, een zekere Hansína, geld afhandig te maken. Tijdens een seance, niet zo lang voor zijn dood. Ergens in de jaren zestig, is het niet?'

Eygló staarde de man aan.

'Wat bedoel je daarmee? Geld afhandig maken?'

'Ja, dat kwam zomaar in het gesprek aan de orde,' zei de man. 'En dat jij als medium heel wat meer voorstelde dan hij.'

'Luister eens even...' Eygló was het gepraat van de man zat.

'Ik weet echt niet wat ervan waar is, hoor,' zei de man snel. Het klonk verontschuldigend. 'Bij die seance was iemand die haar zoon kende. Van die Hansína dus,' voegde hij eraan toe. Hij noemde een naam die Eygló zich inprentte. 'Dat is alles wat ik weet. Wat denk je, kondig je je seance via de Society aan? Als je er een gaat houden nu Málfríður overleden is?'

'Er komt helemaal geen seance,' zei Eygló, weglopend.

Kort daarna liep ze over de parkeerplaats bij de kerk. Op het moment dat ze het portier van haar auto opendeed zag ze een haveloos geklede vrouw vanaf het kerkhof naar haar toe lopen. Ook haar had ze nooit eerder gezien en ze was niet voorbereid op de vraag van de vrouw of ze bij de plechtigheid was geweest.

'Kende jij Málfríður?' vroeg Eygló.

'Ja, we kenden elkaar. Ze kwam hier vaak.'

'Hier op het kerkhof?'

'Denk je dat ze is overgegaan?' vroeg de vrouw.

'Overgegaan? Vast wel,' zei Eygló. Ze stapte snel in; ze had haar buik vol van mensen die iets van haar moesten.

Ze zag dat de vrouw bleef staan en toekeek hoe ze achterwaarts haar parkeervak uit reed. Maar toen ze bij het wegrijden in haar achteruitkijkspiegel keek was ze verdwenen.

6

Toen Konráð Marta had opgezocht om te vertellen dat hij Valborg kende was hij helemaal niet van plan geweest zich met de zaak te bemoeien. Hij had zijn verklaring afgelegd, een kop koffie met zijn vroegere collega gedronken en toegekeken hoe ze de damp van haar e-sigaret inhaleerde. Nu was hij weer thuis en wilde alles achter zich laten, maar slaagde daar niet in. Voortdurend drong zich de ontmoeting met Valborg aan hem op, het gesprek dat hij met haar had gevoerd, het droevige verhaal dat ze hem had verteld en zijn weigering om haar te helpen. Hij had haar best moed kunnen inspreken, haar kunnen beloven methodes te zoeken die haar ter beschikking stonden, mogelijkheden waaraan ze misschien helemaal niet had gedacht. In plaats daarvan had hij de makkelijkste weg gekozen: gedaan alsof hij niets met haar te maken had. Nu voelde hij iedere keer als hij aan Valborg dacht hoezeer hij tekortgeschoten was.

Waarschijnlijk was dat de reden waarom hij twee dagen later voor het flatgebouw stond waarin ze had gewoond. Het onderzoek op de plaats delict was afgelopen en de politie was weer vertrokken met haar materieel. Er waren foto's van het terrein voor en achter het gebouw gemaakt, er waren monsters genomen, er was naar vingerafdrukken gezocht, een overzicht van de gebeurtenissen gemaakt en aandacht besteed aan alles wat verder nog licht zou kunnen werpen op hetgeen zich tijdens de moord op Valborg had afgespeeld. Er was met de bewoners van de verdieping gesproken, eigenlijk met iedereen die in het gebouw woonde, met de omwonenden, en vooral met de mensen die als kennissen van Valborg bekendstonden of met wie ze op de een of andere manier contact had onderhouden.

Hij had even met Marta gebeld om te informeren hoe het met het onderzoek stond en ontdekt dat de politie nog niets wijzer was geworden van de gruwelijke moord. Er waren veel vaste klanten van de politie verhoord, vooral degenen die als inbreker bekendstonden. Het kwam niet vaak voor dat zulke misdrijven met geweld gepaard gingen en dat bewoners zo bruut werden mishandeld. De vrouw had maar weinig familieleden, zodat algauw duidelijk werd dat er niet door een directe verwant was ingebroken. Niet ver van Valborgs woning was een opvanghuis voor alcoholisten en daklozen; daar waren twee mannen verhoord die in de loop van de tijd regelmatig de aandacht van de politie hadden getrokken. Dat was toen in de buurt het praatje circuleerde dat bij haar thuis veel geld zou liggen, en dat het daar bij de overval om was begonnen. Beide mannen hadden echter een alibi voor het tijdstip van de misdaad.

'Ze heeft een aantal keren eten en kleren en andere spullen naar het opvanghuis gebracht,' had Marta gezegd. 'Dan krijg je dat soort praatjes. We zijn ermee bezig.'

Er kwam een vrouw de flat binnen met een kinderwagen die ze probeerde de keldertrap af te krijgen. Ze had een boordevolle plastic tas bij zich, die het haar erg lastig maakte. Konráð bood haar de helpende hand, nam de tas van haar over en hield de kelderdeur open. In de kinderwagen lag een klein meisje. Ze was wakker en keek met wantrouwige ogen naar Konráð. Hij hoopte dat ze niet ging huilen.

De moeder, die eveneens goed om zich heen keek, ongetwijfeld vanwege de recente gebeurtenissen, bedankte hem voor zijn hulp. Konráð vroeg of ze thuis was geweest toen de vrouw op de tweede verdieping was overvallen.

'Nee, ik was in het buitenland,' zei de vrouw. 'Kende jij Valborg?'

'Min of meer, ja. Ik schrok er ontzettend van toen ik het hoorde,' zei Konráð. Hij bood aan haar tas met inkopen de trap op te dragen. 'Dat een vrouw als zij wordt overvallen – zoiets bedenk je toch niet?'

'Nee, het is echt niet te geloven,' zei de vrouw. Ze had een massa rood haar en een sproetig gezicht. Ze tilde het kind uit de wagen, zei dat ze op de derde verdieping woonde en bedankte hem voor zijn vriendelijkheid. 'Ze was altijd zo aardig. En zo rustig – je merkte nauwelijks wat van haar. En dan dit.'

'En er heeft niemand iets gemerkt?'

'Zij van beneden zei dat ze iets had gehoord. Ze dacht dat ze bezig was meubels te verschuiven. Dat was alles volgens mij.'

Ze liepen door de keldergang. De vrouw hield het meisje op haar arm en ging Konráð voor, de trap op naar de derde verdieping. Hij merkte dat ze zich niet helemaal op haar gemak voelde nu ze met een onbekende man naar boven liep. Hij legde haar uit dat hij een gepensioneerde politieman was en dat hij de politie had geholpen omdat hij de overledene kende. Dat scheen de vrouw wat op haar gemak te stellen en ze bedankte hem voor het dragen van haar tas. Het kind bleef hem met dezelfde wantrouwige blik aankijken en klemde zich aan de moeder vast.

'Mijn man en ik hebben natuurlijk met de politie gepraat,' zei die. 'Maar daar hadden ze niet veel aan.'

'En je hebt de laatste dagen of weken niks ongewoons gemerkt rond Valborg? Geen bezoek of iets dergelijks?'

De vrouw schudde haar hoofd.

'Ik kan me eigenlijk niet herinneren dat ze ooit gasten heeft gehad,' zei ze. 'Volgens mij was ze tamelijk eenzaam, maar zoals ik zeg, ze was altijd ontzettend aardig. Een en al aandacht voor Lilla,' voegde ze eraan toe. 'Ze wilde altijd wel op haar passen en zo.'

'Heeft ze dat ook gedaan?'

'Ja, dat gebeurde weleens. Maar wel altijd heel kort. Als ik eventjes weg moest.'

'Natuurlijk. En was ze lief voor haar?'

'O ja. Zeker.'

'Heeft ze je ooit verteld dat ze kinderen had? Of heeft gehad?'

'Nee,' zei de vrouw. 'Nooit.'

Konráð bedankte haar en ging terug naar de eerste verdieping. Daar klopte hij aan bij de vrouw die in Valborgs appartement lawaai had gehoord, maar er werd niet opengedaan. Hierna verliet hij de flat en ging in zijn auto zitten. Hij was niet van plan om iedereen in de omgeving te verhoren. De politie had haar werk al gedaan en eigenlijk wist hij niet wat hij hier nog deed. Hij keek langs het flatgebouw omhoog; er was al lang niet meer geschilderd. Hij zag het beschadigde beton en de vaalgele muurvlakken, die leken te passen bij de versleten vloerbedekking in het trappenhuis. Vandalen hadden van de muren een enorme smeerboel gemaakt. Iemand had ooit geprobeerd de opschriften met een laag verf te bedekken, maar dat had de viespeuken alleen maar nieuwe mogelijkheden bezorgd.

Zijn mobiel ging; het was Eygló, zag hij. De laatste keer dat hij haar had gesproken had ze hem verteld dat ze het sluiten van de kist van haar oude vriendin wilde bijwonen.

'Heeft je vader het weleens gehad over een vrouw die Hansína heette?' vroeg ze zodra Konráð had opgenomen.

'Hansína? Nee, dat geloof ik niet,' zei Konráð, hoewel hij het niet zeker wist.

'Het was een weduwe,' zei Eygló. 'Ze woonde in Hafnarfjörður.'

'De naam zegt me niks. Wat was er met haar?'

'Dat weet ik niet precies. Ik ben bij het afscheid van Málfríður geweest, en daar was een beetje rare, opdringerige man, die zei dat mijn vader had geprobeerd een van zijn spelletjes met haar te spelen. Dat was in de tijd dat hij weer contact had met jouw vader.'

Konráð luisterde aandachtig. Een aantal jaren geleden had hij met Eygló veel over hun vaders gesproken. Die hadden tijdens de Tweede Wereldoorlog hun bescheiden bijdrage geleverd aan de IJslandse misdaadgeschiedenis. Ze hielden seances die alleen maar op bedrog bleken te berusten en hadden daar flink aan verdiend. Nadat de waarheid aan het licht was gekomen hadden ze hun onderlinge betrekkingen beëindigd en tot aan het begin van de jaren zestig niet meer samengewerkt. Maar na die tijd leek er sprake van nieuwe activiteiten. Konráð had zich afgevraagd of ze misschien hun smerige praktijken van vroeger hadden hervat, mensen via seances geld aftroggelen. Een speciale aanwijzing in die richting had hij niet, omdat Eygló maar heel weinig wist over die laatste periode. Informatie over hun onderlinge banden en hun samenwerking wekte daarom altijd zijn nieuwsgierigheid, vooral omdat ze maar een paar maanden na elkaar waren gestorven. De een was vermoord aangetroffen voor de Sláturfélag Suðurlands in de Skúlagata, de ander was in het havengebied Sundahöfn uit zee gehaald. Hij was naar het scheen in het water gevallen; verwondingen waren niet geconstateerd. Soms had hij in de haven in een van de boten gezeten; daar probeerde hij altijd borrels los te krijgen. Best mogelijk dat hij zo ook was gestorven: te water geraakt tussen wal en schip. In zijn bloed was een fors alcoholpromillage gemeten.

'Geprobeerd een spelletje met haar te spelen? Hoe dan?'

'Met seances,' zei Eygló.

'Denk je dat ze haar samen hebben opgelicht?'

'Hij had het alleen over mijn vader, maar...'

'Nou...?'

'Ik kan me niet voorstellen dat mijn vader dit in zijn eentje heeft gedaan,' zei Eygló. Ze had altijd gemeend dat Engilbert een goed bruikbare onnozelaar was geweest in handen van Konráðs vader. Die kon zich af en toe als een doorgewinterde schoft gedragen en was een goede bekende van de politie geweest. 'We weten dat ze destijds samen met iets bezig waren. En misschien was die Hansína wel een makkelijke prooi, wie zal het zeggen?'

'Wat wil je daarmee gaan doen?'

'De man die ik sprak dacht dat de zoon van die Hansína nog leefde. Ik denk erover met hem te gaan praten. Uitzoeken wat ervan waar is. Misschien komen we dan te weten of die vaders van ons opnieuw samen iets hadden uitgebroed. En of ze een slachtoffer hadden opgezocht dat ze makkelijk konden oplichten.'

7

Tijdens het telefoongesprek had Konráð een jonge vrouw naar het flatgebouw zien lopen. Ze ging het trappenhuis in. Even daarna ging er licht aan in het appartement op de eerste verdieping, waar hij eerst tevergeefs had aangeklopt. Hij stapte uit en drukte op haar huisbel. Kort daarop hoorde hij de intercom kraken; een vrouwenstem zei goedenavond. Konráð noemde zijn naam en vroeg of de vrouw even tijd voor hem had. Het had te maken met wat er in het gebouw was gebeurd, zei hij; hij had de overledene gekend. De intercom zweeg en Konráð was juist van plan op antwoord aan te dringen toen hij geluiden hoorde en de deur openging.

In het portaal van de eerste verdieping zag hij dat de vrouw haar deur op een kiertje had opengedaan en hem ongerust aankeek.

'Ik weet niet wat ik voor je zou kunnen doen,' zei ze. Konráð merkte hetzelfde wantrouwen bij haar dat hij ook bij de moeder met het kind had ervaren. Dat was begrijpelijk. Er was hier in het gebouw iets verschrikkelijks gebeurd wat de bewoners met angst en ontzetting had vervuld. Niet alleen omdat het om een gruwelijk en genadeloos misdrijf ging, maar ook omdat de dader nog vrij rondliep, zonder dat iemand wist wie hij was of waar hij op uit was geweest.

Konráð probeerde de vrouw gerust te stellen en de goede toon aan te slaan. In de tientallen jaren dat hij bij de politie had gewerkt had hij daar een behoorlijke ervaring in opgedaan en het duurde dan ook niet lang of ze nodigde hem binnen. Ze gingen in de keuken zitten. De vrouw vertelde dat ze nog maar ongeveer een jaar in de flat woonde en dat het haar er buitengewoon goed beviel. Ze woonde alleen en werkte in een winkel in de buurt. De avond dat Valborg werd overvallen was ze nogal uit haar gewone doen geweest: haar zus had een ernstig auto-ongeluk gehad en ze was een heel etmaal bij haar in het ziekenhuis gebleven. Nadat ze was thuisgekomen had ze in haar woning heen en weer gelopen, wachtend op nieuws. Toen was ze naar bed gegaan, want ze had al in geen tijden geslapen, maar ze had alleen maar naar het plafond liggen staren. En op het moment dat de telefoon ging had ze op de verdieping boven haar geluid gehoord, maar daar pas achteraf aandacht aan besteed.

'Tegen de politiemensen die hier waren om iedereen te verhoren heb ik gezegd dat het eigenlijk langs me heen was gegaan omdat ik aan het bellen was.'

'Ik hoop dat je geen al te slecht nieuws gekregen hebt,' zei Konráð.

'Daar kan ik… Daar kan ik feitelijk nog geen antwoord op geven,' zei de vrouw mat. 'Ze was op zoek naar een verjaardagscadeautje voor me, mijn zus. Ik ben morgen jarig en ze is van opzij door een auto geraakt, en…'

Ze praatte niet verder.

'Was het toeval dat Valborg is overvallen?' vroeg ze toen. Het was haar aan te zien dat ze het in het afgelopen weekend niet makkelijk had gehad. Haar stem klonk vermoeid en ze had wallen onder haar ogen. Het leek Konráð beter haar niet langer te storen dan strikt noodzakelijk was; eigenlijk had hij er al spijt van dat hij haar lastigviel.

'Daar lijkt het wel op,' zei hij, 'maar we kunnen er voorlopig nog niks van zeggen. De politie weet eigenlijk niet zo goed wat ze ermee aan moet. Heeft Valborg tegen jou weleens over haar vrienden of familie gepraat? Heb je ooit gemerkt dat ze bezoek had?'

'Nee. Volgens mij kreeg ze nooit bezoek.'

'En je hebt ook nooit gezien dat er hier bij de flat mensen rondhingen die er niks te zoeken hadden? Iemand in de achtertuin? Iemand die je op straat is opgevallen?'

'Nee, helemaal niet,' zei de vrouw. 'Hoe kende jij Valborg, zei je?'

'Ze is bij me geweest, ze zat met een probleem,' zei Konráð. Hij wist niet zeker of hij de hele waarheid kon vertellen. 'Eigenlijk had ik wel wat meer voor haar mogen doen.'

'Waar ging het over?'

'Dat was nogal persoonlijk,' zei Konráð. 'Ik weet niet of ze zou hebben gewild dat ik er met anderen over praat.'

'Ik begrijp het,' zei de vrouw. 'Het was zo'n aardig mens, vanaf het allereerste moment dat ik in deze flat ben komen wonen. Ik heb nooit gemerkt dat ze in moeilijkheden zat of met problemen te kampen had. We verzwijgen onze narigheid zo vaak in ons leven, in plaats van erover te praten. We hopen dat geen mens ervan weet en dat het op een goeie dag over is.'

'Heeft ze je ook nooit over haar ziekte verteld?' vroeg Konráð.

'Nee. Was ze ziek?'

'Ze had beslist niet lang meer te leven,' zei Konráð. 'Heeft niemand je daar iets over verteld?'

'Nee, totaal niet, ik wist er niks van. Ach, die stakker. En dan dit nog.'

'Ja, ze had kanker. Ze hield zich heel flink, maar ze wist dat ze niet veel tijd meer had en er was één bepaalde kwestie die ze nog wilde regelen.'

'Heeft ze daarom contact met jou gezocht?'

'Ja.'

'Had ik het maar geweten,' zei de vrouw. 'Wie weet had ik haar een beetje kunnen helpen.'

'Als ze dat nodig had gevonden was ze vast wel naar je toe gekomen.'

Even later bedankte Konráð haar; hij stond op om afscheid te nemen. Hij hoopte, zei hij, dat hij haar niet al te veel last had bezorgd. Op weg naar de deur wierp hij en passant een blik in haar woonkamer met zijn bankstel, flatscreen-tv en schilderijen. Op de tafel bij het raam lag een goede verrekijker. Ze zag dat zijn nieuwsgierigheid was gewekt.

'Ik zit hier echt niet te spioneren, hoor,' zei ze. Ze pakte de kijker. 'Ik probeer er alleen achter te komen of iemand míj in de gaten houdt.'

'Hoezo?'

'Ik ben misschien een beetje al te argwanend, maar ik heb al een paar keer een lichtflits uit die flats daar zien komen, net alsof er iemand bezig was met een spiegel of een verrekijker of zo. Maar het is me nog niet gelukt om precies te zien waar het vandaan komt.'

'Uit die flats daar?' vroeg Konráð. Hij wees naar een rij flats van vijf verdiepingen.

'Ja, uit de middelste, denk ik,' zei de vrouw. 'Maar ze staan zo dicht op elkaar dat ik het niet zeker weet.'

Marta was buiten adem toen ze gebeld werd.

'Heb je naar de gordijnen van Valborgs kamer gekeken?' vroeg Konráð terwijl hij in zijn auto stapte.

'Wat is er met die gordijnen?' vroeg Marta hijgend.

'Stoor ik? Wat ben je aan het doen? Is er iemand bij je?'

'Eh... ik ben... aan het joggen.'

'Sinds wanneer doe jij aan joggen?'

'Dat gevraag van jou ook altijd... Wat wil je eigenlijk?'

'Waren ze open?' vroeg Konráð.

'De gordijnen? Ja, die waren open. Voor alle ramen.'

'Ik denk dat iemand buiten de flat de moord heeft zien gebeuren,' zei Konráð. 'En dat die het direct gemeld heeft. En ik geloof dat ik wel weet waarom hij niet met de politie wil praten.'

'Over wie heb je het?'

'Over iemand met een verrekijker.'

'Iemand met een verrekijker? En waarom wil die niet met ons praten?'

'Nogal logisch. Omdat het een gluurder is.'

8

De man wees het medium de weg: de smalle trap op en vervolgens naar een donkere zolderverdieping. Eygló kwam erachteraan. Ze had een drukkend gevoel in haar borst dat haar de hele ochtend al kwelde. Het was een gevoel van vrees waarvan ze de oorzaak niet kende, maar dat met elke traptrede heviger werd. De vrouw huurde de zolder van de man die hen had ontvangen. Ze had twee kinderen; het oudste, een meisje, was ernstig ziek en de vrouw had het medium erbij geroepen in de hoop dat zijn tussenkomst haar kind zou kunnen helpen. Het meisje had griep – die heerste in de stad. Ze had het virus opgelopen en een paar dagen in bed gelegen, maar was te vroeg weer naar buiten gegaan. De griep was teruggekomen en werd nu twee keer zo erg: ze had hoofdpijn, pijn in haar benen en hoge koorts. Eerder die dag had ze tweemaal overgegeven. Zeven jaar was ze.

Het gebeurde in Þingholt, op een koude februaridag in 1978. Er dwarrelde wat sneeuw door de straten. Het medium heette Kristleifur, een kleine, dikke man wiens ronde gezicht welwillendheid en beminnelijkheid uitstraalde. Hij droeg een hoed en een dikke jas. Eygló mocht hem graag, want hij was vriendelijk en presenteerde zich zoals hij was gekleed: zonder enige gemaaktheid. Hij was getrouwd met Málfríður van de Society for Psychical Research. Die was op het idee gekomen haar met Kristleifur mee te laten lopen, opdat ze het een en ander van hem zou kunnen leren. Dat was bij Eygló in goede aarde gevallen en ze had samen met hem enkele bezoeken afgelegd, waarbij ze zich erg op de achtergrond had gehouden. Het medium stond in verbinding met een zevental artsen van gene zijde, die voor het goede werk dat ze deden van zijn diensten gebruik wilden maken. Hij verklaarde overal waar hij kwam dat hij zelf geen medicus was, maar een werktuig van de artsen van gene zijde om de zieken en gebrekkigen te helpen.

Het meisje lag in een zolderkamertje onder de hanenbalken, dat ze deelde met haar moeder en haar broertje. Het gezin leefde onder armelijke levensomstandigheden. Het meisje ging 's morgens naar school en het jongetje naar een oppas, zodat de vrouw in de visfabriek kon werken. Ze had haar bestaan behoorlijk op orde en zorgde goed voor haar kinderen.

Het medium voerde op gedempte toon een gesprek met haar. Hij hoorde hoe de ziekte was verlopen. Intussen ontdeed hij zich van zijn hoed en jas, die hij allebei op een stoel legde. De moeder keek zeer bezorgd toen ze over het begin van de ziekte vertelde; ze had beter op het meisje moeten letten, zei ze, en niet moeten toestaan dat ze zo gauw weer buiten rondzwierf. Ze had zich niet gerealiseerd dat het arme kind nog helemaal niet in orde was. Het meisje leek er weer aardig bovenop te zijn en vond dat ze best naar school kon, maar toen de vrouw tegen de avond thuiskwam zag ze haar dochtertje doodziek in bed liggen. Het meisje had een huissleutel bij zich en was na schooltijd nog op eigen kracht naar huis gegaan, waar ze de halve dag hulpeloos op de zolder had gelegen. De vrouw had een dokter gewaarschuwd. Die had haar dochter een koortswerend middel gegeven en gezegd dat ze haar goed in de gaten moest houden.

'Ze heeft vanochtend zo'n ontzettende buikpijn gekregen, die stakker,' zei haar moeder ongerust. 'Ik heb de dokter gebeld, maar die komt maar niet. Ik heb haar aspirine gegeven.'

Eygló hoorde het gesprek aan en merkte hoe bang de moeder was. Pas langzamerhand realiseerde ze zich dat er een eigenaardige geur in de ruimte hing, maar ze had geen idee waar die vandaan kwam.

Het medium vroeg waar hij zijn handen kon wassen. Toen hij dat had gedaan ging hij het kamertje binnen en zette zich op de rand van het bed. Het kind doezelde een beetje en merkte nauwelijks dat hij zijn hand op haar voorhoofd legde, zijn hoofd boog en voor haar begon te bidden. Zijn lippen bewogen, zijn hand bleef rusten op het fijne voorhoofdje, zodat het gezicht bijna onder zijn handpalm verdween. Hij sloot zijn ogen; zijn gelaatsuitdrukking was hard en geconcentreerd, als was hij een priester die het kwaad wilde uitdrijven.

'Heeft ze hier kortgeleden iets gekookt?' fluisterde Eygló tegen de huiseigenaar – ze stonden wat terzijde in de woonkamer. Het was een houten huis waarvan de muren met golfplaten waren bekleed. Het had een lage zolderverdieping, die de man verhuurde. Zelf woonde hij beneden. De moeder volgde vanuit de deuropening wat het medium deed. Haar zoontje sliep op een oude zitbank en merkte niets.

'Gekookt? Nee,' fluisterde de man terug. 'Ik geloof niet dat ze iets te eten heeft gemaakt sinds het meisje ziek geworden is.'

'En jij?'

'Hoe bedoel je?'

'Heb jij iets gekookt?'

'De laatste drie dagen heb ik schelvis gekookt,' fluisterde de man.

'Voor hen?'

'Ja,' fluisterde hij. 'Ik heb genoeg gemaakt voor ons allemaal, maar ze heeft helemaal geen trek. Geen wonder natuurlijk. Ze kunnen niet zonder elkaar, zij en het meisje.'

'Woon je alleen, beneden?'

'Ja.'

Eygló zweeg. De lucht werd sterker. Ze liep langzaam naar de keuken. Er stond een pan met hete melk op een elektrische kookplaat, maar de lucht die ze rook kwam niet uit de keuken. Het was een geur die herinneringen bij haar opriep aan het goedkope voedsel dat haar moeder in de herfst altijd kocht en dat ze dan braadde. Ingewanden. Lever en hart en nieren. Eten dat Eygló heel erg vies vond. Daar kwam bij dat het idee om dierlijke organen te eten haar tegenstond.

In het slaapkamertje hield het medium zijn hand op het voorhoofd van het meisje. Zijn lippen bewogen terwijl hij bad. Het meisje opende haar ogen een beetje en het medium glimlachte tegen haar. Hij zei dat ze niet bang hoefde te zijn, haar moeder was bij haar. Het meisje keek ernstig, legde haar handen op haar buik en kreunde van de pijn.

'Heb je pijn, kindje?' vroeg het medium.

Het meisje knikte.

'In je buik?'

Weer knikte het meisje. Het was duidelijk te zien dat ze leed.

Het medium bracht een hand naar haar buik. Hij ging verder met zijn gebeden, het meisje kreunde en keek half huilend naar haar moeder. Die stond in de deuropening en deed haar best tegen haar te glimlachen.

Eygló stond intussen bewegingloos in de keuken. Ze dacht aan haar moeder, aan de ingewanden, aan het meisje in het slaapkamertje, aan de gebeden.

'We moeten haar naar het ziekenhuis brengen,' zei ze tegen de moeder toen ze ten slotte weer uit de keuken kwam. 'Je moet een ambulance bellen.'

'Wat...?'

'Bel een ambulance. Nu!'

Het medium keek op. 'Wat zullen we nou hebben?' vroeg hij.

'Ze heeft een dokter nodig,' zei Eygló. 'Dit is geen gewone griep. Dit is veel erger.'

'Hoe kun je dat nou zo zeggen?' zei het medium verbaasd.

Eygló keerde zich naar de moeder en herhaalde dat ze een ambulance moest bellen. De moeder keek eerst haar aan, toen het medium en haastte zich vervolgens naar de telefoon.

'Weet je het zeker?' vroeg het medium aan Eygló.

'Dat kind moet naar het ziekenhuis,' zei ze. 'Dat is het enige wat ik weet.'

Het meisje kreunde van pijn en het medium probeerde haar gerust te stellen. Hij keek Eygló aan. Het liefst had ze het kind in haar armen genomen, maar in plaats daarvan maakte ze plaats voor de moeder, die binnenkwam met een deken om haar dochter toe te dekken. Het medium stond op en de moeder probeerde het meisje uit bed te tillen, maar Eygló hield haar tegen.

'Laat hen dat maar doen,' zei ze.

'Wat?'

'Dat kun je beter aan hen overlaten,' zei Eygló op geruststellende toon.

Ze boog zich over het meisje en streek haar over het voorhoofd. Het kind keek Eygló met een vragende blik aan, ergens tussen angstig en versuft in. Zweetdruppels verschenen op haar voorhoofd en er trok een grimas van pijn over haar gezicht.

'Het komt goed, hoor,' zei Eygló. Ze glimlachte bemoedigend.

Het meisje keek haar aan en probeerde ook te glimlachen, maar ze kreunde weer en greep naar haar buik.

Eygló praatte met haar, kalmeerde haar. Ze ging op de rand van het bed zitten. Enkele ogenblikken later reed de ambulance voor; door de sneeuw op straat gleed hij heel even door. Twee ziekenbroeders verschenen onderaan de smalle trap, een brancard tussen hen in, maar konden er niet mee naar boven. Ze lieten de brancard staan, tilden het meisje voorzichtig uit bed, droegen haar naar beneden en brachten haar naar de ambulance. De moeder reed mee en ging bij haar dochter achter in de wagen zitten. Met de zwaailichten aan reed die snel de straat uit.

Het medium pakte zijn hoed en jas.

'Jij past op haar broertje, begrijp ik?' zei hij tegen de huiseigenaar. Hij keek naar het jongetje, dat nog steeds op de bank lag te slapen en zich al die tijd niet had bewogen.

'Ja,' zei de man. 'Ik blijf thuis, ik let wel op hem.'

'Mooi,' zei het medium. 'Hopelijk komt het allemaal goed met het meisje. Zou je ons dat kunnen laten weten?'

Dat beloofde de man en het drietal daalde de trap weer af. Eygló en het medium gaven de huiseigenaar een hand en daarmee was het bezoek afgelopen.

Pas in de auto op weg naar huis ontdekte Eygló dat het medium ontstemd was omdat ze had ingegrepen, al had hij geprobeerd zich aan te passen. Omdat Málfríður hem dat had gevraagd mocht ze met hem meelopen, maar hij vond dat ze zich beslist niet met zijn werk mocht bemoeien of hem ergens in mocht hinderen. Ze moest toekijken en er iets van opsteken. Eygló maakte haar excuses. Ze had er helemaal niet aan gedacht dat er aan de samenwerking bepaalde voorwaarden waren verbonden; ze had zich alleen maar zorgen gemaakt over het meisje. Nadat het medium Eygló naar huis had gereden namen ze wat koeltjes afscheid.

Ze nam aan dat ze nooit meer iets van hem zou horen, maar laat op de avond ging de telefoon. Het was Málfríður.

'Kristleifur heeft in het ziekenhuis gehoord hoe het ging. Hij heeft ook de moeder van het zieke meisje gesproken,' zei Málfríður. 'Die was daar nog.'

'Hoe gaat het met het meisje?'

'Ze denken dat ze beter wordt,' zei Málfríður.

Eygló haalde opgelucht adem.

'Was het iets met haar nieren?' vroeg ze aarzelend.

'Ja, het was... Maar hoe wist je dat eigenlijk? Heb je daarom die ambulance laten komen?'

'Ik weet het niet... Ik rook iets. Het was iets wat me heel sterk aangreep. Ik weet niet waarom. Ik heb geen idee.'

'Ze vertelden dat beide nieren ernstig geïnfecteerd waren,' zei Málfríður. 'Ze heeft antibiotica gekregen, via een infuus. Waarschijnlijk is het gelukt haar leven te redden. Maar het heeft niet veel gescheeld.'

Kort daarna beëindigden ze het gesprek. Toen het nacht werd zocht Eygló haar bed op. Maar ze merkte dat het drukkende gevoel dat ze de hele dag in haar borst had gevoeld nog niet geweken was.

9

Af en toe kwam Eygló langs het huis met de lage zolderverdieping in Þingholt. Ze moest dan altijd terugdenken aan de geschiedenis met het zieke meisje. Het huis stond al jaren leeg en was totaal in verval geraakt. De ramen en de deur waren dichtgetimmerd; vandalen hadden zich ook hier op de muren uitgeleefd en er was duidelijk een keer geprobeerd brand te stichten. Deze keer bleef Eygló voor het huis staan en langzaam kwamen de herinneringen weer bij haar boven: de smalle trap naar de zolder, de moeder die zich grote zorgen maakte, het kind dat zo ziek was. Bij Eyglós laatste bezoek aan Málfríður in het ziekenhuis had die over het bezoek aan dit huis gepraat. En kort voor haar dood had ze over haar man gedroomd; ze geloofde dat Kristleifur haar naar de andere wereld zou begeleiden.

Aan ziekenbezoeken zoals Kristleifur die aflegde hoefde Eygló niet te beginnen; over geneeskundige ondersteuning van gene zijde kon ze niet beschikken. Ze had het genezingswerk van een medium destijds willen leren kennen omdat ze er nieuwsgierig naar was. Ze kende de geschiedenissen van de belangrijkste figuren op dit gebied en had door haar bezoek aan dat huis in elk geval één ding ontdekt: als het leven nog maar aan een dunne draad hing wilde zij niet degene zijn die die draad vasthield.

Dat was in lijn met de manier waarop ze met haar gave omging. Volgens haar vader en later ook volgens Málfríður had ze die meer moeten ontwikkelen. Ze had echter haar ervaringen, de visioenen die ze als kind zag en met haar vader besprak, juist lange tijd verdrongen. Ze verzette zich ertegen, wilde er niets mee te maken hebben; ze werd er bang en mismoedig van. Wel was haar geesteshouding in de loop der jaren veranderd. Ze was zich gaan verdiepen in theorieën over de psychische oorzaken van zulke visioenen, maar ook van hallucinaties die niets met het leven na de dood te maken hadden. Ze las verhalen over het leven aan gene zijde, over zieners en over gebeurtenissen waarvoor geen enkele verklaring te vinden was, tenzij men vast geloofde in een leven na de dood.

De bezoeken die ze samen met Kristleifur had afgelegd maakten deel uit van dat verzamelen van informatie. Eygló begreep volstrekt niet hoe ze had kunnen aanvoelen met welke ziekte het meisje te kampen had. Ze was al eerder met Kristleifur op ziekenbezoek geweest, maar iets dergelijks had ze nooit eerder ervaren.

Nu liep ze door Þingholt omdat ze de zoon van Hansína wilde opzoeken. Die woonde één straat verder; Böðvar, heette hij. Jósteinn, die haar over Hansína had verteld, had haar ook de naam van haar zoon genoemd, en toen die via internet onvindbaar bleek had ze hem opgezocht in een oude telefoongids die ze nog steeds bewaarde. Daar stond hij in, met adres en al. Het was haar niet gelukt hem te bellen, en daarom was ze maar naar zijn huis gegaan, in de hoop hem daar aan te treffen. Ze hoopte maar dat hij er nog woonde.

Het huis waar hij volgens het telefoonboek woonde had twee verdiepingen. Het zag er niet veel beter uit dan de woning waarvoor ze even daarvoor had stilgestaan. Er was duidelijk al lang geen onderhoud aan gepleegd en het was volkomen in verval geraakt. De dakgoten waren roestig en de sponningen van de ramen vermolmd. Vooral de voorgevel met zijn gebarsten en afbladderend verfwerk was er slecht aan toe. Ervoor lag een smalle tuin, waarin totaal niets groeide.

Het huis had één deur; Eygló klopte aan, maar omdat er niemand reageerde stapte ze naar binnen. Ze kwam in een halletje met een deur naar de benedenverdieping en een houten trap die naar de bovenwoning leidde. Ze wist niet waar Böðvar woonde, maar toen op de begane grond niemand een teken van leven gaf klom ze langzaam de trap op en klopte op een deur. Toen er ook nu niets gebeurde klopte ze nog eens, harder deze keer. Nu hoorde ze iets. Ze wilde juist voor de derde keer kloppen, toen de deur openging. Door een kiertje staarde een oog haar nijdig aan.

'Neem me niet kwalijk,' zei Eygló. 'Ik wou graag met je over je moeder praten, over Hansína. Zo heette ze toch?'

Het oog nam haar van top tot teen op.

'Ben jij Böðvar?' vroeg Eygló.

Het oog bleef haar door de kier aanstaren.

'Heette jouw moeder Hansína?'

Het oog verdween, maar de deur werd niet dichtgetrokken. Na enige tijd waagde Eygló het hem open te duwen. Meteen rook ze de geur van jarenlange verwaarlozing, van rioolstank, vocht en schimmel, die van binnenuit de gang op drong. Bijna had ze haar neus dichtgeknepen, zo stonk het. De man zat op een smerige bank bij een oude beeldbuis-tv. Het was niet erg licht binnen, maar toen Eygló aan het donker gewend was ontdekte ze dat de man een enorme verzameling troep had opgeslagen. Ieder hoekje was gevuld met oud ijzer van verschillende herkomst, kartonnen dozen vol kranten, en stapels boeken die van de vloer tot het plafond reikten.

'Wat heb jij verdomme met mijn moeder te maken?' vroeg de man kwaad.

'Ik zou graag willen weten of ze op de een of andere manier contact heeft gehad met mijn vader,' zei Eygló.

'Wie is jouw vader dan?'

'Mijn vader heette Engilbert,' zei Eygló. Onwillekeurig wachtte ze zich ervoor het appartement al te ver binnen te gaan. Ze wilde hier ook niet lang blijven.

'Komt me niet bekend voor,' zei de man. Eygló nam aan dat hij de Böðvar was voor wie ze was gekomen. Hij was bijna helemaal kaal, maar compenseerde dat met een lange, grijze, onverzorgde baard, die tot hoog op zijn wangen groeide. Het was een afstotelijke kerel, zoals hij daar achteroverleunde in zijn lange, blauwe joggingbroek en zijn rode T-shirt met het logo van een buitenlandse voetbalclub. Onverschillig spreidde en sloot hij zijn bovenbenen alsof hij zijn kruis wilde laten zien. 'Ik ken geen Engilbert,' zei hij.

'Hij was een medium. Ik heb gehoord dat hij ooit bij je moeder geweest is.'

'Een medium?'

'Een ziener. Hij hield spiritistische seances en ik heb begrepen dat hij ook bij Hansína geweest is.'

'Wie zei je dat je bent?'

'Ik ben zijn dochter. Stelde je moeder belang in dat soort dingen? Seances?'

50

Böðvar staarde haar aan. Zijn knieën openden en sloten zich. 'Ma is dertig jaar geleden gestorven,' zei hij.

'Dat met die seances was veel eerder,' zei Eygló. Ze keek om zich heen naar alle rommel in het appartement en naar het miserabele uiterlijk van de man. Ze voelde zich niet erg prettig. 'Had ze… Was ze een kapitaalkrachtige vrouw?'

'Kapitaalkrachtig,' snoof de man. 'Hoe kom je daar nou bij?'

'Het verhaal ging dat ze… dat hij geprobeerd heeft haar als melk-koetje te gebruiken,' zei Eygló. 'Ze geloofde in een leven na de dood; mijn vader heeft daar gebruik van gemaakt en haar geld afhandig gemaakt. Zegt dat je iets?'

Böðvar hield zijn knieën nu stil en staarde haar aan. 'O, wacht eens even… Was dat jouw vader? Maar er waren er toch twee?'

'Dat zou kunnen,' zei Eygló. Ze dacht aan Konráðs vader.

'Die gore oplichters. Nou, óf me dat wat zegt. Het kleine beetje dat ze had hebben ze haar nog willen afpakken ook, de vuile schof-ten. Deden net alsof ze een of ander heel sterk contact hadden met onze oma aan gene zijde. Ze wisten alles over haar – weet ik veel hoe ze eraan kwamen. En ze gaf bevelen om aan goede doelen te geven. Zij zouden het geld wel meenemen en zorgen dat het in de juiste handen kwam. En ma maar betalen. Totdat mijn broers en ik het hoorden. We hebben ze een keer thuis opgewacht. Daarna zijn ze nooit meer langsgeweest.'

De man was gaan staan. Ze had de indruk dat hij dronken was. Op de tafel stond een geopende fles wodka. Lege wijnflessen en bierblikjes lagen her en der door het appartement verspreid.

'Wat deden jullie toen ze kwamen?' vroeg Eygló.

'Die ene was een watje. Was dat jouw vader? Hij begon gelijk te janken. Dat hij er zo'n verschrikkelijke spijt van had. Die andere was keihard. Speelde duidelijk de baas over zijn maat. Een klein ke-reltje, maar een rotzak. Hij wou ons te lijf. Is hij niet verdronken? Dat was híj toch? Je hebt het toch over hém?'

'Hij is doodgestoken, als we het tenminste over dezelfde man hebben,' zei Eygló.

'Bij de slachterij, hè? Waarom vraag je dat allemaal?'

'Dus ze waren met z'n tweeën?'

'Jazeker. Maar we hebben ze eruit geflikkerd. Die kleine wou niet luisteren, die hebben we eerst op z'n lazer moeten geven. Maar waarom wil je dat eigenlijk allemaal weten?'

'Weet je of ze in diezelfde tijd ook andere mensen hebben opgelicht? Andere vrouwen misschien? Heb je daar weleens iets van opgevangen? Dat ze ook bij andere mensen op bezoek zijn geweest?'

'Ma was niet de enige, nee. Haar vriendin Stella was er ook bij. Die hebben ze smerig behandeld. En er waren er nog wel meer. Dat soort kerels proberen overal wat te vangen. Vuile oplichters.'

'Leeft ze nog, die Stella?'

'Jij bent er toch niet net zo een als je vader, hè? Ook aan de oplichterij? Net doen alsof je medium bent?'

'Kun je me vertellen waar ik haar kan vinden en…'

Eygló kon de zin niet afmaken.

'Je ziet zeker een heleboel geesten hier binnen, hè?' zei de man. Hij begon luider te praten en deed alsof hij om zich heen tuurde. 'Die zweven hier toch overal rond? Wat zeggen ze? Waar zijn ze? Wat zie je nou?'

Eygló keek de man rustig aan en slikte haar reactie in. De enige schim hier binnen was de vervallen gestalte die ze voor zich zag. 'Kun je me zeggen…?'

'Weet je wat ik je kan zeggen?' schreeuwde de man. 'Dat je moet opdonderen!' Hij kwam dreigend op haar af. 'Wegwezen! Oprotten! Eruit!'

Eygló was blij dat ze weer frisse lucht inademde. Ze liep dezelfde route terug, langs het vervallen huis waar het zieke meisje had gewoond. Weer stopte ze. Ze stond naar de opschriften op de muren en naar de ravage te kijken toen een man van middelbare leeftijd uit het buurhuis kwam. Het trok zijn aandacht dat ze de verwaarlozing zo in zich opnam.

'Eén grote puinhoop,' zei hij.

'Staat het al lang leeg?' vroeg ze.

'O ja, al minstens twintig jaar. Het plan is nu om het af te breken en er een nieuw huis neer te zetten. Ben je bekend met dit huis?'

'Nee, niet echt. Ik ben er één keer binnen geweest,' zei Eygló. 'Er woonde toen een vrouw met twee jonge kinderen. Dat was in de jaren zeventig. Lang geleden dus.'

'Waren dat een jongetje en een meisje?' vroeg de man.

'Klopt.'

'Die heb ik zo'n beetje leren kennen toen ik hier vroeger woonde,' voegde hij eraan toe, alsof hij zijn vraag wilde toelichten. Hij glimlachte. 'Ik heb het huis hiernaast gekocht, mijn ouderlijk huis. Dat ga ik opknappen.'

'Weet je hoe het verder met hun moeder is gegaan?'

'Nee. Ze was gescheiden, dat weet ik nog wel,' zei de man. Hij haalde zijn autosleutel tevoorschijn. 'Maar hoe het verder met haar is gegaan zou ik je niet kunnen zeggen. We zijn naar een andere buurt verhuisd.'

'Van dat jongetje herinner ik me niet veel meer,' zei Eygló. 'Van zijn zusje wel. Ze was ziek geworden, en dat zag er toen niet best uit...'

'Feitelijk waren ze geen broer en zus,' zei de man. Hij ontsloot de auto die achter Eygló stond. Er klonk een piepje. 'De jongen was een pleegkind. Dat heeft hij me verteld toen ik hem nog een keer tegenkwam, ook alweer heel wat jaren geleden. Nogal verward, die knul, en hij zag er niet best uit ook. Behoorlijk aan de drank geraakt, denk ik.'

De man stapte snel in zijn auto en reed de straat uit.

10

De vrouw had zich meteen gerealiseerd wie Konráð was en had geen enkel bezwaar gehad tegen een ontmoeting. Ze was nogal verbaasd geweest dat hij had gebeld, want ze had helemaal niet verwacht dat hij na al die tijd nog contact met haar zou opnemen.

Ze wist dat hij bij de politie had gezeten. Jaren na de gebeurtenis bij de slachterij had iemand haar eens ingefluisterd dat hij rechercheur was en ze had zich voorgesteld dat hij op een goeie dag wel aan de telefoon zou hangen. In een zo kleine samenleving als de IJslandse in die dagen, waarin alle mensen elkaar kenden en met elkaar omgingen alsof ze familie van elkaar waren, was dat helemaal niet onwaarschijnlijk, vond ze. Als in latere jaren zijn naam in de media in verband met een onderzoek werd genoemd realiseerde ze zich soms dat hij nooit had gebeld.

Toen hij na al die jaren toch nog van zich liet horen was ze niet alleen verbaasd geweest, maar ook nieuwsgierig. Bij hun ontmoeting in een café in de binnenstad kon ze nauwelijks met haar vragen wachten. Ze hoopte maar, zei ze, dat hij haar niet al te vrijpostig vond; ze had natuurlijk niets met zijn doen en laten te maken. Ze liet gewoon haar nieuwsgierigheid de vrije loop, hij moest het haar maar niet kwalijk nemen; hij had nou eenmaal lang als rechercheur gewerkt, en zijn vader was vermoord. Waarom had hij nooit iets ondernomen in deze zaak? En waarom was hij er nu wel mee bezig?

'Of misschien heb je wel iets gedaan, zonder dat ik het wist,' voegde ze er snel aan toe, toen ze bedacht dat dit een zeer reële mogelijkheid was. Dat hij was begonnen zonder dat hij haar gebeld had. 'Dat hoef je natuurlijk helemaal niet aan mij te vertellen,' zei ze verontschuldigend.

Konráð glimlachte. Hij kreeg niet de indruk dat ze ontzettend nieuwsgierig was, meer dat ze hem als ze kon graag een handje wilde helpen. Ze was de vrouw die zijn vader bij de slachterij had gevonden. Ze was heel onbevangen, had welwillend op zijn verzoek gereageerd en met een open geest geluisterd. Toen ze van haar eerste verbazing was bekomen had ze zonder aarzelen in een ontmoeting toegestemd. 'Laat maar weten wanneer,' had ze gezegd.

Konráð had juist helemaal niet verwacht dat ze hem op deze manier tegemoet zou treden en hij wist niet goed wat hij moest zeggen, net als vroeger wanneer de zaak ter sprake kwam. Zijn vader was geen gemakkelijke man geweest om mee om te gaan en soms dacht Konráð dat hij het wrede lot dat hem getroffen had over zichzelf had afgeroepen, al was er niets wat een dergelijke misdaad rechtvaardigde. Zijn levensgeschiedenis werd gekenmerkt door een lange reeks kleinere en grotere vergrijpen, gevangenisstraffen, contacten met het uitschot van de maatschappij. Zijn familieleven was al niet veel beter – dronkenschap, huiselijk geweld en ten slotte datgene wat Konráð pas veel later ter ore was gekomen: misbruik. De laatste keer dat hij zijn vader had gezien was hij een en al woede en haat geweest nadat zijn moeder hem eindelijk de waarheid had verteld. Jaren daarvoor had ze haar dochtertje uit de klauwen van haar man gered. Ze had ontdekt dat hij niet van het meisje kon afblijven en was in Seyðisfjörður gaan wonen, helemaal in het oosten van het land. Volgens de buren hadden vader en zoon een paar uur voor de moord knallende ruzie gehad. Het toeval wilde dat Konráðs moeder die avond in de stad was. De volgende ochtend vroeg was ze met de bus weer naar huis gereisd, maar de politie had haar in Blönduós aangehouden. Ze was verscheidene keren verhoord, maar had volgehouden dat ze onschuldig was en niets van de zaak wist. Haar zus en haar zwager hadden bevestigd dat ze de bewuste avond bij hen had doorgebracht en niet naar buiten was gegaan. Ook Konráð was verhoord. Zijn vrienden hadden verklaard dat hij de hele avond in hun gezelschap had doorgebracht.

De vrouw in het café dronk van haar koffie. Ze zaten wat afgezonderd. Haar vraag hing in de lucht.

'Ik weet het niet,' zei Konráð. 'Misschien komt dat in de loop van de jaren. De behoefte om te weten. Je hebt het minder druk, en je zit soms te denken aan wat er vroeger gebeurd is. Mijn vader was geen prettige figuur en het liet hem volkomen koud dat hij vijanden maakte.'

'Is er iets nieuws gevonden in die zaak?' vroeg de vrouw. Ze heette Helga, een opgewekt glimlachende vrouw, die zich soepel bewoog en al jaren een dansschool leidde.

'Nee, niks,' zei Konráð. 'Er valt eigenlijk niks meer te onderzoeken. Ik zit er ook niet voortdurend over te piekeren, hoor. Ze hebben destijds veel aandacht aan de zaak besteed, daar valt niks op aan te merken. Maar ik moet nou eenmaal iets omhanden hebben.'

Het leek alsof ze die verklaring, hoe onvolledig ook, aannemelijk vond. Zijn woorden brachten haar weer terug bij wat er op die avond lang geleden was gebeurd. Het stond haar nog kristalhelder voor de geest. Ze zou zoiets niet graag nog een keer meemaken; nog lang daarna had ze er nachtmerries van gehad.

Samen met twee leeftijdgenoten was ze naar dansles geweest in de turnzaal van Jón Þorsteinsson in de Skuggasund en daarna was ze met een van de twee mee naar huis gegaan. Daar was ze tot laat in de avond gebleven. Die ander woonde in de Lindargata en Helga in een flat helemaal in het oostelijke stuk van de Skúlagata, niet ver van de plek waar later het nieuwe politiebureau was gebouwd. De vriendinnen hadden een nieuwe danspas geoefend voor een danswedstrijd in de week daarna en waren de tijd totaal vergeten. Toen ze ontdekten dat het al erg laat was besloot ze de kortste weg naar huis te nemen: door de Skúlagata.

'Dat stuk liep ik bijna iedere dag, ik kende iedere straatsteen,' zei Helga. 'Meubelfabriek Völundur met zijn torentje, benzinestation Klöpp pal aan zee, de oude Kveldúlfsloodsen, de slachterij. Alleen, zo laat op de avond had ik daar nooit iets te zoeken en het was er ook nog eens erg donker. De straatverlichting stelde niet veel voor en er kwamen bijna geen auto's door de Skúlagata; je had toen überhaupt nog maar weinig auto's in de stad. Ik weet nog dat ik de lucht van de rookovens van de slachterij rook, al lang voordat ik er in de buurt was. Die lucht hing daar overal.'

Daarmee week ze af van de verklaring die ze tijdens het onderzoek had afgelegd. Over rookovens die toen in bedrijf waren had ze niets gezegd.

'Die lucht kan ik me nog heel goed herinneren,' zei Konráð. 'Als de ovens brandden merkte je dat meteen.'

'Boven de poort van de slachterij had een lantaarn moeten branden, maar bij de politie vertelden ze dat de lamp kapot was. Dus ik was al behoorlijk dichtbij voor ik ontdekte dat er iets op het trottoir lag, voor de poort. Wat het was wist ik niet en ik hield mijn pas in. Ik ben bang voor honden en dit kon weleens een hond zijn, vreesde ik. En toen zag ik dat het heel wat anders was.'

Ze nam een slokje koffie.

'Het was een man, die daar op straat lag. Eerst dacht ik dat het zo'n dronken zwerver was die bij de poort was gaan liggen.'

'En toen ben je naar de overkant van de straat gehold?' zei Konráð. Hij had haar getuigenverklaring ontelbare malen gelezen.

'Ik was bang voor die zuiplappen,' zei ze. 'En voor honden en zwervers. Je had toen nogal wat daklozen in de stad. Nu zie je er nog maar zelden een.'

'En toen je aan de overkant was, zag je toen dat er iets niet oké was?'

'Toen zag ik die zwarte plas. Het bloed waar hij in lag. Verschrikkelijk gewoon. Maar in plaats van zo hard als ik kon weg te lopen kwam ik dichterbij, en toen zag ik dat hij zwaargewond was. Ik dacht dat hij al was overleden, maar dat was niet zo.'

'Je zag dat hij nog leefde?'

Helga knikte.

'Hij keek me aan en probeerde iets te zeggen, maar ik kon het niet verstaan, en toen ik dichterbij kwam trapte ik in dat bloed en kreeg het aan mijn schoenen. Dat is een van mijn naarste herinneringen aan heel die verschrikkelijke gebeurtenis. Ik was nog maar een kind, natuurlijk. Die schoenen wilde ik nooit meer aan en mama heeft ze weg moeten geven. Ze gooide nooit iets weg, mijn moeder.'

'En wat hij wilde zeggen weet je dus niet?'

'Nee. Hij zag me, stak zijn hand uit, deed zijn mond open en toen is hij voor mijn ogen gestorven. Ik ben het laatste geweest wat hij gezien heeft. Een meisje van zestien dat door de Skúlagata liep.'

'Ik kan me voorstellen dat dat geen prettige ervaring voor je is geweest, zo jong,' zei Konráð.

'Vreselijk. In één woord.'

'Je neemt het me hopelijk niet kwalijk dat ik dit allemaal weer op-haal.'

'Nee, het is gewoon goed om er eindelijk met jou over te kunnen praten. Ik wist al heel lang van je bestaan af en ik vind het fijn dat je contact met me hebt gezocht. Prima.'

'Je hebt natuurlijk al vaak genoeg nagedacht over wat hij tegen je wilde zeggen.'

'Ik hou het er nog steeds op dat het de naam was van degene die hem heeft neergestoken,' zei Helga.

'Je vertelde dat hij een geluid maakte.'

'Ja, maar ik kan het moeilijk beschrijven.'

'Was het niet gewoon kreunen van pijn?'

'Ik had de indruk dat hij iets wilde zeggen.'

Helga ging verder met haar opsomming van de feiten. Het benzi-nestation en alle andere bedrijven in de straat waren al dicht, ver-telde ze. Ze was weggerend en had aangeklopt bij het eerste het beste huis dat ze kon bereiken, in de Vitastígur. De mensen daar waren wakker geworden en toen het haar eindelijk was gelukt uit te leggen wat er aan de hand was hadden ze de politie gebeld.

'Het verbaasde me zo dat ze bij de politie precies wisten wie hij was,' zei ze. Een van hen, degene die het eerst op de plaats delict was aangekomen, had gezegd: 'Ja hoor, het is hem.' Om de een of andere reden vonden ze het niet vreemd dat hij daar op straat lag.

'Hij was een goeie klant van ze, zoals ze dat noemen,' zei Konráð.

'Ja, zo gedroegen ze zich ook. Alsof hij het over zichzelf afgeroe-pen had. Dat gevoel had ik, en ik weet nog hoe verbaasd ik was dat ze zo over hem praatten.'

'Kwamen er veel mensen op af, daar bij de slachterij?'

'Nee, niet echt. Er kwamen mensen uit de Vitastígur naar buiten en nu en dan stopte er een passant bij de slachterij. Maar ook dat waren er niet veel. Ik herinner me dat er wel persfotografen wa-ren. Op de een of andere manier had het nieuws zich toch snel ver-spreid. De politie heeft me naar huis gebracht en heeft pappa en mamma ingelicht. Die waren zich natuurlijk zorgen gaan maken en hadden al naar het huis van mijn vriendin gebeld. In de familie en op school werd ik zo'n beetje een beroemdheid. Ik had een lijk gevonden. Dat vonden ze spannend. Ik vond het alleen maar afschuwelijk, en dat vind ik nog.'

'Heb je iets bijzonders gezien, of een bijzonder iemand, daar op die plek of in de omgeving? Iemand die opviel? Iemand die zich achteraf hield? Die zich eigenaardig gedroeg?'

'Nee.'

'De ovens van de rokerij brandden, zei je?'

'Ja, volgens mij brandden ze.'

'Je hebt geen personeel achter de poort van de slachterij gezien?' vroeg Konráð. Hij herinnerde zich dat de ovens langs de Skúlagata stonden, ten oosten van de poort.

'Nee.'

In de rapporten stond dat er bij de ingang van de slachterij aan de Skúlagata een ijzeren hek was aangebracht en dat dit zorgvuldig was afgesloten. Er was ook met het personeel van de slachterij gesproken, maar dat had geen enkele link met Konráðs vader opgeleverd. Verreweg de meesten hadden een alibi. Slechts enkelen hadden dat niet, maar dat waren alleenwonende mensen die het slachtoffer niet kenden, nooit de wet hadden overtreden en geen reden hadden een dergelijke misdaad te begaan. De mogelijkheid bestond natuurlijk dat het moordwapen had toebehoord aan een personeelslid van de slachterij. Het wapen was echter nooit gevonden. Aan de hand van de twee steekwonden die op het lichaam waren aangetroffen vielen er ook geen conclusies over te trekken; het onderzoek op dit terrein stond in die tijd nog in de kinderschoenen. De diepte van de wond, de breedte van het blad, mogelijke verontreinigingen die het steekwapen had achtergelaten, het werd allemaal bekeken, maar het enorme aantal messen dat in aanmerking kwam werd er niet noemenswaard door beperkt. Konráðs vader scheen volkomen te zijn verrast door de aanval, die trefzeker en zonder aarzeling was uitgevoerd. Hij had geen schijn van kans gehad om zich te verweren. Er waren geen verwondingen aan zijn handen gevonden, niets onder zijn vingernagels wat erop wees dat hij zijn aanvaller had kunnen vastgrijpen, hem in het gezicht had kunnen krabben of hem aan zijn haar had kunnen trekken. Op het harde trottoir waren geen sporen waargenomen die als schoenafdrukken van de aanvaller konden worden gezien. Hij was niet in de bloedplas gestapt, zoals Helga later. Hij was een schimmige figuur, vanaf het moment dat de moord werd gepleegd.

'Je hebt altijd moeten leven met wat je toen hebt meegemaakt,' zei Konráð.

'Niet zoals jij, denk ik,' zei Helga. Ze glimlachte, alsof alle vergelijkingen in dat opzicht absurd waren.

Marta belde laat op de avond; ze wilde Konráð nog een aantal vragen stellen over zijn contacten met de overledene, zoals ze het in vakjargon noemde. Konráð meende dat hij alles had verteld wat hij over Valborg wist. Veel was het niet. Hij kreeg de indruk dat Marta in een wankelmoedige stemming was. Alsof ze belde zonder te weten wat ze eigenlijk wilde.

'Eigenlijk mag je je niet met deze zaak bemoeien,' zei ze ten slotte.

'Dat doe ik ook niet,' zei hij.

'Nee, precies, daarom hang je voor haar flat rond en val je de buren lastig.'

'Bel je daarover?'

'Ging het volgens jou goed met haar? Met Valborg, bedoel ik. Toen je haar sprak? Was ze kalm?'

'Ik denk dat ik voor haar het beste het woord "beheerst" kan gebruiken,' zei Konráð.

'Denk je dat ze pijn had?'

'Wat wil je eigenlijk, Marta? Het is al erg laat en ik wou zo naar bed.'

'Ach, verrek, ik weet dat ik er niet met jou over mag praten nu je met pensioen bent, en dat het allemaal vertrouwelijk is, en dat ik zwijgplicht heb, maar ineens klets ik dan toch weer met je, net als vroeger.'

'Waar wil je met mij over kletsen?'

'Die vriendin van jou had oude littekens aan de binnenkant van haar dijen. Van heel lang geleden; ze waren al lang genezen. Dat hebben ze bij de sectie ontdekt. Het lijkt erop dat het zelfmutilatie was. Dat ze in haar benen had gesneden.'

'Hoe oud zijn die littekens?'

'O, al heel oud. Maar dat is niet alles. Ze was er opnieuw mee begonnen, want ze hebben ook versere littekens op dezelfde plaatsen gevonden. Dat was feitelijk de reden dat ze het zijn gaan onderzoeken.'

'O ja?'

'Het moet wel bar slecht met haar zijn gegaan,' zei Marta.

'Zelfmutilatie?'

'Je hebt het niet van mij, hè,' zei Marta.

'Denk je dat ze zichzelf strafte?'

'Dat is één verklaring. Of angst misschien. Melancholie. Zelfmoordgedachten. Ze heeft geen zeven gelukkige dagen gekend, de ziel. Om welke reden dan ook.'

11

Konráð nam een hap van zijn sandwich. Die smaakte niet best en hij zag dat de houdbaarheidsdatum royaal was overschreden. Voor zijn geestesoog verscheen het opgewekte gezicht van de knul in het benzinestation bij wie hij hem had gekocht. Even overwoog hij om hem, over de datum of niet, toch maar op te eten: hij had honger en echt bedorven rook hij niet. Maar hij wilde zich niet wagen aan oude mayonaise en legde de sandwich terzijde. Hij opende de thermosfles, schonk een kop koffie in, stak een sigaartje op en blies de rook door het raam, dat op een kier stond, naar buiten. Al die tijd hield hij zijn blik gericht op de drie flatgebouwen, die pal naast elkaar stonden. Het liep tegen de avond en hij hoopte achter een van de ramen lichtflitsen te kunnen zien. Het liefst wilde hij de gluurder op heterdaad betrappen, met de verrekijker in zijn handen.

Marta had twee dagen eerder een politieman langs de appartementen gestuurd om uit te zoeken of een van de bewoners getuige was geweest van de moord op Valborg en of deze de politie had getipt. De flat waarin Valborg had gewoond stond op ongeveer driehonderd meter afstand en voor iemand met een goede kijker moest het niet moeilijk zijn bij haar naar binnen te kijken, had Konráð tegen Marta gezegd. Die was er nauwelijks toe te bewegen geweest aandacht aan de zaak te besteden; die paar lichtflitsen daar in de buurt leken haar van weinig belang voor het onderzoek.

De politie had nog niet ontdekt wie de appartementen in de naaste omgeving bespioneerde, zoals Valborgs onderbuurvrouw meende te hebben gezien. Rechercheurs bezochten het ene appartement na het andere en praatten met degenen die als bewoners van de flats stonden ingeschreven en met hen die er toegang toe hadden. In de meeste woningen woonden getrouwde of ongetrouwde stellen van verschillende leeftijdsklassen, met of zonder kinderen. Voor het merendeel waren ze erg verbaasd dat ze de politie op bezoek kregen. Sommige mensen zochten de verrekijker op die ze ooit, om welke reden dan ook, hadden aangeschaft. Er waren er die hem graag bij zich hadden als ze op reis waren, er waren vogelliefhebbers, en er waren ook mensen die een kijker cadeau hadden gekregen bij het vormsel of bij hun eindexamen, zonder hem verder ooit te hebben gebruikt. Vanuit vele appartementen op de derde verdieping was Valborgs flat goed te zien. Ook naar binnen kijken was niet moeilijk.

Konráð zuchtte.

Zijn zoon Húgó had vanuit de Verenigde Staten gebeld. Hij was met zijn gezin bij een artsenechtpaar in Florida waarvan Konráð niet veel meer wist dan dat ze daar woonden. Het zouden wel weer fanatieke golfspelers zijn – met Húgó en zijn vrouw ging het ook die kant op. De tweelingbroertjes, Konráðs oogappels, waren mee. Ook hen had hij gesproken; hij had gevraagd of het in Florida niet ontzettend vervelend was – hij mocht ze graag een beetje plagen. Ze hadden om het hardst 'Nee-ee!' geroepen en over de zee en het strand verteld, en toen waren ze naar de bioscoop gegaan. Konráð miste ze.

Hij keek naar de sandwich en wist niet of hij nog lang zou doorgaan met zijn waarnemingen. Er waren zoveel ramen die hij in de gaten moest houden. Hij had het koud, hij was hongerig en kon zich niet goed meer concentreren. Telkens moest hij terugdenken aan het gesprek met Helga. Het had geen nieuws opgeleverd, afgezien van wat ze hem verteld had over de rookovens. Ze moesten die dag zijn gevuld met gepekeld varkensvlees en lamsbout, waarna het vuur was aangestoken en de rook het vlees veranderde in kostelijke bacon en mals, gerookt lamsvlees.

Konráð dronk van zijn koffie en zoals zo vaak gebeurde wanneer hij zijn gedachten de vrije loop liet kwamen de herinneringen aan Erna in zijn bewustzijn naar boven.

Het had lang geduurd voordat hij haar over zijn vader had verteld; feitelijk had hij dat pas een week voor zijn huwelijk gedaan. Het was hem gelukt vragen over zijn familie te omzeilen door in algemene termen te praten over zijn moeder en zijn zus, die naar het oosten waren verhuisd. Zijn vader had hij nauwelijks ter sprake gebracht; hij was een arbeider geweest, maar leefde niet meer – het was niet eens helemaal gelogen. Hij wilde de band met Erna niet schaden met verhalen over zijn vader, hij was bang haar te verliezen. Maar in de loop van de tijd werd zijn zwijgen oorverdovend en begon ze te merken dat hij zich altijd uiterst ongemakkelijk voelde wanneer er familiezaken aan de orde kwamen. Ten slotte had hij het opgegeven en haar in zorgvuldig overwogen bewoordingen over de gebeurtenissen bij de slachterij verteld. Die moord kon ze zich nog herinneren en ze gaf toe dat ze nog nooit zo verbaasd was geweest als toen ze Konráðs kant van het verhaal hoorde. Beetje bij beetje had ze toen alle informatie bij hem losgepeuterd: de criminele activiteiten van zijn vader, het huiselijk geweld, de scheiding, het verhaal van de kleine Beta aan wie hij zich had vergrepen.

'Maar… hoe kon je dan toch bij hem blijven?' was het eerste wat ze zei, helder als ze altijd dacht.

'Hij wilde me niet laten gaan,' zei Konráð. 'Dat was zijn wraak op mijn moeder. Hij hield me bij zich en mijn moeder had niet de kracht om hem meer tegenwicht te bieden. Ze heeft gedaan wat ze kon; ze zocht me altijd op als ze in de stad was en bleef in de gaten houden hoe het met me ging. Ze had contact met de kinderbescherming, maar met die lui speelde mijn vader een beetje. Hij wist de zaken altijd tot in het oneindige te rekken, en als ze mij iets vroegen zei ik dat ik bij hem wilde blijven. Als het erom ging de mensen voor zijn karretje te spannen was hij zo ongelooflijk handig…'

'Maar waarom heb je me dat nooit eerder verteld?'

'Dat snap je toch wel?' zei Konráð. 'Ik wilde het niet verpesten tussen ons. Het is een waardeloze geschiedenis.'

'Je zou het helemaal niet verpest hebben.'

'Ik wou gewoon het risico niet lopen.'

'Dus bij die verschrikkelijke kerel ben je opgegroeid?'

'Tegenover mij gedroeg hij zich redelijk,' zei Konráð. 'Al was het geen makkelijk iemand om mee om te gaan. Maar hij gaf me wel een zekere mate van vrijheid, die mijn vrienden niet hadden. En van wat hij met Beta uithaalde had ik geen weet. Dat heeft mijn moeder me pas veel later verteld. Op de dag dat hij vermoord werd.'

Dat laatste voegde hij er aarzelend aan toe en Erna begreep heel goed wat die woorden betekenden.

'Wat zei de politie ervan?'

'Die weten nergens van,' zei Konráð. 'Ze weten dat mijn vader en ik die dag een enorme ruzie hadden, want dat hadden de buren gehoord. Maar waarover die ruzie ging weten ze niet. We hadden vaak bonje in die tijd. Ik was bezig me van hem los te maken.'

'Was het vanwege Beta dat jullie in botsing kwamen?'

'Ja.'

'Wie zijn daarvan op de hoogte?'

'Niemand. Mijn moeder. Beta. En jij.'

Erna keek hem in zijn ogen. Over een week zouden ze in het huwelijk treden. De vraag hing in de lucht, maar ze beheerste zich en stelde hem niet. Toch gaf Konráð antwoord.

'Ik heb een alibi,' zei hij. 'Ik heb het niet gedaan.'

Daarna waren ze nooit meer op die vraag teruggekomen.

Konráð had tijdens de bruiloft gemerkt hoe zorgzaam Erna zich tegenover zijn moeder betoonde. Ze hadden elkaar pas kort tevoren voor het eerst ontmoet, maar waren die dag goede vriendinnen geworden en vanaf toen belde Erna haar bijna elke dag. Ze liet haar zoveel ze maar kon haar genegenheid merken, al woonden ze ver uit elkaar. Dat deed ze ook tegenover Beta, die moeilijker te benaderen was. Maar ook zij raakten in de loop van de tijd hecht bevriend.

Konráð dronk van zijn koffie; de herinneringen kwamen bij hem binnen als microgolven uit de kosmos die hem vanuit een ver verleden bereikten.

'Waarom probeer je er niet achter te komen wat er met je vader is gebeurd?' had ze hem een paar jaar later gevraagd. Zijn moeder was niet lang daarvoor overleden. Het was op een winteravond, ze lagen in bed en er gierde een sneeuwstorm om het huis. Het onderwerp was al eerder die avond ter sprake gekomen, en zoals altijd had hij weinig zin gehad om het erover te hebben. Erna had het nog niet opgegeven. 'Niemand kan dat beter doen dan jij,' zei ze. 'Waar ben je eigenlijk bang voor?'

Hij gaf geen antwoord en een hele tijd was alleen het gehuil van de wind te horen. De inwoners van de stad hadden het advies gekregen tijdens het hoogtepunt van de storm binnenshuis te blijven.

'Voor de waarheid,' zei hij eindelijk.

'Heb je haar er ooit naar gevraagd?' vroeg Erna na een ogenblik nadenken.

'Dat zou op een veroordeling hebben geleken.'

'Ben je er daarom nooit aan begonnen?'

'Ja. Onder andere.'

'Maar... kan het dan...'

'Soms kan ik niemand anders bedenken,' fluisterde Konráð. Zijn woorden verdronken in het huilen van de wind.

Hij sloot zijn thermosfles en haalde een sigaartje tevoorschijn. Toen keek hij weer naar de flats. Van achter een van de ramen op de vijfde verdieping zag hij een lichtflits komen.

12

Konráð stapte uit. Hij bleef het raam in het oog houden en rekende uit waar de flits vandaan kwam. Vanuit Valborgs woning gezien was het een raam in het laatste appartement op de vijfde verdieping van het middelste flatgebouw. Hij had zich op de hoogte gesteld van de indeling van de flats en volgens welk systeem de appartementen op de etages waren genummerd. Het bewuste appartement moest hij dus zonder lang zoeken kunnen vinden. De deurbellen waren genummerd en op een bord ernaast was te zien wie er op die nummers woonden. Konráð drukte op de bel van een woning op de bovenste verdieping. Toen hij geen antwoord kreeg probeerde hij het adres ernaast. De bewoner kwam al snel aan de intercom en Konráð zei dat hij zichzelf had buitengesloten. Dat werkte. De deur ging open en hij stond in het trappenhuis.

Hij wachtte even voordat hij langs de lift verder liep. Langzaam beklom hij de trappen, totdat hij voor het appartement stond van waaruit de lichtflits te zien was geweest. Hij gaf een paar bescheiden klopjes op de deur.

Een jongeman van ongeveer twintig jaar deed open. Hij droeg een dikke trainingsbroek en had een honkbalpetje achterstevoren op zijn hoofd. Hij zette grote ogen op.

'Emanúel?' zei Konráð aarzelend.

'Pa!' riep de jongeman in de deuropening. Hij krabde zich in zijn lies en liep weer naar binnen.

Een ogenblik daarna kwam er een man uit de kamer die Konráð met een vragende blik aankeek. Hij was ongeveer vijftig jaar oud en droeg een grijze fleecetrui. Het haar bij zijn slapen werd al aardig grijs. Hij maakte een beschaafde indruk en had iets weg van een kantoorman die er na zijn dagelijkse werkzaamheden zijn gemak van neemt. De man wees erop dat verkoop aan de deur in het gebouw niet was toegestaan en dat ook propagandistische activiteiten verboden waren.

'O, maar ik verkoop niks. Integendeel, ik ben op zoek naar een goede verrekijker,' zei Konráð – hij vergat dat hij zich had voorgenomen behoedzaam te zijn. 'Het liefst één waarmee je bij de huizen aan de overkant naar binnen kunt kijken.'

De man staarde Konráð zwijgend aan.

'Kan het zijn dat je zoon zo'n kijker heeft?' zei Konráð. 'Misschien kan ik dan met hem praten.'

De man keek in de richting van de kamer waarin de jongeman was verdwenen. Hij liet zijn schouders hangen en keek Konráð schuchter aan.

'Ben je van de politie?' vroeg hij. 'Ik hoorde dat ze hier in de flats zijn geweest.'

'Ze zijn op zoek naar getuigen,' zei Konráð, zonder antwoord te geven op de vraag.

'Ik ben geen pervert,' fluisterde de man. Hij zorgde dat de woorden niet op de gang te horen waren.

'Oké, zoals je wilt,' zei Konráð. 'Mag ik binnenkomen?'

'Kan ik niet buiten met je praten?' vroeg de man. Hij keek weer naar de deur van de kamer die de jongeman was binnengegaan. 'Als het jou niet uitmaakt?'

Konráð antwoordde bevestigend, ging met de lift naar beneden en wachtte daar in de hal op Emanúel, die even daarna verscheen. Hij stemde ermee in dat ze in de auto zouden gaan zitten. Konráð pakte de bedorven sandwich, gooide hem op de achterbank, startte de motor en liet de verwarming op temperatuur komen.

'Ik heb alleen maar gezien dat hij haar te lijf ging,' zei Emanúel. 'Pas later op de avond las ik op internet dat ze dood was. Je kunt je niet voorstellen hoe erg ik schrok. Eigenlijk ben ik daarna nog op weg geweest naar de politie. Het is alleen moeilijk om...'

'...toe te geven dat je mensen bespioneert?'

'Ik bespioneer helemaal geen mensen,' zei Emanúel beslist. 'Het was toeval. Ik was net mijn nieuwe verrekijker aan het uitproberen, en toen zag ik het gebeuren. Puur toeval.'

'Je nieuwe verrekijker?'

'Ja.'

'Dat moet dan wel een heel sterke zijn, met een grote lens, die je in het donker kunt zien glinsteren. Is het geen telescoop?'

'Ja, eigenlijk wel. Maar niet zo'n heel grote. Erg makkelijk in het gebruik.'

'En je probeerde hem alleen maar uit?'

'Ja.'

Konráð had heel wat verhoren achter de rug; hij wist wanneer mensen goed voorbereid voor hem verschenen en hun verklaring gereed hadden voor gedragingen waarop ze minder trots waren. Hij wist wanneer ze hun rol hadden ingestudeerd en duizend keer voor zichzelf gerepeteerd, totdat ze zelf geloofden wat ze beweerden.

'Woon je hier alleen met je zoon?'

'Mijn vrouw is bij me weg. Ervandoor. Heeft me twee jaar lang bedrogen zonder dat… En de jongen heeft ze hier gelaten. Ik krijg geen enkel contact met hem. Hij komt dat hol van hem nooit uit, behalve als hij geld nodig heeft. Maar ik heb zijn telefoon gebruikt om te melden wat ik gezien had. Hij heeft zo'n ding.'

Plotseling realiseerde Emanúel zich dat hij nog geen antwoord gekregen had op zijn vraag.

'Ben jij van de politie?'

'Ik heb bij de politie gewerkt,' zei Konráð. 'De vrouw die jij hebt gezien toen ze werd aangevallen was een vriendin van me. Dus jij vond het niet nodig om contact op te nemen met de politie omdat je alleen maar je nieuwe verrekijker aan het uitproberen was? Had het maar gedaan, dan zou het onderzoek heel wat meer opgeschoten zijn en dan zaten we nu niet voor joker hier buiten.'

'Nee, dat heb ik niet echt doorgezet,' zei Emanúel. Het was duidelijk dat hij zich ook op deze vraag goed had voorbereid. 'Ik heb nog wel een keer geprobeerd te bellen. Maar toen werd ik in de wacht gezet.'

Konráð had niet al te veel belangstelling voor deze verklaring en vroeg verder naar wat de man door zijn verrekijker had gezien toen hij die op Valborgs appartement richtte. Emanúel legde zo goed als hij kon uit waarvan hij getuige was geweest, verzweeg niets en bleek een zakelijke en heldere verteller.

'Had je de indruk dat de dief naar iets speciaals op zoek was?' vroeg Konráð.

'Hij is maar even binnen geweest,' zei Emanúel. 'Ik wou het net melden, en toen was hij er alweer vandoor. Hij was watervlug. Ik heb hem niet goed kunnen zien, het was zo donker daar binnen. Ik zou hem niet herkennen, zijn gezicht heb ik geen enkele keer te zien gekregen.'

'Was hij jong? Oud?'

'Dat durf ik niet te zeggen. Jong was hij zeker niet, hij bewoog zich nogal houterig. Het was een slanke man.'

'Had je eigenlijk naar iets anders willen kijken?'

'Nee.'

'Is hij die vrouw meteen te lijf gegaan?'

'Direct toen ze de deur opendeed. Ik heb echt in angst over haar gezeten en ik ben me kapot geschrokken toen ik las dat ze het niet overleefd had. Dat ze werd aangevallen heb ik maar heel onduidelijk gezien, eigenlijk alleen maar door een raam in het trappenhuis. Ik kon niet bij haar in de gang kijken.'

'Heb je bij de andere appartementen in het gebouw naar binnen gekeken?'

'Nee,' zei Emanúel. 'Ik heb alleen die vrouw van een verdieping lager gezien.'

'De vrouw die aan het bellen was?'

'Aan het bellen?'

'Ja.'

'Dat heb ik niet gezien,' zei Emanúel. 'Toen ik haar zag was ze niet aan het bellen. Het ging niet echt goed met haar, tenminste, dat leek me zo.'

'Haar zus lag gewond in het ziekenhuis.'

'O, dat verklaart het dan, denk ik. Maar ze was niet aan het bellen.'

'Weet je het zeker?'

'Absoluut. En er was een man bij haar.'

'Een man? Wat voor een man?'

'Dat weet ik natuurlijk niet,' zei Emanúel bedeesd. 'Hij droeg zwarte kleren. Hij liep het appartement uit en weg was hij. Ik heb hem nauwelijks behoorlijk kunnen zien.'

'Denk je dat ze gemerkt hebben wat er één verdieping boven hen aan de gang was?'

'Ik zou het niet weten,' zei Emanúel. 'Die man was net weg toen het allemaal gebeurde.'

'Heb je hem het gebouw uit zien komen?'

Emanúel moest over zijn antwoord nadenken. 'Nee, daar heb ik niet op gelet. Ik vermoed dat ik toen... naar iets anders keek.'

'Denk je dat het dezelfde man was die die vrouw, Valborg, heeft aangevallen?'

'Nee, dat... dat zou ik niet weten.'

'Je zult moeten praten met een politievrouw die ik ken,' zei Konráð. Hij haalde zijn mobiel voor de dag en belde Marta. Op de display zag hij hoe laat het was. 'Ze zal heel blij zijn als ze je verhaal hoort,' voegde hij eraan toe. Maar die geestigheid kwam niet over, wist hij.

13

Konráð had een kleine voorsprong en besloot die te gebruiken. Hij hoefde niet ver te lopen naar de plek waar Valborg had geleefd en was gestorven. Haar onderbuurvrouw van de eerste verdieping kwam juist uit het washok in de kelder naar boven toen Konráð bij de flat verscheen. Ze keek verrast op toen ze hem weer naar de buitendeur zag lopen. Ze deed open en Konráð vroeg of hij haar nog een ogenblik mocht storen. Het wasgoed dat ze had opgehaald hield ze in haar armen en hij vroeg of hij haar kon helpen. Ze bedankte hem en hij volgde haar naar haar woning op de eerste verdieping.

Ze was op haar hoede en vroeg hem niet binnen. Hij bleef met haar in de deuropening staan en vertelde dat ze het bij het rechte eind had gehad wat betreft de lichtflitsen die ze had gezien. Ze begreep niet direct wat hij bedoelde, maar wierp toen een zijdelingse blik op de verrekijker die nog steeds bij het huiskamerraam op tafel stond.

'Je hebt wel iets over jezelf aan het licht gebracht,' zei Konráð.

'Hoe bedoel je?'

'Heb je eigenlijk wel een zus?'

Ze ging naar binnen en legde de was op tafel. De tv stond aan: een IJslands kookprogramma. Een opgewekt glimlachende presentator schoof een lamsrug in de oven.

'Ik heb een alleenstaande vader gevonden. Hij is gescheiden en heeft een ontiegelijk vervelende zoon, met wie hij geen enkele band heeft. Het geeft hem een soort troost, een klein beetje inhoud aan zijn bestaan, als hij kan bespioneren hoe andere mensen leven. Hij heeft gezien dat de moord werd gepleegd en hij is het geweest die dat aan de politie heeft gemeld. Bij jou heeft hij ook naar binnen gekeken. Op het ogenblik praat hij met de politievrouw die het onderzoek van de zaak leidt. Die zal jou ook wel willen verhoren. Waarschijnlijk vanavond al.'

De vrouw keek hem zwijgend aan.

'De lichtflitsen die je gezien hebt vanuit de flats aan de overkant kwamen van hem.'

Weer keek ze naar de verrekijker op tafel.

'Wat heeft hij gezien?' vroeg ze toen.

'Ik zou mijn gordijnen in het vervolg maar dichttrekken,' zei Konráð. 'Het is niet zeker dat hij zijn neiging tot spioneren kan bedwingen, al krijgt hij wel een waarschuwing van de politie.'

De vrouw keek uit het raam.

'Hij heeft gezien dat er een man bij je was,' zei Konráð.

De vrouw glimlachte flauwtjes, maar haar gezicht straalde beslist geen opgewektheid uit. 'Hoe ik het ook ga vertellen, ik denk niet dat we er best afkomen.'

'Doe eens een poging.'

'Ik heb een zus,' zei ze. 'Dat is geen leugen.'

'En die ligt in het ziekenhuis?'

'Ze heeft een ongeluk gehad, ja, maar dat was… misschien niet zo ernstig als ik zei.'

'En die man?'

'Dat is háár man.'

'De man van je zus? Je zwager dus? En… die was je aan het troosten?'

'We hebben de afgelopen maanden wat gehad,' zei de vrouw.

Het duurde even voordat Konráð inzag dat ze het over een relatie met haar zwager had.

'En net voordat er op de verdieping boven jullie werd ingebroken was hij hier bij jou in huis?' vroeg hij.

'Ja.'

'Waarom heb je dat in 's hemelsnaam niet direct aan de politie verteld?'

'Omdat ik niet wilde dat mijn zus ervan zou horen, dat snap je toch zeker wel?'

'Het is nooit goed om in zulke gevallen te liegen,' zei Konráð.

'Je denkt toch niet dat hij het gedaan heeft? Daar had hij geen enkele reden toe.'

'Iemand heeft gezien dat hij bij jou de deur uitging, maar niet dat hij het gebouw uit gegaan is. En kort daarna is Valborg overvallen.'

'Heb je dat van die vuilak van de overkant?' zei de vrouw. Ze keek door het raam in de kamer. 'Wat een stomme onzin. Zoiets zou hij nooit kunnen. Dat bestaat niet.'

'Je zus en je zwager zijn nog bij elkaar, neem ik aan,' zei Konráð. 'En zij mag dus niet weten dat jullie elkaar ontmoeten?'

'Nee, maar stel je voor dat ze er zelf achter komt,' zei de vrouw. 'Daarom wilde ik het haar uiteindelijk toch vertellen. Dat was ik al lang van plan, wij allebei trouwens, maar zo eenvoudig is dat natuurlijk niet. We hebben het steeds voor ons uit geschoven. En toen kreeg ze dat ongeluk. Ze was op weg naar mij toen het gebeurde. Ik had het haar toen willen zeggen. Het is allemaal zo ellendig.'

'Dan zou ik het maar gauw doen,' zei Konráð. 'De politie zal ongetwijfeld met jou willen praten, met jullie allebei, en dan komt het allemaal aan het licht. Je kunt beter schoon schip maken. Je bent al op glad ijs doordat je niet eerlijk hebt gezegd dat er een man bij je in huis was.'

'Maar die heeft er toch niks mee te maken? Of ik? Wij hebben niks gedaan.'

'Dat zijn jouw woorden,' zei Konráð. 'En sinds we elkaar de vorige keer gesproken hebben zijn die heel wat minder waard. Heeft Valborg ooit met jou over geldzaken gepraat?'

'Geldzaken? Nee.'

'Ze heeft me verteld dat ze ergens geld voor opzij had gelegd. Wie weet bewaarde ze het voor een deel thuis.'

'Daar wist ik helemaal niks van. We hebben nooit over geld gesproken. Nooit.'

Konráð stond alweer op het trottoir toen Marta bij de flat kwam aanrijden, samen met een jongeman die als rijksvertegenwoordiger bij het onderzoek aanwezig was. Hij was onlangs bij het bureau begonnen en Konráð had hem nog niet eerder gezien.

'Waarom kun jij de mensen nou nooit eens met rust laten?' zei ze zodra ze Konráð zag. 'Waarom zit je niet gewoon thuis te patiencen?'

'Vond je het niet fijn dat je Emanúel hebt ontmoet? Jullie hebben het gepresteerd om hem helemaal over het hoofd te zien.'

'De viezerik,' zei Marta.

'Hebben we soms niks aan die man te danken?'

'Beste Konráð, als jij je nou eens overal buiten hield.'

Marta stak haar e-sigaret op. 'Wat had die meid?' vroeg ze, alsof ze meteen weer was vergeten dat Konráð zich niet met politiezaken moest bemoeien.

'Ze heeft me een wondermooi liefdesverhaal verteld, zo een waar je er niet genoeg van kunt horen,' zei Konráð. 'Dat wordt genieten voor je. Jongen ontmoet meisje, jongen wordt verliefd op meisje, jongen slaapt ook met zus van meisje.'

'Prachtig, hoor,' zei Marta nijdig. Ze blies twee rookpluimen na elkaar uit, waarna ze zich als een stoomschip in de richting van het trappenhuis bewoog.

'En?' vroeg Konráð aan de jongeman. 'Bevalt het om deze dagen met Marta te werken?'

'O jawel, hoor,' fluisterde de rijksvertegenwoordiger. Hij liep op een afstandje achter haar aan. 'Je hebt er natuurlijk heel wat die erger zijn dan zij.'

'Ja,' zei Konráð. 'Er zijn er heel wat erger dan zij.'

14

Konráð had zijn telefoon uitgezet, en toen hij hem weer aandeed zag hij dat Eygló twee keer had gebeld. Hij besloot haar terug te bellen, hoewel het al laat in de avond was. Ze nam meteen op en vroeg of hij bij haar in Fossvogur langs kon komen. Ze was erachter gekomen dat hun vaders weer waren gaan samenwerken. Dat had ze al eerder vermoed, maar nu wist ze ook met wat voor zaakjes ze bezig waren geweest.

Ze ontving Konráð hartelijk, schonk een glas rode wijn voor hem in en vertelde over de weduwe in Hafnarfjörður, die hun vaders hadden geprobeerd kaal te plukken. Haar zoon Böðvar had ook een vriendin van haar moeder genoemd; Stella, heette ze. Waarschijnlijk was zij voor de twee oplichters al net zo'n gemakkelijke prooi geweest. Eygló zei dat ze zich voor informatie over die Stella tot de Society for Psychical Research had gewend; ze was te weten gekomen dat er in de annalen van de Society een paar keer een vrouw met die naam was voorgekomen. Nog diezelfde dag had Eygló echter ontdekt dat ze al jaren geleden gestorven was.

Konráð luisterde zwijgend naar zijn vriendin. Ze hadden vaak samen over de twee mannen gesproken en een van die keren had hij haar ontzettend boos gemaakt. Toen had hij gesuggereerd dat Engilbert, haar vader, misschien wel een rol had gespeeld bij de dood van zijn eigen vader. In ieder geval viel niet voorbij te gaan aan de mogelijkheid dat hun samenwerking was uitgelopen op een dodelijke steekpartij, door Engilbert of door iemand die namens hem opereerde. Konráðs mening berustte echter alleen op de aanname dat het tweetal weer begonnen was mensen geld uit de zak te kloppen. Eygló had zich niets belachelijkers kunnen voorstellen. Ze had altijd volgehouden dat Engilbert tijdens de oorlog genoodzaakt was geweest die samenwerking aan te gaan, maar er een heel slecht gevoel bij had gehad. Konráðs vader zou de drijvende kracht achter de zwendel zijn geweest, een slechterik, een schurk, voor wie Engilbert zelfs bang was geweest en aan wie hij geen weerstand had durven bieden. Engilbert zelf was een onverbeterlijke dronkaard die nauwelijks geld genoeg had om van te leven en Eygló sloot niet uit dat Konráðs vader hem opnieuw afhankelijk van zich had kunnen maken en met hem had kunnen doen wat hij wilde.

Zo praatten ze over hem, Eyglós vader, wiens erfenis alleen maar bestond uit vragen en uit het verdriet dat hij haar had bezorgd. En over Konráðs vader, die niets dan woede en bitterheid in de geest van zijn zoon had gezaaid. Op wonderlijke wijze had de geschiedenis van die twee mannen hen, de zoon en de dochter, bij elkaar gebracht, hoeveel ze onderling ook verschilden. Zij: iemand die door haar ervaringen en haar bovennatuurlijke talent openstond voor het onverklaarbare. Hij: een politieman die alleen maar geloofde in wat hij kon zien en aanraken. Konráð probeerde haar zo min mogelijk te laten merken hoe moeilijk hij kon geloven in alles wat haar wereld uitmaakte. Eygló probeerde voor hem te verbergen dat hij naar haar mening maar een erg beperkte visie had op het leven en al het bestaande. Toch had dat niet tot gevolg dat het tussen hen tot een breuk kwam en ze hadden elkaar al goed genoeg leren kennen om hun tegengestelde eigenschappen ook van de humoristische kant te kunnen bekijken.

Het was al na middernacht toen Konráð zijn glas neerzette en zei dat het tijd werd.

'Misschien zou je eens met familieleden van die Stella kunnen praten,' zei hij. 'Laat me maar weten wat je doet.'

'Ja, dat doe ik,' zei Eygló terwijl ze met hem naar de voordeur liep, waar hij zijn jas had opgehangen. 'Kortgeleden heb ik op internet de berichten over de moord bekeken,' voegde ze eraan toe.

'Ja, daar is al heel wat tijd in gaan zitten.'

'Heb je er weleens aan gedacht uit te zoeken welke fotografen daar toen zijn geweest om opnamen te maken? Er is maar een heel klein gedeelte van in de kranten gekomen. Er moeten veel meer foto's zijn gemaakt. Misschien zou je die eens wat beter kunnen bekijken. Als ze er tenminste nog zijn. De een gooit makkelijker iets weg dan de ander, natuurlijk.'

'Ja, daar heb ik aan gedacht,' zei Konráð. 'Heel lang waren het dezelfde lui, jaar in, jaar uit. Ze luisterden naar de politiezenders en waren zelfs als eersten ter plaatse.'

'Ik weet niet hoe het komt, maar ik heb het gevoel dat ik je moet vragen waar die rooklucht vandaan komt,' zei Eygló terwijl hij zijn jas aantrok.

'Rooklucht? Zeker de lucht van Marta's e-sigaretten.'

'Zou dat het zijn?'

'Of van mijn sigaartjes. Ik heb vanavond in de auto gezeten en te veel gerookt.'

'Die lucht is met jou binnengekomen. Een tamelijk sterke rooklucht – nou ruik ik hem weer. Maar het is geen…'

'Als het niet de lucht van de rookovens is,' zei Konráð. Hij glimlachte erbij alsof dat een absurde veronderstelling was. 'De ovens bij de slachterij. Ik heb de vrouw gesproken die mijn vader gevonden heeft,' voegde hij eraan toe. 'Dat had ik je nog willen vertellen.'

'Ben je bij haar geweest? Ben je er wat mee opgeschoten?'

'Niet zoveel, nee. Ze was heel aardig en het was goed om haar te spreken, maar veel bijzonders heeft het niet toegevoegd. Het heeft haar tijd gekost om haar ervaring te verwerken. Ze vertelde dat de rookovens aan de Skúlagata op de avond van de moord in bedrijf waren. Dat wist ik helemaal niet.'

'Die ovens kan ik me helemaal niet herinneren. Trouwens, ik wist van die hele slachterij niks af.'

'Ik weet nog heel goed dat ze daar langs de Skúlagata stonden.'

'Maakt het uit dat ze in bedrijf waren?'

'Nee, nauwelijks. Het hoorde gewoon bij de dagelijkse routine daar. Een paar dagen eerder waren ze aangemaakt, lang voordat mijn vader werd vermoord dus. Ik kan me niet voorstellen dat het voor het onderzoek van enig belang is geweest. Er is ook nooit aandacht aan besteed. Maar misschien zie ik door wat ze me heeft verteld scherper hoe kort de tijd is geweest tussen de steekpartij en het moment dat zij mijn vader zag liggen. Hij leefde nog, hij probeerde iets te zeggen en is toen voor haar ogen gestorven. Dat wist ik natuurlijk wel, maar doordat ik er met haar over praatte werd het allemaal helderder.'

'En dat wil zeggen?'

'Dat de moordenaar nooit ver weg heeft kunnen zijn,' zei Konráð. 'Die liep door de dichtstbijzijnde straat of verborg zich aan de waterkant. In die tijd kwam de zee nog tot aan de Skúlagata.'

'En daarvandaan is hij weggeslopen?'

'Ik heb daar af en toe over na zitten denken. Hij moet nog heel dicht in de buurt zijn geweest.'

'Maar ze heeft hem niet gezien?'

'Nee, ze heeft niks gezien.'

Bij de deur bleef Konráð een beetje aarzelend staan. 'Ik kan er maar beter vandoor gaan nu,' zei hij. 'Tenzij je...' Hij keek Eygló aan.

'Ja?' zei ze.

'Tenzij je nog wat meer... rode wijn hebt,' zei Konráð.

'Hoe bedoel je?'

'Eh... dan zou ik... nog wat langer kunnen blijven... als je wilt,' zei hij terwijl hij dichter naar haar toe kwam.

'Nee, dat denk ik niet, Konráð,' zei Eygló. Ze glimlachte om zijn poging. 'Ik denk niet dat ik vanavond meer voor je heb.'

'Weet je het zeker?'

Eygló knikte.

'Goed... Welterusten dan maar,' zei Konráð. Hij draaide zich om, glipte de deur uit en sloot die achter zich.

15

De oude vrouw staarde Konráð verschrikt aan. Ze begreep geen woord van wat hij zei en algauw drong het tot hem door dat het hem ook niet zou lukken zich in voor haar begrijpelijke taal uit te drukken, al deed hij nog zo zijn best. Toen hij op de gang had gevraagd waar hij haar kon vinden had niemand de moeite genomen hem te vertellen hoe het er met haar voor stond. Ze zat rechtop in bed toen hij de kamer binnenkwam, en keek uit het raam. Hij had zich voorgesteld en gezegd waarvoor hij kwam, maar nu zag hij dat ze bang voor hem was. Het leek alsof ze zou gaan jammeren. Hij probeerde haar behoedzaam aan het verstand te brengen dat hij haar niet aan het schrikken had willen maken, maar ze antwoordde niet en staarde naar hem, een verschrikkelijke indringer in haar kamer en in haar diep weggezonken wereld.

'Wie ben jij?' hoorde Konráð achter zich. Toen hij zich omdraaide zag hij een vrouw van ongeveer vijftig jaar in de deuropening staan. 'Kan ik je ergens mee helpen?'

'Ik wilde haar spreken… eh…' Hij kon even niet op de naam van de oude vrouw komen.

'O, maar het heeft geen enkele zin om tegen haar te praten,' zei de vrouw. Ze was kort en volslank, droeg een openstaande jas en had een grote koffiebeker bij zich, alsof ze even langs het buffet was gegaan. 'Dat gaat al lang niet meer. Jou heb ik hier nooit eerder gezien,' voegde ze eraan toe. 'Hoe ken je mijn moeder, als ik vragen mag?'

Konráð stelde zich voor en zei dat hij haar niet kende, maar wel haar zus.

'Kende je Valborg?' vroeg de vrouw. Ze kon haar verbazing niet verbergen. 'Die stakker. Verschrikkelijk wat er met haar gebeurd is. En ze was al zo ziek. Gewoonweg verschrikkelijk, het idee dat zoiets je kan overkomen.'

'Zeg dat wel.'

'Ze zullen die onderbuurvrouw van haar wel hebben opgeroepen om verhoord te worden,' zei de vrouw.

Konráð had daarvan gehoord. Marta had in een poging om verder te komen de onderbuurvrouw naar het politiebureau laten brengen. De politie wilde ook haar minnaar spreken; er werd naar hem gezocht. Gebleken was dat de man bepaald geen onbekende van de politie was. Al sinds zijn jeugd stond hij als inbreker te boek. Verder had hij een paar jaar vastgezeten nadat was ontdekt dat hij had deelgenomen aan drugssmokkel. Na zijn vrijlating uit de gevangenis had de politie niet meer met hem te maken gehad.

Konráð had gesproken met mensen van het medisch centrum waar Valborg had gewerkt, maar daar was hij alleen aan de weet gekomen dat ze een betrouwbaar en geliefd personeelslid was geweest, behulpzaam en onbaatzuchtig. Ze handelde altijd heel overwogen, vertelde weinig over zichzelf en werd een beetje als een einzelgänger gezien.

Hij vertelde de vrouw in de ziekenhuiskamer dat Valborg zich voor een heel persoonlijke kwestie tot hem had gewend om hulp. De vrouw scheen direct te weten waar het om ging.

'Was dat bekend in jullie familie?'

De vrouw ging bij haar moeder staan. Die keek haar verwonderd aan, zoals ze eerst ook naar Konráð had gekeken. De vrouw praatte kalmerend en vol genegenheid tegen haar en kreeg haar zover dat ze ging liggen. Ze spreidde de deken over haar uit. Het leek alsof ze een pasgeboren kind verzorgde.

'Ik weet niet… Zei je nou dat Valborg contact met jou had gezocht?'

Konráð merkte dat de vrouw weinig zin had familiezaken met een totaal onbekende te delen en hij kon dat begrijpen. Hij vertelde haar wat meer over de manier waarop hij Valborg had leren kennen: dat ze elkaar hadden ontmoet tussen de kunstwerken in het Ásmundarsafn en dat ze hem haar geschiedenis had verteld, al was dat niet het volledige verhaal. Helaas had hij niet de taak op zich genomen haar te helpen. Hij moest bekennen dat hij niet gelukkig was met die beslissing, en al helemaal niet als hij dacht aan het lot dat Valborg niet lang daarna had getroffen. Hij was oud-politieman, hij beschikte nog steeds over goede contacten bij de politie, hij had het onderzoek gevolgd en zou heel graag meer willen doen als dat mogelijk was.

'Ik heb veel nagedacht over wat ze me verteld heeft,' zei Konráð. 'En als het jullie hetzelfde is wil ik graag mijn bijdrage leveren om het kind terug te vinden. Al is het voor Valborg natuurlijk te laat.'

'Tja, wat zou je er nu nog mee opschieten?' zei de vrouw. 'Valborg leeft niet meer.'

'Nee, maar de zaak heeft twee kanten. De ene kant heeft met haar te maken. De andere met het kind. Valborg wilde dat het kind van haar bestaan wist. Ze is er altijd aan blijven denken en verlangde ernaar het te leren kennen, al was er nog zoveel tijd voorbijgegaan.'

De vrouw leek Konráðs zienswijze niet helemaal te verwerpen. 'Er is nauwelijks nog familie,' zei ze. 'Ik heb het er nog met de politie over gehad, toen die contact met me had opgenomen. Valborg is er pas tegen mij over begonnen toen ze het bericht over haar ziekte had gekregen, zo'n halfjaar geleden. Toen is mijn moeder hier opgenomen omdat ze zo in de war was. Die kwestie met Valborg speelde kort nadat ik ben geboren. Valborg zei dat mijn moeder ervan heeft geweten, maar met mij heeft ze er nooit over gesproken. Ik ben voor een flink deel opgegroeid bij mijn oma – mijn opa was overleden – en die heeft ook nooit iets in die richting gezegd. Valborg beweerde tegen mij dat oma er nooit van geweten heeft. Die had zich er natuurlijk nooit mee kunnen verzoenen.'

De vrouw zweeg en keek Konráð lang aan, alsof ze niet wist hoe ze verder nog moest reageren op dit vreemde bezoek aan de ziekenkamer van haar moeder. Ze stelde nog een aantal vragen over het contact dat hij met Valborg had gehad en hij probeerde haar zo goed mogelijk antwoord te geven. Weer vertelde hij over de enkele keren dat hij haar had gesproken. Om diverse redenen zaten die gesprekken hem nog steeds niet lekker, vooral omdat hij haar min of meer had afgepoeierd.

'Nou en?' zei ze. 'Dacht jij dat je dat kind kon vinden? Dat kon ze zelf niet eens.'

'Ik zou het graag willen proberen,' zei Konráð. 'Al was het maar om met mijn geweten in het reine te komen. Maar als de politie erin slaagt uit te vinden wat er van dat kind is terechtgekomen vind ik dat ook prima.'

De vrouw dacht een tijdje over zijn woorden na. Toen reikte ze hem de hand en stelde zich voor. Ze vertelde hem in grote lijnen wat ze wist over Valborg en haar kind. Valborg had het ter wereld gebracht in Selfoss, waar ze tijdelijk woonde. Ze was toen in contact gekomen met een vroedvrouw. Nadat ze had gezegd dat ze een abortus wilde had die zich helemaal over haar ontfermd. De baby had ze bij de vroedvrouw thuis gekregen, maar ze had er afstand van gedaan en toen ze haar zus er enkele jaren later over vertelde wist ze niet eens hoe het verder was gegaan met haar kind. Onder de gegeven omstandigheden, had haar zus gezegd, kon je dat ook maar het beste zo laten. Maar naarmate de jaren vorderden begon de kwestie voor Valborg steeds zwaarder te wegen en vroeg ze zich vaker af hoe het haar kind vergaan was. Wat voor leven het had gekregen. Hoe het zich had ontwikkeld. Waar het was terechtgekomen. Ze verwachtte zelfs dat het zelf naar haar op zoek zou gaan. Soms las ze verhalen over kinderen die hadden ontdekt dat ze waren geadopteerd en die, eenmaal volwassen, hun uiterste best deden hun biologische ouders te leren kennen. Dat was in haar geval niet zo.

'Heeft ze ook gezegd wie de vroedvrouw was die bij de bevalling heeft geholpen? Hoe dat in zijn werk is gegaan? Wie er pleegouders voor het kind heeft gevonden? Of het ergens bij de burgerlijke stand is ingeschreven?'

'Ik zei al, volgens mij was ze eerst van plan abortus te laten plegen, maar heeft ze daarna die vroedvrouw leren kennen, en heeft die haar overgehaald ervan af te zien. Die vrouw heeft haar ertoe gebracht het kind geboren te laten worden; het zou in een pleeggezin worden ondergebracht en niemand hoefde ervan te weten. Valborg heeft zich daar toen mee verzoend. Maar toen ze na heel veel jaren voor het eerst naar haar kind begon te zoeken ontdekte ze dat de vrouw al was overleden. Hoe ze heette heeft Valborg nooit verteld. En toen ze in de administratie van het ziekenhuis naar haar eigen naam zocht bleek die nergens voor te komen. Het

leek wel alsof die geboorte nooit had plaatsgevonden. Die vroedvrouw scheen in de hele reeks gebeurtenissen een zeer actieve rol
te hebben gespeeld. Valborg sprak erg waarderend over haar en zei
dat de vrouw haar nooit had gedwongen iets tegen haar wil te doen.
Het leek meer alsof de vrouw haar had willen helpen, maar dat Valborg zelf had beslist wat er moest gebeuren.'

'Wanneer heeft ze het kind gekregen?'

'In september 1972.'

'Dan is ze laat begonnen met zoeken.'

'Ik denk dat ze toch wel bang geweest is iets te ontdekken wat...
nou ja, haar verdriet alleen maar groter zou maken.'

'Heeft ze een reden genoemd voor het feit dat ze het kind niet wilde houden?' vroeg Konráð.

'Nee, niet echt,' zei de vrouw terwijl ze het kussentje voor haar
moeder op de goede plaats neerlegde en over het bijna witte haar
streek.

'Niet echt?'

'Tja, ik weet niet wat ik ervan moet zeggen. Ik merkte dat ze het
erg moeilijk had toen ik ernaar vroeg. Ze begon te huilen; ik had de
indruk dat alles eromheen enorm veel emoties bij haar losmaakte.
Zelfs dat het een soort noodoplossing was geweest.'

'Bedoel je dat ze onder druk is gezet?'

'Zoiets heeft ze nooit gezegd.'

'Dat de vader van het kind zich ermee bemoeide?'

'Ze reageerde zo emotioneel op al die vragen dat ze er niet eens
over kon praten. Dat is het enige wat ik erover kan zeggen.'

Konráð stond een ogenblik bij het raam na te denken en probeerde toen nog wat meer informatie uit de vrouw los te krijgen.
Ze bleek weinig te weten van wat haar tante in de betreffende periode had meegemaakt en had geen idee met wie ze in haar jonge jaren had omgegaan. Toch herinnerde ze zich vaag dat Valborg ooit
serveerster in een restaurant was geweest. En dat ze in Glaumbær
had gewerkt, de roemruchte discotheek aan de Tjörn. Tot die door
brand werd verwoest.

'Dus je hebt geen idee wie de vader van het kind kan zijn?'

'Nee. Het leek alsof hij nooit had bestaan.'

16

Toen Marta met de bedrogen zus praatte ging er een oud en bekend citaat door haar hoofd – niet woordelijk natuurlijk, dat soort dingen onthield ze nooit zo precies: 'Zelfs de hel kan zich niet meten met de woede van een vrouw wier trouw verraden wordt.' De haat van deze vrouw richtte zich echter minder op haar ontrouwe man dan op haar zus. Ze bleef maar schelden, noemde haar een slet en een hoer en haalde daarbij regelmatig haar kleine rode neusje op.

Ze heette Glóey. Naar ze zelf zei had ze er geen idee van gehad dat haar man vreemdging. Dat had ze pas begrepen toen er mensen van de recherche bij haar waren gekomen met de mededeling dat de politie haar man wilde spreken. Ze had al een paar dagen niks van hem gehoord, had ze gezegd, en toen hadden ze gevraagd of ze ook wist waar hij zat. Erg behulpzaam was ze niet geweest en ze had de heren verzocht op te rotten, maar toen hadden ze haar verteld dat haar man waarschijnlijk bij haar zus was geweest. Aan hetzelfde trappenhuis en op hetzelfde moment was een zwaar misdrijf gepleegd. Of ze ook wist wat hij bij haar zus te zoeken had en wat hij die avond verder nog had uitgevoerd.

Dat laatste had Glóeys belangstelling gewekt. Ze was totaal verrast en had zich het hele verhaal nog een keer laten vertellen, totdat ze precies begreep wat ze zeiden en wat ze kwamen doen.

'Dat gore kreng,' siste ze. Ze stak een sigaret op. Ze was zorgvuldig opgemaakt, met oogschaduw en rouge. 'Ik wist het. Ik wíst het, verdomme nog aan toe! Ze heeft nooit van hem af kunnen blijven. En ik in het ziekenhuis – net iets voor haar. Net iets voor haar!'

De politiemensen hadden een huiszoekingsbevel bij zich gehad omdat haar man een voorgeschiedenis had van drugssmokkel en

-handel. Zoiets wekte argwaan. Er waren messen en slagwapens – honkbalknuppels onder andere – in het appartement gevonden, wat pillen en een plastic zakje met wit poeder, waarvan de vrouw in alle ernst had gezegd dat ze niet wist wie dat in huis had gebracht.

'Heeft híj dat mens doodgemaakt?' schreeuwde ze furieus tegen Marta toen die later op de dag bij haar kwam. Het zoeken naar haar echtgenoot had nog geen succes opgeleverd. 'Dan heeft mijn zus hem opgestookt, zeker weten. Ik... Ik sla haar godverdomme dood, zo gauw als ik haar zie! Hoelang is dat al aan de gang tussen die twee? Die vuile tyfushoer!'

Marta probeerde de vrouw tot bedaren te brengen en sprak haar kalmerend toe. De politie keek maar naar één onderdeel van de zaak, zei ze, namelijk dat waarbij haar zus en haar echtgenoot ter sprake kwamen. Het was van groot belang dat ze hem te spreken zouden krijgen, met name om een aantal onzekere punten te kunnen ophelderen – dat vond zij toch ook? Dat was voor iedereen het beste. Hoe eerder de zaak was opgelost, hoe beter. Voor alle partijen. Het was een oude dooddoener en Marta deed geen moeite om erg overtuigend over te komen.

Of het nu Marta's afstandelijke toon was of niet, de vrouw werd rustig. Ze ging op de punt van een stoel zitten, slaakte een diepe zucht en liet het hoofd hangen. De dag tevoren was ze uit het ziekenhuis ontslagen; de sporen van het ongeluk waren nog te zien: haar hoofd zat in het verband en haar ene arm in het gips. Het bleek dat haar man haar niet voor het eerst met zulke feiten had geconfronteerd. Wel was voor het eerst haar zus erbij betrokken. Hij was een onverbeterlijke vrouwenversierder en ze had al lang alle reden om bij hem weg te gaan.

'En nou ga ik het doen ook,' zei Glóey. 'Ik geef het op. Ik kan dit niet langer. Ik kan dit niet langer. Ik kán het niet.'

'Nee, het is...'

'Die smerige hoer,' zuchtte ze. Ze krabde aan het gips om haar arm.

'Heb je haar, ik bedoel je zus, weleens horen praten over haar bovenbuurvrouw?' vroeg Marta.

'Niet dat ik me kan herinneren. Ze zit daar nou ongeveer een jaar en volgens mij heeft ze nog steeds geen echte kennissen. Zagen ze elkaar daar? In het huis van mijn zus?'

'Daar lijkt het wel op,' zei Marta.

'Hij zat bij me in de auto toen ik aangereden werd,' zei Glóey. 'Ik moest naar het ziekenhuis. Moet je kijken hoe ik eruitzie! En meneer komt er heelhuids af. Geen schrammetje. Zo zie je maar weer… Sommige mensen…'

'Ja. Maar vertel me eens, heeft hij problemen?' vroeg Marta. 'Op financieel gebied, bedoel ik. Of jijzelf?'

Glóey hield op met krabben.

'Hoezo? Had ze geld, die vrouw?'

'Kan dat een motief voor hem geweest zijn om haar te overvallen?'

'Die zak. Die heeft toch zeker schulden bij iedereen? Bij iedereen!'

Wat later ging Marta op het bureau aan de Hverfisgata met Valborgs onderbuurvrouw in een verhoorruimte zitten. De twee zussen verschilden behoorlijk van elkaar. Glóey was blond en levendig; het leven had haar nadrukkelijker getekend dan haar zus, die Begga heette. Begga was donker, rustiger en niet zo uitbundig opgemaakt als Glóey. Ze was van haar werk afgeroepen en door de politie naar de Hverfisgata gebracht. Ze had geen woord gesproken en toen haar was gevraagd waar haar zwager was, had ze gezegd dat ze niet wist waar die zich ophield.

Nu zat ze tegenover Marta en vroeg hoelang ze haar dachten vast te houden. En of het nou echt nodig was geweest haar uit haar werk te komen halen, zodat iedereen het kon zien. Terwijl ze niks gedaan had.

'Daar denkt je zus anders over,' zei Marta. 'En ze nam geen blad voor haar mond toen ze over je begon.'

'Nou, ze is zelf ook bepaald geen engel.'

'Ze gaat ervan uit dat je zwager er zijn hand niet voor omdraait om weerloze vrouwen te overvallen en ze beweert dat hij in chronische geldnood zit. Heeft hij Valborg overvallen?'

'Ach, welnee.'

'Heb je hem geholpen?'

'Hij heeft haar niks gedaan. En ik ook niet.'

'Kende je Valborg goed?'

'Nee, niet echt. Maar het was een aardig mens. Haar overvallen? Ik zou het niet gekund hebben.'

'Heb je weleens met haar over geldzaken gepraat?'

'Nee, nooit. Wat voor geldzaken?'

Marta had van Konráð gehoord dat Valborg geld opzij had gelegd; dat had ze hem nadrukkelijk meegedeeld. Toch bleek bij het inzien van Valborgs bankrekeningen dat het niet om bovenmatig grote bedragen ging. Misschien alles bij elkaar een miljoen kronen, maar ze had ook regelmatig geld van haar betaalrekening af gehaald, zelfs tienduizend kronen per keer. Aandelen, staatsobligaties of iets van dien aard had ze niet. Toen haar nicht ernaar gevraagd werd had ze geantwoord dat Valborg de banken en financiële instellingen na de crisis niet meer vertrouwde. De nicht wist niets over geld dat Valborg bezat of wat ze ermee had gedaan, maar wel dat ze in de loop van de tijd verschillende goede doelen royaal had gesteund die zich inzetten voor kinderen en kinderziektes. Ze had dat altijd anoniem gedaan. Mogelijk had ze het geld dat ze niet nodig dacht te hebben eenvoudigweg daaraan uitgegeven. Dat zou dan verklaren waarom ze steeds geld van haar betaalrekening af haalde.

'Heeft hij financiële problemen?' vroeg Marta in de verhoorkamer. 'Je zwager? Je minnaar?'

'Mijn mi... Nou, hij is anders wel van plan bij Glóey weg te gaan,' zei de vrouw. 'Dat wil hij al heel lang. Dat huwelijk van die twee is helemaal dood. En daarom komt hij bij mij.'

'Wil je niet zeggen waar je zwager is? Dan kunnen we het allemaal aan hemzelf vragen,' zei Marta vermoeid.

'Ik weet niet waar hij is.'

'Is hij van jou naar Valborg gegaan om in te breken?'

'Nee.'

'Heeft hij iemand ingehuurd om haar te beroven?'

'Je denkt toch niet dat hij zo stom is om dan zelf in de flat te blijven rondlopen? We hebben haar niks aangedaan. En hij heeft niemand op haar afgestuurd.'

'Heb je sindsdien nog van hem gehoord?'

'Nee. Hij heeft niks van zich laten horen.'

17

Konráð was in zijn oude discotheek en keek om zich heen. Al heel gauw kwamen de herinneringen bij hem boven, de een na de ander. Hij voelde weer de gure kou rond het gebouw aan de Fríkirkjuvegur. Hij zag de eindeloze rijen mensen die in het vreselijkste weer stonden te wachten. Hij zag de jongens op het terrein bij de ingang. Hij zag getoupeerd haar, stijf als een suikerspin. Vreselijk korte rokjes, regelrecht afkomstig uit de Londense modestraten. Tot aan de knieën reikende witte laarzen met hoge hakken. Haar tot op de schouders, niet altijd even schoon. Baarden in alle soorten en maten, alsof de vrije liefde altijd bij de baard begon. Hij herinnerde zich de dronkenschappen – de wachtenden gaven de fles aan elkaar door. Er werd gezongen, soms op een mooie zomeravond, soms in de bijtende kou van de winter, als het terrein in een ijsbaan veranderde en de sneeuw in je kleren ging zitten. Dat paste goed bij het gebouw aan de weg langs de Tjörn, een oud vrieshuis, waar oorspronkelijk klompen ijs verkocht werden. Het was omgedoopt tot Glaumbær en het was de populairste uitgaansgelegenheid van het land geworden.

Het was de kunst om voordat je naar binnen kon zo veel mogelijk te drinken, want binnenshuis was de drank duur. Het beste kon je dan tegen sluitingstijd aan de bar nog een paar glazen groene chartreuse nemen; dat garandeerde je de grootste alcoholroes voor de laagste prijs. Konráð herinnerde zich dat je bij binnenkomst in een bijna ondraaglijk hete atmosfeer terechtkwam en dat het nooit lang duurde of je zag wel een bekend gezicht. Het publiek had de oren vol dreunende muziek; het was in voortdurende beweging tussen de verdiepingen, de zalen en de bars. Het gebouw had drie verdiepingen en was daardoor ook in drieën verdeeld. Elk gedeelte was een samenstel van zaaltjes en kamers, verbonden door eindeloze gangen. In de benedenzaal was een dansvloer; daar speelden altijd de populairste bands van het land. Op de bovenste verdieping was de brand begonnen die Glaumbær vlak voor kerst 1971 totaal in de as had gelegd. Het etablissement werd nooit heropend, en daarmee verdween, sneller dan men ooit voor mogelijk had gehouden, het vermaakscentrum van de IJslandse hippiegeneratie. Het bal was gesloten.

Konráð stond midden in een van de tentoonstellingszalen en probeerde zich de oude meubilering van Glaumbær voor te stellen. Het vrieshuis had uiteindelijk een nieuwe bestemming gekregen toen het IJslandse Kunstmuseum het in bezit kreeg. Er liep nu een tentoonstelling van twee oude IJslandse meesters, Þorarinn B. Þorláksson en Jón Stefánsson. Een handvol mensen bewoog zich langzaam als spoken door de zaal, ze bleven staan voor de doeken en bekeken ze. Er heerste een plechtig zwijgen, terwijl je vroeger vanwege het lawaai niet eens degene naast je kon verstaan.

'Sta je te doen alsof je verstand van kunst hebt?' hoorde hij achter zich.

Konráð keerde zich om en zag de man voor wie hij was gekomen. Hij glimlachte en schudde hem de hand. 'Ik kom hier eigenlijk veel te weinig,' zei hij.

'Dat is zo,' zei de man. 'Voor mij is het ook niet het allereerste waar ik aan denk als ik vakantie heb.'

Ze slenterden naar het kleine museumrestaurant en maakten een praatje. Ze haalden herinneringen op uit hun politietijd, totdat Konráð langzaam toe begon te werken naar het onderwerp waarvoor hij gekomen was. De man heette Eyþór; hij was een oude kennis uit de periode dat hij bij de politie had gewerkt. Voor die tijd was hij ober geweest bij verschillende restaurants in de stad en Konráð wist nog dat hij ook weleens over zijn jaren bij Glaumbær had verteld: hoe leuk het was geweest om daar te werken. Het jaar voor de brand was hij gestopt en ober geworden in restaurant Naustið en nog een paar andere gelegenheden. Daarna had hij gesolliciteerd bij de politie en er een tiental jaren gewerkt, om vervolgens makelaar te worden. Hij had goed geboerd en dat was hem aan te zien: hij droeg een duur pak en was inmiddels gebruind teruggekomen uit Florida. Konráð had een hele tijd niets van hem gehoord, maar was ineens op het idee gekomen om hem te bellen en om een kleine vriendendienst te vragen.

'En, wat is het probleem?' zei Eyþór. 'Ik hoor dat je van alles en nog wat aangepakt hebt sinds je bij de politie weg bent.'

'Ik verveel me,' zei Konráð.

'En wat voer je nu uit? Iets bijzonders?'

'Ik weet het niet,' zei Konráð.

'Maar je bent… je bent toch daar in die flat bezig? Bij – hoe heet ze ook alweer… Valborg. Dat klopt toch, hè?'

'Herinner je je haar nog?'

'Ik?'

'Ze werkte in Glaumbær ten tijde van de brand.'

Eyþór keek om zich heen. 'Wou je me daarom spreken?' vroeg hij. 'Vanwege Glaumbær?'

'Kun jij je een vrouw herinneren die zo heette? Valborg?'

'Heeft het dan iets met Glaumbær te maken? Wat er met haar is gebeurd?'

'Welnee, ik ben maar wat aan het rommelen,' zei Konráð. 'Ze is bij me geweest, ze vroeg me of ik haar ergens mee wou helpen, en… ik wil meer over haar weten en nu probeer ik informatie over haar bij elkaar te krijgen. En toen bedacht ik dat een klein beetje beeldende kunst best goed voor je is. Tenminste, dat vind ik.'

Eyþór glimlachte. 'Ik heb haar niet meer meegemaakt,' zei hij. 'Ik herinner me tenminste niemand die zo heette. Met die brand was ik al weg bij Glaumbær. Toen zat ik bij Naustið.'

'Heb je nog contact met mensen die in Glaumbær hebben gewerkt?'

'Jawel, ik ken er nog wel een paar,' zei Eyþór. 'Wil je dat ik met ze ga praten? Dat ik naar die Valborg informeer?'

'Zou je dat willen doen?'

'Ik zal eens proberen of ik wat kan opgraven.'

'Toen ik van die brand hoorde kon ik het niet geloven,' zei Konráð. Hij dacht aan de dikke muren van het oude vrieshuis.

'Nee,' zei Eyþór. 'Kwam dat niet door een vonk van een sigaret, hier op de bovenste verdieping? In een zitbank? Hoe dan ook, het was intriest, allemaal. De tent was nog maar net opnieuw ingericht en ze hadden nog nooit zo goed gedraaid. Hier op het toneel heb ik *Hair* gezien, de musical, in december, vlak voor de brand, en… Nou ja, het was gewoon om te huilen.'

'Was het goed volk dat hier werkte?'

'Prima,' zei Eyþór. 'Ik heb er goede vrienden aan overgehouden. Ik ga met ze praten. Vragen of ze zich die vrouw herinneren.'

'Er is nog iets,' zei Konráð. 'Ik weet niet of het ermee te maken heeft, maar Valborg had een kind, dat ze bij de geboorte heeft afgestaan.'

'O ja?'

'Praat daar maar liever niet met anderen over, want ik weet niet of het van belang is. Best mogelijk dat het puur toeval is, maar…'

'Nou?'

'Dat kind is in september 1972 geboren en is dus het jaar daarvoor in december verwekt.'

'Dus in 1971?'

'In de tijd dat ze hier in dit gebouw werkte.'

'Je bedoelt… toen Glaumbær afbrandde?'

'Ja.'

Vanaf het moment dat het zoeken naar Glóeys echtgenoot begon duurde het twee etmalen voordat hij werd aangehouden. De zoekactie had pas succes nadat een van zijn maten, die wegens drugsgebruik voorwaardelijk was gestraft, de politie tipte om ze tot welwillendheid te stemmen. Hij vertelde dat de gezochte man een neef had tegen wie hij nogal opkeek, een IJslander van Deense komaf. Ook deze halve Deen bleek wegens drugshandel in aanraking te zijn geweest met de politie. In zijn huis, een vervallen huurwoning in de wijk Efra-Breiðholt, werd de verdachte aangetroffen, stoned als een garnaal, en in het bezit van twee pistolen, drie honkbalknuppels en een wielsleutel. Dit laatste voorwerp hield hij in zijn handen. Er werd een flinke hoeveelheid drugs gevonden, die aan de neef bleek toe te behoren. Aan een van de muren hing een grote, tamelijk voddige poster van het Deense nationale elftal dat bij het wereldkampioenschap voetbal in Mexico in 1986 zo onverwacht ver was gekomen.

Vi er røde, vi er hvide…[*]

---

[*] Wij zijn rood, wij zijn wit. Deens voetballied dat bij het WK '86 als strijdlied werd gelanceerd, naar de kleuren van de Deense vlag. *(Noot van de vertaler.)*

18

Engilbert hield zich vast aan de piano. Hij wankelde een beetje en zag er verfomfaaid uit. Konráðs vader had zijn best gedaan om hem wat op te vrolijken; hij had hem voor ze naar de seance gingen een borrel ingeschonken en er meer beloofd als hij zich goed hield. Engilbert had moeilijk gedaan en gezegd dat hij het niet aankon als hij niet eerst wat te drinken kreeg. Konráðs vader had hem snoepjes gegeven om zijn kegel te verhullen, en ze hadden de informatie doorgesproken die hij over de vrouw had verzameld.

Ze heette Stella. Een beetje gejaagd sprekend ontving ze hen. Ze bedankte hen dat ze waren gekomen en nodigde hen uit binnen te komen. Ze moest eerlijk bekennen, zei ze, dat ze niet precies wist wat haar te wachten stond en hoe het allemaal in zijn werk ging. De medewerker van het medium trad als woordvoerder op. Hoewel hij dat niet liet merken was hij opgelucht toen hij hoorde dat ze alleen thuis was. Ja, hem had ze aan de telefoon gehad, zei hij nadat hij haar had voorgesteld aan Engilbert, de veelvuldig geraadpleegde ziener en mensenvriend. Zelf was hij alleen maar de chauffeur, al had hij het daar druk genoeg mee. Druk genoeg, herhaalde hij. De vrouw vond het allemaal interessant om te horen en schonk koffie. 'Ja, er is tegenwoordig veel belangstelling voor zulke dingen,' zei ze en dat was hij helemaal met haar eens. Engilbert frunnikte aan zijn das zonder deel te nemen aan de conversatie. De vrouw was ongeveer zestig jaar, ze had een mooie bloes aan en droeg een zilveren hanger met het portretje van haar man. Af en toe speelde er een zenuwachtig glimlachje om haar lippen.

Ze had, zoals ze in het telefoongesprek al had gezegd, de laatste tijd kwade dromen, ze droomde van Halldór, haar man. Het ging niet goed met hem. Twee keer was ze plotseling wakker geschrokken en had ze zijn gezicht voor ogen gehad, vol woede en verdriet.

'Ik kon er echt niet meer van slapen,' zei ze. 'Zijn haar was helemaal wit, stel je voor. Lichtgevend wit haar.'

'Wat heb je een heerlijk huis,' zei Konráðs vader. Hij keek om zich heen in de prachtige kamer, naar de schilderijen van Kjarval, de porseleinen beeldjes, de zware eiken tafel waaraan ze zaten. Het was er schemerig, want de avond was gevallen en de vrouw had de dikke, dieprode gordijnen dichtgetrokken. Ze had een paar kaarsen aangestoken.

'Hoe willen jullie het hebben?' vroeg ze. 'Kunnen we hier blijven zitten of nemen we de eettafel?'

'Het is prima zo,' zei Konráðs vader; hij gaf Engilbert een seintje. 'Jij wilt zeker in beweging blijven, Engilbert? Je blijft er meestal bij staan.'

Engilbert bromde wat, stond op en liep naar de piano. Daar bleef hij een tijdje zwijgend staan. Legde een vinger tegen zijn slaap, alsof nu de verbinding tot stand kwam. Liep heen en weer, ging weer bij de piano staan en mompelde iets onverstaanbaars. Hij leek het moeilijk te hebben en geen pogingen te doen om dit te verbergen. Vroeger had hij belangstelling gehad voor toneel en in een amateurgezelschap gespeeld. Als het nodig was wist hij dat dramatische talent te benutten en ook kon hij heel goed 'de zaal lezen', zoals dat werd genoemd, zelfs als het enige publiek een eenzame vrouw was, ergens aan de Ægisíða. Plotseling sloeg hij met de vlakke hand op de piano.

'Verdomme, dat is toch niet mogelijk?' fluisterde hij. 'Dit kan gewoon niet.'

'Is er iets niet in orde, Engilbert?' vroeg de assistent.

'Nee, dit wil ik niet. Dit gaat niet. We kunnen maar beter vertrekken.'

'Wat is er?' vroeg de vrouw.

'Zouden we niet even afwachten?' vroeg zijn partner. 'Wíj hebben geen haast,' voegde hij eraan toe, en hij glimlachte naar de vrouw.

'Nee, dit heeft geen zin,' zei Engilbert. 'Dit heeft geen enkele zin. Er zijn hier geen stromen. Totaal niet. Er is niks hier.'

'Stromen?' zei de vrouw. 'Bedoel je van gene zijde?'

'Het is net een gesloten boek voor me,' zei Engilbert. 'Een gesloten boek.'

'Dat is niet zo best,' zei de vrouw, een beetje in de war.

'Helaas,' zei Engilbert. 'Ik ben niet in vorm. Ik had niet moeten komen, ik heb me vergist. Ik voel niks. Helemaal niks. Er ís hier ook niks. We kunnen beter opstappen. Dit is zinloos. Het had geen zin om hier te komen.'

Konráðs vader observeerde de reacties van de vrouw. Het gebeurde weleens dat ze te ver gingen wanneer ze de verantwoordelijkheid voor wat er zou gaan gebeuren op de schouders van hun slachtoffer legden. De mensen wilden het medium liever geen teleurstelling bezorgen en het tweetal wist daar buitengewoon handig gebruik van te maken.

'Ligt het aan mij?' vroeg ze aarzelend.

'Het komt voor,' zei hij verontschuldigend en alsof hij een verklaring gaf, 'dat mannen – en ook vrouwen – zich niet helemaal overgeven aan de macht van het medium. Dan is er iets mis met de onderlinge band. Dat heb je soms, en daar kun je niemand de schuld van geven. Het gebeurt gewoon.'

'Ik doe mijn best,' zei de vrouw, ongerust over de laatste ontwikkelingen. 'Ik hoop dat ik...'

'Ja,' hoorden ze Engilbert zeggen. 'Ja, het is... Ik merk dat er een man komt...'

'Wie is het?' vroeg de vrouw.

'Er komt hier... een man naar me toe... Hij zegt dat hij Guðmundur heet. Is dat iemand die je kent?'

Engilbert scheen plotseling contact te hebben gekregen met de andere wereld.

'Jawel, tenminste, als het onze Guðmundur is,' zei de vrouw een beetje gehaast, een en al bereidwilligheid om datgene waarmee ze bezig waren te laten lukken. Ze wilde beslist niet dat het medium weer op de piano begon te slaan of over een gesloten boek praatte. 'Guðmundur was degene die samen met mijn man de groothandel heeft opgezet.'

'Dank je wel.'

'Maar... Maar die is niet gestorven,' zei de vrouw. 'Hij moet toch dood zijn... of...?'

'Nee, dit is een andere Guðmundur,' zei Engilbert resoluut en hij keek zijdelings naar zijn partner. 'Dit is... Hij is... Er is een heldere hemel rondom hem.'

'Mijn grootvader van vaderskant misschien. Die had twee voornamen. De tweede was Guðmundur.'

'Hij staat op een groene weide,' zei Engilbert, 'en er is een heel... een heel heldere hemel rondom hem...'

'Hij was boer.'

'...er is een heldere hemel, en er staat een vrouw bij hem,' zei Engilbert. Hij keek naar de familiefoto op de piano. 'Ze is niet groot en ze draagt haar haar in vlechten. Ze weet dat je je zorgen maakt. Begrijp je wat ze bedoelt? Komt ze je bekend voor? Een kleine vrouw? Vriendelijk gezicht. En er is een plaggenboerderij en een keuken met open vuur. Er komt een naam... Begint met een S. Ik zie nog meer s'en. Kan dat?'

'Dat kan oma Sesselía zijn.'

'Goed.'

'Die lieverd,' zei de vrouw. 'De laatste jaren van haar leven heeft ze hier bij ons gewoond.'

'Ze zegt tegen je dat je je niet al te veel zorgen hoeft te maken...'

'Vanwege Halldór?'

'Ze wil je heel graag zeggen dat je je niet al te veel zorgen hoeft te maken over je man. Hij is op een goede plaats. Ze weet dat je ongerust bent over hem, ze zegt dat je moet doorgaan met voor hem te bidden, dan zal het allemaal goed komen. Ze zegt dat je voor hem moet bidden en niet moet vergeten de mensen die het moeilijk hebben te steunen. En de christelijke organisaties...'

De assistent schraapte zijn keel. Engilbert keek op om te zien wat hij wilde en kreeg een teken dat hij veel te snel ging.

'Ik merk dat ze uit mijn geestesoog verdwijnt, maar hier is een andere aanwezigheid. Een sterke aanwezigheid. Het is een man en het lijkt alsof er heel veel levendigheid om hem heen is. En vrolijkheid.'

'Zou dat Halldór zijn?' fluisterde de vrouw.

'Hij wil dat je denkt aan de gelukkige uren die jullie samen hadden. Het is hier... Ik zie iets als een oceaan en er is een passagiersschip en er is muziek die over het hele dek te horen is en er zijn mensen in galakleding...'

'Dat moet de Gullfoss zijn,' zei de vrouw. 'Elk jaar maakten we samen een bootreis.'

'Ik voel een geweldige blijdschap. Ik hoor zingen en krachtige muziek.'

'Ja, dat was zo ongelooflijk mooi. Hij had een heel goede stem. "Het rotskasteel" van Davið Stefánsson, dat was zijn favoriete nummer.'

Op deze manier ging Engilbert door en de vrouw in haar stoel voelde zich opgetogen bij alle mooie herinneringen die voor haar werden opgehaald. Engilbert hoefde geen enkele moeite te doen om de juiste toon te treffen. Ze was uitermate ontvankelijk voor alles wat hij haar voorschotelde, en zo verbleven ze een tijdlang in het licht, totdat de assistent het tijd vond om de teugels in handen te nemen. Als de seance werd afgebroken zou hij de gelegenheid te baat nemen om het medium in de goede richting te sturen. Daar had hij al aan gewerkt vanaf het moment dat ze waren binnengekomen. Hij was naar het oude kerkhof aan de Suðurgata geweest en had daar de enorme steen bekeken die de vrouw voor het graf van haar echtgenoot had laten maken. De zerk was uit graniet gehouwen en er was een plaquette van basalt op aangebracht waarin een grafschrift was gebeiteld. De letters waren verguld. Er waren geen kosten gespaard om de herinneringen van de vrouw levend te houden, en niet alleen ter ere van de brave groothandelaar. Want er stond nog een tweede naam op de steen.

In de kamer was het stil. Engilbert deed alsof hij in trance was geraakt. Hij hing met gesloten ogen, kin op de borst, tegen de piano. Hij bewoog zich niet; alleen zijn hoofd knikte met regelmatige tussenpozen op en neer. Dat ging gepaard met een nijdig gebrom, zonder dat er iets duidelijk te verstaan was. De vrouw keek met vragende blik naar de assistent. Die glimlachte, alsof het gedrag van het medium helemaal onderworpen was aan zijn eigen wetten, voor hem al even vreemd en onbegrijpelijk als voor haar.

'Nee... dat doe ik niet... Er is hier iets heel anders aan de gang...' Engilberts gemompel werd luider.

'Wat zei hij?' fluisterde de vrouw.

'Ik weet niet wat er aan de hand is,' zei de assistent.

'...Ze komt terug. De oude vrouw. Sesselía. Ze zegt dat ze met z'n tweeën zijn. Ze zijn bij elkaar. Weet jij wat ik bedoel?'

97

De vrouw gaf geen antwoord.

'Er is iemand bij haar, deze keer,' ging Engilbert verder. 'Het is onduidelijk wat... Het is allemaal onduidelijk en nevelig, maar... er is iemand die je heel na staat. Hij is jong. Zegt dat je iets?'

Engilbert streek met zijn zakdoek over zijn voorhoofd.

Stella keek hem aan met een blik die zowel hoop als vrees toonde.

'Misschien was het niet je man over wie je hebt gedroomd,' zei Konráðs vader. 'Is het misschien niet voor hem dat we hier bij elkaar zijn?'

De vrouw boog haar hoofd.

'Is het misschien voor iemand anders?'

'Ik weet niet zeker of ik dit nog wel aankan,' fluisterde de vrouw. 'Als jullie het niet erg vinden. Ik heb niet zoveel ervaring met zulke... zulke seances.'

'Ik hoor... ik hoor iets van gefluister,' zei Engilbert. Hij hield zich steviger vast aan de piano. 'Nee, het is misschien wel iets meer dan gefluister... Is het huilen? Het lijkt wel op het huilen van een kind en het komt van heel ver. Herken je dat?'

Konráðs vader keek hoe de vrouw reageerde en was heel tevreden met wat hij zag. Engilbert zat er helemaal in en zijn optreden leek op Stella de bedoelde invloed te hebben. Een paar woorden over een christelijke jeugdorganisatie en andere solide instellingen op religieuze basis zouden voldoende moeten zijn. Als ze de mogelijkheid had geld aan goede doelen te schenken zouden zij er met alle plezier voor zorgen dat haar gift in de juiste handen kwam. En dit was nog maar de eerste seance. Konráðs vader durfde er wel op te vertrouwen dat er meer zouden volgen.

De kaarsvlammetjes flikkerden in de schemerige kamer en de dikke gordijnen deden denken aan coulissen rond een toneel waarop levenden en doden speelden. De vrouw keek op en staarde aandachtig naar het medium; ze dronk elk woord in dat van zijn lippen kwam en knikte bij de vraag die hij had gesteld.

'Ik merk dat ze een grote warmte en een helder licht uitstralen,' zei het medium.

De vrouw zat doodstil naar hem te kijken.

'Is hij dat?' vroeg ze voorzichtig.

Engilbert gaf geen antwoord.

'Zijn ze... samen?' vroeg de vrouw. 'Kun je Sesselía naar onze jongen vragen?'

'Er is... Er is mist. Een koude mist.'

'Ja.'

'En er is water.'

'Ja.'

'En er is een jongen. Hij is ijskoud. Het lijkt alsof hij in het water is gevallen.'

'O god,' zuchtte de vrouw.

'De oude vrouw zegt dat nu alles in orde is. Hij is bij haar en het gaat goed met hem en hij wil niet dat je je zorgen maakt.'

De vrouw vocht tegen haar tranen.

'Die lieve jongen,' fluisterde ze.

'Hij is hier vaak geweest,' zei Engilbert, die nu helemaal in de invloedssfeer van de andere wereld scheen te zijn. 'Hier in de hoek. Ik voel een sterke aanwezigheid bij de piano. Bespeelde hij een instrument?'

De vrouw antwoordde bevestigend.

'Dank je wel,' zei het medium.

'Hij was een heel goede pianist, zo jong als hij was,' zei Stella. 'Hij zat op het conservatorium en ze zeiden dat hij een van de meest getalenteerde studenten was. We waren zo trots op hem. Sinds hij stierf heeft geen mens de piano meer aangeraakt. Ik weet niet eens of hij nog wel in orde is.'

'Ik zie het licht,' zei Engilbert. Hij streek over de piano. De klep boven de toetsen was dicht; op het fragiele standaardje erboven lag een versleten bundel liederen. 'Precies hier, op deze plaats,' voegde hij eraan toe. 'De sterke aanwezigheid van de ziel. De aanwezigheid van het kind. Er hangt een goede atmosfeer om hem heen. Licht en helderheid en schoonheid.'

Nauwelijks had hij deze zin uitgesproken of uit de piano klonk een enkele toon, als een dissonant. Daarna viel er in de kamer een doodse stilte.

19

De man zwaaide de garagedeuren open en Konráð zag meteen wat hij bedoelde toen hij zei dat de fotoverzameling nog grotendeels ongeordend in de garage lag, één grote chaos. Hij had niet gelogen toen hij beweerde dat het een enorme collectie was, die bijna een halve eeuw uit het werkzame leven van zijn vader omspande. Het zou heel wat jaren duren om alles door te werken, in categorieën in te delen en die systematisch te rangschikken. Na het overlijden van zijn vader had hij geprobeerd er financiële steun voor te verwerven, maar overal had hij bot gevangen. De garage was beslist geen bewaarplaats voor historisch materiaal van deze soort. Een gedeelte ervan lag al te vergaan, want er was weleens een lekkage geweest. De vloer, waarop kartonnen dozen stonden met duizenden ontwikkelde negatieven en foto's, was twee keer onder water gelopen. Maar de grootste vrees van de man was dat er brand zou komen. Iedereen wist dat de oude negatieven, waarmee tegenwoordig nog nauwelijks werd gewerkt, zo ongeveer het brandbaarste materiaal waren dat je maar kon bedenken.

Zijn vader had niet veel werk gemaakt van het ordenen van de collectie. Hij had maar één grote interesse: foto's schieten. Het grootste deel van zijn leven was hij zelfstandig opererend fotojournalist geweest. Nu en dan had hij zich verbonden aan een of ander periodiek; hij had een paar jaar voor een modeblad gewerkt en ook een tijdlang voor een van de ochtendkranten. Destijds waren veel kranten – inmiddels allemaal ter ziele – gelieerd aan een politieke partij. Van politieke journalistiek had hij weinig moeten hebben.

De man duwde tegen een doos die vlak bij de garagedeuren stond. Zijn vader, zei hij, was getuige geweest van heel wat grote gebeurtenissen in het bestaan van het IJslandse volk. Hij had beroemde mensen voor zijn lens gehad wanneer ze een bezoek aan het land brachten, niet alleen Lyndon B. Johnson, Reagan en Gorbatsjov, maar ook Benny Goodman, Helen Keller, Ella Fitzgerald en Louis Armstrong. Veel woorden had hij aan zijn werk nooit vuilgemaakt, maar een enkele keer, als hij in een bijzonder goeie bui was, had hij verteld dat Keller met haar handen zijn gezicht had betast en had gezegd dat het ruw was, maar wel vriendelijk.

'En altijd zat hij op de politiezender,' zei de man. 'Dat is echt een van de oudste herinneringen die ik aan hem heb. Dat hij in zijn auto zat, met een of twee camera's. Je hoorde wat gekraak, er werd een melding uitgezonden, en dan zei hij dat hij daar even moest gaan kijken, het zou niet lang duren.'

'Ja, hij was vaak bij ons,' zei Konráð, die zich de fotograaf goed kon herinneren, een nogal serieuze man, lang en slank, met één camera om zijn nek en een andere in zijn handen. Hij lette er altijd op niet zomaar wat rond te lopen en het werk van de politie te bemoeilijken, of het nu om een ernstig ongeluk ging, een inbraak of – ook dat kwam een enkele keer voor – een moord.

Konráð had de zoon uitgelegd waarmee hij bezig was, zonder erbij te vertellen dat hij er persoonlijk bij betrokken was. Het enige wat hij daarover had gezegd was dat hij na jarenlang bij de politie te hebben gewerkt was gestopt en nu weinig te doen had, en dat die oude zaak hem al heel lang had beziggehouden. Hij had al een bezoek gebracht aan de familie van de andere fotograaf die die nacht bij de slachterij was geweest, maar dat was vergeefse moeite gebleken. De oudste negatieven waren verloren gegaan. De krant waarvoor hij had gewerkt was opgegaan in een andere, die vervolgens was gefuseerd met een derde. Die was uiteindelijk failliet gegaan, waarna de fotocollectie deels was verkocht en deels was weggegooid. Konráð had geen zin gehad achter die restanten aan te gaan.

'Kijk maar eens,' zei de man. 'Al het oudere spul zit in de dozen helemaal achterin, en naarmate je dichter bij de deuren komt is het van latere datum. Dat was het plan tenminste. Een gedeelte zit in enveloppen met een opschrift en een datum. Soms is het ontwikkeld materiaal, afdrukken op papier, maar voor het grootste deel zijn het losse negatieven. Eindeloos veel negatieven. Maar in elk geval ordende hij de boel in zijn eerste jaren beter dan naderhand, dus wie weet heb je geluk.'

'Heeft je vader het er weleens over gehad? Over wat hij bij de slachterij had gezien?' vroeg Konráð.

'Nee, daar herinner ik me niks van,' zei de man peinzend. 'Hij praatte maar heel weinig over wat hij deed. Mijn moeder zei wel dat hij soms aangeslagen was door wat hij door de lens had gezien. Vooral als hij bij een ernstig auto-ongeluk was geweest. Het was natuurlijk nog ver voordat er autogordels waren, dus je begrijpt... Dat vond hij het allerergste. Auto-ongelukken.'

Ze gingen achter in de garage aan de slag. Konráð zag dat er foto's en negatieven lagen, in grote bruine enveloppen uit de vroege jaren vijftig, zoals uit de opschriften bleek. Een ervan droeg het jaartal 1954. Er zaten twee ontwikkelde negatieven in en vier foto's van een nieuw benzinestation even buiten Reykjavík, waarschijnlijk tijdens de opening. Auto's bij de pompen, mannen met hoed, vrouwen die een jurk droegen en met hun tasje in de hand in het zonnetje heen en weer liepen.

Na een uur zoeken waren Konráð en de zoon van de fotograaf langzamerhand aangekomen in de jaren zestig. Aan het plafond van de garage hingen felle tl-buizen. Staande hadden ze massa's negatieven doorgekeken, afbeeldingen van lang vergeten mensen en gebeurtenissen. Konráð was in stilte dankbaar voor het geduld van de man, die ontzettend zijn best deed om de goede negatieven te vinden en veel begrip toonde voor al dit gedoe. Hij had gezegd dat Konráðs bezoek een welkome gelegenheid voor hem was om zich met de fotocollectie van zijn vader bezig te houden. Die had hij tot dan toe onaangeraakt laten liggen.

Na nog een uur pauzeerden ze; de man ging koffiezetten en kwam terug met twee dampend hete koppen en voor ieder een donut. Bij de garagedeuren praatten ze over koetjes en kalfjes. De man bleek metselaar te zijn; hij moest kalm aan doen na een kleine operatie aan een van zijn knieën. Hij zei dat hij had overwogen de foto's van zijn vader aan een goed museum te schenken, het Nationaal Museum misschien wel. Weinig van het materiaal dat ze tot dan toe hadden bekeken bleek echt belangrijk, maar er zaten wel degelijk foto's van historische waarde tussen. Dat vond Konráð tenminste toen hij ze bekeek en de negatieven tegen het licht hield. Ze lieten de snelle ontwikkeling van Reykjavík zien in de periode waarin de stad uit zijn voegen barstte. Ze lieten mode zien, amusement, sport, auto's, vrouwen en mannen tijdens hun dagelijks werk. Een hele samenleving die nu verdwenen was, in stilte gehuld, in vergetelheid geraakt. De man dronk zijn kopje leeg, keek op zijn horloge en zei dat hij in huis aan het werk moest. Hij had er geen bezwaar tegen dat Konráð doorging met het doorzoeken van de fotocollectie. Konráð bedankte hem voor zijn begrip en ging verder met zoeken. Hij lette erop alles wat hij had bekeken weer op zijn oude plaats te leggen. De dag liep al ten einde toen hij begon te graven in een kartonnen doos die in een hoek van de garage stond. De bodem ervan was beschadigd en had duidelijk waterschade opgelopen. Toen Konráð de doos wilde oppakken scheurde de bodem meteen open, waarbij de inhoud voor zijn voeten viel: losse negatieven, een paar lege hulzen van filmrolletjes, oude, gescheurde papieren zakken en enveloppen met grote aantallen negatieven en foto's. Konráð vloekte zachtjes. Overal ontbraken opschriften. Hij werkte het materiaal consciëntieus door, hield de negatieven in de garage tegen het licht en probeerde zicht te krijgen op wat ze voorstelden. Eén envelop was groter en dikker en op het moment dat Konráð hem opende en de inhoud eruit haalde wist hij dat hij eindelijk het goede materiaal te pakken had.

Het waren zwart-witfoto's, genomen met flitslicht, wazig soms, en in sommige gevallen zelfs zonder dat er was scherpgesteld. Toch herkende Konráð de beelden direct: de grauwe, koude omgeving, de muren van de slachterij, het hek, de Skúlagata, de zee op de achtergrond. Hij zag politiemensen en hun auto's, en verspreid een aantal toeschouwers, die op een flinke afstand stonden toe te kijken. Geen van deze foto's kende hij uit de kranten van na de moord, of uit de politierapporten. Ze waren helemaal nieuw voor hem, en toen hij voorzichtig foto na foto doorbladerde, bekroop hem weer het oude gevoel van onbehagen van die avond, lang geleden.

Helemaal onder op de stapel vond Konráð een foto van zijn dode vader. Die was tamelijk scherp; hij was genomen vlak voordat hij zou worden afgevoerd. Het was een triest beeld, als een oorlogsfoto. De ambulance stond dicht bij hem, met de achterdeuren open.

Mannen stonden over het lijk gebogen om het op de brancard te leggen. Er was een deken overheen gelegd, maar een van de handen stak eronder uit, en Konráð staarde naar die koude hand. Een paar uur eerder was dat de gebalde vuist van zijn vader geweest waarmee hij vol woede en haat naar zijn zoon had uitgehaald.

20

Op de gang doofde Marta haar e-sigaret en opende de deur van de verhoorruimte. De man heette Hallur. Toen hij haar zag ging hij staan. Het was de dag na zijn arrestatie in het appartement van zijn neef; hij kon nu beter overzien hoe hij ervoor stond, zijn hoofd was bijna helder. In de gevangeniscel had hij zijn roes uitgeslapen nadat hij 's nachts de politieagenten die hem kwamen halen te lijf was gegaan. Hij moest volkomen buiten zichzelf zijn geweest, hij had het voor elkaar gekregen een van hen zwaar aan zijn hand te verwonden door met de wielsleutel om zich heen te zwaaien. Maar daarna was hij tegen de grond gewerkt, geboeid en naar het bureau gebracht.

Daar was hij geen onbekende. Hij had al een veroordeling achter de rug wegens deelname aan een grote drugsaffaire, die vertakkingen had tot in Denemarken en Nederland. Hierna waren er een paar jaar voorbijgegaan zonder dat de politie zich met hem had hoeven bemoeien. Totdat ze hem op een minder gelukkige plaats en een minder gelukkig tijdstip weer in het vizier had gekregen.

'Je krijgt de groeten van Glóey,' zei Marta om hem een beetje te stangen – ze had de vrouw vooraf helemaal niet gesproken.

'Waarom heb je met haar gepraat?' zei de man gespannen. 'Waarom laat je haar niet gewoon met rust?'

'Ze vraagt aan één stuk door naar je,' zei Marta. 'Wanneer je vrijkomt. Wat je daar bij haar zus deed.'

'Godsamme,' zei Hallur.

Naast hem zat een advocaat die Marta vragend aankeek, alsof hij niet goed begreep wat de bedoeling was van dit gesprek met zijn cliënt. Hij keek op zijn zeer kostbare horloge en stelde voor dat ze ter zake zouden komen. Hij scheen zo snel mogelijk andere, interessantere onderwerpen te willen aansnijden. Dit soort zaken nam hij graag aan, vooral als het erin zat dat ze veel aandacht van de media zouden krijgen.

Marta bladerde in de papieren die ze bij zich had. Er waren schoenen gevonden die aan Hallur toebehoorden, en waarop sporen zaten van het gras en de aarde achter Valborgs flat, de plaats waarlangs de overvaller waarschijnlijk was binnengekomen. Hallur was daar al over ondervraagd; hij had gezegd dat hij een of twee keer in de achtertuin een sigaret had staan roken. Waarschijnlijk had hij daarbij wat aarde losgewoeld. Helaas had niemand hem dit zien doen, noch bewoners van de flat, noch mensen uit de omgeving. Wel waren er aardig wat peuken in de tuin gevonden, maar het bleek dat er vaak mensen op de balkons stonden te roken en hun peuken eronder in het gras lieten vallen. Sporen van aarde waren ook aangetroffen in het trappenhuis en in Valborgs appartement, maar die vormden nergens hele voetsporen.

Financieel zat Hallur behoorlijk in de problemen. Bij dit deel van het onderzoek was Glóey behulpzaam geweest; haar woede was bepaald nog niet gezakt. Hij gebruikte ontiegelijk veel, had ze gezegd, en hij had met pakweg drie van die drugskerels te maken, ze wilde niet zeggen wie. Die lui was hij een ongelooflijke massa geld schuldig – ze zag niet hoe hij dat ooit dacht te betalen. Hij werd voortdurend door ze bedreigd, maar nu had hij gezegd dat hij een manier had gevonden om de kwestie in één klap op te lossen. Dat had ze er allemaal uit gegooid, totdat ze zich realiseerde dat ze misschien wel te veel had gezegd, haar mond had voorbijgepraat en hun problemen nog ernstiger had gemaakt dan ze al waren. Daarna viel er nog nauwelijks een woord uit haar los te krijgen en begon ze verschillende uitspraken die ze eerder had gedaan af te zwakken.

'Ben je de laatste tijd vaak in het huis van je schoonzus geweest?' vroeg Marta nadat ze het verhoor met een aantal algemene vragen op gang gebracht had.

'Vaak? Nee.'

'Eén keer per week? Twee?'

'Zoiets,' zei Hallur, terwijl hij aan zijn bovenarm krabde. Hij had een grijs T-shirt aan en zijn armen waren uitbundig getatoeëerd met afbeeldingen en tekens die Marta moeilijk kon thuisbrengen. Op één plek meende ze de naam GLÓEY te lezen, met een rood hartje midden in de Ó.

'De vrouw die boven je schoonzus woonde, heb je die weleens ontmoet?'

'Nee.'

'Nooit gezien als je daar in de flat was?'

'Nee. Ik heb haar nooit gezien. Ik weet niet wie het was. Ik kende haar niet.'

'En je schoonzus? Had die het weleens over haar?'

'Nee. Nooit.'

'Ook niet over geld dat ze in haar huis bewaarde?'

'Nee.'

'Heb ik gelijk als ik zeg dat jij financieel nogal in de problemen zit? Dat je grote schulden hebt?'

'Welnee, helemaal niet,' zei Hallur. 'Ik ben niemand iets schuldig.'

'En dat je een manier had gevonden om dat snel even op te lossen?'

'Nee. Ik weet echt niet waar je het over hebt. Ze zijn gewoon over me aan het kletsen geweest. Ik heb die vrouw niks gedaan. Echt niet.'

'We hebben een getuige die zegt dat jij het appartement hebt verlaten rond het tijdstip waarop de vrouw op de bovenverdieping werd overvallen. En die getuige heeft jou niet uit de flat zien komen.'

'Dus jij vindt dat je je wat moet aantrekken van zo'n viespeuk,' zei Hallur. Zijn schoonzus en minnares had hem over de gluurder verteld. 'Ik ben gewoon naar huis gegaan. Weet ik veel wat die schlemiel gezien heeft?'

'Dus je ging weg bij je schoonzus, je nam de trap en daarna ging je door de ingang van de flat naar buiten?'

'Precies. Mijn auto stond op straat omdat er bij de flat geen plaats was. Ik ben ingestapt en weggereden.'

'Denk je dat iemand je gezien heeft?'

'Nee. Ik heb wel een vrouw ergens voor een raam gezien. In een van de flats daar.'

'Wat deed die vrouw?'

'Niks. Ze zat gewoon aan het raam. Hoewel... Ze was er niet zo best aan toe, leek me.'

'In welk opzicht?'

'Weet ik niet. Gewoon. Dat leek me zo maar.'

'Oké,' zei Marta. 'Laten we weer naar de flat gaan. Toen je bij je schoonzus wegging en naar het trappenhuis liep, heb je toen iets ongewoons gemerkt? Een geluid, een bijzondere lucht desnoods? Heb je iets opvallends gezien?'

'Dus je gelooft me nou?'

'Dat weet ik niet,' zei Marta. 'Zou ik dat moeten doen?'

'Ik heb die vrouw niks gedaan,' zei Hallur. 'Ik kwam daar in het portaal, ik ben die paar trappen afgelopen, en toen was er... Toen merkte ik...'

'Ja?'

'Dat het er stonk.'

'Stonk?'

'Je kent dat wel... Net alsof iemand een vuilniszak had laten staan,' zei Hallur. 'Zo'n afvalluchtje – ik weet niet hoe ik het moet beschrijven. Het stonk in elk geval.'

Marta keek hem lang aan.

'Ik kan het ook niet beter uitleggen,' zei Hallur verontschuldigend. 'Dat was wat ik rook. En toen ben ik weggegaan.'

Glóey had onder de benarde omstandigheden toch tijd gevonden om haar teennagels te lakken. Eindelijk had ze haar zus te spreken gekregen, die vuile slet. Ze had haar met verwijten overladen, en niets dan beledigingen teruggekregen. Door de telefoon hadden ze een spetterende ruzie gehad en elkaar verrot gescholden. Oude conflicten hadden de kop weer opgestoken. Die gingen terug tot in hun jeugd en draaiden onder andere om Glóeys hebbelijkheid nooit met haar zusje rekening te houden als ze ergens mee bezig was.

Ze nipte aan een gin-tonic, stak een sigaret op, inhaleerde en blies de rook door haar neus uit, terwijl ze luisterde naar een Amerikaanse popster op haar telefoon. Toen doopte ze het penseeltje in de vuurrode lak. Het gips hinderde haar, maar niet zo erg dat ze de verzorging van haar nagels erbij moest laten zitten.

Ze vond het totaal onnodig om met haar man te gaan praten. Net goed voor hem dat hij in voorlopige hechtenis zat vanwege dat oude mens in de flat. Ze was vastbesloten nooit meer een woord met hem te wisselen en hij kwam er niet meer in ook – ze had al maatregelen getroffen. Ze had genoeg van zijn bedrog en zwendelarij. Het tuig, het gore tuig!

Er werd op de deur geklopt, ze keek op van haar nagels. Ze verwachtte niemand.

In de deuropening stonden twee mannen die ze nooit eerder had gezien. Een van hen stootte haar onverhoeds met zijn gebalde vuist recht in haar gezicht. Daarna drongen ze het huis binnen en sloten de deur achter zich.

21

Konráð bestudeerde de foto's; hij nam er de tijd voor. De zoon van de fotograaf had hem toestemming gegeven de envelop mee naar huis te nemen; er zaten zowel foto's als negatieven in van de plaats delict bij de slachterij. Hij had ze over de eettafel uitgespreid, een sterke lamp gehaald en tussen zijn spullen een vergrootglas gevonden. Nu boog hij zich over alle foto's, stuk voor stuk, en bekeek ze nauwkeurig. De fotograaf had ingezien dat het voor zo'n oude woonbuurt als de Skuggahverfi een bijzondere gebeurtenis was. Vanwege de grote nieuwswaarde was hij niet zuinig geweest met het maken van opnamen.

Konráð probeerde de foto's min of meer chronologisch te rangschikken, vanaf de eerste opnamen die de fotograaf had gemaakt toen hij ter plekke arriveerde tot aan de foto's waarop te zien was dat het lijk werd afgevoerd en het aantal passanten en politiemensen begon af te nemen. Van de eerste foto's waren er vele donker en onscherp, ook al had de fotograaf de flitser gebruikt. Dat kwam doordat het bij de poort zo donker was, zoals Helga al had gezegd. De camera's waren destijds groot en onhandig, en als de flitser werd gebruikt moest die bij elke opname van een nieuw lampje worden voorzien; misschien was de fotograaf ook wel door zijn lampjes heen geweest. Aan de latere beelden was te zien dat de politie een schijnwerper bij de poort had opgesteld en dat bovendien de koplampen van de politieauto's op de plaats delict waren gericht, zodat alles beter verlicht werd. De foto's waren meteen scherper geworden.

Voor Konráð hadden ze iets merkwaardigs en vreemds, en als hij bedacht dat ze allemaal op zijn vader betrekking hadden waren ze bijna onwerkelijk te noemen. Via de ogen van de fotograaf toonden ze een barbaarse moord, uitgevoerd bij de slachterij, een moord die had plaatsgevonden in een koude nacht, in een armzalige omgeving van kale stenen muren en een enorm ijzeren hek. De foto's toonden schimmige wezens, die zich rondom de plaats van de moord bewogen. De lege blikken van mensen die naar buiten waren gelopen om toe te kijken, verbaasd dat het geweld zo zichtbaar was; je kon het slachtoffer op straat zien liggen.

Konráð boog zich met het vergrootglas over de beelden en kon nu de gezichten van de mensen beter bekijken. Hij kende ze niet. Wel herkende hij enkele politiemensen, waaronder speciaal Pálmi, die op sommige foto's te zien was. Hij was rechercheur en zou het onderzoek gaan leiden; hij was het geweest die met Konráð had gesproken toen die van de moord werd beschuldigd. Konráð kon het goed met hem vinden. Pálmi had hem behoedzaam en begrijpend benaderd toen hij hem moest meedelen dat zijn vader niet meer leefde. Later zouden er nog zware verhoorsessies volgen, waarin de blik van de politie zich soms richtte op het gezin, op de gescheiden ouders, op de band tussen Konráð en zijn vader en op hun ruzie op de dag dat zijn vader werd vermoord. Pálmi had hem hard aangepakt en een tijdje had het ernaar uitgezien dat Konráð in voorlopige hechtenis zou worden genomen.

Dat waren moeilijke dagen voor hem geweest. Hij was in het kelderappartement in de Skuggahverfi blijven wonen. Daar was hij bij zijn vader opgegroeid en daar zat hij urenlang met zijn hand onder zijn kin te staren in de wonderlijke leegte die door de dood van zijn vader was ontstaan. Dagen achtereen kwam hij het huis nauwelijks uit, hij praatte met niemand. Zijn gevoelens gingen op de meest onverwachte momenten met hem op de loop, herhaaldelijk barstte hij in tranen uit, alleen in het donker, verdoofd, doodsbang, kwaad, verdrietig. Zijn moeder had hem aangespoord bij haar in Seyðisfjörður te komen wonen, waar ze met een nieuwe echtgenoot en met Konráðs zus Beta woonde. Maar weggaan uit Reykjavík, uit zijn buurt, uit het kelderappartement – hij zag het niet zitten. Hij kon zich niet voorstellen dat hij buiten de stad zou moeten wonen. Reykjavík was zijn plek. Hij was een stadskind en iets anders wilde hij niet zijn.

Voortdurend dacht hij aan zijn vader. Wat was er gebeurd toen hij stierf? Was hij dan toch eindelijk te ver gegaan tegenover iemand? Had dat hem het leven gekost? Konráð dacht dat hij de man goed kende, maar in wat voor zaakjes hij had gezeten wist hij niet en hij kende niet iedereen met wie hij was omgegaan of wie hij schade had berokkend.

Wat hij wel wist: een van hen was een zekere Svanbjörn. Konráð had gezien hoe zijn vader hem te lijf was gegaan omdat hij zijn schulden nog steeds niet had betaald; hij had toen moeten ingrijpen om te verhinderen dat zijn vader gewelddadig werd. Die Svanbjörn runde twee restaurants, kocht clandestien verkregen sterkedrank van Konráðs vader, maar kwam zijn financiële verplichtingen maar moeizaam na. Een van zijn restaurants was kort na de botsing tussen de twee mannen afgebrand. Konráðs vader beweerde bij hoog en bij laag dat hij niets met de brand te maken had gehad. Kort hierna werd hij doodgestoken. Svanbjörn kwam echter met getuigen die zeiden dat hij in Ólafsvík was geweest toen dit gebeurde.

Konráð had de verleiding niet kunnen weerstaan en was na lang nadenken op een dag naar Svanbjörns restaurant gegaan om hem over de kwestie aan te spreken.

Svanbjörn rommelde wat in de keuken, een klein mannetje met wallen onder zijn ogen. Hij bewoog zich langzaam en deed Konráð aan een zieke denken. Toen hij zag wie hem wilde spreken raakte hij uit zijn evenwicht. Deze gast had hij duidelijk niet verwacht.

'Wat moet je van me?' vroeg hij stuurs.

'Was jij het?'

'Was ik het? Dacht je soms dat ik dat je vader heb aangedaan? Ik zat in Ólafsvík.'

'Je kunt een ander ingeschakeld hebben.'

'Dat zou ik best gewild hebben, maar ik heb het niet gedaan. En nou wegwezen.'

'Had je schulden bij hem?'

'Kom je soms afrekenen? Ik was hem geen kroon schuldig.'

'Weet jij iemand die wel schulden bij hem had?'

'Waarom vraag je dat aan mij?'

'Weet je iemand?'

'Hij had zelf ook schulden,' zei Svanbjörn. 'Het kwam echt niet van één kant, als je dat soms mocht denken.'

'Bij wie?'

'Laat me met rust,' zei Svanbjörn vermoeid. 'Rot op en laat me met rust. Ik kan je niet helpen. Je pa was een waardeloze vent. Een lapzwans, een nul, en daarom is het zo met hem afgelopen. Maar dat hoef ik jou niet te vertellen. En als ik al wist wie hem doodgemaakt had, zou ik het je nog niet zeggen. Ik zou mooi mijn mond houden.'

Konráð voelde woede in zich opvlammen. Maar Svanbjörn was niet bang uitgevallen. Hij kwam op hem af en greep in het voorbijgaan een groot keukenmes. Met de zijkant ervan gaf hij zijn bezoeker lichte tikjes.

'Kom maar op, net als je vader, die lul. Jij wilt toch net zo worden als hij? Nou, kom op dan. Kom op, als je durft!'

Svanbjörn duwde tegen hem aan en een ogenblik leek Konráð hem te willen aanvallen. Maar het moment was alweer voorbij, de spanning vloeide uit hem weg. Hij liep bij de restauranthouder vandaan en ging weg.

De tijd verstreek. Konráð was verhoord, evenals zijn moeder en een groot aantal kennissen van zijn vader, goede bekenden van de politie. Er waren talloze aanwijzingen nagetrokken, zonder enig succes. Langzamerhand werd er minder energie in het onderzoek gestoken; het had nog geen enkel resultaat opgeleverd. Rond de tijd dat Konráð bij de politie kwam was het al min of meer ondergesneeuwd en kwam de moord in de map onopgeloste zaken terecht.

Konráð bleef zich over de foto's buigen, bleef ze bestuderen. Toen hij het ten slotte wilde opgeven en alles wilde wegschuiven, viel zijn blik op het raam. Op sommige van de opnamen was het niet duidelijk te zien; hij had er ook niet speciaal naar gekeken. Maar nu had hij een foto te pakken die het vanuit een nieuwe gezichtshoek liet zien. Hij bekeek hem door het vergrootglas en vergeleek hem met andere opnamen waarop het raam te zien was. Hij kon er niets anders uit opmaken dan dat het helemaal dicht zat. Het bevond zich ruim een meter boven straatniveau, en als hij het zich goed herinnerde lag daarachter de ruimte waarin de rookovens stonden. Ook het hout waarmee ze gestookt werden was er opgeslagen.

Toen Helga zijn vader op straat had zien liggen was hij nog maar net neergestoken. Toch had ze niemand zien weglopen. De aanvaller was verdwenen, alsof de aarde hem had opgeslokt. Nergens in de politierapporten had Konráð iets over dat raam gelezen of over de mogelijkheid dat de moordenaar zich bij de rookovens verborgen had gehouden. Hij vroeg zich af of de dader niet door het raam naar binnen was gekropen en zich vandaaruit via de gebouwen van de slachterij en de hoger gelegen Lindargata uit de voeten had gemaakt.

22

Konráð legde het vergrootglas neer, wreef zijn vermoeide ogen
uit en dacht na over de vijanden waarvan zijn vader zonder enige
moeite een rijke collectie had verzameld. Hij keek naar de chaos
op de tafel voor hem. Hij had een paar dozen voor de dag gehaald
waarin hij papieren en kleinigheden bewaarde die zijn vader had
nagelaten. Daar waren ook een paar persoonlijke zaken bij, een
gouden ring bijvoorbeeld, die hij altijd aan zijn pink had gedragen,
een Ronson-aansteker met afgesleten zijkanten, vergulde man-
chetknopen, een polshorloge zonder band. Blingbling die eigenlijk
niets voorstelde, maar deel uitmaakte van Konráðs jeugdherinne-
ringen, de goede en de slechte. Er was ook een voorwerpje bij, een
instrument of wat het ook was, dat in het kelderappartement op de
vloer had gelegen. Konráð had het gevonden toen hij direct na de
dood van zijn vader bezig was geweest met diens eigendommen.
Hij had dat bijzondere ding al die jaren bewaard, om wat voor reden dan ook, en de enkele keer dat hij in de dozen keek haalde hij
het eruit, bestudeerde het en probeerde te bedenken waarvoor het
had gediend. Het voorwerp had niets opvallends en je zou het met
gemak in je broekzak kunnen stoppen. Het was een stukje hout,
waarop tussen twee spijkertjes een dun ijzerdraadje was gespannen.
Een ijzeren veertje was onder de draad aan het hout bevestigd. Ooit
had het kunnen bewegen, maar nu zat het muurvast.

Zijn vader had eens gezegd dat hij nooit ergens zoveel mee had
verdiend als met dit ding. Voor Konráð was het voorwerp verbonden met het bezoek dat zijn vader eens op een avond had gekregen.
Hij was die dag zijn bed niet uit geweest; er heerste griep en hij had
het erg te pakken. Hij had hoge koorts en gewrichtspijn en werd tij-

dens zijn onrustige slaap bezocht door hallucinaties en nachtmerries. Soms als hij wakker was meende hij dat ook dat bezoek alleen maar in zijn fantasie had plaatsgevonden. Door de nevels in zijn zieke brein heen merkte hij dat zijn vader nu en dan bij hem langskwam, zonder dat die zich bijzonder bezorgd toonde. Maar plotseling was hij uit zijn sluimering wakker geschrokken doordat er heel hard op de kelderdeur werd gebonsd.

Zijn vader zat zoals zo vaak te drinken. Hij kon hele dagen in zijn eentje met een fles goedkope brandewijn aan de keukentafel zitten en een of ander dobbelspelletje doen of patience spelen. Hij had de radio aangezet, heel zacht, zodat die nauwelijks te horen was, hij dronk uit een klein glaasje en je hoorde de kaarten neervallen of de dobbelstenen over de tafel dansen. 'Kutzooi,' fluisterde hij in zichzelf als het spelletje niet uitkwam.

Konráð hoorde dat zijn vader opstond en naar de deur liep. Hij hoorde zijn gemompel, aanzwellend tot een geschreeuw dat het appartement vulde. De deur werd weer dichtgedaan.

'Wat moet dat? Dat komt me hier binnenvallen… Oprotten, jullie! Eruit!'

Wat de bezoekers zeiden kon Konráð niet verstaan.

'Dat zeg ik jullie net: het moet een misverstand zijn,' hoorde hij zijn vader antwoorden. 'Ik heb nog nooit van die vrouw gehoord.'

'Jij vuile rotzak, om een weerloze vrouw zo op te lichten,' hoorde Konráð de ene man zeggen. 'Wat voor een waardeloze smeerlap moet je zijn om zoiets te doen?'

'Maar het is gewoon een misverstand,' herhaalde Konráðs vader. 'Ik weet niet waar jullie het over hebben. Ik bén geen medium. Dachten jullie dat soms?'

'We willen het geld dat je van haar hebt afgepakt,' zei de ene man.

'Wat is dat voor een verdomde onzin! Ik heb helemaal geen geld afgepakt. Donder op!'

'Je vriend beweerde heel wat anders.'

Konráðs vader aarzelde. 'Mijn vriend?'

'Die heeft ons al meteen hierheen gestuurd. Jij was de man die overal achter zat, zei hij. Je bent een held, hoor, nounounou! Een zielenpoot die weerloze vrouwen met oplichterij en trucjes te grazen neemt. Je moest je doodschamen, jij. Stuk ongeluk!'

'Die man liegt en hij is nog een zuiplap ook,' zei Konráðs vader. 'Als jullie hem serieus nemen zijn jullie nog stommer dan jullie eruitzien.'

'Ligt het hier?'

'Wat?'

'Het geld. Heb je dat hier liggen?'

Konráð had zich, slap als hij was, half opgericht om het beter te horen, en nu hoorde hij lawaai, er werden stoelen omvergeduwd, laden opengerukt, kastdeuren opengetrokken. Hij hoorde zijn vader protesteren en plotseling verscheen er een man in de deuropening van de slaapkamer die hem verwonderd aanstaarde.

'Wie is dit?' vroeg hij.

'Mijn zoon,' zei Konráðs vader. 'Laat hem met rust.'

De man was ongeveer veertig jaar; hij droeg een winterjas – het was eind december en buiten was het koud. Hij keek het slaapkamertje rond.

'Weet jij wat hij met het geld heeft gedaan?' vroeg de man. Konráð kon hem alleen maar aanstaren, zijn gezicht één groot vraagteken. Hij had geen idee wat voor bezoek dit was, naar wat voor geld die mannen vroegen en waarom het er zo vijandig aan toeging tussen hen en zijn vader. Hij gaf geen antwoord en de man kwam de slaapkamer binnen. Konráð wist niet wat hem overkwam toen de man onder de matras keek.

'Laat die jongen met rust!' schreeuwde zijn vader vanuit de woonkamer. 'Hij is zwaar ziek, dat zien jullie toch? Mijn huis uit, jullie!'

De man liep de slaapkamer uit en verdween. Konráð hoorde lawaai en begreep dat er in de kamer gevochten werd. Plotseling riep een van de mannen dat Konráðs vader een mes in zijn handen had.

'Ik zou maar oppassen, rotzak,' zei de man.

'Hou je bek,' riep Konráðs vader, niet onder de indruk. 'Eruit, jullie.'

'Je weet maar nooit wat een smeerlap als jij nog eens kan overkomen.'

'Eruit,' schreeuwde Konráðs vader. 'Eruit! Opdonderen, zei ik. Als jullie niet als de sodemieter weggaan loopt het verkeerd met jullie af!'

Weer klonk er lawaai. Konráð hoorde zijn vader vloeken tegen de mannen en dreigen dat hij hen zou doodsteken. Ze antwoordden dat ze nog niet met hem klaar waren, ze zouden terugkomen, hem in de gaten houden. Hij was nog niet van ze af. Zo verplaatste het tafereel zich naar de buitendeur en ten slotte werd het helemaal stil.

'Pa,' riep Konráð. 'Pa! Alles oké?'

Het duurde een tijdje voordat zijn vader in de deuropening verscheen. Hij had het mes nog in zijn handen.

'Wie waren dat?' vroeg Konráð.

'Niemand,' zei zijn vader. 'Niemand. Een paar schijtkerels. Ga maar weer slapen, hoor.'

'Wat voor geld wilden ze?'

'Ze zijn gek. Denken dat ik geld gestolen heb. Maak je geen zorgen. Probeer maar te slapen.'

Konráð zonk weer in zijn kussen terug en zijn vader begon de ravage op te ruimen. Daarna ging hij weer aan de keukentafel zitten en al heel gauw dansten de dobbelstenen weer over de tafel. Konráð sufte wat, sliep nu en dan en wist niet hoeveel tijd er verstreken was toen hij wakker werd en zich iets beter voelde. En hoewel hij nog slapjes en ziek was en hoofdpijn had kwam hij moeizaam de woonkamer in om een glas water te halen. Hij zag zijn vader alleen in het donker zitten met dat bijzondere ding in zijn handen, helemaal in zijn eigen wereld.

Konráð dacht na over het voorwerp en over dat wonderlijke bezoek, destijds. Hij had geen idee waar dit simpele, kapotte instrumentje voor diende. Waarschijnlijk was het vanwege die geheimzinnige bezoekers dat hij het niet, zoals veel andere rommel uit de eigendommen van zijn vader, in de vuilnisbak had gegooid. Hij wist alleen dat zijn vader eraan gehecht was geweest en dat hij er het geld mee had verdiend dat die twee onbekende mannen terug hadden willen hebben.

23

De vrouw had niet veel zin om Marta binnen te laten en stond een hele tijd te aarzelen. Marta probeerde haar opnieuw op een vriendelijke manier over te halen en vroeg of ze het ergens druk mee had, want het duurde altijd even voordat je je herinneringen weer paraat had. Het geheugen was een wonderlijk ding. Sommige herinneringen waren er vast in verankerd; die kon je niet kwijtraken, hoezeer je ook je best deed. Andere verdwenen als sneeuw voor de zon, zonder dat je begreep waarom. De vrouw liet zich nog niet overhalen; er was al een politieman aan de deur geweest en ze had niets toe te voegen aan wat ze toen had gezegd. 'Dat staat nog te bezien,' zei Marta koppig. 'Alles wat een getuige zegt doet in zo'n politieonderzoek ter zake,' voegde ze eraan toe. 'Hoe onbetekenend het ook lijkt.' Daarom wilde de politie graag nog eens opnieuw met haar praten en proberen dat onberekenbare geheugen van haar op te frissen.

Ten slotte gaf de vrouw toe. Ze maakte een futloze, verlegen, aarzelende indruk en sprak zo zacht dat ze nauwelijks behoorlijk was te verstaan. Marta merkte de legoblokjes op de vloer van de kamer op en vroeg naar de kinderen. Die waren alle drie naar school. Daarna praatte ze een tijdlang met de vrouw over koetjes en kalfjes, totdat ze afstevende op de gebeurtenissen in de flat aan de overkant van de straat. Je kon je maar moeilijk voorstellen dat zoiets in je naaste omgeving gebeurde, zei de vrouw. Het was zo'n rustige buurt, en er woonden zulke nette mensen – ze kon bijna niet geloven dat er in de straat van die verschrikkelijke dingen mogelijk waren.

Marta was het helemaal met haar eens. Zulke zware misdrijven kwamen gelukkig in de stad maar heel weinig voor, zei ze. En er werd grote nadruk gelegd op een snelle en goede afhandeling, zodat de mensen niet dagen achtereen met een onveilig gevoel hoefden rond te lopen. Maar het onderzoek liep niet zoals het zou moeten en daarom was het zo belangrijk dat de mensen meewerkten en zo mogelijk de politie hielpen.

'Ben je enkel huisvrouw?' vroeg Marta. Ze nam een slokje van haar dampende koffie.

'Ja, de afgelopen twee jaar wel,' zei de vrouw.

'Mis je het dat je niet meer op de arbeidsmarkt bent?'

'Soms,' zei de vrouw. 'Mijn man…'

'Ja?'

'Nee, laat maar.'

Marta liet het passeren. Ze had de vrouw in de gaten gehouden zonder haar dat te laten merken. Dit was de vrouw die Hallur voor het raam had gezien in de flat aan de overkant, de vrouw die er volgens hem niet zo best aan toe was. Er was al met de bewoners van de straat gesproken, ook met haar. Haar verklaring was vastgelegd, maar daarin had Marta nergens kunnen vinden dat ze Hallur in zijn auto had zien stappen en wegrijden.

Zonder de vrouw rechtstreeks een herinnering aan te praten leidde Marta het gesprek in die richting, en plotseling begon haar iets te dagen: ze had een man gezien die in zijn auto was gestapt en de straat uit was gereden. Ze verontschuldigde zich voor haar domheid, ze was die avond niet helemaal zichzelf geweest. Ze had geen idee of de man de flat had verlaten, maar haar beschrijving kon heel goed op Hallur slaan. Heel duidelijk had ze hem niet gezien, en van auto's had ze geen verstand, maar ze meende dat het een rode was geweest. Dat klopte: Hallur had een rode auto.

Marta keek vanuit het huiskamerraam de straat op. De tuin van de flat aan de overkant was van hieruit niet te zien. Ze begaf zich naar de keuken. Vanuit het raam daar kon ze betrekkelijk goed over de struiken rondom de tuin door het raam van het washok van de flat kijken. Ze vroeg de vrouw of ze op die bewuste avond mensen door de tuin had zien lopen, maar die herinnerde zich daar niets van. Of ze dan de afgelopen dagen mensen door de tuin of door de buurt had zien lopen die daar normaal nooit kwamen? De vrouw schudde haar hoofd en zei dat ze niets ongewoons had gemerkt. Helaas.

Marta had met haar te doen en besloot het er niet bij te laten.

Diep vanbinnen meende ze te voelen dat de vrouw graag met iemand zou willen praten, maar er de kracht niet voor had.

'Iets anders,' zei ze. 'Wil je zo verdergaan?'

'Wat?'

'Met wat je allemaal moet doorstaan.'

'Hoe bedoel je?'

'Ik bedoel dat geweld.'

'Geweld?'

'Dat wat hij je aandoet.'

De vrouw keek Marta stomverbaasd aan.

'Is het al lang aan de gang?' vroeg Marta.

'Ik weet niet waar je het over hebt,' zei de vrouw aarzelend.

'Nee, en ik begrijp best dat het niet makkelijk is om over zulke dingen te praten. Toch zou ik je graag zover krijgen dat je dat doet. En als je dat toestaat wil ik je beslist helpen. Door mijn werk bij de politie ben ik gespecialiseerd in dit soort zaken. Ik heb heel wat vrouwen geholpen die in hetzelfde schuitje zaten als jij en ik weet hoe moeilijk het is om de eerste stap te zetten. Onvoorstelbaar bijna.'

Marta zag hoe de verbazing plaatsmaakte voor angst. De vrouw ontweek haar blikken.

'Daar moet je maar eens over nadenken,' zei ze troostend. 'Het wordt tijd om een beetje aan jezelf te gaan denken. Niet aan hem. Niet aan de kinderen. Niet aan je familieleden. Niet aan je vrienden en kennissen, als hij je überhaupt toestaat om contact met ze te hebben. Je moet op dit ogenblik gewoon nergens aan denken, alleen aan jezelf, want het wordt hoog tijd. Je moet je niet meer voor hem opofferen. Voor zijn wil. Voor zijn gewelddadigheid.'

Marta kon dit niet naast zich neerleggen. Ze had de vage blauwe plekken in de nek van de vrouw opgemerkt. De kraag van haar bloes viel er niet helemaal overheen. Ze had ook een oude bloeduitstorting bij haar oog en toen ze in de keuken bezig was ontzag ze haar ene arm. Ze besteedde geen zorg aan haar uiterlijk en vertoonde alle kenmerken van iemand die in een relatie zat waarin sinds lang sprake was van geweld. Marta had door haar werk veel slachtoffers van huiselijk geweld leren kennen en ze wist om welke kwetsuren het ging. Om een lichaamshouding die pijn moest verbergen.

121

Om een schande die de ogen niet konden verhullen.

'Als je wilt kun je met me meegaan,' zei Marta. 'Ik heb goede vrienden in het blijf-van-mijn-lijfhuis. Ik weet dat die je goed zullen opvangen. We kunnen er zo heen. Als je me dat tenminste toevertrouwt.'

'Je moet nu maar gaan,' zei de vrouw. 'Mijn man kan elk moment thuiskomen. Die wil je echt niet ontmoeten.'

'Waarom zeg je dat? Ik zou hem dolgraag willen ontmoeten,' zei Marta. 'Altijd interessant om te weten wat ze te zeggen hebben, die kerels.'

De vrouw boog haar hoofd.

'Zie maar wat je doet,' zei Marta. 'Je kent me natuurlijk totaal niet, dat weet ik heel goed, en je vindt dat ik me bemoei met zaken waar ik niks mee te maken heb, maar ik geef je mijn telefoonnummer. Je kunt me bellen wanneer je maar wilt, dag en nacht. Niet aarzelen. Ik zou het fijn vinden om wat van je te horen.'

Marta krabbelde het nummer in haar notitieboekje, scheurde het blaadje eruit en gaf het aan de vrouw. Die wilde het niet aannemen. Daarom legde ze het voor haar op tafel neer en stond op om te vertrekken.

'Dus je hebt niemand daar in de tuin gezien?' vroeg ze bij het weggaan. 'Niemand die daar in het donker rondsloop?'

De vrouw schudde haar hoofd.

'Oké,' zei Marta. 'Dan ga ik maar.'

'Zou je hier met niemand over willen praten?' fluisterde de vrouw. 'Ik weet niet wat je bedoelt. Je vergist je gewoon en... je hebt er niks mee te maken ook. Helemaal niks. Laat me nou maar. Laat me nou maar gewoon met rust.'

24

Valborg zat in de wachtkamer en werd met de minuut onrustiger. Ze had een prenataal onderzoek aangevraagd en te horen gekregen dat ze op dit tijdstip op de afdeling gynaecologie moest zijn, waar ze een gesprek zou kunnen hebben. In de kamer zaten nog drie vrouwen voor dezelfde aangelegenheid; ze waren in verschillende stadia van hun zwangerschap. Aan twee was te zien dat de bevalling niet lang meer op zich zou laten wachten, de derde leek nog niet zo ver te zijn. Ze was een beetje gedrongen en zat, de rust zelve, een buitenlands modetijdschrift te lezen. Valborg was allesbehalve rustig. Ze bladerde een aantal nummers van het Deense *Familie Journal* door; ze lagen vooraan op de tafel en zagen er nogal beduimeld uit. Het lukte haar niet er met haar hoofd bij te blijven, ze had er niet de gemoedsrust voor en was bang voor het gesprek met de vroedvrouw. Bang voor het onderzoek. Bang om over haar omstandigheden te moeten praten. Ze verwenste alles wat die zwangerschap over haar had afgeroepen.

Haar grootste vrees was werkelijkheid geworden en ze wist niet hoe te handelen. Hoe vreselijk ze het ook vond, de eerste gedachte die bij haar was opgekomen was een abortus te ondergaan. Ze kon zich met geen mogelijkheid voorstellen een kind te krijgen. Zulke gevoelens, zo'n afschuw had ze nooit gekend, maar ze wist dat het kind haar zou blijven herinneren aan wat er gebeurd was, terwijl ze het liefst alles wilde vergeten en wilde doen alsof er niets was voorgevallen. Ze had zich erna zo ongelooflijk naar gevoeld, ze had er zelfs aan gedacht een eind aan haar leven te maken. Wat het nog erger maakte was dat het voor haar ondenkbaar was met iemand over het gebeurde te praten. In lange, slapeloze nachten worstelde ze ermee, eenzaam en geïsoleerd.

Een van de vrouwen in de wachtkamer werd binnengeroepen en Valborg wist dat ze nu snel aan de beurt zou zijn. Ze probeerde zich te concentreren op wat ze zou zeggen. Dat had ze ingestudeerd voor ze in de wachtkamer kwam en nu repeteerde ze het keer op keer in zichzelf, veranderde sommige stukjes en liet andere weg, totdat ze het allemaal niet meer wist en haar angst nog groter werd. Daarna kalmeerde ze weer. Eerst en vooral was ze hier gekomen om advies te vragen. Ze moest met iemand over haar situatie praten; ze vreesde dat ze dat al te lang had uitgesteld.

Uiteindelijk schrok ze toch weer hevig toen haar naam werd afgeroepen, en in plaats van de vrouw die haar riep te volgen bleef ze bewegingloos op haar plaats staan en begon zich min of meer te verontschuldigen. Toen liep ze de wachtkamer uit en maakte dat ze wegkwam. Ze had de moed verloren.

Een week later zat ze weer in de wachtkamer, en toen deze keer haar naam werd afgeroepen had ze genoeg moed verzameld om de vrouw, een administratieve kracht van de receptie, naar een smalle ruimte te volgen. De vroedvrouw zou niet lang op zich laten wachten. 'Ga zitten,' zei de vrouw van de receptie. 'Ze is er zo. Roep me maar als je iets nodig hebt.'

De vrouw vertrok en liet haar alleen achter, maar kort daarna verscheen de vroedvrouw. Ze gaven elkaar een hand; de vroedvrouw leek meteen te merken dat er haar iets niet lekker zat. Ze vroeg of alles in orde was met haar. Of ze misschien iets wilde drinken.

Valborg wilde wel wat water. Ze had het gevoel dat ze moest overgeven. De vrouw reikte haar een glas aan, sprak op geruststellende toon tegen haar en vroeg of dit haar eerste bezoek was aan een vroedvrouw, of ze al kinderen had, wanneer ze haar kind verwachtte, en of er niemand met haar was meegekomen. Iedere afzonderlijke vraag leek een aanval, een beschuldiging, een vonnis. Toch ging het maar om een gewoon onderzoek, om gewone vragen, en ze wist dat ze de uitgestoken hand zou moeten aangrijpen als ze de hulp wilde ontvangen die ze zo hard nodig had. Het probleem was dat ze enerzijds niet wist wat ze wilde en anderzijds scherp inzag wat er zou moeten gebeuren. Ze aarzelde, maar was toch beslist. De ene dag was ze in verwarring, de andere resoluut. Het enige wat ze zeker wist was dat het slecht met haar ging, al sinds die verschrikkelijke nacht voor kerst.

'Ik wil niks van dat kind weten,' gooide Valborg eruit. 'Ik wil er niks mee te maken hebben. Ik weet dat het naar klinkt, maar ik heb er mijn redenen voor. Daar wil ik het verder niet over hebben.'

'En de vader?' zei de vroedvrouw, streng kijkend. 'Weet die daarvan? Denkt hij er net zo over?'

'Nee,' zei Valborg. 'Hij weet er niet van.'

'Ben je van plan het hem te vertellen?' vroeg de vroedvrouw. Het klonk beschuldigend.

Valborg schudde haar hoofd.

'Mag ik vragen waarom niet?'

Valborg schudde zwijgend en angstig haar hoofd.

'Heeft hij met je gebroken?'

'Ik zou het prettig vinden als je deze vragen kunt overslaan. Ik heb er met niemand over gepraat. Ik wil het er niet over hebben.'

De vroedvrouw aarzelde. 'Heb je het dan over abortus?'

'Ja... Nee... Ik weet het niet. Ik denk het wel. Maar ik wil niet... Ik ben bang dat ik er te laat mee ben.'

'Hoe ver ben je?'

'Bijna drie maanden.'

'Dus het is in december geweest dat...'

Valborg knikte.

'Het is op het uiterste nippertje, vrees ik,' zei de vroedvrouw. Haar gelaatsuitdrukking werd scherper. 'Weet je heel zeker dat je het kind niet wilt? Soms verloopt een zwangerschap moeilijk, en dan komen er allerlei ideeën bij je op; je kunt je ziek voelen, je kunt geestelijk labiel worden. Abortus is een zeer ernstige ingreep, die alleen in een aantal uitzonderlijke gevallen is toegestaan, en dan nog onder heel strenge voorwaarden. Ik vrees dat je geen... dat je zomaar, zonder speciale reden geen...'

'Je weigert het dus?'

'Het ligt ingewikkeld. Ik zou me maar bij de feiten neerleggen.'

'Ik wil dat kind niet zien,' fluisterde Valborg. 'Ik voel me er al rot genoeg over dat ik dat moet toegeven. God, ik kan het niet, ik kan het gewoon niet.'

Ze stond op en liep naar de deur.

'Je kunt het me niet weigeren. Neem me niet kwalijk, maar... je kunt het me niet weigeren.'

Toen vloog ze de deur uit.

Twee dagen later ging de telefoon. Ze herkende de stem niet – het was een vrouw. De naam waarmee ze zich bekendmaakte zei haar nog minder. De vrouw had gehoord dat ze in de problemen zat. Valborg wist niet wat haar overkwam. De vrouw aan de telefoon scheen haar gedachten te kunnen lezen en had een wonderlijk kalmerende invloed op haar. Ze was verloskundige. Haar nummer had ze van haar vriendin en ze wilde graag weten of ze kon helpen. Ze had begrepen dat het kind onder bijzondere omstandigheden – die er nu niet toe deden – was verwekt en dat Valborg over abortus had gepraat.

'Ja,' zei Valborg. 'Ik ben tot de overtuiging gekomen dat dat de beste weg voor me is, maar ik ben er niet zeker van dat ik...'

'En het kind?' zei de vrouw aan de telefoon. 'Vind je niet dat je ook aan het kind moet denken?'

De vrouw klonk niet beschuldigend, en op dezelfde rustige toon ging ze verder.

'Natuurlijk is de beslissing aan jou,' zei ze, 'maar ik zou willen weten hoe je denkt over een goed pleeggezin voor je kind.'

'Daar heb ik ook over nagedacht,' zei Valborg. 'In elk geval moet ik er niet aan denken om het te houden.'

'Ik kan je helpen, als je wilt. Het hangt natuurlijk helemaal van jou af, maar doe in elk geval niks zonder dat je er goed over hebt nagedacht. Ik heb vrouwen gesproken die in dezelfde positie zaten als jij en ik weet dat je niks wilt doen waar je later spijt van kunt krijgen. Ik stel voor dat we elkaar ontmoeten en zien of we tot een goede oplossing kunnen komen.'

Zo sprak de vrouw aan de telefoon; haar woorden kalmeerden Valborg en gaven haar de steun en troost waarnaar ze had gezocht. De vrouw leek de positie waarin Valborg verkeerde volkomen te begrijpen en alleen maar van plan te zijn haar hulp te bieden.

'Hoe zei je dat je heette?'

'Sunnefa.'

'En heb je... Heb je dit eerder gedaan?' vroeg Valborg. 'Contact opnemen met vrouwen zoals ik?'

'Je bent niet helemaal alleen op de wereld,' zei Sunnefa. 'Die is groter en ingewikkelder dan je je kunt voorstellen.'

'Ken je vrouwen zoals ik?'

'Als je me vraagt of ik vrouwen ken die precies hetzelfde hebben meegemaakt als jij, dan kan ik dat niet ontkennen. Ik heb begrepen dat je je heel erg naar voelt na wat je hebt doorgemaakt. Je bent de eerste niet en natuurlijk ook niet de laatste. Ik wil graag weten of ik je kan helpen. Of je me dat toestaat. En of je meent dat abortus het enige antwoord voor je is.'

Valborg zweeg een hele tijd en woog de woorden van de vrouw.

'Als je dat wilt kan ik een goed tehuis vinden voor het kind,' ging die verder. 'Jij beslist natuurlijk hoe je het wilt regelen. Maar we kunnen het zo doen dat niemand er iets van hoeft te weten.'

'Hoeft niemand er iets van te weten?' vroeg Valborg, dezelfde woorden gebruikend.

'Als je dat wilt: nee. Niemand hoeft er iets van te weten. Geen mens.'

25

Het regende, onophoudelijk, hard en koud. De man stond bij een werkkeet te schuilen en rookte een Camel. Hij had wit haar; zijn gezicht vertoonde felwitte baardstoppels. Onder de dikke wenkbrauwen tuurden zijn kleine grijze ogen door de regen. Hij zag hoe Konráð in een wijde boog langs de fundering van het gebouw liep en toen haastig zijn kant op kwam. Op die fundamenten zou alweer een hotel verrijzen. Het was aan het eind van de werkdag en de meeste bouwvakkers waren inmiddels vertrokken. Ze hadden betonbekistingen gemaakt. Morgen zou er gestort worden.

Ze gaven elkaar een hand en Konráð wist dat hij de juiste man te pakken had. Hij heette Flosi. De man rookte stug door, zonder zich al te veel van zijn bezoeker aan te trekken. Konráð had de indruk dat er heel wat voor nodig was om hem uit zijn evenwicht te brengen, en hij verwachtte niet dat dat zou gebeuren door wat hij met de man te bespreken had.

Nadat ze elkaar in het museum hadden ontmoet had zijn vriend Eyþór niet stilgezeten. Hij had gebeld met mensen die hij kende uit zijn Glaumbær-jaren, niet alleen personeelsleden die hij zich herinnerde, maar vooral ook de trouwste bezoekers, lui die sinds die tijd tot zijn kennissen behoorden. Zulke vaste bezoekers waren er heel wat. Hij vond het de moeite waard om zijn jaren in Glaumbær met ze op te halen, wat af en toe tot erg lange telefoongesprekken had geleid. Uiteindelijk had hij enkele namen in handen gekregen van mensen die naar hij meende voor Konráð van belang zouden kunnen zijn.

'Die verrekte regen,' zei Konráð. Hij was blij dat hij een droog plekje gevonden had en probeerde het ergste vocht van zich af te schudden. Hij had al met twee oude personeelsleden van Glaumbær gepraat. Ze hadden nog wel een vage herinnering aan een vrouw die Valborg heette en die daar gewerkt had, maar het was te weinig om hem verder te helpen.

'Het loopt hier helemaal onder,' zei de man met de witte baardstoppels. Hij klemde de peuk van de Camel tussen duim en wijsvinger en schoot hem naar de fundering, waarin zich op de bodem een grote plas had gevormd. Zijn stem was rauw – te veel Camels. 'Ben jij die vriend van Eyþór?' vroeg hij. Hij keek Konráð aan. Zijn witte haar piekte van onder zijn honkbalpetje alle kanten uit.

'Ja. Hij zei dat ik met jou over Glaumbær zou kunnen praten. Dat jij daar barman bent geweest. En dat je dienst had op de avond van de brand.'

'Ik dacht dat geen mens zich nog voor Glaumbær interesseerde,' zei de man. 'Dat iedereen het vergeten was.'

'Het was een leuke tent,' zei Konráð. Hij probeerde zich de man voor te stellen zoals die er tientallen jaren geleden had uitgezien, maar kreeg hem niet voor zich. Toch had hij ooit vlak voor sluitingstijd de groene chartreuse bij hem afgerekend. 'Ik zal niet zeggen dat ik een vaste bezoeker was, maar ik ben er toch vaak genoeg geweest.'

De man keek hem aan. 'Ik kan me je niet herinneren. Eyþór zei dat je samen met hem bij de politie hebt gezeten.'

'Klopt. Herinner je je dat meisje nog dat in Glaumbær werkte? Valborg heette ze. Eyþór heeft vast al naar haar gevraagd.'

'En ben je nou gestopt, of...?'

'Ja, ik ben gestopt bij de politie.'

'Maar toch niet helemaal?' zei de man. Hij keek de regen in.

'Jawel, maar zo makkelijk raak je er nou ook weer niet van los.'

'Eyþór heeft het inderdaad al over die vrouw gehad,' zei Flosi, 'maar ik kan me haar niet voor de geest halen. Dat heb ik hem gezegd, maar hij vond dat ik toch met jou moest praten, voor het geval dat ik me toch iets zou herinneren. Er werkten massa's mensen bij Glaumbær toen het op zijn populairst was, je had er bands en je had er meisjes, en op de een of andere manier loopt het in mijn herinneringen allemaal door elkaar heen. Dat heb ik tegen Eyþór gezegd. Je zou weinig aan me hebben, zei ik. Ik ben er ook maar twee jaar geweest. Nou ja, ruim twee jaar.'

'Ik stel me voor dat Valborg een heel rustig meisje is geweest, dat niet erg opviel. Heeft Eyþór je verteld wat er met haar gebeurd is?'

'Ja. En daar weet verder niemand iets van?'

Konráð schudde zijn hoofd. Hij zei dat de politie haar best had gedaan de dader te pakken, maar niet veel had om van uit te gaan. Flosi haalde een verfomfaaid pakje Camel tevoorschijn en haalde er een sigaret uit. Hij bood Konráð er een aan, maar die bedankte. Al tientallen jaren had hij geen Camel meer aangeraakt.

'Ik volg het nieuws niet zo,' zei Flosi. Hij stak zijn sigaret aan met een bijna lege plastic aansteker die hij tegen zijn hand moest slaan en moest schudden om hem aan de praat te krijgen. 'Maar van die inbraak en die moord heb ik wel gehoord. Gek als je dan hoort dat die vrouw heel vroeger als meisje nog in Glaumbær gewerkt heeft.'

'Valborg, ja.'

'Maar wat wil je nou? Die moord in verband brengen met Glaumbær? Is ze soms familie van je? Hoe kende je haar eigenlijk?'

'Ik heb haar pas heel laat leren kennen, feitelijk nog maar onlangs,' zei Konráð. 'Voordat ze stierf heeft ze me opgezocht. Ze vroeg of ik haar ergens mee kon helpen, en ik vind dat ze dat nog van me tegoed heeft. Volgens Eyþór vertelde jij dat er in Glaumbær lui kwamen die je… nou ja, niet bepaald tot het fijnste slag volk kon rekenen.'

'Ja, maar dat waren uitzonderingen.'

'Ja, natuurlijk.'

'Iedereen ging naar Glaumbær,' zei Flosi, 'en daar zat natuurlijk ook minder prettig volk tussen. Lui die in het tuchthuis hadden gezeten of er nog wel in terecht zouden komen. Geteisem. Lui die er alleen maar naartoe gingen om te matten. Om met andermans vrouw te rotzooien en al zulke dingen meer. Of op herrie uit waren. Die hielden we in de gaten. Daar heb je vast en zeker zelf ook wel wat van meegemaakt. Dat soort, begrijp je? Die heb je altijd en overal.' Flosi was in de koude regen filosofisch geworden. Het knetterde een beetje in zijn witte baardstoppels toen hij zich over zijn kaken wreef.

'Lui die je je speciaal herinnert?'

'Is er in Glaumbær iets met dat meisje gebeurd?' vroeg Flosi.

'Dat weet ik niet.'

'Waarom staan we hier dan?'

'Ik probeer helder te krijgen óf er iets is gebeurd,' gaf Konráð toe. 'Ik heb Glaumbær horen noemen. Ze werkte er in de tijd dat de boel daar afbrandde. Kan ze daar een ander personeelslid hebben leren kennen? Of connecties hebben aangeknoopt met iemand die er vaak kwam?'

'Dus je bent op zoek naar een man in haar leven? In die tijd?'

'Dat is maar een van de punten waar ik over nadenk,' zei Konráð. 'Of ze in Glaumbær contact met iemand onderhield.'

'Sorry, daar kan ik je niet mee helpen,' zei Flosi. 'Ik herinner me die dame zelf niet eens, laat staan hoe het met haar en de mannen stond.'

'Maar herinner je je misschien iemand die achter vrouwen aan zat, terwijl zij niks van hem moesten hebben? Iemand die hen niet met rust liet? Over wie je klachten van de dames kreeg omdat ze bang voor hem waren? Je weet hoe mannen zijn, hè? Vooral als ze uitgaan.'

Flosi inhaleerde de rook van zijn Camel. Hij keek zwijgend naar de snel groter wordende plas water die zich onder hem in de fundering gevormd had.

'Ik kan me geen bepaalde lui herinneren,' zei hij na lang nadenken. 'Je had natuurlijk alle mogelijke akkefietjes, maar die waren zo gewoon dat je ze meteen weer vergat. Ruzies en vechtpartijen en wrijving, net als in iedere tent. Maar iemand waar de vrouwen bang voor waren?'

Flosi staarde naar de regen en liet zijn gedachten gaan over oude geschiedenissen uit die tijd.

'Ja, ik herinner me een man die daar best regelmatig kwam. Die was ooit aangeklaagd voor verkrachting, als je dat bedoelt. Dat heb ik van mijn overleden zus. Ik weet niet meer hoe ze het wist, maar ze heeft hem een keer aangewezen en toen zei ze dat hij een meisje had verkracht, hier ergens in een dorp aan de kust – het zou weleens in Keflavík geweest kunnen zijn. Daar is toen een rechtszaak van gekomen, maar hij is vrijgesproken. Mijn zus volgde zulke dingen, ze studeerde rechten in die tijd. Dus die man heb ik toen in de gaten gehouden. Bedoel je zulke gevallen? Zoiets?'

'Iets dergelijks, ja.'

'Ik denk dat hij iets te maken had met het vliegveld,' ging Flosi verder. 'In het algemeen merkte je heel weinig van de militairen, maar ze gingen in die jaren wel in Reykjavík stappen, en die gast was er soms ook, met een of twee jongens van het vliegveld. De mensen waren niet dol op de yanks, en ik denk dat ze dat wel doorhadden ook, die knapen.'

'En je zus is overleden, zei je?'

'Ja.'

'Weet je nog meer over die man? Of over zulke gevallen? Van lui over wie ook dergelijke verhalen gingen?'

'Nee. Dit is het enige wat me te binnen schiet. Waarschijnlijk alleen omdat mijn zus het vertelde. Maar om je de waarheid te zeggen, veel weet ik er niet meer van. Hoewel...'

'Nou?'

'Ze zei er nog iets bij, herinner ik me nu. Namelijk dat het op een dansavond was gebeurd.'

'Wat?'

'Die verkrachting. In een discotheek. Na sluitingstijd.'

26

Het was een bekend verhaal in de familie, al werd er alleen maar over gefluisterd, uit consideratie met de vrouw van wie iedereen had gehouden. Twee mannen hadden gebruikgemaakt van Stella's kwetsbaarheid als weduwe en bovendien gespeeld met haar pijnlijkste gevoelens: het gemis van haar zoon. Ze hadden gedaan alsof ze een speciale verbinding hadden met het leven aan gene zijde. Nadat ze tijdens seances haar vertrouwen hadden gewonnen begon ze hun geld toe te stoppen. Het zou, zeiden ze, ten goede komen aan diverse stichtingen en liefdadige instellingen, waarvan ze ook de namen noemden. Stella vertrouwde hen volkomen en ze hadden hun kans gegrepen. Hoe royaler ze zich in haar kinderlijke zorgeloosheid betoonde, hoe meedogenlozer ze hun spelletje speelden, totdat ze door nagenoeg al haar spaargeld heen was. Pas toen ze aan haar broer vroeg hoe ze een nieuw chequeboekje moest aanvragen kwam alles uit. Het tweetal was toen echter al van het toneel verdwenen. Ze kende nauwelijks hun volledige namen en verkeerde in een toestand van totale ontkenning: ze wilde niets slechts over de mannen horen. Ze hadden een deur naar de andere wereld geopend, troost voor haar gevonden en haar geholpen zich met de bestaande toestand te verzoenen, en dat was meer dan veel anderen hadden kunnen bereiken. Het feit dat ze dieven en oplichters waren scheen haar niet al te veel te storen. Er was een bijzondere actie nodig om haar de ogen te openen voor wat er feitelijk in haar huis was gebeurd.

Het was al lang geleden, maar nog steeds riepen deze gebeurtenissen heftige reacties op bij de familie van de vrouw.

'Het waren schoften,' zei Stella's neef toen Konráð hem had ingelicht over Eygló en hemzelf en de man zich realiseerde dat de zoon van de ene oplichter en de dochter van de andere bij hem zaten. Ze hadden van tevoren geen afspraak gemaakt, en de man, een accountant, was in het begin een beetje verbaasd, maar had zich snel hersteld. Hij was gewend mensen te ontvangen. Mensen kwamen voor allerlei kwesties bij hem en dan probeerde hij hen te helpen.

'Dus jij bent de dochter van dat medium?' zei hij. Hij keek Eygló aan en vormde met zijn vingers in de lucht aanhalingstekens bij het uitspreken van het woord 'medium'.

'Hij heeft als medium gewerkt, ja,' zei Eygló. 'Maar hij is in slecht gezelschap terechtgekomen,' voegde ze eraan toe, Konráð aankijkend.

'En je tante was waarschijnlijk niet de enige die ze hebben opgelicht,' zei Konráð. Evenmin als Eygló was hij met dit geval bekend geweest, maar hij geloofde wat de man hem vertelde over de zaken die Stella met het tweetal had gedaan. Reden om het tegen te spreken had hij niet. Konráð had zoveel verhalen over zijn vader gehoord; hij wist waartoe die in staat was geweest, in het bijzonder tegenover mensen die niet stevig in hun schoenen stonden.

'Nee, daar hebben we van gehoord,' zei de accountant. 'Ze schenen alle trucjes te kennen en wisten hoe ze haar zwakheden moesten uitbuiten. Niet alleen dat ze een verlies geleden had, maar ook dat ze zich niet goed kon redden. En dat ze de mensen vertrouwde.'

'Die eigenschap is langzamerhand wel aan het verdwijnen,' zei Eygló.

Na enige aarzeling en na herhaalde verzoeken vertelde de man hun in grote trekken wat hij wist van zijn tante en de twee zwendelaars en hoe minderwaardig die haar hadden behandeld. Haar enige zoon, een veelbelovende jongeman, was in het Elliðavatn verdronken toen zijn kano was omgeslagen, en twee jaar later had ze haar man verloren. Op de een of andere manier hadden die twee schurken daar lucht van gekregen en een aantal persoonlijke zaken over de familie opgeduikeld om bij hun oplichterij gebruik van te maken. De politie was niet ingelicht en de zaak was in vergetelheid geraakt. Stella's familie had weinig zin om die openbaar te maken, vanwege de praatjes, het politieonderzoek en de gerechtelijke procedures die waarschijnlijk zouden volgen. Ze wilden dat zo lang mogelijk vermijden, alles in het belang van Stella. Van haar reputatie. Wel hadden twee mensen Konráðs vader opgezocht om te proberen iets van het geld terug te krijgen. Stella had een groot aantal cheques uitgeschreven en aan de oplichters overhandigd. Maar het geld was verdwenen en ze kregen niets terug.

'Mijn vader was een van de mensen die de zwendel hebben ontdekt,' zei de man. 'Ze wilden proberen hun geld terug te krijgen. Degene die voor medium speelde moet een nogal slappe figuur zijn geweest. Hij gaf zijn maat overal de schuld van en zei dat die de cheques in ontvangst had genomen en had verzilverd. Die andere woonde in een kelderappartement in de Skuggahverfi, hij was aangeschoten en bedreigde hen met een mes.'

'Twee mannen? In een kelderappartement in de Skuggahverfi?' herhaalde Konráð.

'Ja,' zei de man. 'Mijn vader en een vriend.'

Konráðs herinnering aan die avond werd scherper. Nu begreep hij het doel en de betekenis van het bezoek.

'Dus dat was jouw vader?' zei de man.

'Ik kan me dat bezoek nog heel vaag herinneren,' zei Konráð. Hij zag de lelijke man met de winterjas voor zich, die onder zijn matras naar geld had gezocht. 'Volgens mij zijn ze zonder één kroon bij mijn vader weggegaan.'

'Ja, dat zei ik, het geld is nooit teruggekomen.'

'En was het toen einde verhaal?'

'Ik denk van wel.'

'Je denkt van wel? Wat deed je vader voor de kost?' vroeg Konráð.

'Die was accountant. Hij heeft hier gewerkt, aan dit bureau. Hij is zo'n tien jaar geleden gestorven.'

'En de man die met hem naar de Skuggahverfi ging? Die vriend van hem?'

'Wat bedoel je?'

'Wat voor snuiter was dat? Wat deed hij voor de kost?'

'Ik zie niet in wat jou dat aangaat,' zei de man. Hij keek Konráð en Eygló beurtelings aan. Ze zaten in zijn kantoor, omgeven door mappen en papieren, alles wat maar te maken had met jaarrekeningen, belastingaangiften, afschrijvingen, eigendommen, schulden. Er hing een muffe geur, de ramen waren dicht en er was geen ventilatie. De man was accountant, net als zijn vader. Van het lange zitten aan zijn bureau had hij afhangende schouders gekregen. Hij was klein, maar had merkwaardig grove gelaatstrekken. Op zijn brede neus droeg hij een bifocale bril. Ze zaten in de binnenstad, vlak bij de domkerk – door de gesloten ramen konden ze de melancholieke klokslagen horen.

'Niks, natuurlijk,' zei Konráð, 'maar ik zou het wel graag willen weten.'

'Hij was gewoon een huisvriend, een kennis van mijn vader.'

'Leeft hij nog?'

'Jazeker, hij heet Henning, hij is stokoud, maar ik weet niet...'

'En je denkt dus niet dat ze nog meer pogingen hebben gedaan om het geld terug te krijgen?' vroeg Konráð.

'Nee, dat geloof ik niet. Hoezo?'

'Ik kan me herinneren dat ze begonnen te dreigen,' zei Konráð. Tot vandaag had hij dat bezoek nog niet in verband gebracht met het lot van zijn vader. Daarvoor was het allemaal te ver verwijderd en te onwerkelijk geweest, meer koortsdroom dan realiteit.

'Beweer je dat ze hem wat aangedaan zouden hebben?' vroeg de man.

'Mijn vader is in elk geval wel vermoord,' zei Konráð. 'Waarschijnlijk zo'n jaar na dat bezoek.'

'Daar ben ik me van bewust, ja.'

'Dus daar heb je van gehoord?' zei Konráð.

'Ik was toen nog niet eens geboren,' zei de man, 'maar mijn familie weet er alles van. Mijn vader praatte er nooit over. Mijn moeder ook niet. Die vriend van mijn vader, die met hem meeging naar de Skuggahverfi, heeft me over het bezoek aan die zwendelaars verteld. Ik ben er eens tegen mijn vader over begonnen dat de man die Stella zo smerig had behandeld was vermoord. Maar hij schudde alleen zijn hoofd. Hij zei niks. Wilde er niet over praten.'

'Vond je dat niet gek? Dat hij daar zo zwijgzaam over was?'

'Nee. Dat realiseerde ik me niet zo. Hij was altijd al een beetje... Ik weet niet waarom ik dit allemaal aan jullie vertel, maar hij was geen erg opgewekte man. Hij kon zwaarmoedig zijn, moeilijk. Van tijd tot tijd ging het psychisch helemaal niet goed met hem en dan kon hij niet werken. Je leerde al heel gauw dat je hem dan maar beter met rust kon laten.'

'Maar waarom heeft hij het er nooit over gehad?' vroeg Eygló. 'Of het er niet over willen hebben?'

'Dat weet ik niet. Ik probeer alleen maar uit te leggen hoe hij was.'

'Dat zou toch heel normaal geweest zijn?' zei Eygló. 'Een man die je tante zo schofterig heeft behandeld wordt doodgestoken en de moordenaar wordt nooit gevonden. Dan heb je daar toch zeker wel je ideeën over? Daar vind je toch iets van?'

'Bestaan daar vaste regels voor? Wat wil je eigenlijk suggereren?' vroeg de man. Hij ergerde zich duidelijk aan de felheid van hun vragen. 'Ben je... Zijn jullie soms hierheen gekomen om hem van die moord te beschuldigen? Proberen jullie nu echt om die mijn vader in de schoenen te schuiven?'

'Nee, helemaal niet. Verre van,' zei Konráð.

'Misschien kunnen jullie maar beter vertrekken,' zei de man. Hij maakte aanstalten om op te staan en hun de deur te wijzen. 'Ik hou niet van zulke toespelingen.'

'Het was helemaal niet onze bedoeling om toespelingen te maken,' zei Konráð bedaard.

'Nou, hoe dan ook, ik heb hier geen tijd voor. Ik kan jullie niet verder helpen.'

'Maar die vriend van je vader dan?' zei Eygló. 'Die Henning. Heeft die weleens wat over de moord gezegd? Als je met hem praatte?'

'Zoals ik al zei, ik heb het niet zo op zulke vragen.' De man zette zijn bril af en begon de glazen met een doekje schoon te poetsen. 'Ik heb meer te doen, ik heb het nogal druk, eerlijk gezegd. En bovendien, ik was nog maar een tiener toen ik er voor het eerst van hoorde. Het is dus al zo lang geleden, ik weet er gewoon niet genoeg van om jullie te kunnen helpen.'

'Je weet anders blijkbaar wel genoeg om ze schoften te noemen,' zei Konráð.

Eygló keek hem scherp aan. Ze was niet gekomen om ruzie te krijgen met mensen die door haar vader een ongelooflijk nare ervaring te verwerken hadden gekregen. De accountant keek hen beurtelings aan. Hij zette zijn grote bril weer op.

'Heeft hij iets gezegd...'

Eygló kon haar zin niet afmaken.

'Neem me niet kwalijk,' zei de man opstaand. 'Ik wou jullie niet kwetsen. Ik ben er zeker van dat die twee in ieder opzicht voorbeeldig zijn geweest, in alles wat ze ondernamen. Ik dank jullie voor je bezoek, maar ik heb het nogal druk en ik kan me hier niet verder mee bezighouden. Het spijt me dat ik jullie verder niet van dienst kan zijn.'

'Heeft hij iets gezegd? Die Henning, die vriend van je vader?' vroeg Eygló opnieuw. Ze glimlachte vriendelijk, alsof ze Konráðs woorden wilde goedmaken. De man kon hem kennelijk niet uitstaan.

'Ja, maar dat hoef je niet serieus te nemen, want het is nooit gebeurd. Zulke dingen zei mijn vader nu eenmaal zonder dat hij het meende.'

'Wat? Hoe bedoel je?'

De man keek naar hen door zijn bifocale bril. Een ondoorgrondelijk glimlachje speelde om zijn dikke lippen. Buiten hoorden ze het klokgelui van de domkerk. De kerkdeuren gingen open en achter een witte kist verscheen een rouwstoet.

'Hij zei dat mijn vader korte metten met hem had willen maken. Hem had willen neersteken als een dolle hond.'

27

Eygló vroeg of Konráð ervoor voelde om met haar naar het kerkhof te gaan, maar hij had geen tijd, zei hij. Na het gesprek met de
accountant reed ze er dus in haar eentje heen. De schemer was in-
gevallen en het werd drukker op de weg toen ze op de straat langs
het kerkhof parkeerde. Er was somber weer op komst en terwijl ze
tussen de oude grafstenen en met mos begroeide monumenten op
de begraafplaats liep zette een fijn regentje zich in haar kleren en
op haar gezicht. Ze lette erop niet op de graven te gaan staan, maar
stapte er voorzichtig tussendoor om de opschriften en jaartallen te
kunnen lezen. Ze kwam hier vaak en kon er altijd een tijdlang in
alle rust verblijven. Wel was die stilte er steeds moeilijker te vinden;
steeds meer toeristen kwamen, als ze in de stad waren uitgekeken,
op hun nooit eindigende zoektocht naar plekken waar iets te zien
was naar de dodenakker.

Eygló liep op haar gemak over het kerkhof en las wat er op de grafstenen stond. Vaak was het haar opgevallen hoeveel mensen vast in
een leven na dit leven geloofden en meenden dat ze daar op de een
of andere manier een bevestiging van hadden verkregen. Engilbert
was een van hen geweest en ook zij was gelovig opgevoed. Haar vader was overtuigd van het bestaan van een etherwereld, waar de
zielen van hen die waren weggeroepen zich verzamelden wanneer
ze zich uit het aardse lichaam hadden losgemaakt. Vandaaruit konden ze met hun bijzondere krachten weer in contact treden met de
aardse wereld. Daar had hij, naar hij beweerde, in zijn werk massa's
bewijzen voor gevonden. Zelf had Eygló veel meegemaakt waar ze
met haar verstand volstrekt niet bij kon, al had ze altijd haar twij-
fels gehad over wat haar vader en andere oudere mediums de ether-

wereld noemden. Over het soort krachten dat actief was wanneer haar waarnemingen verdergingen dan het normale had ze geen scherpomlijnde denkbeelden. Voor haar waren ze nog steeds even raadselachtig als toen ze als kind was begonnen het onkenbare en onverklaarbare te ontdekken.

Eygló liep langzaam voorbij het gerestaureerde Sturlu-mausoleum, niet ver van de laatste rustplaats van Málfríður. De oude vrouw lag naast haar man; ze was de enige die dat jaar op het kerkhof was begraven als je de urnen die op oudere graven waren neergezet buiten beschouwing liet. Steeds minder mensen hadden op het oudste kerkhof van de stad een gereserveerde plaats. Eygló had er graag een graf gehad, maar daar kon geen sprake van zijn. Eén keer had ze Málfríður half ernstig, half voor de grap geld geboden voor haar plaats. Dat was niet helemaal in goede aarde gevallen.

De weinige nieuwe graven op het kerkhof waren met de hand gegraven, net zoals toen het in 1838 in gebruik werd genomen. Eygló ademde de lucht in van vers gedolven aarde boven Málfríðurs graf en wreef een handvol ervan tussen haar handpalmen. Er stond nog geen steen. Die zou later komen.

'Ze is nu op een goede plaats,' hoorde Eygló achter zich. Toen ze keek wie daar was zag ze Málfríðurs vriendin, dezelfde die aan haar bed had gezeten toen Eygló haar voor het laatst had bezocht. Ze herinnerde zich dat Málfríður haar Hulda had genoemd. Ze droeg dezelfde groene mantel en had nog steeds een hoofddoekje om. Onhoorbaar was ze naast Eygló komen staan en ze keek naar het pas gedolven graf. Haar gelaatsuitdrukking was mild als het zachte regentje.

'Kan het zijn dat ik jou op haar sterfdag heb gezien?' vroeg Eygló.

'Ik wou graag bij haar zijn toen ze van de aarde scheidde.'

'Dat zal ze mooi gevonden hebben,' zei Eygló.

De vrouw keek naar de donkere aarde.

'Wat ze zocht heeft ze nu…'

Eygló hoorde het eind van de zin niet. Er kwam een man over het kerkhofpad aangelopen. In het Engels vroeg hij waar het graf van president Jón Sigurðsson te vinden was. Eerst verstond Eygló hem niet. Ze meende dat hij een Scandinavisch accent had, maar antwoordde hem toch in haar gebroken Engels. Hij moest in oostelijke richting verder lopen, de kant op van de Suðurgata. Daar rees de stenen zuil omhoog op het graf van de beroemde politicus. De man bedankte haar en liep verder. Toen Eygló weer naar Málfríðurs graf keek was de vrouw met de groene mantel verdwenen. Eygló keek om zich heen. Ze had haar willen groeten, maar was te laat. De half afgemaakte zin hing nog in de lucht. Eygló vroeg zich af wat ze eigenlijk had willen zeggen.

Nog lang stond ze bij het graf voor ze haar wandeling over het kerkhof voortzette. Ze had nog een andere reden om hier te zijn. Over het algemeen voelde ze zich prettig in de rust die op kerkhoven heerste, maar nu was het anders. Ze had op internet aanwijzingen gevonden waar het graf te vinden was en het inderdaad zonder moeite kunnen ontdekken. Het verwonderde haar dat de steen niet beter onderhouden was. Binnen het lage muurtje dat drie graven omgaf woekerde een wilde plantengroei. Uit het muurwerk waren brokstukken losgeraakt en de steen helde schuin achterover. Hij was sterk verweerd. Van het verguldsel dat eens de namen van de overledenen helder had doen uitkomen was geen spoor meer te bekennen. De derde naam was vele jaren na de twee andere toegevoegd, toen de familie eindelijk in de aarde herenigd werd.

STELLA BJARNADÓTTIR

Eygló las de naam en de jaartallen. Daarna legde ze een hand op de steen en sprak een kort gebed uit. 'En vergeef ons onze schulden,' fluisterde ze. Haar vader had gebruikgemaakt van Stella's verdriet. Hoewel ze koppig had geweigerd dit te geloven scheen hij toch samen met een crimineel misbruik te hebben gemaakt van de goedgelovigheid van een onschuldig iemand, en dat alles om haar een handjevol kronen af te troggelen. Verdriet vervulde haar toen ze dacht aan Stella en haar zoon, en aan haar vader. Als kind had Eygló een veel hechtere band met haar vader gehad dan met haar moeder. Ze waren gelijkgestemde typen, en als er iets met haar was ging ze naar hem toe. Bij hem vond ze warmte en troost, en bovenal begrip voor de ervaringen waarvoor ze zo ontvankelijk was. Maar ieder mens heeft zijn last te dragen. Eygló wist dat hij niet sterk in zijn schoenen stond en met allerlei problemen te kampen had. Ze

kende al die verhalen niet, maar ze was bang dat verschillende ervan overeenkomsten vertoonden met wat Stella's neef haar had verteld.

En vergeef ons onze schulden. De steen was koud en hard en ruw
en de bodem was onder zijn zwaarte bezweken, alsof de aarde het
verdriet dat hij vertegenwoordigde niet langer had kunnen dragen.

Toen ze 's avonds thuis was deed Eygló iets wat ze in lange tijd niet
had gedaan. Ze was met haar gedachten heel ergens anders en ze
had geen idee waarom, maar ineens zat ze achter de piano. Die
stond in een hoek van de kamer, een erfstuk uit Denemarken, afkomstig uit haar vaders familie. Daar waren ze altijd erg gesteld geweest op mooie dingen. Het instrument had bij een tante gestaan
en Eygló had het geërfd toen de tante stierf. Er waren vier bere-
sterke en vindingrijke mannen nodig geweest om het in Fossvogur
te krijgen. Het woog niet minder dan driehonderd kilo, dachten ze,
ze hadden nog niet eerder zoiets meegemaakt.

Eygló speelde er nooit op, maar ooit, in een periode dat ze toch
wat pianolessen nam, had ze een pianostemmer laten komen. Die
zei dat het de moeite nauwelijks loonde het instrument op te lap-
pen, zo slecht was het binnenwerk eraan toe. Hij beweerde dat het
rond 1900 in Denemarken was vervaardigd en dat het mechaniek
volkomen verouderd en onbruikbaar was. Uitvoerig legde hij uit
dat haar piano een zogenaamde bovendemper was – veel had Eygló
er niet van begrepen. De houten onderdelen van het instrument
waren bovendien zwaar beschadigd; reparatie ervan zou geen enkele zin hebben. Daarentegen verkeerde de buitenkant in een uit-
stekende conditie; die zag er mooi uit met zijn krullen en andere
ornamenten en paste goed bij het interieur van de kamer. De man
zei dat veel mensen zo'n familiestuk zouden koesteren en het in
hun woonkamer zouden zetten, gewoon omdat het zo mooi was.

Nu zat ze voor de oude piano, zonder te weten waarom. Misschien
had ze vanuit de huizen aan de Ljósvallagata pianospel horen komen, toen ze haar auto daar voor haar kerkhofbezoek geparkeerd
had. Misschien kwam het door het pianoconcert 's middags op de
tv, dat ze was vergeten aan te zetten. Ze opende de zware klep en
streek met haar vingers over het vergeelde ivoor van de toetsen.

Eén zat er vast, merkte ze. Ze probeerde hem los te krijgen, maar wat ze ook deed, het lukte niet. Ze kon zich niet herinneren dat die toets de vorige keer ook al zo vast had gezeten en vroeg zich af hoe dit gekomen was. Gasten kreeg ze maar heel weinig en ze wist zeker dat geen van hen ooit de piano had aangeraakt.

Het leek alsof iemand zo heftig op de toets had geslagen dat die niet meer los te krijgen was. Eygló sloot de piano en vroeg zich af wanneer dat dan gebeurd zou moeten zijn, en hoe in 's hemelsnaam, maar ze kwam er niet uit. Ze had er een slecht gevoel bij, dat haar ook in haar slaap bijbleef. 's Nachts verscheen Engilbert aan haar in een droom. Het was geen prettig gezicht. Hij boog zich over het instrument, doornat, zoals toen hij uit de haven was opgehaald. Het water stroomde van hem af op de vloer en in zijn kletsnatte haar zaten slierten zeewier. Hij draaide haar zijn rug toe en keek niet op, maar opende de piano en sloeg voortdurend dezelfde valse noot aan alsof hij razend van woede was.

Toen Eygló 's morgens wakker werd keek ze aarzelend de kamer in en wist dat wat ze die nacht had gezien beslist geen droom was geweest.

28

Na zijn bezoek aan de accountant kon Konráð zijn afspraak met Pálmi niet meer op tijd nakomen. Hij had hem gebeld en gehoord dat hij nog steeds welkom was, als hij tenminste niet al te laat kwam opdagen, want Pálmi had 's avonds nog het een en ander te doen. Konráð reed zo snel als dat in het verkeer op de Keflavíkurvegur mogelijk was naar het vissersdorp aan de zuidkust van Reykjanes. Toen hij bij Pálmi's huis parkeerde was het al donker.

Ze schudden elkaar de hand en Konráð kwam meteen ter zake, volgens Pálmi een van zijn beste eigenschappen. Hij vertelde dat hij eindelijk, na al die jaren, terechtgekomen was bij de voornaamste getuige in de zaak van zijn vader, Helga. Die had gezegd dat de rookovens in de slachterij in bedrijf waren geweest, wat niet in de politierapporten stond.

'De rookovens?' zei Pálmi nadenkend. 'Waren die dan niet constant in bedrijf?'

'Welnee,' zei Konráð. 'Ik ben daar vlakbij opgegroeid. Soms hing die rooklucht over de buurt en soms weer niet. We speelden daar niet ver vandaan, nu en dan hingen we zelfs binnen de poort rond en zagen hoe de mannen daar aan het werk waren.'

'Maar wat maakt dat voor verschil? Dat van die rookovens?'

'Ik weet nog dat ze aan het eind van de werkdag of 's avonds werden aangemaakt. 's Nachts bleven ze dan branden. Dus er kunnen nooit veel mensen op het terrein zijn geweest toen het gebeurde.'

'Dat zijn we allemaal heel precies nagegaan,' zei Pálmi. 'We hebben met het personeel gepraat, maar een link met jouw vader hebben we nooit kunnen vinden.'

'Zo staat het in de rapporten,' zei Konráð. 'Maar jij en ik weten dat daar niet alles in terechtkomt. Weet jij nog of de ovens bij de verhoren ter sprake zijn gekomen?'

Pálmi knikte. 'Zoals ik al zei, volgens mij hebben we daar destijds echt naar gekeken.'

'Mijn vader werd pal voor de ovens neergestoken. De ovenloods stond naast de poort. Hij stond in de lengte langs de Skúlagata, en hij had een klein raam.'

Konráð haalde de foto uit de collectie van de fotojournalist voor de dag en reikte hem Pálmi aan. Die zette zijn leesbril op en bekeek hem. Hij was donker en onscherp, maar het raam was goed te zien.

'Groot genoeg om door naar binnen te kunnen klimmen,' zei Konráð.

'Ja, dat klopt. Maar het zat dicht.'

'Misschien was het niet moeilijk om erdoor naar binnen te komen. Wie weet zelfs zonder dat je er naderhand iets aan kon zien.'

Konráð vertelde Pálmi wat hij tijdens het gesprek met Helga had overdacht: de korte tijd die moest zijn voorbijgegaan tussen het moment dat zijn vader werd neergestoken en het moment dat ze hem vond. Toen leefde hij nog; hij was voor haar ogen gestorven en had nog geprobeerd iets te zeggen – ze had niet verstaan wat. De moordenaar was verdwenen, maar eigenlijk had ze die toch moeten zien, daar in de straat: ze had maar net het moment gemist waarop hij zijn aanval had gepleegd. Konráð had overwogen of de moordenaar haar had opgemerkt en daarna geen andere mogelijkheid had gezien dan door het raam naar binnen te glippen.

'Ik weet nog dat we daarnaar gekeken hebben,' zei Pálmi. 'Het was trouwens niet het enige raam dat op de Skúlagata uitkeek, maar wel het enige waardoor je naar binnen zou kunnen komen. Als ik het me goed herinner was het de bedoeling dat er tralies voor die ramen zouden komen, of dat ze bezig waren de oude tralies te vervangen. Dat er via het raam zou zijn ingebroken hebben we niet kunnen zien. Bovendien was de deur van de ovenloods vanaf de buitenkant, vanaf het terrein van de slachterij, op slot gedaan. Dus als er iemand door dat raam naar binnen was geklommen zou hij niet door de deur naar buiten hebben kunnen komen.'

'En daar binnen had hij zich niet kunnen verbergen?'

'Nee,' zei Pálmi. 'We hebben ons wezenloos gezocht. Alles hebben we gedaan, behalve in de ovens kruipen, want die waren in gebruik. Nu we het erover hebben herinner ik het me weer.'

'Heb je ze niet opengedaan?'

'Welnee, je kon ze nauwelijks aanraken, zo heet waren ze.'

Pálmi haalde op hoe de politie het gebeurde destijds had bekeken. Er waren op zijn minst drie scenario's mogelijk. Het eerste hield in dat iemand Konráðs vader naar de Skúlagata had laten komen zodat hij hem daar kon doden. In dat geval ging het om een moord met voorbedachten rade. Een tweede mogelijkheid was dat hij een afspraak had gehad met een of meer mensen en dat er onenigheid was ontstaan, gevolgd door een bloedige aanslag, voor de slachterij. In dit geval zou het om doodslag gaan. In het derde geval zouden zijn gangen zijn nagegaan, waarna was besloten hem op de Skúlagata tegemoet te lopen en te lijf te gaan. Bij al deze scenario's moest het slachtoffer bekend geweest zijn met zijn aanvaller.

Er was nog een vierde mogelijkheid, namelijk het geval dat Konráðs vader op de Skúlagata zou hebben gelopen en bij de slachterij volkomen toevallig de moordenaar had ontmoet. Het zou tot een vechtpartij zijn gekomen, die was uitgelopen op moord. Die kon zijn gepleegd zonder dat de moordenaar en zijn slachtoffer ook maar iets van elkaar hoefden te weten. Toen het onderzoek niets opleverde waren de politiemensen meer in deze vierde mogelijkheid gaan geloven. Misdaden die bij toeval waren begaan, zonder duidelijke reden, waren immers moeilijk op te lossen.

Ze bespraken de zaak uitvoerig, zonder meer te ontdekken dan ze al wisten. Totdat Pálmi zei dat hij niet veel tijd meer had.

'Als hij op die plek een afspraak had lijkt het me het waarschijnlijkst dat die op de een of andere manier met de slachterij te maken had,' zei Konráð. 'Je zou je kunnen voorstellen dat iemand door het hek vleeswaren of iets van die aard naar hem toe had willen smokkelen.'

'Maar dat had toch iedereen kunnen zien, daar op straat?' zei Pálmi. 'Het is niet bepaald eenvoudig om midden op de Skúlagata een of andere geheime klus af te werken. En bovendien, we hebben niks gevonden wat jouw vader met de slachterij in verband brengt.'

'Dat zie ik ook wel in, maar je weet net zo goed als ik dat mensen wel voor minder liegen.'

'Degene of degenen die hierachter zitten zijn zeer waarschijnlijk allemaal wijlen,' zei Pálmi. Hij liep met Konráð het erf op. Het was nu pikdonker en er woei een koude noordenwind om hen heen.

'Ja, natuurlijk. En van bekentenissen op het sterfbed hoor je nooit,' zei Konráð. 'Niemand die dit nog even kwijt wilde, vlak voordat hij het daar boven moest bekennen.'

'Waarna hij waarschijnlijk kaarsrecht naar beneden zou vallen,' zei Pálmi.

Konráð glimlachte. 'Maar ja, daar gaat het niet om. Ik ben niet op wraak uit, of op straf. Ik wil weten wat er is gebeurd en waarom.'

'Het is waarschijnlijk een grote stap voor je geweest om met Helga te praten,' zei Pálmi na een korte stilte. 'Maar vind je het geen prettig idee dat je haar nu gesproken hebt?'

'Ja, het was goed om haar te ontmoeten,' zei Konráð. 'Misschien had ik dat veel eerder moeten doen.'

'Geloof je echt dat je deze zaak na al die tijd nog kunt oplossen?' Pálmi had dat al eerder gevraagd en het antwoord was hetzelfde.

'Ik betwijfel het,' zei Konráð. 'Ik betwijfel het ten zeerste. Waarschijnlijk ben ik te laat begonnen. En ik weet hoeveel moeite jullie destijds al hebben gedaan, dus...'

'Toch is het leuk om te zien dat je een beetje verder komt,' zei Pálmi.

'Er is niks leuks aan,' zei Konráð mat. 'Helemaal niks.' Hij aarzelde. 'Iets anders. Uit de tijd dat ik pas bij de recherche zat. Herinner jij je iets van een verkrachtingszaak hier in de buurt, zo rond 1970? Een verkrachting in een discotheek, na sluitingstijd. De zaak is voor de rechter gekomen, maar het werd vrijspraak.'

Pálmi dacht na. '1970? Nee, dat kan ik niet met zekerheid zeggen. Wil je dat ik dat voor je natrek?'

'Zou je dat willen doen?'

'Het zou kunnen dat...'

'Ja?'

'Nou,' zei Pálmi nadenkend, 'er liep in die tijd wel een onguur type rond hier in de buurt. Ik weet nog dat we hem hebben opgepakt omdat hij ervan beschuldigd werd iemand te hebben verkracht. Een ongelooflijke rotzak. Gebruikte een mes. Dat gebeurde veel in die tijd. Of hij nog leeft weet ik niet.'

'Kun je dat voor me checken?'

'Ik zal zien wat ik kan vinden,' zei Pálmi. Hij vroeg Konráð voorzichtig te zijn onderweg naar de stad en ging snel weer vanuit de kou naar binnen.

29

De pijn wilde maar niet wijken en was bijna ondraaglijk. Valborg deed haar best het niet uit te schreeuwen en perste totdat ze dacht dat ze zou bezwijmen. Sunnefa stelde haar gerust en moedigde haar aan; het ging allemaal naar wens en het zou snel voorbij zijn, ze moest nu sterk zijn, alleen beter persen, het hoofdje was al te zien, nu is het gauw gebeurd, een paar minuten nog.

Er waren drie uur voorbijgegaan sinds ze de eerste weeën had gevoeld. Kort daarvoor waren de vliezen gebroken en op dat moment had Sunnefa het heft in handen genomen. Ze hadden zich goed voorbereid op wat er zou gebeuren en Sunnefa ging resoluut en met veel vakkundigheid te werk. Dat gaf Valborg een gevoel van veiligheid. Ze wilde volstrekt niet dat er iets met het kind zou gebeuren. Het ellendige gevoel dat ze had omdat ze het direct zou afstaan was al erg genoeg.

Tegen de tijd dat haar zwangerschap ten einde liep was ze naar Selfoss gegaan, waar Sunnefa werkte, en was ze bij haar ingetrokken. Samen hadden ze besproken dat dit een zeker risico inhield: er zou geen arts bij de hand zijn voor het geval er zich moeilijkheden voordeden. Sunnefa had gezegd dat ze in dat geval ogenblikkelijk een ambulance zou bellen. Maar er was niets wat in die richting wees; de bevalling verliep normaal en helemaal naar wens. Valborg was gezond en de zwangerschap was goed verlopen. Haar zus was niet in het land; ze werkte als hulp in de huishouding bij een gezin in Kopenhagen. Ze zou daar de hele zomer en nog een deel van de herfst blijven. Haar moeder was twee jaar tevoren met haar nieuwe vriend naar Vík í Mýrdal verhuisd; ze hadden slechts af en toe telefonisch contact.

Toen alles achter de rug was, was ze oververmoeid in slaap gevallen, terwijl Sunnefa zich met het kind bezighield, het waste en controleerde of alles goed was. Ze waste ook het linnengoed en de handdoeken en hing ze in de badkamer te drogen. Toen Valborg weer wakker was hielp ze haar zich te verzorgen. Valborg vroeg niet naar het kind en wilde niet in de richting kijken van het wiegje waarin het rustig lag te slapen.

Sunnefa boog zich over haar heen. 'Ik wil het je nog één keer vragen. Weet je zeker dat je deze weg in wilt slaan?'

Valborg keek haar in de ogen. 'Ja, ik weet het zeker,' fluisterde ze.

'Wil je het niet zien?'

Valborg schudde haar hoofd. 'Nee, nooit.'

'Weet je het zeker?'

'Je hebt me beloofd dat ik er niks van hoefde te weten.'

'Goed. Wil je weten of het een jongetje of een meisje is?'

'Niks zeggen. Neem het mee en doe wat je wilt, maar laat me met rust.'

30

Glóey vertelde dat ze zich had verwond aan een autoportier. Zo verklaarde ze haar gebarsten lip en de andere kwetsuren in haar gezicht. Dat portier was gewoon dichtgewaaid, het had haar pal van voren getroffen en haar flinke verwondingen bezorgd. Als om dat te bevestigen vertelde ze dat ze het jaren eerder ook al eens had meegemaakt. Toen was er ook zo'n windstoot geweest, of hoe ze dat noemden. Net toen ze wou instappen. Ze had het portier recht in haar gezicht gekregen, het had een grote schram gemaakt. Dat deze keer haar arm in het gips zat had ook al niet meegeholpen.

Glóey zat bij Marta op het kantoor en had twee keer gevraagd of ze mocht roken. Marta had nee gezegd en haar een e-sigaret aangeboden, maar dat was niks voor haar, zei Glóey. Marta had naar haar verwondingen gevraagd en deze verklaring gekregen, maar ze had eraan toegevoegd dat ze niet naar het politiebureau was gekomen om over autoportieren en windstoten te praten. Ze kwam vertellen dat ze de afgelopen dagen helemaal de kluts kwijt was geweest; ze had zelfs behoorlijk gedronken, daar had ze behoefte aan gehad. Maar alles wat ze eerder over haar man had gezegd was sterk overdreven. De waarheid was dat ze hels en donders was geweest op Hallur toen ze dat van hem en haar zus had ontdekt. En toen had ze het een en ander over hem bij elkaar gelogen – het sloeg echt nergens op. Het was allemaal in een vlaag van woede gebeurd en daar had ze nou spijt van en dat wou ze de politie toch even komen vertellen. Hallur was geen mens geld schuldig en was al een hele tijd van zijn verslaving af. En niemand had hem bedreigd. Dat had ze allemaal maar gezegd om hem een hak te zetten, ze zou nou niet meer weten waar ze die onzin zo gauw vandaan had gehaald.

Marta luisterde rustig naar haar woorden en probeerde zich voor te stellen hoe je een autoportier tegen je gezicht kon krijgen terwijl je instapte. Het kon inderdaad zo zijn gegaan. Zelfs twee keer in een niet al te lang leven. Windstoten kende ze uit eigen ervaring, daar maakte je geen grapjes over. Eén keer had ze zelf de handgreep van een portier laten schieten, waardoor het beschadigd was geraakt. Dat was tijdens het uitstappen bij het restaurant in het JL-gebouw, een berucht trekgat. Ze had even niet opgelet.

Marta had in haar leven heel wat ergere leugens gehoord, maar het was ook niet Glóeys verhaal dat haar opmerkzaamheid wekte. Dat was aannemelijk genoeg. Het was Glóey zelf. Ze was niet langer kwaad, ze was bang, zoals ze daar in haar stoel zat te draaien, haar knappe gezicht helemaal beschadigd, haar arm in het gips.

'Wat is er aan de hand, Glóey?' vroeg ze.

'Mijn lip doet zeer, dat is alles.'

'Nee, ik bedoel: waar ben je bang voor?'

'Nergens voor. Ik ben helemaal niet bang.'

'En Hallur dan? Ben je niet bang voor hem?'

'Nee, waarom? Waarom zou ik bang voor hem moeten zijn?'

'Voor zijn vrienden dan? Ben je bang voor hen?'

'Nee, ik weet niet... Die ken ik niet.'

'Of de lui bij wie hij schulden heeft?'

'Nee. Ik bedoel: hij heeft bij niemand schulden.'

'Je hebt tegen me gezegd dat er zo'n drie lui in het spel waren, maar je wilde geen namen noemen. Wil je dat nu wel?'

'Ik weet niet...'

'Waren dat de lui die je zo afgetuigd hebben?'

'Nee, het was...'

'Jaja, het portier van je auto, dat was ik even vergeten,' zei Marta. 'Je man was hun een heleboel geld schuldig, vertelde je me de laatste keer dat we elkaar spraken. En je wist niet hoe hij dat ooit dacht te betalen. Ik vraag je nog eens: zijn dat de lui die je zo afgetuigd hebben?'

Glóey gaf geen antwoord.

'Ze hadden hem bedreigd,' zei Marta. 'En hij dacht dat hij een manier had gevonden om ze te kunnen betalen. Dat heb je zelf gezegd.'

'Ik was mezelf niet,' zei Glóey. 'Ik zei maar wat. Gelul in de ruimte.'

'Zijn dat de lui die je zo afgetuigd hebben?'

'Ik was gewoon onhandig toen ik de auto opendeed,' zei Glóey.

'Wat waren het voor mannen?'

'Het was gewoon klunzigheid van me.'

Het verhoor van Hallur was stroef verlopen. De enige mogelijke aanwijzing voor zijn aanwezigheid in Valborgs appartement was het beetje aarde uit de achtertuin dat op zijn schoenen was aangetroffen. Hij had uitgelegd dat dat niets met de zaak te maken had. Hij had iets gezegd over een vuilnislucht. Die had hij in het trappenhuis geroken toen hij bij Glóeys zus was weggegaan. Niemand had enig idee wat dat kon zijn, totdat iemand zich over de stortkoker had gebogen die in de muur van het trappenhuis was ingebouwd en uitkwam op de plek waar de vuilnisbakken stonden.

De politie had nogal wat aandacht besteed aan de veiligheidscamera's in de omgeving van Valborgs woning, in de hoop dat dit iets zou opleveren; misschien was het mogelijk Hallurs gangen in kaart te brengen en te vergelijken met zijn verklaring. Zoals in de meeste woonwijken hingen er echter maar weinig camera's en het resultaat was er dan ook naar.

Marta was naar Emanúel gegaan. Die bleef nog steeds volhouden dat hij gewoon zijn nieuwe verrekijker had uitgeprobeerd en dat hij die alleen maar had gekocht omdat hij amateurastronoom was. De kijker was van het merk Acuter en was bevestigd op een solide statief, zo een als veel fotografen gebruikten. Toen Emanúel hem opnieuw in zijn kamer installeerde bleek hij flink wat plaats in te nemen. Om een of andere reden had hij de kijker direct na Konráðs bezoek opgeborgen.

Voor iemand die iets anders wilde onderzoeken, minder ver dan de sterren en planeten, was het een zeer geschikt instrument. Marta probeerde de gebeurtenissen die hadden geleid tot de moord op Valborg zo nauwkeurig mogelijk te reconstrueren en Emanúel bleek volkomen bereid daaraan mee te werken. Hallur veel minder, maar hij liet zich toch overreden. Hij werd naar het trappenhuis van Valborgs flat gebracht. Een politievrouw deed de deur van het appartement open en Hallur deed alsof hij haar te lijf ging, waarna ze op de vloer ging liggen. Hallur bleef in het appartement en liep de kamers door. Hij droeg een van de zwarte hoody's die in zijn huis waren aangetroffen en verder de kleren die hij had gedragen op de avond waarop Valborg was vermoord. Even later kwam hij het appartement weer uit en was het experiment afgelopen.

Al die tijd tuurde Emanúel door zijn telescoop en volgde Hallurs bewegingen, totdat die weer naar het trappenhuis liep en uit het gezicht verdween. Marta stond naast Emanúel. Ze lette erop dat hij deed wat hij moest doen en vroeg ten slotte wat hij ervan dacht. Het was een eenvoudige vraag: was dit de man die Valborg had overvallen?

'Het zou hem kunnen zijn,' zei Emanúel. 'Maar zeker weet ik het niet.'

Marta zweeg en bekeek de gluurder met een strenge blik, alsof ze hem zo een stelliger antwoord kon afdwingen.

'Ik denk van wel,' zei Emanúel.

'Goed,' zei Marta.

'En toch weet ik het niet helemaal zeker.'

'Ja, wat wordt het nou?'

'Het kan. Maar zeker ben ik er niet van.'

'Jezus,' zuchtte Marta.

Ze had met Emanúels zoon gesproken. Die zei dat zijn vader een echte viezerik was, die 's avonds met zijn verrekijker voor het raam hing en mensen bespioneerde alsof hij dacht dat geen mens hem in de gaten had. Oké, soms ging hij met zijn kijker op het balkon staan en keek hij naar de sterrenhemel. Maar dat andere kwam vaker voor. Daar was hij misschien een jaar geleden mee begonnen, in elk geval al snel nadat hij gescheiden was. De zoon schaamde zich voor het doen en laten van zijn vader en zei dat hij er nooit aan had meegedaan. Hij zat te wachten tot hij het huis uit kon, hij zou met twee vrienden iets huren in Breiðholt.

Het lukte Marta niet Emanúel een stelliger antwoord te ontlokken over het experiment in de flat, en ze liet haar collega weten dat ze klaar waren. Hallur werd weer naar het huis van bewaring gebracht. Hij bleef volhouden dat hij onschuldig was; hij begreep niet waarom hij zo idioot behandeld werd. Marta vuurde intussen de ene vraag na de andere op Emanúel af over wat hij op de avond van de moord op Valborg door zijn verrekijker had gezien. Stakkerig stond hij bij zijn kijker te wachten tot het spervuur aan vragen zou afnemen, de politievrouw zou vertrekken en hij kon verdergaan met zijn dagelijkse besognes. Ze had bijna medelijden met hem, vooral toen ze bedacht dat de zoon zo'n afkeer had van zijn vader.

'Waarom doe je dit?' vroeg ze tegen het eind.

'Ik weet het niet,' zei Emanúel.

'Is dit niet een beetje erg ouderwets? Je weet toch dat mensen elkaar tegenwoordig via internet bespioneren? Waarom ga je niet gewoon op Facebook zitten? Vandaag de dag staat er niemand meer met een verrekijker voor zijn raam te loeren.'

Emanúel leek te merken dat Marta door de geërgerde houding van zijn zoon een beetje met hem meevoelde.

'Waar ben je naar op zoek?' vroeg ze. 'Naar spiernaakte vrouwen?'

'Nee,' antwoordde Emanúel ogenblikkelijk.

'Waar dan wel naar?'

'Naar iets anders,' zei Emanúel.

'Wat?'

'Ik weet niet. Geluk.'

'Geluk? Wat klets je nou?'

Emanúel zei niets en Marta keek naar de telescoop op het statief. Ze vroeg of hij ook foto's maakte. Of hij een camera had die hij op het statief kon zetten, een toestel met een telelens. Het duurde even voor Emanúel antwoord gaf. Hij had een heel behoorlijk toestel, zei hij, en hij ging het halen.

'Had ik ze maar weggedaan,' zei hij verontschuldigend.

Hij opende een speciale map met foto's, die, als je hem geloven mocht, zijn zoektocht naar geluk bevatte, en liet Marta er een aantal van zien. De meeste waren buiten op straat genomen en toonden mensen tijdens een wandeling, een gezin bij een ijscoman, jongelui die elkaar kusten. Sommige waren vanuit zijn kamer genomen, met behulp van het statief. Er stonden oudere mensen op, die in huis zaten te lezen, kinderen aan de keukentafel, een echtpaar, knus tegen elkaar geleund voor de tv. Al deze foto's maakten inbreuk op het privéleven van mensen, maar aanstootgevend waren ze niet.

Marta bekeek de ene foto na de andere, totdat ze er een paar zag van een vrouw die ze kende. Ze zat alleen in haar kamer en het leek alsof ze huilde.

'Daar heb je beslist geen geluk gevonden,' zei Marta. Ze liet Emanúel de foto's van de vrouw zien. Ze had haar ontmoet en was ervan overtuigd dat ze het slachtoffer was van langdurig huiselijk geweld.

'Nee,' zei Emanúel. 'Die man is om bang van te worden. Ik zag hoe hij haar die avond te lijf ging. Ik zag hoe hij… Het was verschrikkelijk. Echt verschrikkelijk.'

31

Konráð kende geen vroedvrouwen, maar Erna, zijn vrouw, was arts geweest, had in ziekenhuizen gewerkt en allerlei mensen uit dat wereldje gekend. In de loop der jaren had ook Konráð sommige personen uit die sector leren kennen. Een van hen was Svanhildur, die bij enkele gelegenheden sectie had verricht en met Konráð had samengewerkt toen hij nog in functie was als rechercheur. Ze waren goede vrienden geworden, en zelfs meer dan dat. Na Erna's dood had Svanhildur een aantal malen contact met hem gezocht om te zien hoe het met hem ging, maar daar had hij weinig enthousiast op gereageerd; het liefst had hij willen doen alsof er niets tussen hen was voorgevallen. Maar als hij informatie nodig had kwam hij altijd toch weer bij haar terecht. Ze had hem steeds vriendelijk ontvangen en geholpen, zonder er iets voor terug te verlangen. Hooguit had ze gevraagd of ze niet eens moesten praten over dingen die er echt toe deden. Hij had geen enkele reden om haar uit de weg te gaan, had ze gezegd.

Na lang nadenken en enkele glazen wijn om zich moed in te drinken belde hij Svanhildur; hij was laat op de avond thuisgekomen van zijn bezoek aan Pálmi. Zoals gewoonlijk kwam hij meteen ter zake. Hij zou graag weten of ze hem kon helpen een vroedvrouw op te sporen die rond 1970 de naam had een tegenstandster te zijn van abortus...

'Zwangerschapsonderbreking,' zei Svanhildur.

'Zwang...?'

'Dat is de term die we tegenwoordig gebruiken.'

Svanhildur was direct geïnteresseerd in wat Konráð te zeggen had. Als ze al verwonderd was over een telefoontje van hem, zo laat op de avond, dan liet ze dat niet merken. Evenmin maakte ze een opmerking over zijn wat lallende spreken. Ze vroeg hem wat hij tegenwoordig zoal uitvoerde dat er vroedvrouwen aan te pas moesten komen. Hij vertelde dat hij Valborg had leren kennen, maar had geweigerd haar te helpen en dat hij daar nu nogal mee zat. Hij had dat best kunnen doen en niet zo stug en onvriendelijk moeten reageren toen ze haar verzoek aan hem voorlegde. Niet lang daarna had hij gehoord dat ze thuis was vermoord. Had hij haar maar domweg geholpen, dan had hij dat misschien kunnen verhinderen.

Hij ratelde maar door; ze merkte dat hij niet in orde was, dat hij misschien zijn wijnverbruik niet in de hand had.

'Was dat de vrouw in die flat?' vroeg ze.

'Ik had haar makkelijk kunnen helpen,' zei Konráð. 'Ik snap nog steeds niet waarom ik dat niet heb gedaan.'

'Nee, maar daarmee had je toch niet kunnen verhinderen wat er gebeurd is,' zei Svanhildur. 'Je bent geen smeris meer, je bent gestopt.'

'En als het er nou eens wél mee te maken had?'

'Wat?'

'Voordat ze bij mij kwam had ze al naar het kind geïnformeerd. Als ze daar nou eens alles mee in gang heeft gezet?'

'Is je daar iets over bekend?'

'Nee.'

'Zei je dat ze vroedvrouw was geweest? Of wat hebben vroedvrouwen er eigenlijk mee te maken?'

'Valborg verwachtte jaren geleden een kind dat ze niet wilde. Ze kwam in contact met een vroedvrouw die bij de bevalling heeft geholpen en het kind aan anderen heeft overgedragen. Het heeft laten verdwijnen. Valborg kwam bij me om te vragen of ik het wilde opsporen. Maar er was bijna vijftig jaar overheen gegaan en ze wist totaal niet hoe het haar kind verder was vergaan. Ze had het nooit gezien. Was het een jongetje? Was het een meisje?'

'En wat nu, wil je proberen het alsnog te vinden?' vroeg Svanhildur. 'Ben je daar niet gewoon te laat mee?'

'Ja, verrekte laat.'

'Toen je zei dat ze het had laten verdwijnen, bedoelde je toen dat ze het had gedood?'

'Nee, dat geloof ik niet. Zo praatte Valborg er helemaal niet over. Het leek meer alsof die vroedvrouw wist dat er pleegouders beschikbaar waren en dat ze het kind een thuis had bezorgd. En dat allemaal zonder dat iemand ervan wist, behalve natuurlijk de betrokkenen. Zo nodig zal ze zelfs papieren hebben vervalst. De pleegouders moesten kunnen zeggen dat ze het kind gewoon geadopteerd hadden, of dat zijzelf de ouders waren.'

'Weet je waarom die vrouw dat kind niet wilde?'

'Nee, daar ben ik nog mee bezig,' zei Konráð.

Na die woorden zwegen ze, ieder diep in gedachten, totdat Svanhildur het niet langer uithield.

'Belde je alleen maar hierover of…?'

'Goed dat we er eens over praten,' zei Konráð. 'Het is trouwens altijd goed om met je te praten.'

'Dus je gaat me niet langer uit de weg?' zei Svanhildur. 'Want dat doe je al sinds Erna's overlijden. Niet dat ik verder wil gaan met onze vroegere… misstappen, maar ik denk dat het goed voor je zou zijn om te praten over wat er is gebeurd. Over ons. In elk geval zou het voor mij goed zijn. Ik weet dat het je niet lekker zit, hoe het allemaal is gelopen. Omdat we het achter haar rug om deden. Maar ik heb je al eerder gezegd dat ze echt niet beter af was geweest als ze wel van ons had geweten.'

'Ik had het anders gewild,' zei Konráð. 'Ik had niet naar je moeten luisteren.'

'Ga je mij nou de schuld geven?'

'Nee, natuurlijk niet. Je kunt niemand de schuld geven dat het zo gegaan is.'

'Zo gegaan is…?'

'Het ergste is dat… Soms heb ik van die vermoedens… dat ze het wist van ons, maar nooit iets heeft gezegd. Dat ze wist van mijn ontrouw en wachtte totdat ik het haar zou vertellen. Totdat ik eerlijk tegen haar zou zijn. Dat heb ik nooit gedaan en dat is geen prettige gedachte.'

'Ze wist niet van ons.'

'Daar ben ik niet zo zeker van. En dat zit me dwars. Bovendien: ze hoorde het te weten. Dat was haar goed recht. Ze was gevoelig voor zulke dingen en het kan heel goed zijn dat ze een en een bij elkaar opgeteld heeft, maar niks heeft gezegd. Dat ze wachtte totdat ik eerlijk tegen haar zou zijn en haar om vergeving zou vragen.'

'Je moet jezelf niet zo kwellen.'

'Nee, maar dat doe ik nou eenmaal.'

Kort daarna beëindigden ze het gesprek en zeiden dat ze elkaar gauw weer eens moesten zien. Erg overtuigd klonk het niet. Svanhildur beloofde dat ze naar vroedvrouwen zou informeren. Konráð trok een nieuwe fles rode wijn open. Die heette The Dead Arm. Erna had die wijn vele jaren geleden gevonden en aan hem gegeven omdat hij een gebrek had aan zijn ene hand. Vanaf zijn geboorte was die minder sterk geweest en verschrompeld, zodat hij hem niet volledig kon gebruiken. Hij had zich aangewend zijn hand in zijn zak te stoppen als hij met onbekenden sprak, om het gebrek voor hen verborgen te houden. Niet dat hij zich ervoor schaamde dat hij niet helemaal gaaf van lijf en leden was, maar hij wilde niet dat de mensen medelijden met hem zouden hebben. Dat ze het voor een teken van zwakheid aanzagen. Daar kon hij niet tegen. Erna had dat nooit gedaan. Ze had in zijn zwakke hand nooit iets anders gezien dan een gewoon lichaamsdeel, waaraan ze geen enkele aandacht besteedde. Ze kon Konráð niet anders zien dan hoe hij was en om dat te vieren vond ze die rode wijn een passend geschenk voor hem.

Konráð glimlachte bij de herinnering en wierp een blik op het houten voorwerpje dat van zijn vader was geweest. Hij pakte het op en bekeek het peinzend, zoals hij al zo vaak had gedaan. Hij kon zich nauwelijks herinneren wanneer zijn bedrog was begonnen. Na het onderzoek voor een verdwijningszaak had hij een burn-out gehad. Het recherchewerk had jaren geduurd en niets opgeleverd, totdat het lang daarna om een uiterst banale moordzaak bleek te gaan. Het lijk was nooit gevonden omdat het was begraven in de Langjökull – wie had ooit aan een gletsjergraf gedacht? Het was pas zo'n dertig jaar later bij toeval ontdekt, eigenlijk vooral door de opwarming van de aarde.

Konráð was zelden zo lang gedeprimeerd geweest. Het onderzoek was stopgezet; hij voelde zich in de steek gelaten en zo ging het ene jaar na het andere voorbij zonder dat het hem lukte zich uit zijn melancholie en zwaarmoedigheid omhoog te werken. Op een keer, terwijl Erna een conferentie in het buitenland bijwoonde, was Konráð met een stel politiemensen de stad in geweest. In een gezellige tent had hij Svanhildur en haar vriendinnen ontmoet. Ze was sinds twee jaar gescheiden en woonde alleen. Ze bood hem aan bij haar thuis een taxi te bellen, en toen was van het een het ander gekomen. Ze hadden nog wat gedronken, Konráð was gaan flirten en het eindigde ermee dat ze voor het eerst met elkaar sliepen. 's Morgens was hij zonder gedag te zeggen weggeslopen. Alsof hij er nooit was geweest. Alsof het nooit was gebeurd. Daar was hij goed in.

Maar het wás gebeurd en het was zo verbazend moeiteloos verlopen. Ze hadden niets voorbereid, er was niets aan voorafgegaan en het was voor hemzelf volkomen onverwacht geweest. En daarmee had het afgelopen moeten zijn; hij zou tegen Erna zeggen dat hij één keer een misstap had begaan en dat het nooit meer voor zou komen. Hij was ertoe bereid en wachtte tot Erna terug zou komen, toen Svanhildur belde en hem wilde ontmoeten. Konráð had eerst geweigerd, maar belde haar daarna terug; hij wilde haar spreken. Hij wilde haar zeggen dat hij schoon schip zou maken tegenover Erna. Ze hadden elkaar bij Svanhildur thuis gesproken en daarna was alles op de oude voet verdergegaan.

De jaren daarop bleven ze elkaar ontmoeten, maar nooit regelmatig, en ze verbraken het contact toen Erna ziek werd. Konráð had het nooit verteld. Svanhildur en hij konden makkelijk tijd voor elkaar vinden. Erna werkte veel in die jaren en ook Konráð zelf was zogenaamd altijd bezig. Waar was hij naar op zoek? Wat viel er voor hem te ontdekken in het overspel met een gescheiden vrouw? Wat bracht het hem uiteindelijk? Afwisseling? Spanning? Leidde het zijn gedachten af van wat werkelijk aan hem knaagde: de onopgeloste zaak waarover hij de leiding had?

Hij had het voor elkaar gekregen om het enige wat in zijn leven van waarde was kapot te maken. De gedachte dat Erna van zijn bedrog zou hebben geweten zonder er iets van te zeggen was af en toe ondraaglijk voor hem.

Konráð sloeg het stukje hout tegen de tafelrand, harder en harder naarmate hij kwader op zichzelf werd. Hij wist dat dit rare ding niet het enige was wat zijn vader had nagelaten. Een van die erfenissen was zijn onverschilligheid. Een andere zijn slordigheid. En zijn woede. Tijdens zijn kindertijd was hem van alles bijgebracht, behalve eerlijkheid in de omgang met anderen. Zijn jeugd was er een geweest van valsheid en bedrog. Konráð wist dat er veel waarheid school in wat Erna over zijn verleden had gezegd. Terwijl zijn leeftijdgenoten het gebod 'gij zult niet stelen' leerden hielp hij zijn vader met het vervoeren van gestolen goederen.

Hij koos er niet altijd voor eerlijk te zijn als het alternatief hem beter uitkwam, en de leugen was dan ook zijn trouwe metgezel. Niet eens zozeer de leugens die hij voor andere mensen opdiste als wel die waarmee hij zichzelf bedroog.

Plotseling had Konráð het gevoel dat er een vloek hing aan dat voorwerp van zijn vader. Alsof dat de schuld had van alles wat er in zijn leven verkeerd was gegaan. Hij gooide het ding van zich af, zodat het tegen de muur knalde. Het gaf een wonderlijk hol geluid, dat uit het verleden leek te komen.

32

De man was even oud als Konráð en had de laatste dertig jaar in
Reykjavík gewoond. Pálmi had informatie over hem verzameld en
wist waar hij woonde. Konráð besloot meteen naar hem toe te rijden. De man had op diverse plaatsen aan de kust van Reykjanes in
de visverwerking gezeten, had als arbeider gewerkt voor IJslandse
aannemers die op het vliegveld opdrachten voor het Amerikaanse
leger uitvoerden en had in de stad als taxichauffeur gewerkt. Hij
was in die tijd getrouwd geweest en had twee kinderen, maar was
alweer heel wat jaren gescheiden. Tegenwoordig woonde hij op
zichzelf in een kelderappartement in de Vogarbuurt.

De man stond niet in de telefoongids en was niet thuis toen Konráð bij hem aan de deur kwam. Konráð ging weer in zijn auto zitten en besloot even te blijven wachten om te zien of hij niet alsnog
kwam opdagen. Hij had een thermosfles koffie en een krant bij zich
en probeerde het zich in de auto aangenaam te maken. Juist toen hij
aan de herdenkingsartikelen* wilde beginnen merkte hij een man
op die naar het huis liep, een sleutelbos voor de dag haalde en de
drie treden naar de kelderwoning afdaalde. De leeftijd klopte.

Konráð zette zijn koffie weg en zag dat de man de deur niet achter zich had dichtgetrokken. De bedoeling daarvan werd duidelijk
toen hij met een vuilniszak tevoorschijn kwam en ermee naar de
bak liep, die in de achtertuin stond. De man keek naar Konráð,
maar groette hem niet. Hij liep alweer naar zijn huisdeur toen Konráð besloot hem aan te spreken.

---

* In de IJslandse kranten worden dagelijks herdenkingsartikelen opgenomen, geschreven door familieleden en vrienden van een overledene. *(Noot van de vertaler.)*

'Ísleifur?'

De man draaide zich om en staarde Konráð aan. 'Ja.'

Toen Pálmi zijn informatie doorbelde had hij twee verkrachtings-zaken genoemd die nogal afweken van al die andere oude zaken die hij had opgegraven. In een van beide gevallen bleek de verkrachter al heel wat jaren overleden. Het was een gewelddadig type geweest; hij had ingebroken bij een vrouw in Grindavík, haar verkracht en bijna gedood. Hij was daarvoor veroordeeld. De andere was een man die Ísleifur heette. Pálmi had een vage herinnering aan hem als jongeman. Sinds de jaren zestig had Ísleifur zijn pad niet meer gekruist, totdat een jonge vrouw hem ervan had beschuldigd haar na een dansavond in Keflavík te hebben verkracht. Dat was gebeurd in een populaire discotheek, na sluitingstijd, terwijl iedereen al weg was. De vrouw werkte daar en was achtergebleven om op te ruimen en af te sluiten. Ísleifur sprak niet tegen dat hij daar die avond ge-weest was. Dat had die vrouw hem gevraagd, zei hij. Ze kenden el-kaar niet, maar eerder die avond waren ze met elkaar aan de praat geraakt en het klikte tussen hen. Ze had hem gevraagd even te blij-ven wachten. Als ze klaar was met opruimen en afsluiten konden ze nog iets leuks gaan doen, had ze gezegd. En zo was het gegaan ook, reken maar. Ze hadden daar op een bank seks gehad, en toen was hij naar huis gegaan. Nooit gedacht dat hij een misdrijf had ge-pleegd.

De vrouw was met een heel ander verhaal gekomen. Eerder die avond had ze twee keer contact gehad met Ísleifur, op zijn initiatief. De eerste keer had hij gevraagd hoelang ze nog moest doorwerken en wat ze na haar werk ging doen. Ze had gezegd dat ze dan naar huis wilde en zou gaan slapen. Hij had wel wat op, maar erg dron-ken was hij beslist niet geweest. Pakweg een uur daarna was ze hem weer tegen het lijf gelopen en hadden ze even gepraat. Weer had hij gevraagd hoelang ze nog moest doorwerken, en ze had gezegd dat ze na sluitingstijd moest opruimen en daarna naar huis wilde. Ze was doodop na haar dienst en wilde maar één ding: naar huis en slapen.

Ze was als enige in het gebouw achtergebleven. De bandleden waren met hun instrumenten vertrokken, evenals de barkeepers en de andere personeelsleden. Ze wilde er ook snel vandoor gaan, toen

Ísleifur plotseling uit het herentoilet opdook. Ze was zich doodgeschrokken; ze had niet verwacht dat er nog bezoekers in het gebouw waren. Ze had gevraagd wat hij daar uitvoerde en hij had gezegd dat hij op de wc in slaap was gevallen. Ze had het al direct niet vertrouwd en hem vriendelijk gevraagd te vertrekken, want ze ging afsluiten. Hij had gevraagd of het dan zo ontzettend erg was als ze nog even wat zouden drinken.

Ze had geweigerd en toen ze zag dat hij niet van plan was te vertrekken had ze zich afgevraagd of ze dan zelf niet naar buiten moest gaan om te proberen ergens een telefoon te vinden om de politie te bellen. Ze was doodsbang geworden en wilde naar buiten rennen, maar hij had haar vastgegrepen en ineens had hij een mes in zijn hand gehad.

Konráð keek aandachtig naar de man voor hem. Het was nog aan hem te zien dat hij stevig gebouwd moest zijn geweest. Zo had de vrouw hem ook beschreven, al zou hij nu nauwelijks nog indruk kunnen maken met die gebogen rug, dat smalle gezicht en die agressieve blik van onder zijn lelijke wenkbrauwen. Pálmi had het dunne David Niven-snorretje genoemd; dat was hij trouw gebleven, een overblijfsel uit de tijd dat hij probeerde zich bij de dames in de kijker te spelen. Konráð keek naar het streepje snor en kreeg het gevoel dat Ísleifur zichzelf nog best een aantrekkelijke man vond.

'Wat kom je doen?' vroeg de man bits.

De getuigenverklaring van de vrouw was van begin tot eind consistent. Ze had de bevelen van de man opgevolgd nadat hij had gedreigd zijn mes te gebruiken en nog meer voor haar in petto te hebben. Ze was verlamd geweest van angst en had geen weerstand geboden. Hoewel hij had gedreigd dat hij haar zou weten te vinden en haar zou doden als ze aangifte deed, nam ze meteen contact op met de politie, die Ísleifur daarop had aangehouden en verhoord. Medisch onderzoek toonde weliswaar aan dat ze kwetsuren had, maar die vormden geen directe aanwijzingen voor haar verzet tijdens de verkrachting. Ísleifur was nog niet eerder met de politie in aanraking geweest; zijn verklaring werd geloofwaardig geacht. Het was haar woord tegen het zijne. Ísleifur werd vrijgesproken.

'Ik zou je graag een ogenblik willen spreken over iets van vroeger,' zei Konráð. 'Het hoeft niet lang te duren.'

Ísleifur keek hem met een stekende blik aan. 'Wat... Waar gaat dat dan over?' vroeg hij.

'Het heeft met Glaumbær te maken,' zei Konráð.

'Glaumbær?' zei de man. Hij klonk stuurs, maar tegelijk verbaasd. 'Wat is dat?'

'Kom nou. Je weet heel goed wat Glaumbær was,' zei Konráð. 'De discotheek.'

'En wie ben jij?'

'Ik heb vroeger bij de politie gewerkt. Mijn naam is Konráð. Het klopt toch dat jij destijds weleens in Glaumbær kwam?'

'Dat gaat jou niks aan,' zei Ísleifur. 'Wat wil je eigenlijk van me?'

'Ik zou graag willen weten of je er nog bent geweest na wat je die vrouw in Keflavík hebt aangedaan.'

De man keek Konráð nog steeds zonder veel begrip aan.

'Of je tegen kerst 1971 met een mes bij je in Glaumbær bent geweest, kort voor de brand,' ging Konráð verder. 'Of je er een vrouw uit mijn kennissenkring hebt aangerand. Aangerand en verkracht, net als toen in Keflavík.'

De man richtte zich op. Hij begon te begrijpen wat de reden was van dit onverwachte bezoek. De samenhang tussen al die vragen werd helderder. 'Lang geleden dat ik weer eens iets over Keflavík hoor,' zei hij na even te hebben nagedacht. Hij streek over zijn snorretje. 'Allemaal gore leugens van dat mens.'

'Waarom zou ze zoiets over jou gelogen hebben?' zei Konráð. 'Ze kende je niet eens. Wist niet wie je was. Wat had ze daar nou bij te winnen?'

'Die wijven fantaseren nou eenmaal van alles bij elkaar. Vuile liegbeesten.'

'En Glaumbær?' zei Konráð. 'Is daar ook niks gebeurd?'

De man aarzelde. 'Nee,' zei hij toen. 'Ik heb geen idee waar je het over hebt.'

'Ze heette Valborg. Die vrouw in Glaumbær. Ze is een paar dagen geleden overvallen en op een gruwelijke manier omgebracht. Dat is echt niet langs je heen gegaan – het is uitvoerig in de media geweest. Weet je daar niks van?'

'Nee, daar weet ik niks van,' zei Ísleifur. 'En nou verzoek ik je te vertrekken. Ik heb niks gedaan. Die vrouw in Keflavík heeft over me gelogen en van wat jij allemaal lult begrijp ik niks. Maar dan ook helemaal niks.' De man ging zijn kelderwoning weer binnen.

'Heb je daar óók een mes gebruikt?'

Ísleifur gaf geen antwoord.

'Je zou best eens een kind kunnen hebben zonder dat je er iets van weet,' zei Konráð om hem uit zijn evenwicht te brengen. 'Net iets om je leven een beetje op te vrolijken.'

Ísleifur bleef staan.

'Valborg heeft negen maanden nadat Glaumbær is afgebrand een kind gekregen,' zei Konráð. 'Ze heeft nooit gezegd wie de vader was. Dat heeft ze helemaal voor zich gehouden. Ben jij het niet toevallig?'

Ísleifur draaide zich weer om naar Konráð en zei dat hij naar de hel kon lopen. Hij probeerde naar hem te spuwen, stapte zijn kelderwoning binnen en smeet de deur achter zich dicht.

33

Eygló had de hele dag lang zonder succes geprobeerd Stella's neef, de accountant, te pakken te krijgen. 's Morgens was ze al begonnen met bellen, maar er werd niet opgenomen. De man scheen geen secretaresse te hebben die gesprekken aannam. Zo was de hele dag voorbijgegaan. Eygló besloot het nog één keer te proberen – het was al bijna zes uur – en na een paar keer overgaan werd er opgenomen. Eygló noemde haar naam, en ze merkte dat hij nog wist wie ze was. Ze voelde zijn interesse wegzakken; hij sloeg meteen een stekelig toontje aan. Hij had het erg druk, zei hij, en hij stond op het punt naar een vergadering te gaan. Eygló besloot met de deur in huis te vallen voor het geval hij het gesprek abrupt zou willen beëindigen. Ze had zich suf gepiekerd over iets wat haar had dwarsgezeten sinds Konráð en zij de accountant hadden bezocht en vond dat ze nu wel genoeg had nagedacht.

'Weet je hoe het ze gelukt is haar mee te krijgen?' vroeg ze. 'Wat voor haar de doorslag heeft gegeven? Als er iets dergelijks was, tenminste?'

'Wie mee te krijgen?'

'Stella. Om met mijn vader en zijn maat in zee te gaan. Weet jij hoe ze te werk gingen bij die oplichterij?'

'Waarom val je mij daarmee lastig?' zei de man nors. Eygló zag zijn dikke lippen voor zich en dacht aan de muffe lucht in zijn kantoor. 'Ik heb tegen jullie gezegd dat ik er niet over wilde praten. Daar heb ik geen zin in. Het is een familiekwestie en daar hebben anderen niks mee te maken.'

'Maar dit is het enige wat ik graag zou willen weten, en dan laat ik je verder met rust,' zei Eygló. 'En ik beloof je dat...'

De man gooide de hoorn erop. Eygló staarde naar haar telefoon, toetste het nummer opnieuw in en wachtte. Ze kreeg de ingesprektoon. Na een ogenblik nadenken nam ze een besluit. Meteen daarop stapte ze in haar auto en reed zo snel als ze kon naar het centrum van de stad. Ze had vragen, en die hadden haar eindeloos beziggehouden, al vanaf het moment dat ze die ochtend wakker was geworden en aarzelend de kamer binnen was gegaan, nog steeds met dat andere beeld kristalhelder voor ogen: Engilbert, haar vader, die zich kletsnat van het zeewater over de piano boog.

Toen Eygló bij het kantoor van de man verscheen kwam hij juist naar buiten. Een beetje buiten adem riep ze of hij even wilde wachten. De man keek achterom, maar hij versnelde zijn pas toen hij zag wie hem riep. Hij wilde juist bij de domkerk de hoek omgaan toen ze bij hem was en hem vastgreep.

'Alsjeblieft, laat me in godsnaam nou niet zo achter je aan rennen,' hijgde ze.

'Wat is dit voor manier van doen?' zei de man. Hij rukte zich los. 'Kun je me niet gewoon met rust laten?'

'Ik heb maar een paar vragen, en dan zijn we helemaal klaar,' zei Eygló.

'Ik heb geen zin om er met jou over te praten. Het is een familiekwestie en die gaan we echt niet met onbekenden bespreken.'

'Ja, dat begrijp ik heel goed, en neem me niet kwalijk dat ik je zo achternazit, maar dit houdt me nogal bezig. En ineens had ik het idee dat ik het aan jou zou kunnen vragen. Of er misschien iets was wat de doorslag gaf. Soms is dat zo. Met mensen in dit... dit vak.'

'Het vak van nepmedium, bedoel je?'

'Ja,' zei Eygló onwillig. Ze dacht aan haar vader. 'Als dat jouw mening is...'

'Ze wisten van haar zoon,' zei de man. Hij bleef doorstappen, maar probeerde haar niet meer te ontlopen. 'Hoe hij gestorven is. Daar heb ik jullie over verteld.'

'Ja, dat is waar,' zei Eygló.

'Het was natuurlijk niet zo moeilijk voor hen om achter die informatie te komen,' zei de man. 'Maar waarom wil je dat weten?'

'Wat denk je dat ze met die inlichtingen hebben gedaan?' vroeg Eygló. 'Heeft het iets met muziek te maken?'

169

'Hoe weet je dat?'

'Was dat zo?'

'Haar zoon leefde voor de muziek,' zei de man, die zijn verbazing niet kon verbergen.

'Hoe bedoel je? Zat hij op het conservatorium? Bespeelde hij een instrument?'

'Jazeker, en hij was goed ook. Echt een uitblinker.'

'Was het de piano? Het instrument dat hij bespeelde?'

'Ja, hoe weet... Van wie heb je dat?'

'En wat is er gebeurd?' vroeg Eygló.

'Ze kregen contact met haar zoon,' zei de man eindelijk.

'Via de piano?'

Opnieuw een lang stilzwijgen. Eygló wachtte gespannen.

'Dat is een familiegeschiedenis die erg gevoelig ligt. In feite heb jij daar niks mee te maken,' zei de man opnieuw.

'Ik begrijp heus dat dat gevoelig ligt,' zei Eygló. 'Maar je kunt niet zeggen dat ik er niks mee te maken heb. Ging het via de piano? Dat ze in contact kwamen met haar zoon?'

'Die jongen moet een teken hebben gegeven via een oude piano waar hij op oefende,' zei de man. 'Stella wist zeker dat ze steeds maar weer dezelfde toets had horen aanslaan, zonder dat er iets aan de piano bewoog. Ze was ervan overtuigd dat ze zo contact met haar zoon had gehad.'

De avond was gevallen. Eygló deed het licht in de keuken en de woonkamer aan, ging aan de piano zitten en streek over de toetsen. Toen ze de avond ervoor was gaan slapen had de toets nog vastgezeten, herinnerde ze zich. Voordat ze naar bed ging had ze de klep voorzichtig dichtgedaan.

Eygló hoorde dat er op de deur werd geklopt. Ze verwachtte geen bezoek, maar liep naar de deur en deed aarzelend open. Op de stoep stond de vrouw die haar na het sluiten van Málfríðurs kist op het parkeerterrein bij het Fossvogskerkhof had aangesproken en had gezegd dat ze de overledene had gekend. Ze was nog even armzalig gekleed, ze zou zomaar een bedelares kunnen zijn. Haar leeftijd viel moeilijk te raden, maar haar gelaatstrekken waren zeer uitgesproken.

'Heeft ze nog contact gezocht?' vroeg de vrouw zonder enige inleiding. 'Málfríður? Heeft ze nog van zich laten horen?'

'Nee,' zei Eygló. Ze wilde niet onbeleefd zijn, al was de vrouw wel erg opdringerig. Maar ze had Málfríður gekend.

'Heeft Málfríður gezegd hoe ze dat zou doen? Op welke manier?'

'Nee,' zei Eygló. 'En ik weet niet of…'

'Denk je dat ze niet is overgegaan?'

'Helaas, ik… Het is al laat en ik ben met andere dingen bezig.'

'Is ze in de wereld van het licht?'

'Ja, hoor. Het beste,' zei Eygló terwijl ze aanstalten maakte de deur weer te sluiten. Ze wilde zo gauw mogelijk van de vrouw af.

'Waar ben je bang voor?' vroeg de vrouw.

'Ik heb hier geen zin in. Goedendag,' zei Eygló resoluut. 'Val me alsjeblieft niet meer lastig.'

'Wat is het waar je zo bang voor bent?' herhaalde de vrouw. Ze deed een stap in Eyglós richting.

Eygló deed snel de deur dicht en wachtte een hele tijd in de hal, in de hoop dat de vrouw haar verder met rust zou laten. Toen ze aannam dat de bezoekster weg was ging ze aan de piano zitten, en na een tijdje dwaalden haar gedachten weer af naar het gesprek dat ze met Stella's neef had gevoerd. En naar de vraag hoe Engilbert en zijn metgezel Stella ervan hadden overtuigd dat ze via de piano in haar huis contact zou kunnen hebben met haar zoon. Eygló had al eens eerder verhalen gehoord over welbespraakte nepmediums en misschien waren gedachten daarover in haar slaap met haar meegegaan toen Engilbert in haar droom was verschenen.

Als het al een droom was. Toen ze 's morgens de kamer was binnengekomen had de piano opengestaan en de toets waar ze de vorige avond met geen mogelijkheid beweging in had kunnen krijgen, was als vanzelf weer losgeraakt. Hij onderscheidde zich in geen enkel opzicht van de andere.

Eygló streek over de piano en zag de armoedige vrouw voor zich. Aan tekenen van gene zijde probeerde ze maar niet al te veel te denken.

34

Na de klap trilde de deur in zijn sponningen. Konráð bleef staan en overwoog of hij Ísleifur niet anders, vriendelijker had kunnen benaderen. Het was begrijpelijk dat de man zo had gereageerd. Toen hij Konráð had toegevoegd dat hij naar de hel kon lopen had hij daar beslist het volste recht toe gehad. Er was een hem totaal onbekende man aan zijn deur verschenen die hem allerlei insinuaties en beschuldigingen over een oud seksueel misdrijf voor de voeten had geworpen. En alsof dat niet genoeg was had de man gesuggereerd dat hij weleens een kind kon hebben verwekt. Ísleifur had reden gehad om woedend te worden. Hij had een blanco strafregister en de veronderstelde verkrachting in Glaumbær was Konráðs eigen bedenksel. Hij wist dat hij niet veel materiaal had om van uit te gaan, maar op de een of andere manier hield Valborgs geschiedenis hem erg bezig. Haar leven was met de komst van het kind totaal overhoopgegooid en mogelijk was er sprake geweest van verkrachting. Maar nu was hij misschien te ver gegaan. Ísleifur was ooit van verkrachting beschuldigd, maar er was geen bewijs tegen hem geweest en hij was nooit veroordeeld.

Konráð trok een lelijk gezicht. Dat zou hij vroeger anders en beter hebben afgehandeld. Waarschijnlijk liet zijn leeftijd zich gelden. Hij had het geduld niet meer om tactvol en beleefd te zijn op momenten dat dat juist wel moest. Of misschien was dit wel altijd zijn zwakke plek geweest. Hij probeerde zichzelf ervan te overtuigen dat hij er niet maar wat had uitgeflapt, maar dat hij de man had willen provoceren, hem in verwarring had willen brengen om te zien hoe hij zou reageren. Die methode schoot dus tekort. Hij was bang dat hij te veel had gezegd toen hij had gesuggereerd dat Ísleifur Valborg had verkracht en haar zwanger had gemaakt.

Ach wat, naar de hel ermee, dacht Konráð terwijl hij terugliep naar zijn auto. Hij hoefde zich niet meer als een politieman te gedragen, hij was gestopt. Op het dashboard lag zijn mobiel; hij zag dat Svanhildur twee keer had geprobeerd hem te bereiken. Hij belde haar terug en merkte dat ze sinds hun laatste onderhoud niet had stilgezeten.

Svanhildur had een groot deel van de dag doorgebracht met informeren naar vroedvrouwen en naar zwangerschapsonderbrekingen. Ze had connecties in de verschillende ziekenhuiskringen en rustte niet voordat ze een vrouw had gesproken, een oppervlakkige kennis, die op de vroedvrouwenschool had gezeten, maar daarna was overgestapt naar geneeskunde. Die herinnerde zich dat er op de opleiding een jonge vrouw was geweest die opviel vanwege haar fanatisme in geloofszaken. Ze maakte deel uit van een sekte en had zeer vastomlijnde ideeën over zwangerschapsonderbreking. Die droeg ze bij elke gelegenheid uit en ze maakte er met haar medestudenten ruzie over. Verscheidene keren had ze haar emoties daarbij niet onder controle gehad, bedreigingen geuit en in de groep studiegenoten commotie veroorzaakt. Twee keer was de vrouw berispt wegens onbehoorlijk gedrag. Voor de schoolleiding was de maat vol toen het tot een meningsverschil kwam tussen haar en een jonge vrouw die advies wilde over abortus. Een vroedvrouw was er getuige van; ze kreeg ruzie met de studente en moest zich ten slotte tegen haar verdedigen omdat ze agressief werd. De studente had het gevoel dat ze niet langer op school werd geduld en ging vrijwillig weg. In een andere versie van het verhaal werd ze weggestuurd.

Svanhildur besprak dit verhaal met Konráð en vertelde alles wat ze ervan wist, al was dat niet bijzonder veel. Daarna gaf ze hem het telefoonnummer en het adres van haar zegsvrouw. Die was beter op de hoogte, dacht ze; in de tijd dat het gebeurde had ze daar zelf op school gezeten. Konráð bedankte Svanhildur. Hij besloot niet te wachten met het bezoek aan de vrouw. Die woonde in de Goðheimar, een straat die niet ver van Ísleifurs woning af lag.

Hij kondigde zijn komst niet aan; de vrouw was dan ook tamelijk verbaasd over dit ongewone bezoek, maar begroette hem vriendelijk. Konráð legde uit dat hij een vriend was van Svanhildur, die eerder op de dag met haar had gesproken; hij zou graag wat meer weten over een vrouw die op de vroedvrouwenschool had gezeten maar de opleiding niet had kunnen afmaken omdat ze er niet goed op haar plaats was geweest.

'O, ben jij die politieman?' zei de vrouw. Ze liet hem binnen. 'Svanhildur heeft me inderdaad opgebeld; zij informeerde ook al naar haar. Jij zou zelf ook contact opnemen, zei ze. Ben je een beetje met de zaak bekend?'

'Ik hoopte dat jij me zou kunnen helpen de feiten boven water te krijgen,' zei Konráð.

'Waarom zijn Svanhildur en jij nu weer met die kwestie bezig?' vroeg de vrouw. 'Sunnefa is al jaren geleden gestorven.'

'O ja, is ze overleden? En ze heette Sunnefa?'

'Wat willen jullie met haar? Svanhildur zei dat het een politiezaak was. Dat jij een politieman was.'

'Dat ben ik jarenlang geweest,' zei Konráð. 'Ik ben gestopt. Dit is iets wat ik op eigen houtje aan het uitzoeken ben. Het heeft te maken met een vrouw die ik gekend heb en die pasgeleden is gestorven.'

'Volgens Svanhildur ging het om de vrouw die pas is vermoord.'

'Ja, dat klopt. Ik wil graag uitzoeken of zij die Sunnefa gekend heeft. Of ze vroeger in een of andere relatie tot elkaar hebben gestaan. Wat kun je me over haar vertellen? Ik begreep dat ze in conflict was gekomen met de schoolleiding.'

'Dat is inderdaad wat er gebeurd is,' zei de vrouw. 'Eigenlijk had ze zichzelf door haar opvattingen in diskrediet gebracht. Ze was volkomen compromisloos. De mensen begonnen toen anders over die dingen te denken, ze kregen veel vrijzinniger opvattingen, en daar moest Sunnefa niks van hebben. Dat vond ze allemaal afschuwelijk en ze stak haar mening niet onder stoelen of banken. In dat opzicht was ze onverdraagzaam. Ze kon ons niet met rust laten. Echt zo'n fanatiekeling. Ze preekte tegen ons alsof zij als enige in de hele wereld de waarheid in pacht had.'

'Vrijzinniger opvattingen, zei je?'

'Over abortus natuurlijk,' zei de vrouw, alsof ze vond dat Konráð wel wat beter bij de les mocht blijven. 'En over vrije liefde en zo. Alles wat maar met het hippiedom samenhing. De overtuiging dat de vrouw de baas was over haar eigen lichaam en volledig het recht had om ermee te doen wat ze wilde. Dat soort ideeën.'

'En zij had dus andere ideeën?'

'Reken maar. En ze hield haar mening onvermoeid staande. Het aantal abortussen nam toe en daar was ze faliekant tegen. Ze verzette zich met hand en tand tegen die ontwikkeling.'

'En toen? Werd ze van de opleiding gestuurd?'

'Eigenlijk was ik toen al begonnen aan mijn geneeskundestudie, maar ik hoorde dat ze op een gegeven moment haar zelfbeheersing helemaal kwijt was en een aanstaande moeder had uitgescholden. Eenvoudig ongehoord – als het waar is, natuurlijk. En toen de vroedvrouw die erbij was probeerde een eind aan de scheldpartij te maken ging ze haar te lijf en verwondde haar ook nog. Dat was de druppel. Ze was al vervelend en soms zelfs ronduit onaangenaam geweest tegen sommige studiegenoten die probeerden tegen haar in te gaan, maar nu was ze niet meer te handhaven en werd ze inderdaad weggestuurd. Toch was ze beslist een goede verloskundige. Ze kende haar vak tot in de puntjes. Maar de school afmaken was uitgesloten.'

'Denk je dat ze ooit van mening is veranderd?' vroeg Konráð.

'Ik kan het me niet voorstellen, maar ik weet het natuurlijk niet.'

'Wat moesten vrouwen dan doen als ze…'

'Gewoon hun kind ter wereld brengen,' zei de vrouw. 'Gods wil, enzovoort. Wat er in de Bijbel staat. Die kende ze uit haar hoofd.'

'En adoptie? Was dat een van de mogelijkheden?'

'Ja, natuurlijk was dat een van de mogelijkheden. En daar maakte Sunnefa niet zo zuinig reclame voor. Het was altijd mogelijk een goed thuis te vinden voor de kinderen.'

'Heb je weleens gehoord dat ze vrouwen op die manier heeft geholpen?'

'Nee. Heeft ze dat dan gedaan?'

'Dat weet ik niet,' zei Konráð. 'Maar als ze geen bevoegd verloskundige was en ook niet op de afdeling gynaecologie werkte, hoe kwam ze dan aan informatie over vrouwen die een abortus wilden of overwogen? Heb je enig idee?'

'Nee, waarom…'

'Of hoe ze die vrouwen benaderde?'

'Waarom zou ze uit geweest zijn op dat soort inlichtingen?' vroeg de vrouw verbaasd.

'Omdat ze vrouwen die die kant op gingen op andere gedachten wilde brengen. Zoiets, denk ik. Ik weet het niet.'

'Misschien werkte ze in een medisch centrum, ik heb geen idee. Zij en dat arme mens dat ze vermoord hebben gevonden, hoe kenden die twee elkaar?'

'Ja, dat zou ik dus heel graag weten,' zei Konráð.

'Heeft het te maken met een gebeurtenis van vroeger? Iets waarbij abortus in het spel was?'

'Ik weet het niet,' zei Konráð.

'Is ze daarom misschien overvallen?'

'Nee, dat denk ik niet.'

'Het lijkt wel alsof niemand meer veilig is, tegenwoordig,' zei de vrouw vermoeid.

Konráð merkte dat ze genoeg had van het bezoek en hij wilde haar niet langer storen. Hij vroeg naar de mensen met wie Sunnefa in die jaren omging, maar daar kon ze zich weinig van herinneren. Ze raadde hem aan met een van haar vrienden te gaan praten. Die was in ongeveer dezelfde tijd als zij in het Rijksziekenhuis gekomen om daar de opleiding tot medisch analist te volgen, zoals dat toen heette. Ze dacht dat die twee samen iets hadden gehad, hij en Sunnefa.

Konráð sloeg de naam van de vriend op in zijn mobiel en maakte aanstalten om te vertrekken. De vrouw leek blij te zijn dat er aan dit wonderlijke verhoor een eind kwam. 'Bij welke gemeente hoorde Sunnefa?' vroeg Konráð nog. 'Herinner je je dat?'

'Gemeente?'

'Je had toch gezegd dat ze bij een sekte hoorde?'

'O, bedoel je dat? Ik heb geen idee. Het enige wat ik nog weet is dat ze een en al geloofsijver was en dat ze op een keer toen ze weer stond te razen over die abortussen zei dat al Gods kinderen bij hen welkom waren.'

'Bij die gemeente?'

'Ja. En natuurlijk haalde ze de Bijbel erbij.'

'Hoe dan?'

'Nou, wat denk je?'

Konráð hoefde niet lang na te denken. 'Laat de kinderen tot mij komen…?'

'Klopt.'

Toen Konráð thuiskwam in Árbær ging hij achter zijn computer zitten en zocht de naam op die hem was bijgebleven van toen hij die middag met Valborg in het museum had gezeten. Ze had gesproken over een rotspunt op de helling van de Hólsfjall in het Daladistrict, waaraan ze weleens had moeten denken als ze in het museum naar de beelden zat te kijken. Toen hij het verhaal vond over de rotspunt, die Tregasteinn werd genoemd, meende hij te weten wat ze bedoelde. Het sleepte hem mee: een vrouw was met haar baby buitenshuis aan het werk. Een adelaar greep het kind en vloog ermee naar de rots. Toen de vrouw daar aankwam zag ze strepen bloed langs de rots naar beneden lopen en stierf ze van uitputting en verdriet.

35

Het was weer gaan regenen. Zware buien trokken over de stad toen hij Eygló de volgende dag rond het middaguur afhaalde. Vlug ging ze in de auto zitten. Ze was ongewoon stil en beperkte zich tot kijken naar de ruitenwissers, die in de regen hun werk deden terwijl ze de wijk Fossvogur achter zich lieten. Konráð besloot haar niet te storen en zo reden ze zwijgend naar het westen. Wel was de radio afgestemd op een Amerikaanse rockzender waar hij graag naar luisterde. Toen ze instapte had hij het geluid heel zacht gezet en hij besloot dat zo te laten.

'Scheelt er wat aan?' vroeg hij bij een rood licht.

Eygló zuchtte.

'Is het de etherwereld weer?'

'Spot er maar mee,' zei Eygló. 'Ik word lastiggevallen door een of andere vrouw. Een van de vriendinnen van de oude Málfríður die pasgeleden gestorven is kwam gisteravond bij me aan de deur. Deed net alsof ze precies wist hoe het er met me voor stond. Daar kan ik niet tegen. Hoe haal je het in je hoofd te denken dat je me kent als je me nog nooit van je leven gezien hebt?'

'Ja, dat begrijp je niet.'

'En mijn piano is ook raar gaan doen.'

'Je piano?'

'Ja, maar het heeft geen zin om daar tegen jou over te beginnen,' zei Eygló kortaf.

Kort hierna waren ze bij de man die ze wilden spreken. Konráð had hem 's morgens gebeld en uitgelegd wie hij was; de man, die Henning heette, had daar welwillend op gereageerd. Hij woonde nog zelfstandig, was kerngezond en zorgde grotendeels voor zichzelf. Wel droeg hij een alarmknop om zijn pols en kreeg hij hulp bij het schoonhouden van zijn appartement. Hij bewoog zich langzaam voort, met nauwelijks meer dan dribbelpasjes. Zo schoof hij, een beetje hinkend, op zijn zachte vilten pantoffels over de vloer. Onderzoekend bekeek hij Konráð; hij wist dat dit de zoon was van de smeerlap die hij eens in de Skuggahverfi had opgezocht, samen met zijn vriend, de neef van Stella.

'Nadat je gebeld had heb ik het voor mezelf weer eens opgehaald,' zei hij toen hij hen binnenvroeg. 'Maar veel weet ik er niet meer van. En jou herinner ik me al helemaal niet.'

'Nee, het is natuurlijk heel lang geleden,' zei Konráð.

'Ik weet nog dat we daar in de Skuggahverfi langs zijn geweest, vanwege Stella. De man herinner ik me ook nog. Dat gezicht van hem beviel me niet. Je vader was keihard. Om zo om te gaan met een weduwe, daar moet je toch een bepaald karakter voor hebben. Toen we hem opzochten was hij erg opvliegend, er was geen land met hem te bezeilen. En spijt – vergeet het maar.'

Konráð wist niet wat hij moest zeggen; hij was het meer dan zat zich te moeten verantwoorden voor de daden van zijn vader. Hij keek naar de oude man voor hem, maar hij had hem destijds niet goed genoeg gezien om zich ervan te kunnen overtuigen dat hij een van de mannen was geweest die zijn vader hadden opgezocht en bedreigd. De tijd had bovendien zijn werk gedaan.

De man glimlachte tegen Eygló. 'En jij bent de dochter van dat medium?'

Eygló glimlachte ongemakkelijk en knikte.

'Hem heb ik nooit gezien. Haukur, Stella's neef dus, is alleen naar hem toe geweest; hij vertelde dat het maar een zielig mannetje was. Hij gaf toe dat hij aan die oplichterij had meegedaan, maar dat het zo uit de hand gelopen was schoof hij zijn maat in de schoenen. Hij zei dat ze toen dat nodig was iets extra's aan hun voorstelling hadden toegevoegd en dat ze op die manier makkelijk een spelletje hadden kunnen spelen met de gevoelens van de weduwe. Van al die dingen had hij heel veel spijt en berouw. Maar hij had ook geprobeerd haar echt te helpen, zei hij. Deed net alsof hij over de gaven van een echt medium beschikte. Ik kan jullie niks aanbieden, hopelijk vinden jullie dat niet erg.'

Ze stelden hem gerust. Konráð zei dat hij van een familielid van Stella had gehoord dat Haukur zich ontzettend kwaad had gemaakt om wat er met haar was gebeurd.

'Dat hoef je mij niet te vertellen. Hels was hij. Misschien wel vooral omdat het hem nooit is gelukt het geld terug te krijgen.'

'En meer dan hels,' zei Konráð. 'Ik heb begrepen dat hij mijn vader heeft bedreigd. Dat hij hem als een dolle hond wou neersteken, of iets in die trant. En dat is interessant in het licht van wat er met mijn vader gebeurd is.'

'Jawel, maar hij heeft het nooit gedaan,' zei Henning.

'Waarom niet?'

'Haukur was een goeie vent, al had hij van die driftbuien. Zulke dingen zei hij als hij kwaad was, maar hij heeft nooit iemand iets aangedaan. Dat is uitgesloten. Toen er foto's van je vader verschenen, na de moord, en we zagen dat het de man was die Stella geld afhandig had gemaakt, heb ik aan Haukur gevraagd of hij soms iets op zijn geweten had. Dat heb ik hem recht op de man af gevraagd omdat ik wist hoe hij over je vader dacht. Ik weet nog hoe stomverbaasd hij was dat ik ook maar op het idee had kunnen komen.'

'Maar je was er toch op gekomen,' zei Konráð.

'Jawel, maar ik meende het niet echt. Ik zei het bij wijze van grapje. Ik heb ook sorry tegen hem gezegd.'

'Maar praatte hij er destijds zo over dat jij het nodig vond hem ernaar te vragen?'

'Nee, hij zei alleen maar wat jij gehoord hebt, maar dat was lang voor die moord, dus...'

'We hebben ook iets gehoord over geestesziekte,' zei Eygló.

'Hij had veel last van migraineaanvallen. Meer weet ik daar niet van.'

'Was hij hier in de stad toen het gebeurde?'

'Dat wel, ja. Hij zei ook nog dat je vader het natuurlijk verdiend had. Haukur nam meestal geen blad voor de mond.'

'Had hij iets met messen?' vroeg Eygló.

'Dat zou ik niet weten,' zei Henning. 'Hij had wel een geweer. Dat had hij in de oorlog gekregen van een vriend van hem in het Engelse leger.'

'Was hij bekend met de Sláturfélag Suðurlands?' vroeg Konráð.

'Kende hij de locatie? Mensen die daar werkten?'

'Dat weet ik echt niet. Ik herinner me er in elk geval niks van. Het zou kunnen.'

De man peuterde aan de alarmknop om zijn pols en Konráð vroeg zich af of hij hem weleens had moeten gebruiken.

'Zijn jullie er nog achter gekomen wie die dokter was?' vroeg de man volkomen onverwacht. Hij bleef aan de knop friemelen.

'Welke dokter?' vroeg Konráð.

'Die hem geld schuldig was.'

'Hem?'

'Jouw vader. Haukur is nog een keer bij hem langs geweest. Toen was hij… inschikkelijker en beloofde hij iets terug te betalen van wat hij Stella afgenomen had.'

'Is Haukur nog een keer langs geweest?'

'Ja.'

'En waarom was mijn vader toen inschikkelijker?' vroeg Konráð.

De man aarzelde.

'Wat was er dan gebeurd?'

'Het was een tijdje voordat je vader stierf. Haukur vroeg me dit aan niemand te vertellen. Vanwege wat er daarna gepasseerd is. Tenslotte had hij gedreigd je vader te doden als die het geld niet teruggaf. Ik weet niet wat er aan de hand was, maar het leek alsof je vader was geschrokken en had gezien dat het Haukur ernst was. Toen beloofde hij van alles en nog wat. Hij zei tegen Haukur dat hij nog geld kreeg van iemand die hij ergens mee had geholpen.'

'Waarmee geholpen?' vroeg Konráð.

Henning prutste weer wat aan de alarmknop en hield hem daarna aan zijn oor alsof het een horloge was. 'Daar is Haukur nooit achter gekomen. Hij vertrouwde natuurlijk geen woord van wat je vader zei, maar die beweerde dat hij nog geld kreeg van een man hier in de stad. Haukur dacht dat het iemand uit de medische hoek was – waarom weet ik niet, waarschijnlijk heeft je vader dat laten vallen. Misschien zou je dat eens kunnen nagaan.'

'Wat moet ik nagaan?'

'Haukur dacht dat hij iets van die man wist. Hij meende dat je zelfs van chantage kon spreken, maar hij heeft er nooit meer iets over gehoord, en…'

'Ja?'
'Zijn geld heeft hij natuurlijk ook niet gekregen.'
'En het ging om een dokter?'
'Dat dacht hij, ja.'

36

Na het bezoek bleven ze nog lang in de auto zitten. De man had geen verdere informatie voor hen en had keer op keer nadrukkelijk gezegd dat dit alles was wat hij wist van het contact tussen Konráðs vader en Haukur. Van de dokter die ter sprake was gekomen wist hij niets. Hij was zelfs nog verder teruggekrabbeld: hij was er niet zeker van of Haukur het precies zo had gezegd – ze hadden ook zoveel vragen op hem afgevuurd. Zijn geheugen was niet betrouwbaar meer en hij had al in geen tijden meer gedacht aan wat er toen was gebeurd. Eigenlijk nog nauwelijks. Totdat Konráð ineens had gebeld en had gevraagd of ze elkaar konden spreken. Toen had hij zijn geheugen opgefrist, maar zijn herinneringen waren zacht gezegd nogal vaag geworden.

'Die Haukur kan je vader best hebben overvallen,' zei Eygló. 'Als hij dat geld niet heeft gekregen. Wat denk je, was hij daar voldoende getikt voor?'

'Wat kan mijn vader geweten hebben van een dokter?' fluisterde Konráð als tegen zichzelf. 'Waar is hij mee bezig geweest, verdomme nog aan toe?'

'Is het voor het eerst dat je hiervan hoort?'

'Ja. Hier heb ik nooit iets van geweten. Hij was ook zo onberekenbaar.'

'Denk je dat er iets van waar kan zijn?'

'Ik heb er gewoon echt geen idee van,' zei Konráð. 'Maar zolang het met mijn vader te maken heeft zou het absurd zijn om iets uit te sluiten.'

Ze reden weer naar Fossvogur en Eygló vertelde dat ze de accountant opnieuw had opgezocht omdat ze wilde weten waarom die weduwe zo vast had geloofd in Engilbert en Konráðs vader.

'Geloof je echt dat je vader die jongen heeft kunnen oproepen?' zei Konráð afwezig.

'Ik heb wel raardere dingen gehoord,' zei Eygló.

'Ik kan zulke verhalen maar moeilijk geloven. Ze deden het om eraan te verdienen en niet om haar in contact te brengen met de een of ander. Ze belogen die vrouw om haar geld te kunnen pakken.'

'Engilbert hád die gave,' zei Eygló. 'Die was echt.'

'Daar twijfel ik niet aan,' zei Konráð, zonder dat er in die woorden enige overtuiging doorklonk. Met zijn gedachten was hij bij zijn vader, die hem tientallen jaren na zijn dood nog had weten te verrassen.

'Ik vind het gewoon ontzettend moeilijk iets dergelijks van hem te geloven,' zei Eygló. 'Dat hij een weerloze vrouw zo heeft kunnen behandelen. Een vrouw die zo'n groot verlies had geleden.'

'Ja, maar ze waren keihard,' zei Konráð.

Eygló aarzelde. Tot nu toe had ze geen succes gehad met haar pogingen Konráð ervan te overtuigen dat het bestaan meer kanten kan hebben dan het zichtbare, tastbare en verklaarbare. Ze wist dan ook niet of ze hem over haar vader moest vertellen. Dat die bij haar thuis over de piano gebogen had gestaan. Dat ze de klep van de piano had dichtgedaan toen ze de kamer verliet en hem 's morgens open had gevonden. Dat er een toets had vastgezeten en weer was losgeraakt. Dat dit gebeurd was terwijl ze nog niet had geweten wat voor rol Stella's piano had gespeeld in de seances. Seances waarmee de twee mannen de vrouw ongetwijfeld hadden belogen en bedrogen. Ze pakte het daarom voorzichtig aan, wilde er eigenlijk nog niet over beginnen. Maar ze kon de verleiding niet weerstaan.

'Jij ziet er niet veel in, hè?' zei ze. 'In alle drukte die mijn vader ervan maakte.'

'Ik geloof niet in spoken, als je dat bedoelt,' zei Konráð. 'Maar dat wist je al, daar hebben we het vaker over gehad.'

'Wat ik wilde weten was hoe ze dachten contact te krijgen met die zoon, en...'

'Contact te krijgen? Er wás geen contact, Eygló. Ze hadden uitgezocht dat die jongen dood was en de rest hebben ze geïmproviseerd.'

'Gek dat je het zo noemt. Die accountant vertelde me dat Stella's zoon de piano in de huiskamer als verbindingsmiddel had gebruikt. Hij was een veelbelovende muziekstudent. Vanaf het moment dat hij stierf had die piano er altijd gesloten en ongebruikt bij gestaan, en ineens was hij weer te horen. Terwijl hij dichtzat. Dat heeft Stella zelf gezegd. Het contact had iets van een ouijabord. Eén aanslag stond voor ja. Stilte was nee. Zo kon ze met haar zoon communiceren.'

'Eygló...'

'En als mijn vader nou eens wel contact had gekregen? Hij was geen slecht mens. Als het nou eens echt zo was? Ik heb wel gekkere dingen meegemaakt. Ik heb zelf een oude piano, en...'

Konráð keek haar aan. 'Ze hebben die weduwe op een verderfelijke manier geld afgetroggeld,' zei hij. 'Op de ergste manier die je je kunt voorstellen. Daar zouden we het bij moeten laten. Uit respect voor die vrouw. Ga me nou niet vertellen dat ze toch maar mooi contact heeft gehad met haar zoon. Uit respect voor hem.'

'Mijn vader heeft me over een heleboel van die gevallen verteld. Zat hij dan altijd tegen me te liegen?'

'Ik weet het niet. Misschien vertelde hij wel wat zijn meisje graag wilde horen.'

Ze kwamen aan in Fossvogur, waar hij voor haar huis stopte. Hij merkte dat ze het moeilijk had en dat zijn woorden haar pijn hadden gedaan.

'Wat was dat met jouw piano?' vroeg hij.

'Laat maar,' zei Eygló. Ze stapte uit, smeet het portier dicht en verdween in haar huis.

Konráð vervloekte zichzelf. Hij besloot niet achter haar aan te gaan, maar reed langzaam de straat uit, liet Fossvogur achter zich en reed naar de Vogarbuurt, waar Ísleifur woonde. Misschien was het het stokkende contact met Eygló dat hem aan het denken zette. Toen hij de vorige dag met Ísleifur had gesproken had hij het totaal verkeerd aangepakt. Hij wilde zien of hij het een beetje kon goedmaken en de man wat vriendelijker kon benaderen. Juist toen hij zijn auto op de parkeerplaats zette kwam Ísleifur plotseling vanuit zijn kelderwoning naar boven en liep naar een bushokje, verderop in de straat. Hij keek niet om zich heen, maar onwillekeurig liet

Konráð zich in zijn stoel naar beneden zakken. Hij besloot even te blijven zitten en na te gaan wat Ísleifur van plan was, al vond hij dat soort gesnuffel smakeloos en zelfs te vergelijken met het gegluur van Emanúel.

Ísleifur had een plastic tas in zijn hand. Hij liep langzaam en hij droeg een versleten jack, waarvan hij de capuchon had opgezet. Hij ging in het bushokje zitten en keek op zijn horloge. Twee jonge vrouwen stonden ook op de bus te wachten, maar hij had geen belangstelling voor hen. Hij keek de straat door, veegde zijn neus af met de rug van zijn hand en wachtte. Krabde zich onder zijn capuchon. Keek op zijn horloge. Wachtte.

Een paar minuten later kwam de bus eraan. Ísleifur en de twee vrouwen stapten in; hij ging bij een raam zitten. De bus reed weg en Konráð volgde hem met zijn auto, de Vogarbuurt uit, richting binnenstad. De avond was gevallen en het verkeer was na het hoogseizoen al minder druk geworden. De bus stopte op zijn route bij elke halte; er kwamen passagiers uit en er stapten anderen in. Konráð bleef volgen. Op de radio klonk een oude IJslandse melodie die Erna altijd mooi had gevonden. Hij neuriede mee, over de eeuwige lente in het noorden, daar in het dromerige Vaglaskógur.

Ísleifur stapte uit de bus, niet ver van de plaats waar eens discotheek Klúbburinn had gestaan, en liep voorovergebogen met zijn plastic tas in westelijke richting de Borgartún op. Daar waren voor de crisis gebouwen van staal en glas verrezen. Ze straalden arrogantie en geldzucht uit en overschaduwden zelfs het oude baken voor de scheepvaart, de toren van de zeevaartschool. Alsof niemand zich in deze jacht op winst druk maakte over schepen die op de rotsen zouden kunnen lopen. Ísleifur deed kalmpjes aan en bleef regelmatig staan. Hij leek geen dagelijkse bezoeker van deze glazen paleizen en het was overduidelijk dat hij zich op onbekend terrein begaf. Hij liep rechtdoor, totdat hij bij een groot gebouw kwam, waar hij zo lang naar bleef kijken als zijn stijve lichaam hem toestond.

Konráð had zijn auto geparkeerd op de plaats van de voormalige discotheek en volgde hem op een afstand. De motregen maakte zijn gezicht nat. Er lag een dichte nevel over de stad, en de straatlantaarns schenen gedempt, als scheepslichten in de mist. Hij bleef aan de overkant van de straat en lette erop dat Ísleifur hem niet in de gaten kreeg.

Hij zag hem het gebouw binnengaan en stak de straat over om te ontdekken waar hij naar op weg was. Het gebouw telde vele verdiepingen – Konráð had geen zin om ze te tellen. Maar toen hij zich dichterbij waagde zag hij dat er in de hal drie liften waren. Er hing ook een groot informatiescherm dat aangaf welke bedrijven er op de verschillende verdiepingen gevestigd waren en wat voor werkzaamheden er werden uitgevoerd.

Even kwam het bij hem op dat Ísleifur daar misschien een baantje had als nachtwaker. Officieel waren de kantoren al enige tijd dicht, maar nog steeds liepen er mensen gehaast door de hal en was het druk bij de liften. Controle op bezoekers was er niet, al ontdekte Konráð wel een paar veiligheidscamera's, die op opvallende plaatsen waren opgehangen.

Hij liep langzaam naar binnen, raadpleegde het informatiescherm en zag dat het gebouw de kantoren herbergde van groothandels, ingenieurs- en accountantsbureaus. Verder zaten er onder meer tandartsen, architecten, psychologen en fysiotherapeuten. Tenminste twee van de verdiepingen werden in beslag genomen door advocatenkantoren en op de drie hoogste was het kantoor gehuisvest van een bekend farmaceutisch bedrijf.

Wat moet die man hier in 's hemelsnaam? dacht Konráð. Hij bestudeerde het scherm en probeerde te bedenken op welke verdieping Ísleifur uit de lift was gestapt.

Ongeveer een kwartier later ging de deur van een van de liften open: Ísleifur verscheen in de hal en liep weer voorovergebogen in zijn versleten jack met de plastic tas aan de hand naar de uitgang. Hij was nog steeds alleen en net als eerst keek hij niet om zich heen. Hij zag Konráð pas toen die hem bij de arm greep en hem staande hield.

'Jij hier?' zei Konráð alsof ze elkaar toevallig tegenkwamen.

Ísleifur keek verbaasd op, wist meteen wie de ander was. Zijn ogen dwaalden af naar de liften. 'Wat... Loop... loop je achter me aan?' stamelde hij.

'Achter je aan lopen? Mijn accountant zit hierboven,' zei Konráð, op de toon van iemand die zijn hele leven goudeerlijk is geweest. 'Wat doe jij hier eigenlijk?'

'Niks,' zei Ísleifur. Hij probeerde door te lopen, de motregen in. 'Laat me met rust.'

'Heeft het iets te maken met waar we het gisteren over hadden?' vroeg Konráð. Hij geloofde zelf niet dat dat het geval was. Toch was hij benieuwd of hij iets los kon peuteren bij de man met het showsnorretje.

Opnieuw keek Ísleifur naar de liften, zo snel dat het Konráð bijna ontging. Toen draaide hij zich om en liep de deur uit.

'Je moet me in elk geval vergeven dat ik me gisteren zo tegen je heb gedragen,' zei Konráð terwijl hij hem naar buiten volgde. 'Ik wou niet onbeschoft zijn. Ik had niet zo tegen je moeten praten, en daar wil ik je graag mijn excuus voor aanbieden. Ik meende niet wat ik toen zei.'

Ísleifur stapte de straat op zonder antwoord te geven.

'Zou ik je de komende dagen een keer kunnen spreken?' vroeg Konráð. 'Ik wou je nog wat vragen over een aantal dingen die ik aan het onderzoeken ben. Ik zou het heel fijn vinden als we...'

Ísleifur bleef staan en keerde zich naar hem toe. 'Laat me met rust,' zei hij woedend. 'Laat me godverdomme met rust! Hoor je dat? Laat me met rust!'

Daarna struinde hij weer door en verdween uit het zicht. Konráð zag hem weglopen en keek toen omhoog naar het gebouw dat daar met al zijn glas stond te pronken. Zou er een verband zijn tussen het bezoek dat hij de vorige dag aan Ísleifur had gebracht en diens tocht naar deze omgeving?

Hij was daar nog steeds niet uit toen hij laat in de avond Marta belde. Eindelijk, nadat haar telefoon een flink aantal malen was overgegaan, nam ze op. Hij hoopte dat hij haar niet in iets belangrijks had gestoord, in een gezonde slaap bijvoorbeeld.

'Waarom toen?' vroeg hij plompverloren, zoals ze dat in hun gesprekken gewend waren. Onder elkaar praatten ze meestal alsof het vorige gesprek nog helemaal niet was afgelopen en het nieuwe daar een regelrechte voortzetting van was.

'Wat?'

'Waarom begon Valborg ermee? Met zichzelf te pijnigen? Mij om hulp te vragen? Waarom toen?'

'Ze was toch stervende?'

'Ja, maar is daarmee alles verklaard? Na al die tijd? Wat heeft haar ertoe gebracht naar haar kind te gaan zoeken? Zou ze niet vooraf iets hebben gehoord? Iets hebben gezien? Waarom toen? Na al die tijd?'

Marta kon daar geen antwoord op geven.

'Ik moet in haar appartement zijn,' zei Konráð.

'O nee!' zei Marta. 'Ik heb al genoeg ellende aan mijn kop gehad dankzij jou. En ik lijk wel gek dat ik van alles aan je doorklets.'

'Tien minuten, Marta. Ik moet even in haar huis zijn. Tien minuten, hooguit, en ik zal je nooit meer zoiets vragen.'

'Als dát zou kunnen…' snoof Marta.

Net als de avond tevoren hoorde Eygló dat er aan de voordeur werd geklopt. Ze stond op en liep naar voren om te zien wie haar zo laat op de avond nog wilde spreken. Ze hoopte niet dat het de onbekende vrouw was die haar de vorige avond had gestoord.

Een beetje aarzelend deed ze de deur open, maar ze zag niemand. Ze ging op haar stoep staan en keek de herfstavond in. Alles was stil; de motregen ging in haar kleren zitten. 'Is daar iemand?' riep ze, want ze had duidelijk gehoord dat er twee keer op de deur was geklopt. Ze kreeg geen ander antwoord dan een koude windvlaag die door de straat trok. De gedachte kwam bij haar op dat ze misschien wel geen onderscheid meer kon maken tussen levenden en doden.

Eygló wachtte nog even, maar keerde zich ten slotte om en ze sloot de deur zorgvuldig achter zich. Ze wist dat de vrouw naar huis was teruggekeerd en haar niet meer zou bezoeken.

37

Reykjavík was in kerststemming. Het centrum was versierd: er was mooie kerstverlichting en aan de lantaarnpalen waren sparrentakken vastgemaakt. Op Austurvöllur stond een kerstboom. Valborg was de Laugavegur afgelopen, op weg naar Glaumbær. Ze had genoten toen ze zag hoe gezellig het was geworden nu alles in kerstsfeer was gehuld. De winkels waren open en lagen vol cadeauartikelen. Sommige etalages waren ongewoon mooi en ze vond het heerlijk die op haar wandeling te bekijken. Toen ze langs slagerij Borg kwam rook ze de geur van appels en gerookt lamsvlees. Dit was ook de enige keer in het jaar dat ze vrouwen in de winkel voor werkkleding zag, en mannen in de lingeriezaak.

Alleen bij de Kjörgarður ging Valborg naar binnen. Toen ze klein was had dit winkelcentrum, het oudste van de stad, in haar ogen een geweldige trekpleister gehad: een roltrap. Een dergelijke wonderbaarlijke machinerie was nog nergens anders in het land te zien geweest. Net als veel andere kinderen – ze kwamen van heinde en verre om over de trapleuning naar beneden te roetsjen – was zij er soms ook blijven spelen als ze toevallig door de Laugavegur kwam. Door de een of andere toverkracht waarvan ze niets begreep bracht die trap vol mensen je naar een hogere verdieping. Je hoefde niet eens zelf de treden op te klimmen. Het leek iets uit een sprookje, vond ze.

In de Kjörgarður had je allerlei winkels. In een ervan hing een groene mantel. Die wilde ze dolgraag voor kerst hebben, maar ze had hem nog niet durven kopen. Het zou een rib uit haar lijf zijn. Toch had ze hem een paar keer gepast, en ze wist dat ze hem uiteindelijk zou nemen. Bij zulke aankopen aarzelde ze altijd, dan ging ze heel vaak in de winkel kijken en overwoog de zaak van alle kan-

ten. Ze kocht ook zelden spullen die ze niet nodig had, voor zichzelf was ze niet erg scheutig. De verkoopster probeerde haar over
te halen, zei dat de mantel waarschijnlijk niet lang meer in de zaak
zou blijven hangen. Of ze hem voor haar apart moest houden. Ze
zou hem kunnen kopen en de volgende dag op kunnen halen. Een
uur geleden was er een vrouw in de winkel geweest en die had hem
bijna gekocht; ze zou terugkomen, had ze gezegd. Het leek erop dat
haar beslissingstermijn was afgelopen.

Toen Valborg weer op de Laugavegur was liep ze een beetje licht-
voetiger; haar hart klopte vrolijker. De kerstversiering was nog
mooier, het licht nog helderder en alsof het niet op kon was het ook
nog eens gaan sneeuwen.

Tegen middernacht puilde Glaumbær uit van de bezoekers, en op
straat stond een rij wachtenden. De dansvloer op de benedenverdieping was overvol en er hing zo'n dikke wolk rook dat haar ogen
ervan brandden. Droge kelen werden met alcohol gesmeerd en de
menigte bewoog zich als een taaie vloeistof van het ene vertrek naar
het andere. Het lawaai was oorverdovend: het gekakel van de mensen, de muziek op de verdiepingen, de mensenmassa bij de bar,
waar gevochten werd om de aandacht van de barman. Het waren
eenvoudige bestellingen. Bijna iedereen wilde hetzelfde: cola met
een tic, Canada Dry met wodka en als favoriet de rode Campari.

Valborg liep heen en weer tussen de verdiepingen; meestal was ze
helemaal boven in het gebouw, en hoewel er genoeg was om zich
mee bezig te houden ontdekte ze al snel de man die daar zat en haar
met zijn ogen volgde. Altijd als ze naar hem keek, hoe onopvallend
ook, leek het alsof hij haar aanstaarde; dan knikte hij naar haar. Ze
beantwoordde zijn groet op dezelfde manier.

Het was dezelfde man. Hij was ongeveer twee weken geleden naar
haar toe gekomen en had gevraagd of ze een vuurtje voor hem had.
Hij wuifde met een sigaret en ze hield hem een brandende lucifer
voor. Hij maakte een keurige indruk, was voorkomend en sympathiek. Hij zag er eigenlijk wel goed uit, met zijn donkere haar en
slanke figuur, maar toch was er iets in zijn manier van doen wat
haar niet helemaal beviel. Iets in zijn blik. Zijn glimlach. Die was
niet direct vals te noemen, maar ook niet helemaal oprecht. Ze kon
haar vinger er niet op leggen.

'Werk je hier al lang?' vroeg hij. Hij inhaleerde de rook en reikte haar de lucifer aan, maar dat was onnodig. Zelf rookte ze niet.

'Nog maar een paar maanden,' zei ze.

Zulke gesprekjes met bezoekers waren heel gewoon. Met jonge mannen. Oudere mannen. Dronken mannen. Nuchtere mannen. Ze waren niet allemaal even beleefd als deze bezoeker. Ze kwamen naar haar toe en waren galant en spraakzaam; ze probeerde aardig tegen hen te zijn als ze fatsoenlijk waren. Maar je had er ook hufters bij. Een enkeling was echt onbeschoft. Soms werd ze door iemand beetgepakt. Kreeg ze een klap op haar achterste. Of tastte er een naar haar borsten. Maar daar wist ze mee om te gaan, ze was niet eens erg bang voor zulke kerels. Ze wist dat de portiers hen eruit zouden smijten als ze een teken gaf. Dat was een keer gebeurd. Die man was stomdronken geweest, hij had met de portiers gevochten, die ten slotte de politie hadden gebeld.

Deze was galant.

'Leuke baan hier bij Glaumbær?' had hij gevraagd. 'Dit is dé tent van Reykjavík, hè?'

'Ja, heel erg leuk,' zei ze glimlachend. 'De lui die hier werken zijn allemaal zo aardig.'

'En al die bands,' zei hij. 'Moet leuk zijn om die jongens te kennen.'

'Het zijn maar doodgewone lui, hoor,' zei ze. Ze probeerde niet verlegen over te komen. Ze voelde zich algauw slecht op haar gemak in omstandigheden als deze, wanneer mannen interesse in haar toonden, maar probeerde dat niet te laten merken. Helemaal zeker van zichzelf was ze niet, en dat wilde ze niet tonen. 'Niet beter of slechter dan anderen,' voegde ze eraan toe.

'Maar je hebt wel bijzondere werktijden,' zei hij. 'In zo'n discotheek. Niet echt een gewone werkplek.'

'Nee,' zei ze. 'Maar ik vind het fijn om uit te slapen.'

De man lachte. 'Je moet zeker tot diep in de nacht doorwerken? Opruimen en zo?'

'Soms,' had ze gezegd.

Zo hadden ze wat gekletst, en ze had hem pas nu teruggezien, toen hij naar haar had geglimlacht en geknikt. Het was op dat moment erg druk en pas twee uur later wierp ze hem opnieuw een blik toe. Toen was hij de dansvloer opgegaan. Hij danste niet, maar stond een beetje terzijde naar de band te luisteren. Valborg bleef een tijdlang naar hem kijken, totdat een van haar collega's die wat ouder was dan zij voor haar langs liep en merkte naar wie ze keek.

'Zie je hem wel zitten, die daar?' vroeg de collega – ze moest het in haar oor schreeuwen.

'Welnee,' haastte Valborg zich te zeggen. Ze schudde haar hoofd.

'Wel een leuke vent, toch?' schreeuwde de vrouw. 'Ik heb hem hier al een paar keer eerder gezien.'

'Nee, echt niet,' zei Valborg zonder haar stem te verheffen. 'Nee, echt niet. Een paar weken geleden heb ik een praatje met hem gemaakt, dat is alles.'

'Probeerde hij wat bij je?'

'Nee, hoor. Tenminste, dat geloof ik niet.'

'Nou, dat is dan maar goed ook.'

'Hoezo?'

'Vroeg hij wanneer je klaar was met je werk?' zei de vrouw.

'Nee. Nou ja, niet rechtstreeks. Hij wou weten of ik na sluitingstijd soms nog moest opruimen.'

'Wilde hij op je blijven wachten?'

'Dat zei hij niet. Hoe weet jij…'

'Een paar dagen geleden vroeg hij dat aan mij,' zei de vrouw terwijl ze alweer doorliep. 'Ik heb gewoon tegen hem gezegd dat ik getrouwd was.'

38

In Valborgs appartement was na de moord niets aangeraakt. Haar spullen lagen verspreid over de vloer. Kasten stonden open en laden waren uitgetrokken, boeken waren van de planken gerukt, kleine siervoorwerpen waren in al dat geweld gebroken. De moordenaar had de woning tijdens zijn zoektocht naar kostbaarheden geruïneerd, maar het was moeilijk een beeld te krijgen van wat er was gestolen of waar hij naar op zoek was geweest.

Marta was overstag gegaan. Misschien had ze geen zin meer gehad om naar Konráðs gezeur te luisteren. Ze had hem gebeld en gezegd dat ze hem eventueel wel in het appartement wilde toelaten als hij beloofde dat het niet meer dan tien minuten zou duren, een aanbod dat Konráð dankbaar aanvaardde. Hij had Marta verteld wat hij wist over Sunnefa, die van de vroedvrouwenschool was gestuurd en banden had met een sekte. Waarschijnlijk had ze Valborg bijgestaan bij de bevalling en voor een pleeggezin gezorgd. Marta had een onderzoek naar het verdere leven van het kind in gang gezet, maar dat was nog nauwelijks van de grond gekomen. Sunnefa J. Ólafsdóttir, heette de vrouw; ze had in 1968 haar opleiding aan de vroedvrouwenschool moeten afbreken. In het eerste decennium van de nieuwe eeuw was ze overleden, ongehuwd en kinderloos. Ze had in een huurappartement gewoond; wat er met haar bezittingen was gebeurd was niet bekend. Er was niets te vinden wat zou kunnen helpen bij de zoektocht naar Valborgs kind. Sunnefa scheen een absolute einzelgänger geweest te zijn, contact met familie leek ze niet te hebben en voor banden tussen haar en Valborg of andere aanstaande moeders waren geen aanwijzingen te vinden. Evenmin kwam aan het licht bij welke sekte ze zich had aangesloten en zich dienstbaar had gemaakt.

Konráð keek het appartement door. Hij had de indruk dat Valborg tamelijk sober had geleefd. Luxe ontbrak. Een ouderwets radiotoestel – het zou uit de jaren zeventig kunnen stammen – stond in de kamer op een tafel. Alleen de tv was splinternieuw. De boeken, die op de planken hadden gestaan maar nu op de vloer lagen, waren voor het merendeel oud. Ze had nogal wat IJslandse klassieken en volkskunde verzameld. Thrillers en liefdesromans stonden op de onderste plank, bijna onzichtbaar. Het eenvoudige, het sobere van dit leven viel Konráð op. Geen folders van zonnige zuidkusten. Geen familiefoto's van tijdens de kerstdagen. Niets wat getuigde van een boeiende hobby. Veeleer sprak alles van stagnatie. Van een leven dat stilstond.

Steeds weer dacht hij eraan hoe dankbaar Valborg was geweest toen hij eindelijk had besloten met haar te gaan praten. En hoe terneergeslagen ze was geweest toen hij haar verzoek had geweigerd – in het Ásmundarsafn, tussen al die prachtige kunstwerken. Tussen die in steen gevangen moeders. Hij dacht eraan hoe ze na hun gesprek weer naar huis moest zijn gegaan, wanhopiger dan ooit tevoren. Hij voelde zich daar tot op zekere hoogte verantwoordelijk voor. In plaats van haar uit de grauwheid omhoog te trekken had hij haar nog verder naar beneden geduwd. Het ergst van alles vond hij dat hij zelf nauwelijks wist waarom hij haar zo weinig meeleven had betoond.

'Waarom doe je dit?' vroeg Marta, toen ze toekeek hoe Konráð het oude schrijfbureau in de kamer doorzocht en nauwkeurig de paperassen uit het bezit van de overledene doorkeek. Ze was al snel ongeduldig geworden en keek op haar horloge. 'Waar zoek je eigenlijk naar?'

'Dat weet ik niet,' zei Konráð. 'Wat gaat er met haar appartement gebeuren?'

'We hebben een testament gevonden, waarschijnlijk rechtsgeldig,' zei Marta. 'En we hebben de jurist gesproken die haar heeft geholpen met het opstellen ervan. De woning wordt verkocht en verschillende filantropische instellingen die Valborg heeft aangewezen delen in de opbrengst. Vooral instellingen die met het welzijn van kinderen te maken hebben. Ook haar contanten schijnt ze grotendeels aan zulke doelen te hebben besteed.'

In het bureau vond Konráð betalingsbewijzen die tot zeer ver in de tijd teruggingen. Oude belastingpapieren, kerstkaarten van collega's. Toegangsbewijzen van bioscopen en musea. Een lege blikken doos waarin snoepjes hadden gezeten, een spel kaarten, een brillenkoker.

'Wist hij niet iets over het kind dat ze had gekregen? Die jurist bedoel ik.'

'Die jurist is een "zij", en ze wist er niks van af, nee. Ze kende Valborg ook niet.'

Konráð trok nog meer bureauladen open.

'Ze was zelf toch geen lid van zo'n sekte, wel?' vroeg Marta. 'Zoek je daar soms naar?'

'Nee, ja, net zoals je wilt. Ik weet het niet. Ik denk van niet.'

'Hoe zit het eigenlijk met jou?' vroeg Marta. 'Jij gelooft helemaal niks, hè?'

'Nee.'

'Ik moest altijd naar de zondagsschool,' zei Marta terwijl ze haar stoomsigaret opdiepte, zoals Konráð haar e-sigaret soms noemde. 'Iets vervelenders dan dat kan ik me niet herinneren. Ik denk dat mijn vader en moeder me erheen stuurden om te kunnen... je weet wel... op zondagochtend...'

'Wat?'

'Je weet wel...'

'Wat dan?'

'Jezus, Konráð, moet ik het soms voor je uittekenen?'

'Wát dan?'

'Van dattum, snap je het nou? Ze déden het op zondagochtend! God, wat ben jij een debiel.'

Konráð glimlachte een beetje en ging door met het doorzoeken van Valborgs paperassen. Na een tijdje vond hij het wel mooi geweest en ging hij naar de slaapkamer, naar het toilet, opnieuw naar de huiskamer en ten slotte naar de keuken. Zoals hij dat in zijn tijd bij de politie wel vaker had ervaren voelde hij een beetje schaamte nu hij zo door Valborgs privéleven heen stapte, hoewel hij tegelijk wist dat dit een normaal onderdeel was van het politiewerk. In de keuken waren de kasten en laden eveneens doorzocht. Her en der lagen verpakte levensmiddelen; ze waren zelfs uit de koelkast gehaald.

'We hebben het hier nogal grondig bekeken,' zei Marta, die Konráð was gevolgd op zijn rondgang door de keuken.

'Ik zie het, ja,' zei Konráð.

'Als je me nou eens vertelde waarnaar je op zoek bent.'

Op de keukentafel lag een versleten plastic map met recepten. Konráð pakte hem; zo te zien had Valborg taartrecepten uit de dagbladen bewaard, tot het einde toe. Het nieuwste knipsel dateerde van een week voor haar dood en betrof een smakelijk ogende Amerikaanse appeltaart.

'Heb je dit gezien?' vroeg Konráð.

'Ja. Maar dat zijn toch gewoon recepten?'

Konráð wilde dat juist bevestigen toen hij tussen de keukenrecepten nog andere krantenknipsels ontdekte. Het verslag van een reis die Valborg kennelijk interessant had gevonden. Het beschreef de tocht van een echtpaar dat langs de Egyptische piramiden reisde. Een ander betrof het zakenleven. Dat ging over een jonge vrouw die met buitenlandse partners een farmaceutisch bedrijf aan het opbouwen was. Een foto erbij van haar en haar trots kijkende vader, haar ruggensteun.

Konráð staarde naar de foto. Keek toen weer naar de beschrijving van de woestijnreis. Het echtpaar bij de piramiden. Het was dezelfde man. Konráð keek naar de datum. Er zat acht jaar tussen de verschijningsdata van de twee artikelen, voor en iets na de eeuwwisseling.

Konráð legde de knipsels apart en haalde andere, nieuwere voor de dag. Die gingen weer over taart en over kruiden. Hij vroeg zich af of Valborg ooit iets met deze recepten had gedaan. Daarna vond hij het derde en jongste bericht over de familie. Dat ging ook over de dochter. Het was ongeveer twee maanden oud. De dochter had haar aandeel in het farmaceutische bedrijf aan de buitenlandse partners verkocht. Het bericht ging over de grote winst die dochter en vader hadden opgestreken in de weinige jaren dat ze eigenaars van het bedrijf waren geweest. De vader was deze keer niet in beeld. Alleen zij, gekleed in een chic, duur mantelpak met een beige bloes. Een moderne vrouw, die de teugels van haar bestaan vast in handen had en glimlachte tegen de wereld, zoals de wereld altijd tegen haar had geglimlacht. Haar armen over elkaar. Iemand die het in het zakenleven helemaal gemaakt had. De blijdschap over de verkoop straalde uit haar ogen.

'Heb je wat gevonden?' vroeg Marta, een rookwolk uitblazend. Op haar werk kreeg ze inmiddels al bijnamen vanwege die rookkolommen. Konráð wist niet of hij haar daar attent op moest maken.

'Weet jij iets van deze mensen?' vroeg hij. Hij reikte Marta de knipsels aan.

Marta bekeek ze, keek naar de datum en liet haar ogen over de tekst gaan. 'Nee, dat zegt me niks,' zei ze. Ze had nog een vage herinnering aan een reportage over het bedrijf, zoals het zich in de loop van de tijd ontwikkeld had. De eigenaars kwamen maar hoogst zelden in beeld in de media. Ze hadden niet zo zuinig verdiend aan die medicijnentroep. Zou dit het echte bedrag zijn? Had Valborg deze mensen gekend?

'Hoe oud is de vrouw op die foto volgens jou?' vroeg Konráð. 'De dochter van die man?'

'Dat weet ik niet,' zei Marta.

'Kan ze rond 1970 geboren zijn?'

'Zou kunnen, ja. Misschien, ik weet het niet. Bedoel je… Nee, denk je dat het haar kind is? De dochter van Valborg?'

'Ze heeft altijd gezegd dat ze niet wist waar haar kind gebleven was,' zei Konráð.

'Heeft ze dit in de krant ontdekt, volgens jou?'

Konráð gaf geen antwoord. Hij dacht aan Ísleifur in zijn kelderappartement.

'Deze knipsels hoeven daar niks mee te maken te hebben,' zei Marta. 'Helemaal niks.'

'Maar om een of andere reden heeft ze ze toch bewaard,' zei Konráð. Hij nam de knipsels weer van Marta over. 'Je zou er misschien eens onderzoek naar moeten doen. Die onderneming zit aan de Borgartún,' voegde hij eraan toe. Hij zag de naam voor zich van het farmaceutische bedrijf, gevestigd op de drie hoogste verdiepingen van het glazen paleis. Het bedrijf dat Ísleifur had bezocht, met een plastic tas in zijn hand.

39

Konráð had in zijn smartphone de naam opgeslagen van de medisch analist die jarenlang in het Rijksziekenhuis had gewerkt en mogelijk meer zou kunnen vertellen over Sunnefa, vanaf de tijd dat ze op de vroedvrouwenschool zat. Toen hij terugkwam van zijn bezoek aan Valborgs huis trok hij de naam na en vond hem in de telefoongids op zijn computer. De man had nogal wat naamgenoten, maar zijn beroep stond achter zijn naam vermeld, zodat het niet moeilijk was zijn telefoonnummer te vinden. Konráð toetste het nummer in, maar er werd niet opgenomen. Hij belde nog een keer en liet het signaal overgaan totdat de verbinding werd verbroken.

Het was al avond geweest toen Marta hem voor het flatgebouw gedag had gezegd. Ze wilde zo gauw mogelijk contact hebben met de mensen van dat farmaceutische bedrijf, zei ze. Hoewel ze nog niet helemaal overtuigd was had haar nieuwsgierigheid de overhand gekregen. Andere knipsels dan die uit Valborgs map met recepten waren niet te vinden. Konráð had haar nog niet over Ísleifur verteld, en over zijn tocht naar het glazen gebouw. Hij wist niet zeker of Ísleifur bij het farmaceutische bedrijf had moeten zijn en vond het beter daarover te zwijgen zolang hij hem niet uitvoeriger had gesproken.

Hij naderde de Vogarbuurt toen zijn telefoon ging. Het nummer herkende hij meteen.

'Er is naar mij gebeld vanaf dit nummer,' zei een mannenstem. 'Kan dat kloppen? Mijn naam is Þorfinnur.'

Konráð bedankte hem voor het bellen en vertelde wie hij was. Hij was, zei hij, op zoek naar informatie over een vrouw die vijftig jaar geleden op de vroedvrouwenschool van het Rijksziekenhuis had gezeten en die Þorfinnur misschien had gekend. Sunnefa heette ze. Zijn zoektocht had met een moordzaak te maken, de zaak-Valborg, zoals hij genoemd werd.

De beller was stomverbaasd toen hij dat allemaal hoorde, maar Konráð bleef nuchter en beantwoordde zijn vragen naar beste weten. De man kende de moordzaak uit de media; hij vond het heel bijzonder dat hij er op deze manier mee te maken kreeg. Maar hij wist niet met wie hij eigenlijk sprak, zei hij. En waarom het onderzoek naar de moord zich op Sunnefa richtte. Wat zij ermee te maken had. Ja, hij had haar inderdaad gekend. Konráð begreep zijn aarzeling wel, maar vroeg zich ook af of alle medisch analisten, of biomedisch assistenten, zoals ze tegenwoordig werden genoemd, even behoedzaam waren als ze met onbekenden spraken.

Het eindresultaat was dat de man ermee instemde hem te ontmoeten. Hij zei dat hij eerst in de binnenstad moest zijn voor een bespreking en noemde de naam van een restaurant waar ze daarna zouden kunnen gaan zitten. Hij was toch al van plan een hapje te gaan eten. Konráð bedankte hem voor zijn welwillendheid, verlegde zijn koers en reed naar de binnenstad, waar hij niet ver van de Austurstræti parkeerde. In het restaurant bleef hij bij de ingang staan en tuurde om zich heen. Hij kende de man uiteraard niet en moest er maar op vertrouwen dat hij er schaapachtig genoeg bij stond, daar bij de deur, om bij Þorfinnur een lichtje te laten branden. Zo ging het inderdaad, en de man wenkte hem naar zich toe. Ze gaven elkaar een hand en stelden zich voor. Ze waren ongeveer even oud. Þorfinnur was een zware man, die met een luide baritonstem zei dat hij een biefstuk had besteld. Een fles rode wijn stond al op tafel. Het leek Konráð, die meende dat hij wel iets van goede wijnen wist, geen slechte keuze: de man had in elk geval een wijn uit de Nieuwe Wereld besteld.

'Ik ken je nog van het journaal,' zei Þorfinnur, van zijn wijn nippend. 'Jij hebt toch heel lang bij de politie gezeten?'

'Ja,' zei Konráð.

'Rare zaak, daar met die gletsjer,' zei Þorfinnur. 'Geen wonder dat jullie er niet uit kwamen.'

'Kom je hier vaak?' vroeg Konráð. Hij had geen zin om die zaak te bespreken.

'Om je de waarheid te zeggen, ik ben niet lang geleden gescheiden,' zuchtte Þorfinnur, alsof hij wilde verklaren waarom hij zich midden in de week zo'n uitspatting veroorloofde. 'Na bijna veertig jaar. Zelf heb ik geen zin om te koken, ik kan het trouwens niet eens. Eigenlijk heb ik thuis nog nooit gekookt. Deed mijn vrouw altijd. Ik kan nauwelijks een ei bakken zonder dat ik me brand.' Hij lachte zo hard dat het gorgelend klonk.

Konráð glimlachte. Omdat hij de man niet onnodig lang bij zijn maaltijd wilde storen kwam hij ter zake en vroeg hem naar Sunnefa, die hij lang geleden had gekend.

'Ik was een beetje verliefd op haar,' zei Þorfinnur. 'We zijn zo'n drie of vier keer samen uit geweest. Hoe noemen de jongelui dat tegenwoordig? Daten? Nou, dan denk ik dat ik een keer of wat een date met haar heb gehad. Er is niks gebeurd. Ik weet nog dat ik haar een keer een zoen heb gegeven toen we uit de bioscoop kwamen. Zo ging dat toen.'

'Was dat nadat ze van school was weggestuurd?'

'Dus dat heb je ook al gehoord,' zei Þorfinnur. 'Nee, we gingen voor die tijd met elkaar uit. We waren allebei nieuwelingen in het Rijksziekenhuis en we hadden elkaar leren kennen via een vriendin van me, Pála. Ook een analist. Ze is pasgeleden gestorven, die beste meid.'

'Ik weet dat ik je er misschien een beetje mee overval, maar was jij op de hoogte van Sunnefa's houding ten opzichte van abortus?'

'Ja, daar verzette ze zich hevig tegen. Daarom is ze ook van school getrapt, dat wist ik, maar als we samen waren praatte ze er niet over. Pas later heb ik gehoord hoe ze zich gedroeg. Dat had ik totaal niet van haar gedacht, ik vond haar altijd een doodgewoon, evenwichtig meisje. Ik vraag me af of ze bij die school niet onnodig hard gereageerd hebben.'

Þorfinnurs maaltijd werd opgediend en de ober vroeg Konráð of hij de menukaart wilde inzien. Konráð zei dat hij niets hoefde te eten, maar bestelde een glas huiswijn. Þorfinnur vroeg beleefd of hij het niet erg vond dat hij op zijn biefstuk aanviel – hij was uitgehongerd. Hij bond een groot wit servet om zijn nek en streek het glad.

'Heb je Sunnefa nog gesproken nadat dat gebeurd was?' vroeg

Konráð. Van hem hoefde Þorfinnur zich niks aan te trekken, zei hij erbij.

'Ik geloof dat ze een tijd in het buitenland heeft gezeten,' zei Þorfinnur. 'Ik heb haar daarna nooit meer ontmoet. Ik weet eigenlijk niet eens wat ze is gaan doen. Ik denk nog maar zelden aan haar en ik hoor ook nooit meer wat over haar. Je kunt je voorstellen hoe verbaasd ik was toen je belde.'

'Ik heb begrepen dat ze heel gelovig was,' zei Konráð.

'Ja, dat was ze. Fanatiek gelovig. Ik was dat helemaal niet en ik vroeg me af wat bij haar zo de doorslag had gegeven. En wat ook een beetje raar was: ik ontdekte dat ze de Bijbel woord voor woord geloofde. En toen vertelde ze me dat ze de diensten van een sekte bijwoonde.'

'Weet je nog wat voor sekte dat was?'

'Nee, maar het was iets heel christelijks, die naam,' zei Þorfinnur. 'Ze zei dat ze tienden gaf aan haar gemeente. Tienden! Alsof ze nog in de middeleeuwen leefde. En alsof die gemeente niet financieel gesteund werd, hier vanuit Reykjavík, of vanuit Kopenhagen.' Þorfinnur lachte weer uitbundig, alsof hij nog nooit zoiets geks had gehoord. 'Hebben ze elkaar gekend?' vroeg hij. 'Sunnefa en die Valborg?'

'Dat denk ik wel,' zei Konráð. 'Wat later. Zo rond 1970. Valborg verwachtte een kind dat ze niet wilde. Misschien is Sunnefa toen met haar in contact gekomen.'

'En toen?'

'Weet jij nog of je Sunnefa ooit hebt horen praten over pleeggezinnen? Mensen die kinderen in hun gezin opnamen? Vrienden of kennissen van haar die ook zo dachten over abortus? Of mensen uit die gemeente? Mensen die pleegkinderen hadden?'

Þorfinnur dacht na. Hij fronste zijn wenkbrauwen en Konráð kon zien dat hij zijn best deed diep weggezonken herinneringen weer op te halen.

'Zoiets kan ik me niet herinneren,' zei Þorfinnur. Hij ging door met eten. 'Ik weet niks van haar vrienden. En zoals ik al zei, echt goed heb ik haar niet gekend.'

'Nee, en het is natuurlijk lang geleden. Maar er is nog een ander punt. Ik vraag me af,' zei Konráð, 'hoe Sunnefa in contact kon komen met zwangere vrouwen die abortus overwogen. Ze heeft haar opleiding nooit afgemaakt. Ze werkte niet op de afdeling gynaecologie. Hoe wist ze dan van hen af? Hoe wist ze hoe ze erover dachten? Want ze heeft zwangere vrouwen op andere gedachten gebracht en aan haar kant weten te krijgen. Ze heeft hen geholpen bij de bevalling en ervoor gezorgd dat de kinderen in pleeggezinnen kwamen.'

Þorfinnur keek op van zijn bord. Legde zijn mes en vork neer. Veegde zijn mond af met het servet en staarde Konráð aan. 'Vrouwen op andere gedachten gebracht?'

'Ja.'

'Die Valborg die nu dood is… Je denkt dat Sunnefa haar tijdens de bevalling heeft bijgestaan en het kind in een pleeggezin heeft ondergebracht?'

'Dat is zo ongeveer waar ik van uitga,' zei Konráð. 'Ik heb begrepen dat Sunnefa een heel goede verloskundige was.'

'Ja, dat was ze. En zoals gezegd haatte ze zwangerschapsonderbreking, zoals het tegenwoordig heet.' Hij glimlachte. 'Zo gaat dat. De medisch analist wordt biomedisch assistent. Nieuwe woorden voor nieuwe tijden.' Hij zweeg even en leek een inval te hebben. 'Maar dat moet toch ergens geregistreerd worden?' zei hij. 'Als kinderen in een pleeggezin worden geplaatst?'

'Als je wilt dat het geheim blijft valt dat natuurlijk te omzeilen. Daar bestaan heus wel methodes voor, al weet ik niet precies welke. In die tijd, zo rond 1970, ging dat ongetwijfeld makkelijker. Toen was het controlesysteem waarschijnlijk niet zo streng als tegenwoordig.'

'Nu je het erover hebt herinner ik me ineens dat Sunnefa een vriendin had die in het ziekenhuis werkte,' zei Þorfinnur. Hij pakte zijn mes en vork en ging verder met zijn biefstuk. 'Ik weet niet of die ook lid van die gemeente was, maar ze werkte in ieder geval wel in het ziekenhuis.'

'Een verpleegster? Een dokter?'

'Nee, niet iemand van het vak. Een secretaresse,' zei Þorfinnur. 'Op de afdeling gynaecologie. Hoe heette ze nou toch…?'

'Een secretaresse? Bedoel je dat…?'

'Ja, ze werkte op de administratie. Ze kreeg alle rapporten onder ogen. Heeft zelfs verschillende van die zwangere vrouwen gesproken. Denk je dat eens in. En zij en Sunnefa waren hartsvriendinnen.'

'Weet je nog hoe ze heette?'

'Nee, dat ben ik helemaal kwijt,' zei Þorfinnur. 'Namen ben ik na een uur alweer kwijt.'

40

Een zwak lichtschijnsel drong vanuit het kelderappartement in de Vogarbuurt naar buiten. Op de verdieping erboven was in de schemering het licht van een tv-scherm zichtbaar. Konráð liep naar de deur van het souterrain, die geen bel had en geen naamplaatje. Hij tikte op het eenvoudige glazen raampje in de deur. Het trilde in zijn sponningen toen hij aanklopte, en voor hij erop bedacht was verscheen Ísleifur in het halletje. Hij staarde Konráð door het glas aan en herkende hem direct.

'Ik wou je mijn excuses aanbieden voor mijn gedrag,' zei Konráð. Hij wist dat de man hem door het glas goed kon verstaan. 'Ik had geen enkele reden om me te gedragen zoals ik gedaan heb.'

Ísleifur keek hem uitdrukkingloos aan.

'Ik vond dat ik nog maar eens met je moest praten,' ging Konráð verder. 'Ik beloof je dat ik het netjes zal houden.'

'Ik heb met jou niks te bespreken,' zei Ísleifur. 'Wegwezen, jij. Ik wil je hier niet zien!'

Hij liep weer naar binnen.

'Huur je van de mensen hierboven?' riep Konráð.

Ísleifur bleef staan.

'Wat denk je, zouden ze al slapen?' zei Konráð. Zijn voornemen om Ísleifur omzichtig te behandelen was alweer in rook opgegaan en hij had de indruk dat hij hiermee een gevoelige snaar had geraakt. 'Ik wil wel even naar ze toe gaan om het een en ander over jou te vertellen. Of weten ze dat al? Dat van die vrouw in Keflavík. Over wat je haar hebt aangedaan? En dat het er weleens meer zouden kunnen zijn, vrouwen die allemaal hetzelfde hebben meegemaakt? Dat er een verkrachter in hun kelder woont?'

Ísleifur keerde zich naar hem toe. 'Ik heb niks gedaan,' zei hij door het dunne glas heen.

'Nee, de vrouw die jij verkracht hebt was natuurlijk een beetje in de war.'

'Ik heb niemand verkracht.'

Konráð zweeg en keek hem door het ruitje aan.

'Wat wil je nou eigenlijk van me?' zei Ísleifur. 'Ik heb je niks te zeggen. Waarom laat je me niet met rust? Ga weg. Laat me met rust!'

'Misschien moest ik toch maar met ze gaan praten,' zei Konráð omhoogkijkend. 'Wie weet maakt het ze geen barst uit aan wie ze verhuren, maar het kan net zo goed zijn dat ze er het fijne van willen weten. Hebben ze ook een dochter?'

Ze keken elkaar aan, gezworen vijanden, gescheiden door een breekbaar glazen ruitje.

'Ik wil niet dat je hier leugens over me rondstrooit,' zei Ísleifur. Hij deed de deur open.

Konráð stapte het halletje binnen, verder liet Ísleifur hem niet komen. Konráð sloot de deur achter zich en zo stonden ze in de donkere ruimte tegenover elkaar. Ísleifur snuivend, gebogen, met een stoppelbaard. Konráð op zoek naar antwoorden, hoewel hij nauwelijks wist welke vragen erbij hoorden. Hij had de oude aanklacht tegen Ísleifur gedeeltelijk gelezen, en de verklaring van de vrouw over wat er was gebeurd. Het waren twee totaal verschillende verhalen.

'Kun je me zeggen of je Valborg hebt gekend?' vroeg Konráð. 'Of die ooit je pad gekruist heeft?'

'Die vermoorde vrouw? Ik zou niet weten wie het was. Ik heb haar nooit gezien.'

'Kwam je voor de brand ook al in Glaumbær?'

'Daar kwam ik weleens, ja,' zei Ísleifur. Hij sprak zo zacht dat Konráð hem maar met moeite kon verstaan. 'En ik was echt niet de enige. Daar kwam toch iedereen?'

'Ze was serveerster daar,' zei Konráð. 'Kende jij een aantal van die meisjes?'

'Nee, geen een.'

'En je vrienden?'

'Mijn vrienden?'

'Ik neem aan dat je vrienden had.'

'Wat heeft dat er nou mee te maken?'

'Je hebt in Keflavík op het vliegveld gewerkt. Daar heb je toch zeker wel een paar vrienden gemaakt? Militairen misschien? Gingen die niet met je mee naar Glaumbær?'

'Je lult er maar een eind op los,' zei Ísleifur. Hij praatte nu nog zachter. 'Waarom zeg je niet gewoon waar je voor komt? Wou je soms zeggen dat ik die vrouw vermoord heb... die Valborg?'

'Heb je dat dan gedaan?'

'Nee.'

'Heb je het door een ander laten doen?'

Ísleifur schudde zijn hoofd.

'Weet je wie het dan wel kan hebben gedaan?'

'Ik weet niet waar je het over hebt. Ik ben nooit bij die vrouw in de buurt geweest. Van die hele zaak weet ik niks af.'

'Weet je of er in diezelfde tijd iemand in Glaumbær was die op haar loerde?' vroeg Konráð.

Ísleifur antwoordde niet. Konráð zag dat het hem was gelukt hem kwaad te maken.

'Kun je me dat zeggen?'

'Kan ik je wát zeggen?'

'Weet je of er iemand was die dat deed? Of was je het zelf? Heb jij Valborg verkracht, zoals je dat met die vrouw in Keflavík hebt gedaan?'

'Je bent een zak, jij.'

'Heb jij Valborg verkracht?'

'Hou toch je bek, man!'

'Ze heeft een kind gekregen,' zei Konráð.

'Daar weet ík niks van.'

'Ben je pasgeleden bij haar geweest? Heb jij haar overvallen?'

'Daar heb ik niks mee te maken,' zei Ísleifur. 'Daar heb ik geen ene moer mee te maken!'

'Was jij het?'

'Was ik wát? Deed ik wát? Wat wil je nou van me? Wat wil je dat ik zeg?' snauwde Ísleifur. 'Wat moet ik zeggen van je?'

'De waarheid.'

'De waarheid? Je bent een zak, dat is de waarheid. Wou je nog meer weten?'

'De waarheid over jou.'

'De waarheid over mij? Oké, laat me eens kijken wat ik je kan vertellen. Wat wil je graag horen? Die meid in Keflavík, die me aangeklaagd heeft, dat was een lekker ding. Een verdomd lekker ding.'

'Hoe bedoel je?'

'Dat het lekker was om haar te pakken,' zei Ísleifur.

Van Konráðs gezicht viel niets af te lezen.

'En ze was niet de enige,' zei Ísleifur. Hij begon nu heel zacht te
fluisteren. 'Het zijn er nogal wat geweest. Alleen waren die niet zo
stom als dat mokkel uit Keflavík. Die snapten tenminste dat ze hun
bek moesten houden. Dat ze hun bek moesten houden, begrijp je?'

'Wou je me nou vertellen dat…'

'Luisteren, sukkel!'

'Wou je zeggen dat jij haar verkracht hebt? En andere vrouwen?'

'Nee, ik zeg alleen maar dat het geen verkrachting was. Ze vroeg
erom,' siste Ísleifur. Hij kwam dichter bij Konráð staan. 'Ze vroegen
erom. Allemaal. Ze smeekten gewoon of ik hem erin wou douwen.
Omdat ze het zo lekker vonden. Ze vonden het maar wat lekker om
hem erin te krijgen!'

Hij gaf Konráð een harde zet, zodat die, voor hij zijn evenwicht
kon herstellen, met een hevige bons tegen de voordeur smakte.
Konráð greep Ísleifur, drukte hem tegen de muur en hield hem zo
vast. Ísleifur bood geen tegenstand, maar grijnsde; het was te zien
dat hij een aantal tanden miste. Konráð duwde hem walgend van
zich af, zodat hij tegen de binnendeur van het halletje terechtkwam.
Die sprong open en Ísleifur struikelde naar binnen. Bijna was hij op
de vloer gevallen.

'Wat deed je op de Borgartún?' vroeg Konráð. Ísleifur richtte zich
op en streek zijn kleren glad. 'Oplazeren, jij,' schreeuwde hij, maar
zijn stem brak, zodat het klonk als een vreemd gehuil. 'Loop naar
de hel! En zeg maar tegen die lui hierboven dat ze me de kont kunnen kussen. Stelletje smeerlappen! Vuile, verrotte smeerlappen!' Hij
haalde uit naar Konráð.

Toen Konráð kort daarna thuiskwam en in de eetkamer een fles
rode wijn uit de kast wilde pakken vond hij het vreemde stukje
hout van zijn vader weer terug. Het was op de vloer blijven liggen

nadat hij het tegen de muur had gegooid. Hij raapte het op en zag dat de veer, die al die tijd muurvast had gezeten onder het strakgespannen ijzerdraad, was losgeraakt. Hij bekeek het ding een tijdje en legde het daarna op de eetkamertafel. Vermoedelijk was de veer losgeschoten doordat het houtje tegen de muur was geknald of doordat hij erop had getrapt.

Konráð was blijkbaar niet in staat met Ísleifur te spreken zonder dat die gek werd van woede. Hij pakte de wijnfles en schonk zich een glas in, nog een beetje confuus en geschokt na het bezoek aan de kelderwoning. Niet bepaald een prettig mens, dat was alles wat hij ervan kon zeggen. Hij had bovendien de verkrachting in Keflavík toegegeven. Hij had laten merken dat hij zich aan nog meer vrouwen had vergrepen. Konráð zag geen reden om uit te sluiten dat Valborg er een van was geweest.

Hij had zijn glas snel leeg en vulde het opnieuw. Toen nam hij het houtje, liep naar de keuken en opende het gootsteenkastje waarin zijn afvalbak stond. Zonder erbij na te denken drukte hij met zijn duim op de veer, zodat die gespannen werd. Toen hij hem liet schieten sloeg de veer tegen de draad die tussen de twee spijkers was gespannen. Het gaf een wonderlijk geluid, vreemd en toch bekend.

Konráð bleef een hele tijd staan. Hij staarde naar het houtje, dacht dat hij het niet goed had gehoord.

Ten slotte spande hij de veer opnieuw, liet hem los en begreep eindelijk wat zijn vader had bedoeld toen hij zei dat hij nog nooit ergens zoveel mee had verdiend.

41

Het was hem de hele dag niet gelukt Eygló te pakken te krijgen. Onderweg naar het hospice in Kópavogur probeerde hij haar nog één keer op haar mobiel te bellen. Hij had ontdekt dat een van de vrouwen die vanaf 1970 op de administratie van de afdeling gynaecologie van het Rijksziekenhuis had gewerkt daar haar laatste dagen doormaakte.

Weer was het zijn vriendin Svanhildur geweest die hem te hulp was gekomen. Konráð was op zoek naar iemand van het kantoorpersoneel die zich had beziggehouden met de aanmeldingen en het archief. Svanhildur kende een medewerker op de personeelsafdeling van het ziekenhuis die de naam van de vrouw had gevonden. Ze had Konráð gevraagd aan niemand te vertellen hoe ze aan die informatie kwam.

Toen Konráð zijn nasporingen naar de vrouw begon kwam aan het licht dat ze al enige tijd daarvoor naar het hospice was overgebracht. Zo'n moeilijke en smartelijke periode zou Konráð liever niet verstoren, maar niet voor de eerste keer bleek zijn nieuwsgierigheid veel sterker dan zijn verstandelijke overwegingen. Veel speelruimte om zich erop te beraden had hij niet. Daar had hij te weinig tijd voor.

De vrouw stond met haar mobiele nummer in de telefoongids en toen hij belde nam haar zoon op, die vertelde hoe het met zijn moeder was. Konráð besloot open kaart met hem te spelen en vertelde dat hij bezig was met een onderzoek naar het kind van een kennis. Ze had dat kind afgestaan, mogelijk op aansporing van een vrouw. Die vrouw zou zijn moeder zich misschien nog kunnen herinneren; Sunnefa had ze geheten. Konráð benadrukte dat het om het jaar 1972 ging, lang geleden dus. Hij wees er ook op dat de kennis Valborg heette, en dat ze onlangs van het leven was beroofd.

De man bleek wat geschrokken van dit telefoongesprek, maar beloofde dat hij snel weer contact zou opnemen. Inderdaad belde hij kort daarna terug. Konráðs verzoek moest de belangstelling van zijn moeder hebben gewekt, want ze had erin toegestemd Konráð op korte termijn te ontmoeten.

In het hospice werd hij door de zoon ontvangen. Hij had zijn moeder zo goed mogelijk op het bezoek voorbereid, zei hij. De kwestie had haar nogal aangegrepen, en hij vroeg Konráð daarom of hij het kort zou willen houden. Hij zou er zelf bij aanwezig zijn en het gesprek onderbreken als hij vond dat dat nodig was. Konráð had daar geen enkel bezwaar tegen. Hij bedankte de man voor zijn hulp en verontschuldigde zich nogmaals voor de overlast die zijn onderzoek met zich meebracht.

De vrouw was de afgelopen dagen bedlegerig geweest omdat ze erg achteruit was gegaan, maar ze had gevraagd voor dit bijzondere bezoek aangekleed en in een rolstoel gezet te worden. Ze wilde de ex-politieman ontvangen met al de waardigheid die haar ziekte haar nog toeliet. Zo zat ze dan in haar lichte kamer, in een mooie bloes, een halsdoek eroverheen, zwakjes, met een dun stemmetje. Ze schudde hem de hand, Fransiska heette ze. Haar zoon ging op de rand van het bed zitten.

Konráð bedankte haar voor haar welwillendheid. Hij kwam direct ter zake en vroeg of ze zich een vroedvrouw herinnerde, of iemand die op de vroedvrouwenschool zat en Sunnefa heette.

'Ja, die herinner ik me nog. Alleen, ze was al voor 1970 gestopt,' zei Fransiska. Ze keek haar zoon aan, ze begreep goed waar het om ging.

'Precies,' zei Konráð. 'Ze kwam in moeilijkheden en toen hebben ze haar laten gaan. Heb je, of hebben jullie op de afdeling gynaecologie daarna nog contact met haar gehad?'

'Nee,' zei Fransiska nadrukkelijk. 'Ik niet tenminste. Als ik het me goed herinner kreeg je weinig hoogte van haar, en ze was niet… niet erg geliefd. Misschien moet ik dat niet zo zeggen, maar het was nog nooit gebeurd dat er iemand van de opleiding werd verwijderd. Het waren altijd heel degelijke meisjes die op de vroedvrouwenschool zaten. Vooral…'

'Ze was erg gelovig, heb ik begrepen,' zei Konráð. Hij merkte dat de vrouw snel moe werd en hij probeerde haast te maken. 'Ze was lid van een sekte. Weet je welke gemeente dat was?'

'Nee,' zei Fransiska vermoeid. 'Geloofskwesties heb ik altijd vervelend gevonden. Die interesseren me niet. Een leven na de dood? Als het afgelopen is, is het klaar. Je hebt aan mijn zoon verteld dat die vrouw die op zo'n verschrikkelijke manier omgekomen is, dat die... dat die haar kind had weggegeven.'

Konráð bevestigde dat.

'Omdat Sunnefa dat had gezegd?' zei Fransiska. Het was duidelijk te zien dat dit haar interesseerde.

'Dat is mogelijk.'

'En Sunnefa had gezorgd dat het in een pleeggezin kwam?'

'Ook dat is mogelijk.'

'Maar wat heeft dat te maken met haar einde? Van die vrouw? Die Valborg?'

'Dat weet ik niet,' zei Konráð. Hij keek de zoon aan, die hun gesprek misschien niet helemaal kon volgen. 'Ik betwijfel of er een verband is. Valborg heeft nooit geweten wat er van haar kind geworden is en daar wilde ze heel graag achter komen. Daarvoor is ze bij mij geweest. Maar ik... Daar ben ik toen niet aan begonnen.'

'En dat wil je nu goedmaken?'

'Ik wil dat kind vinden.'

'Dat is... mooi van je.'

'Ik heb er spijt van dat ik haar niet heb geholpen,' gaf Konráð toe.

De vrouw probeerde te glimlachen. Het leek alsof zelfs de kleinste beweging haar pijn deed.

'Herinner je je nog anderen met wie je hebt samengewerkt en die net zo dachten als Sunnefa? Die tegen abortus waren? Die gelovig waren? Of misschien wel lid waren van zo'n sektarische gemeente?'

Fransiska schudde haar hoofd. Haar zoon stond op van het bed en keek op zijn horloge, als teken dat het bezoek nu beëindigd moest worden.

'Ik heb begrepen dat Sunnefa op de administratie een goede vriendin had zitten.'

'Bedoel je... Regína...?'

'Regína?' zei Konráð.

'Ik weet nog wel dat ze goede vriendinnen waren, Sunnefa en zij. En het zou me niet verbazen als Regína ook niet bij de een of andere… sektarische gemeente had gezeten, zoals jij dat noemt.'

'Welke gemeente?' vroeg Konráð. 'Weet je dat nog?'

Fransiska gaf geen antwoord.

'Weet je nog welke gemeente dat was?'

De vrouw sloot haar ogen. Konráð had de indruk dat ze doodop was. Ze deed hem denken aan Erna in haar laatste levensdagen. Erna had steeds geweigerd naar een hospice te gaan. Ze wilde thuis sterven en Konráð had haar daarin gesteund.

Konráð keek de zoon aan, die een teken gaf dat het zo genoeg was.

'We kunnen nu maar beter stoppen,' zei hij terwijl hij zich over zijn moeder boog.

'Natuurlijk,' zei Konráð. Hij stond op. 'Nogmaals mijn excuses voor het storen. Jullie zijn buitengewoon behulpzaam geweest,' voegde hij eraan toe. Hij gaf Fransiska een hand.

Ze opende haar ogen en staarde hem aan. Toen fluisterde ze iets wat Konráð niet verstond. Hij boog zich naar haar toe.

'De Schepping,' zei de vrouw.

'De schepping?'

'Zo heette die gemeente van haar…'

'Nu ophouden,' beval de zoon. 'Het is genoeg zo. Ik moet je vragen te vertrekken.'

'In orde,' zei Konráð.

'Beste jongen…' fluisterde de vrouw.

Konráð boog zich naar haar toe.

'…vind… dat kind.'

Het onafgebroken zoemen van het verkeer op de Hringbraut drong zoals altijd door in de stille, vredige atmosfeer die op het kerkhof heerste. Eygló stapte over het pad, dat nog steeds vochtig was van de regen. Op weg naar het graf van Málfríður liep ze langs pas gedolven graven en met mos begroeide stenen en kruisen – versteend en verweerd verdriet. Ze had een paar rozen gekocht om op het graf te leggen en keek om zich heen of ze Málfríðurs vriendin zag, de vrouw met mantel en hoofddoekje die bij het graf had gestaan, de laatste keer dat Eygló op het kerkhof was geweest.

Nu was er niemand. Alleen zijzelf.

Eygló had drie witte rozen bij zich, die ze op het graf legde. Een voor de Vader, een voor de Zoon en een voor de Heilige Geest. Ze dankte God voor de vriendschap met Málfríður en bad weer voor een goed einde van haar reis.

Ze bleef een tijdje bij het graf staan, totdat ze het koud begon te krijgen. Uit het noorden was een frisse bries komen opzetten, en juist toen ze dacht dat ze maar beter naar huis kon gaan trok een steen achter het graf haar aandacht. Die stond daar, kaarsrecht, met de achterkant naar het hoofdeinde van Málfríðurs graf gericht, en er heel dicht bij in de buurt. Wanneer er een steen op Málfríðurs graf zou worden gezet zouden de twee stenen elkaar bijna raken.

Eygló liep stilletjes naar het andere graf om te zien wie daar lag. Toen ze het opschrift op de steen las sloeg haar hart een slag over. Ze zag de vrouw met de groene jas voor zich, die in het ziekenhuis bij Málfríður had gezeten en later hier op het kerkhof bij het graf had gestaan. Ze las de naam en herinnerde zich die weer. In de steen stond gegraveerd:

HULDA ÁRNARDÓTTIR
Geboren 7-9-1921
Overleden 28-1-1984

42

Sinds Marta het verzoek had gekregen even te wachten waren er twintig minuten voorbijgegaan en het langdurige overleg begon haar te vervelen. Een secretaresse had haar aangehoord en haar naar een vergaderruimte gebracht. Marta had haar komst niet aangekondigd en de secretaresse, een vrouw van rond de dertig, gekleed alsof ze zojuist voor de stewardessenopleiding was geslaagd, was verbaasd toen ze begreep waar Marta werkte. Het gebeurde niet elke dag dat de onderneming bezoek kreeg van de recherche en Marta nam aan dat de vrouw die hier de leiding had op het ogenblik probeerde te bedenken wat haar komst wel mocht betekenen.

Het ging goed met de zaken, dacht Marta. Ze bekeek de prachtige vergaderruimte met twee grote schilderijen van IJslandse meesters uit het begin van de vorige eeuw. Op de tafel stond een Italiaanse koffiemachine. Aan het plafond hing een moderne projector. De zaal lag op de hoogste van de drie verdiepingen die het farmaceutische bedrijf in het hoge gebouw aan de Borgartún tot zijn beschikking had. Nu het beter weer was geworden en de wolken waren wegtrokken had Marta een schitterend uitzicht over de Faxaflói, de Esja en de Skarðsheiði.

Eindelijk gebeurde er iets. De smaakvol geklede secretaresse verscheen weer en vroeg Marta nog een ogenblik te wachten; haar chef had het erg druk, maar ze had in haar agenda ruimte gemaakt om de politie te woord te staan. Ze had dit nog niet gezegd of de vrouw die aan het hoofd van het bedrijf stond verscheen al. Terwijl ze Marta een hand gaf verontschuldigde ze zich uitvoerig, vriendelijk glimlachend, warm, maar ook duidelijk gehaast, alsof ze deze onverwachte interruptie binnen een paar minuten wilde afhandelen. Ze was slank, droeg een nauwsluitende jurk en had donker, kortgeknipt haar. Mooie bruine ogen onder goed verzorgde wenkbrauwen. Ze liep tegen de vijftig en Marta vond haar sexy, onopzettelijk, zonder er iets voor te hoeven doen. Misschien checkte ze hoogstens af en toe even of haar haar goed zat. Ze heette Klara.

Of het nu kwam doordat het onderzoek haar had beïnvloed of niet, Marta meende soms in haar gezicht iets van Valborgs gelaatsuitdrukking terug te vinden.

'Neem me maar niet kwalijk,' zei Klara glimlachend. 'Het is een grote chaos hier. De nieuwe eigenaars gaan de zaak overnemen en voor het personeel is het dus een beetje een onrustige tijd. We proberen de overgang zonder onaangenaamheden te laten verlopen.'

'Helaas volg ik het zakenleven niet zo,' zei Marta naar waarheid.

'Maar daar wilde je me toch over spreken? Je bent toch van de afdeling economische delicten? Twee weken geleden hebben we bericht van jullie gekregen. Onze accountants hebben daarop geantwoord. Ik heb het er nog met ze over gehad. De belastingaftrek waar we mee rekenden...'

'Nee,' zei Marta. 'Ik kan je maar beter meteen onderbreken. Dat bedrijf van je interesseert me niet. Ik wil je spreken over dit hier.' Ze haalde fotokopieën voor de dag van de artikelen die Konráð in Valborgs huis had gevonden en legde ze voor Klara op tafel.

Klara bekeek ze. 'Wat... wat is dit?' vroeg ze verbaasd.

'Deze mensen herken je wel, hè?' zei Marta.

'Ja, natuurlijk. Dit zijn... dit zijn mijn ouders, op een reis naar Egypte die ze een keer hebben gemaakt. Het was de droom van mijn moeder om de piramiden te zien. Dat artikel kan ik me nog goed herinneren. Het stond in een reisblad... En dit is een interview met mij van toen we met de zaak begonnen.'

'En dat ben jij, samen met je vader op de foto?'

'Ja. En dan dit hier, een interview dat ik heb gegeven toen we het bedrijf zouden gaan verkopen. Deze foto heb ik thuis, ingelijst. Maar wat doe jij ermee? Wat doet de politie met die knipsels?'

'Die hebben we gevonden...'

De secretaresse verscheen in de deuropening en deelde Klara mee dat er naar haar gevraagd werd. Marta keek Klara aan en vroeg zich af of dit een van tevoren afgesproken onderbreking was, bedoeld om het onderhoud te verkorten. Ze glimlachte een beetje.

'Ja, ik kom eraan,' zei Klara. Ze keerde zich weer naar Marta. 'Waarom laat je me dit zien?'

De secretaresse verdween weer en Marta haalde een foto van Valborg tevoorschijn, die ze bij de knipsels op tafel legde. Het was de foto die de afgelopen dagen in de kranten had gestaan.

'Ken je deze vrouw?' vroeg ze.

Klara staarde naar de foto. 'Is dat niet... Is dat niet de vrouw van die overval... Die vermoorde vrouw?'

'Deze knipsels hebben we bij haar thuis gevonden,' zei Marta zonder omwegen. 'Tussen de recepten en zo. Het heeft een tijdje geduurd voordat we ze ontdekten. Meer knipsels uit bladen waren er bij haar niet te vinden. Alleen deze. Over jou. Weet jij hoe dat kan? Heb je enig idee waarom we dit bij haar hebben kunnen aantreffen?'

Klara keek beurtelings naar de foto en naar Marta en pakte toen het knipsel met de foto waarop ze de lezers zegevierend in de ogen keek. Toen ze Marta weer aankeek was haar gezicht één groot vraagteken. 'Ik zou het werkelijk niet weten,' zei ze. 'Is het niet gewoon toeval? Ik kende haar niet. Wij kenden haar niet. En mensen knippen nu eenmaal van alles uit de krant.'

'Dat is zo. Maar ze is geen familie van je?'

'Nee, zeker niet,' zei Klara. 'Tenminste, voor zover ik weet niet. Anders zou ik het echt wel geweten hebben,' voegde ze eraan toe. 'Ik heb geen idee waarom ze dit over ons heeft verzameld.'

De secretaresse kwam weer binnen en keek op haar horloge. Maar voor ze een woord kon uitbrengen zei Klara dat ze met rust gelaten wilde worden.

'Maar...' begon de secretaresse, alsof ze bezwaar aantekende.

'Nu niet,' zei Klara. 'Ik ben bezig.'

De secretaresse aarzelde even en liep toen de deur uit. Klara vroeg aan Marta of er nog meer te bespreken viel. Ze was een beetje nerveus, al probeerde ze dat niet te laten merken.

'Is het mogelijk dat je vader haar gekend heeft?'

'Brengen jullie die knipsels in verband met wat haar is overkomen?' vroeg Klara.

'Nee, nauwelijks,' zei Marta.

'Nauwelijks? Nauwelijks? Wat bedoel je daarmee?'

'Wíj zien geen verband,' zei Marta. 'Ik wilde je dit alleen maar voorleggen. Kijken of er een link is tussen die vrouw en jullie. Is je vader hier in het gebouw?'

'Nee, die is niet hier.'

'Waar kan ik hem te pakken krijgen?'

'Waarom doe je dit eigenlijk?' vroeg Klara. 'Wou je hém er soms mee lastigvallen? We kennen die vrouw niet en we hebben haar ook nooit gekend. Dat kun je echt van me aannemen.'

Ze probeerde overwicht te tonen, maar Marta merkte hoe zwaar dit gesprek haar viel. Het bezoek van de politie was een onprettige verstoring van een wereldje dat ze normaal volkomen onder controle had.

'Kun jij voor je vader antwoord geven?'

'We weten niet wie die vrouw is,' herhaalde Klara. 'Absoluut niet.'

'Vind je het dan ook niet vreemd dat ze dit heeft uitgeknipt en bewaard?'

'Ik weet niet wat de mensen denken,' zei Klara. Ze besloot het gesprek nu te beëindigen en gaf Marta een stevige hand, energiek als ze van nature was. 'Ik kan me hier helaas niet verder mee bezighouden. Hopelijk ben ik duidelijk genoeg geweest en worden we verder niet meer lastiggevallen met deze… eh… aangelegenheid.'

Marta liet haar hand niet los. Ze was nog niet helemaal klaar met haar missie. Graag had ze vragen gesteld over iets waarvan ze niet precies wist hoe ze het onder woorden moest brengen zonder de vrouw opnieuw nerveus te maken. De woorden lagen haar al op de tong toen ze zich realiseerde dat ze misschien te snel ging. Wellicht was het beter om nog even te wachten. Nog meer informatie te verzamelen, meer documenten in te zien voordat ze in Klara's leven een zo zware bom zou laten ontploffen.

Dus liet Marta de zaak voorlopig rusten, groette Klara en keek haar na toen die haastig de vergaderruimte verliet.

43

Een snelle zoekactie op internet leverde Konráð geen gegevens op over een geloofsgemeenschap of gemeente die zich De Schepping noemde. Er was genoeg te vinden over de schepping, zoals die in diverse religies werd beschreven. De schepping van het leven. De schepping van de mens. Maar niets over een gemeenschap die Schepping of De Schepping heette. De sekte was van ver voor het tijdperk van internet en sociale media, maar ook toen Konráð de belangrijkste dagbladen van rond 1970 doornam kon hij er niets over vinden. De leden schenen de gewoonte te hebben gehad zich ver van de media te houden en zich zo min mogelijk uit te breiden. Samenkomsten werden niet aangekondigd. Adressen waren nergens te vinden. Namen van gemeenteleden werden niet genoemd. Konráð nam aan dat het om een kleine gemeente ging, waarvan de leden weinig van zich lieten merken.

In de auto zat hij na te denken, over die gemeente, over geloofsgemeenschappen, over geloofsvragen en de grote plaats die ze konden innemen in het leven van individuen en in het wereldbeeld van de mensen. Hij was op weg naar een klein, vervallen huis in de wijk Grafarvogur. Zelf had hij nooit de behoefte gevoeld te geloven in de aanwezigheid van een god, in een goddelijke bescherming of in Bijbelwoorden. Hij had ook niet gezocht naar een ander heilig boek, een andere boodschap, een ander richtsnoer voor zijn leven. Hij wist dat zijn moeder op haar eigen manier gelovig was geweest, al ging ze nooit naar de kerk. Hij had graag het geloof van Erna willen bezitten, vooral nadat ze ziek was geworden. Allebei begreep hij ze, maar toch was hij dezelfde ongelovige gebleven als eerst.

Hij parkeerde voor het huis. Een koperen plaatje op de buitendeur toonde hem dat hij op het juiste adres was, al scheen er niemand thuis te zijn. Automatisch liep Konráð naar de achterkant van het huis. Een vrouw, een paar jaar jonger dan hijzelf, was daar in de tuin aan het opruimen. Ze droeg degelijke werkkleren en had een wollen muts op. Ze was bezig met de hark het bloembed rond een boom in orde te brengen en had losse takjes op een hoopje bij elkaar geharkt. Konráð wilde geen lawaai maken, haar niet storen, en keek toe hoe ze bezig was. De vrouw scheen het prettig werk te vinden, ze deed kalmpjes aan en leunde op de hark, te midden van wat ze bij elkaar haalde aan afgebroken takken, dorre bladeren en afval dat de wind de tuin in had geblazen. Er hing een stilte om haar heen die paste bij de eenvoud van die dagelijkse bezigheden.

'Regína?' zei Konráð eindelijk, terwijl hij dichterbij kwam.

De vrouw draaide zich om. Ze schrok niet, hoewel er een onbekende man haar tuin was binnengekomen. Ze hield op met haar werk, keek hem heel even aan en kwam toen naar hem toe.

'Ach, ik kan hier natuurlijk helemaal niet horen of er mensen aan de deur zijn,' zei ze. 'Daar had ik nou totaal niet aan gedacht.'

'Nee, en je moet je tuin toch bijhouden, hè? Net als alle andere dingen,' zei Konráð – hij moest toch iets terugzeggen.

'Fijn dat je er zo snel bent,' zei de vrouw. Ze gaf Konráð een hand, het leek alsof ze hem had verwacht. 'Zoiets gaat echt niet vanzelf over.'

'Wat bedoel je?' zei Konráð.

'Wel, de zilvervisjes natuurlijk,' zei de vrouw. Ze liep snel voor hem langs in de richting van het huis.

'De zilvervisjes?'

'Ben jij dan niet van de ongediertebestrijding?' zei ze terwijl ze zich omkeerde.

'Ongedierte… Nee, ik vrees dat je me voor de verkeerde aanziet,' zei Konráð. 'Maar jij bent toch Regína?' vroeg hij.

'Nou, wat… Wie ben jij dan?' zei de vrouw verbaasd. 'Ja, ik ben Regína. Kom je voor mijzelf?'

'Ik verzamel inlichtingen over een vrouw van wie ik denk dat ze met jou bevriend is geweest,' zei Konráð. 'Sunnefa, heette ze. Ik hoop dat jij me iets over haar kunt vertellen.'

De vrouw staarde hem aan. 'Sunnefa?'

'Jullie hebben elkaar toch gekend? In de tijd dat jullie allebei in het Rijksziekenhuis werkten? Ik heb begrepen dat jullie vriendinnen waren.'

'Ik heb in geen jaren iets over Sunnefa gehoord,' zei de vrouw.

'Nee, ze is natuurlijk alweer een hele tijd geleden gestorven,' zei Konráð.

De vrouw vroeg wie Konráð was en wat voor connectie er bestond tussen Sunnefa en hem. Ze kon haar verbazing maar moeilijk onderdrukken toen hij zei dat Sunnefa naar hij vermoedde een goede kennis van hem had geholpen bij een bevalling.

Op dat moment ging Konráðs mobiel. Het was Eygló, zag hij.

Hij verontschuldigde zich en zei dat hij deze oproep moest beantwoorden, waarop de vrouw zich terugtrok. Konráð had niet verwacht zo kort na hun laatste ruzie iets van Eygló te horen, maar die scheen alles te zijn vergeten. Ze zei er geen woord over en kwam meteen ter zake. Ze wilde hem die avond graag spreken en vroeg of hij bij haar in Fossvogur langs kon komen. Hij wilde haar ook graag spreken, zei hij, hij had iets ontdekt wat verband hield met hun vaders. Eygló werd meteen nieuwsgierig, maar hij kon er op dit ogenblik niet over praten. Ze spraken af elkaar die avond te zien en beëindigden het gesprek.

Regína had zich intussen op de achtergrond gehouden en toen Konráð zijn mobiel weer in zijn zak stak merkte hij dat haar houding veranderd was. Ze had niets te zeggen over Sunnefa, zei ze, en ze vroeg hem haar alleen te laten.

'Jullie waren toch heel goede vriendinnen?' zei Konráð.

'We kenden elkaar,' zei ze. 'Maar veel weet ik niet meer over haar. Ik ben bang dat ik je niet kan helpen. Helaas.' Ze strekte haar arm uit, als om aan te geven dat hij de tuin moest verlaten. 'Ik verwacht iemand in verband met die zilvervisjes.'

'Neem me niet kwalijk,' zei Konráð. 'Ik wou je niet laten schrikken, maar ik denk echt dat jij me kunt helpen aan de informatie die ik nodig heb. Het is een ernstige zaak. Ernstiger dan jij misschien vermoedt.'

Hij zag dat de vrouw niet wist wat ze ermee aan moest. Hij had de jarenlange stilte daar in de tuin verstoord. Hij voelde zich als de slang in het paradijs.

'Wat voor informatie?' vroeg Regína aarzelend.

'Over De Schepping bijvoorbeeld.'

'De schepping? Wat bedoel je daarmee?'

'Die gemeente.'

'Ge...? Dat is... Ach, daar weet ik niks meer van.'

'Ben jij daar lid van geweest?' vroeg Konráð.

'Ik snap niet wat jij daarmee te maken hebt,' zei Regína. 'Ik weet niet wie je bent of wat je wilt met al die vragen die je hier komt stellen. Ik zou graag willen dat je vertrekt en me met rust laat.'

Ze liep naar het huis en deed de achterdeur open. Maar ze zag dat Konráð niet vertrok en ook geen aanstalten maakte.

'Moet ik de politie bellen?' zei ze.

'Nee,' zei Konráð. 'Dat is niet nodig. Voorlopig niet tenminste. Maar het is wel mogelijk dat de politie binnenkort met jou wil praten.'

'Met mij? De politie?'

'Zoals ik al zei, het is een ernstige zaak. Die heeft waarschijnlijk te maken met de vrouw die niet lang geleden in haar huis is vermoord. Valborg, heette ze. Is dat een naam die je kent?'

De vrouw schudde haar hoofd. 'Van die moord heb ik gehoord,' zei ze. 'Maar wie ben jij?'

'Een goede kennis van haar,' zei Konráð. 'Valborg heeft me kort voor ze stierf om hulp gevraagd. Ze had een kind ter wereld gebracht dat ze niet wilde en dat ze bij de geboorte heeft afgestaan. Ze heeft het nooit gezien, en vroeg mij om het op te sporen. Ik had opeens zo'n idee dat jij me misschien wel kon vertellen waar het is terechtgekomen.'

'Dat kind?'

'Ik ben er tamelijk zeker van dat jouw vriendin heeft geholpen bij de geboorte,' zei Konráð.

44

Regína keek door het raam naar de takjes die ze op een hoop had geharkt. Naar de bomen die hun bladeren hadden laten vallen. Tot zo-even had ze alleen maar aan de herfstwinden gedacht. Ze probeerde haar tuin goed te onderhouden, vertelde ze Konráð. Regelmatig gras te maaien, de bloembedden te controleren, het erf schoon te houden en in de herfst het blad bij elkaar te harken. Iedere zomer bloeide alles in haar tuin dan ook prachtig en soms zat ze tijdenlang in haar tuinstoel naar het resultaat te kijken. Eigenlijk was de tuin haar enige interesse.

Ze had Konráð binnengevraagd en koffie voor hen beiden ingeschonken. Nu zaten ze in de kamer en keken uit op de tuin. Ze vertelde hem hoe fijn ze het vond erin te werken. Even daarvoor had ze hem in de keuken de plaats aangewezen waar ze een dood zilvervisje had gevonden. In geen jaren had ze die beesten gezien; ze was bang voor vochtschade.

Konráð luisterde, oefende geen enkele druk op haar uit en liet het aan haar over om verder te gaan over Sunnefa, de gemeente en Valborg. Lang hoefde hij niet te wachten; Regína nam de draad weer op.

Ze dronk een slokje van haar koffie. 'Ik was echt niet van plan om zo naar tegen je te doen, hoor,' zei ze verontschuldigend. 'Ik zou nooit de politie gebeld hebben.'

'Dat weet ik,' zei Konráð.

'Ik was destijds nog maar een kind,' zei ze. 'En het was een heel andere tijd. Op de een of andere wonderlijke manier zette ik me ertegen af. Al die vrijheid. Die vrije liefde. Je weet hoe dat was, toen. Die gemeente was een soort tegengif. Erg groot is die nooit geweest, dat kun je je wel voorstellen. Vandaag zouden het er misschien meer geweest zijn,' voegde ze eraan toe. Ze probeerde te glimlachen.

'En Sunnefa – was zij er ook bij?'

'Zij heeft me ertoe gebracht ernaartoe te gaan. We waren in dezelfde periode bij het ziekenhuis gekomen en werden direct goede vriendinnen. Ze had belangstelling voor geneeskunde en verpleging, maar wat haar het meest interesseerde was verloskunde; ze wilde vroedvrouw worden. Dat beroep had iets verhevens, vond ze, en daar had ze natuurlijk gelijk in. Vroedvrouw. Alleen al bij dat woord denk je aan iets goeds en moois.'

'En toen kwamen haar karakterfouten voor de dag?' vroeg Konráð.

'Ja. Ze raakte in conflict met de mensen van de opleiding, in het ziekenhuis. Op de afdeling gynaecologie. Eigenlijk sloot ze zichzelf buiten. Ze had van die ouderwetse ideeën over abortus of zwangerschapsonderbreking, in een tijd waarin de visie op die zaken volkomen veranderde en je vrouwen hoorde zeggen dat ze baas waren in eigen buik. In haar ogen was de pil vergif. Die hardheid was maar een deel van haar persoonlijkheid. Want verder kon ze heel lief zijn, en leuk, een goede vriendin. Ze was lid geworden van die gemeente en had mij zover gekregen dat ik meeging. De gemeente was opgericht door een echtpaar. Ik meen dat ze ooit in Amerika waren geweest en dat de man daar tot bekering was gekomen. Ze vonden dat er in deze tijd niet streng genoeg op al die losse zeden werd toegezien. Aan de Ármúli hadden ze een zaal gehuurd, herinner ik me. Zij speelde daar op de piano en hij hield een donderpreek. Sunnefa ook. Die zat tot over haar oren in dit soort christendom. Ze was op de middelbare school al lid geweest van de YWCA en van een christelijke jeugdbond.'

'Dus jij was het met haar eens? Over abortus?'

'Ja. Toen wel tenminste.'

'Ben je later van mening veranderd?'

'Ja.'

'Heeft Sunnefa je gevraagd informatie te geven over aanstaande moeders? Toen ze niet meer in het ziekenhuis werkte?'

'Ja, dat heeft ze inderdaad gedaan. Maar niet erg vaak.'

'Over degenen die abortus overwogen? Die waren er waarschijnlijk altijd wel.'

'Over vrouwen die om wat voor reden dan ook het kind niet wilden,' zei Regína, haar hoofd schuddend. 'Die het er niet met zichzelf over eens waren. Of het niet aankonden. Het was niet altijd makkelijk in die dagen.'

'En jij had toegang tot die informatie?'

'Ja, daar kon ik bij komen,' erkende Regína. 'Ik weet dat dat misbruik van vertrouwen was, maar daar zat ik in die tijd niet zo mee.'

'Waarom wilde Sunnefa gegevens over die vrouwen hebben?'

'Ze wilde met hen praten, zei ze. Ze wou hen alleen maar opzoeken, met hen praten en zien of ze hen kon laten... Ach, hoe zeg je dat... Of ze hen op andere gedachten kon brengen.'

'Of ze hen zover kon krijgen het kind toch te laten komen?'

'Ja. Ik zag daar niks verkeerds in. We hadden het erover gehad en keken er op dezelfde manier tegen aan.'

'Sunnefa schijnt nogal wat meer gedaan te hebben dan dat alleen,' zei Konráð.

'Hoe bedoel je?'

'Ik denk dat ze heeft geholpen bij de geboorte van een aantal van die kinderen.'

Regína staarde Konráð aan. 'Nee, dat kan niet,' zei ze.

'Ik heb iets anders gehoord.'

'Daar wist ik niks van,' zei Regína.

Ze keek naar de bomen in de tuin. Kale takken, die wachtten op de winter. 'En jij denkt dat Valborg een van die vrouwen was?' vroeg ze. 'Die ze ertoe gebracht heeft er nog eens over na te denken? En van mening is veranderd?'

'Ik vermoed van wel,' zei Konráð.

'Heeft het iets met de moord op haar te maken?' vroeg Regína aarzelend.

'Dat weet ik niet,' zei Konráð. 'Dat weet ik echt niet. Sunnefa schijnt haar kind in handen te hebben gekregen. Weet jij waar ze het heen kan hebben gebracht? Wie de pleegouders zijn geweest?'

Regína schudde haar hoofd.

'Heeft iemand van die gemeente het kind aangenomen?'

'Zoals ik al zei, ik weet daar niks van. Ik weet nog dat ik Sunnefa de namen van drie of vier vrouwen heb gegeven. Het waren er maar heel weinig. Ik heb maar een paar jaar in het ziekenhuis gewerkt, op het kantoor. En ik heb er verder nooit meer aan gedacht. Tot nu toe. Ineens ben jij er en je weet het allemaal veel beter dan ik.'

'Wist je dat ze het als een mogelijkheid zag? Zelf bij bevallingen assisteren en de kinderen op eigen houtje bij een pleeggezin onderbrengen?'

'Sunnefa was een zeer wilskrachtig iemand,' zei Regína. 'Ze kon je echt haar wil opleggen. En ze had zo'n sterke overtuiging. En toch… Ik kan nauwelijks geloven dat ze dat heeft gedaan. Ik hoop maar dat het niet zo is. Dan zou ik hebben deelgenomen aan iets wat ik niet wilde, iets waar ik me nooit voor zou hebben geleend. Ik moet er niet aan denken.'

'Je kunt je Valborg in dit verband niet speciaal herinneren?'

'Nee, de namen ben ik vergeten. Om je de waarheid te zeggen wilde ik me die ook niet herinneren. Ik wist dat ik de registers niet op deze manier mocht gebruiken. Ik wist dat ik de regels overtrad. Ik heb geprobeerd om er later niet meer aan te denken.'

Op dat moment ging de bel. Ze namen aan dat het iemand van de ongediertebestrijding was, die kwam kijken hoe het met de zilvervisjes stond. Ze stonden op en Regína liep met Konráð naar de voordeur. Halverwege zag hij op een kastje een ingelijste foto die hem al was opgevallen toen hij de kamer binnenkwam. Het was een meisje van zo te zien een jaar of zeven; de foto moest al vele jaren geleden zijn genomen. Iets in haar gezicht kwam hem bekend voor. Waarschijnlijk door Regína, dacht hij, maar daar was hij niet zeker van.

'Is dit…?'

'Mijn dochter,' zei Regína.

'Enig kind?'

'Ja.'

'En je hebt geen man?'

'We zijn gescheiden.'

De man van de ongediertebestrijding was een opgewekte figuur. Hij moest wel denken dat ze een getrouwd stel waren. Vanaf de stoep keek hij hen beurtelings aan en zag dat ze allebei ergens over tobden. En hij snapte best waarover.

'Zilvervisjes…?'

45

Enkele uitgeprinte A4'tjes lagen verspreid over de piano. Eygló had de klep opengedaan en sloeg met haar vinger de toets aan die had vastgezeten. Nu was hij weer los en hij liet een opvallend zuivere toon horen, in aanmerking genomen hoe de piano eraan toe was en hoe weinig hij werd gebruikt.

Ze dacht aan haar vriendin Málfríður en hoe ze elkaar voor het laatst in het ziekenhuis hadden gesproken. Eygló had geprobeerd zich elke kleinigheid van het bezoek weer te binnen te brengen, haar binnenkomst in de kamer, het gesprek en ten slotte het afscheid. Ze kon zich die beelden nog tamelijk helder voor de geest halen, vond ze eigenlijk. Maar het scherpst herinnerde ze zich de vrouw die op de stoel bij het bed zat: Hulda, zoals Málfríður haar genoemd had, haar oude vriendin, iemand die meer dan anderen in het leven na de dood geloofde.

Afwezig sloeg ze met haar wijsvinger de toets aan. Ooit had ze piano willen leren spelen en was ze naar een lerares gegaan. Ze was de veertig gepasseerd en wilde het instrument, dat onaangeraakt bij haar in de kamer stond, leren bespelen. Veel lessen waren het niet geworden. De pianolerares was een heel sympathieke, geduldige vrouw; ze woonde in Reykjavík-Oost. Eygló bezocht haar twee keer per week. De lerares had een aantal grondbeginselen met haar doorgenomen, en een van de dingen die Eygló had geleerd was dat de witte toetsen genoemd werden naar een aantal letters, die over het hele klavier werden herhaald. De toets helemaal links heette de A, en dan volgden de B, de C, de D, de E, de F en de G, waarna opnieuw de A kwam, enzovoort. De toets die had vastgezeten en weer was losgeraakt was een D.

Ze hoorde dat er op de deur werd geklopt. Blij dat Konráð bij haar langs zou komen liep ze naar voren en deed open. Het was al wat later op de avond. Ze begroette hem vriendschappelijk, denkend aan hun laatste ontmoeting, toen ze boos uit zijn auto was gestapt. Hij stond aarzelend op de drempel, zonder twijfel om dezelfde reden; alsof hij niet zeker wist hoe hij zou worden ontvangen. Maar die zorgen bleken onnodig. Eygló liet hem binnen en vroeg of hij zin had in een stuk kwarktaart. Die had ze eerder die dag gemaakt en smaakte heerlijk met witte wijn erbij, voegde ze eraan toe. Ze haalde een fles Nieuw-Zeelandse wijn uit de koelkast en schonk hem in. Konráð had trek, hij bedankte haar en deed zijn best de taart niet te snel naar binnen te werken. Die smaakte voortreffelijk, en de wijn paste er inderdaad uitstekend bij. Ze zaten in de keuken, Eygló schonk ook voor zichzelf een glas in en Konráð vertelde haar in grote lijnen welke mensen hij had gesproken in verband met de zaak-Valborg. Eygló wist niets van sekten en geloofsgemeenschappen, zei ze. Van De Schepping had ze nooit gehoord, alleen van de schepping in religieuze zin.

Langzaamaan bracht ze het gesprek op het conflictpunt van toen hij haar naar huis had gereden. Ze zei dat ze zich zijn instelling wel kon voorstellen; voor hem was het duidelijk dat hun vaders Stella met al hun leugens en bedrog allertreurigst hadden behandeld. Toch dacht ze dat Engilbert, haar vader, in elk geval iets had ervaren waarmee hij de vrouw geestelijk had kunnen helpen. Ze ging Konráð voor naar de kamer waar de piano stond, en begon hem te vertellen over de toets die had vastgezeten, zoals ze toevallig had ontdekt. Wat ze ook had geprobeerd, ze had hem niet los kunnen krijgen. Ten slotte had ze de piano dichtgedaan, was gaan slapen en had over Engilbert gedroomd. Haar vader had eruitgezien als een geestverschijning. Hij had bij de piano gestaan en keer op keer met zijn vinger dezelfde toets aangeslagen. Toen ze de volgende ochtend de kamer was binnengekomen stond de klep van de piano open en zat de toets weer los.

'Ik weet dat jij dit niet zo bijzonder vindt en dat je het allemaal best kunt verklaren, maar voor mij ligt dat anders. Ik ben me doodgeschrokken. Het visioen, of de droom – het was zo ontzettend naar. Hij zag eruit als een aangespoeld lijk en hij stond maar op die piano te beuken. Het was een en al woede en haat om hem heen.'

'Kan dat niet komen doordat je de afgelopen tijd zoveel aan hem hebt gedacht?' zei Konráð. 'Misschien wel meer dan ooit? Zou hij daardoor zo dicht bij je zijn?'

'Ik denk dat het allemaal met Stella te maken heeft. En daar heb ik geen goed gevoel bij.'

'Is het niet mogelijk dat je 's nachts je bed uit bent geweest en dat je het zelf hebt gedaan? Dat je slaapwandelend de klep hebt opengedaan en die toets hebt losgemaakt?'

Eygló glimlachte. 'Ik ben er echt niet op uit om een of andere logische verklaring te vinden,' zei ze.

'Nee, dat is in jouw wereld natuurlijk niet nodig,' zei Konráð. 'Maar wíj zitten maar met dat soort kleinigheden.'

'Ik ben geen vijand van je, Konráð,' zei Eygló. 'Ook ik wil er graag achter komen waarom je vader gestorven is. En hoe het kwam dat mijn vader een paar maanden daarna overleed. En wat die samenwerking van hen in die tijd inhield. Of iemand er de hand in heeft gehad dat het zo met hen is afgelopen. Ik ben even hard op zoek naar antwoorden als jij.'

'Ik wou niet vervelend tegen je doen,' zei Konráð.

'Ik moet denken aan Stella en misschien nog wel meer aan haar zoon,' zei Eygló.

'Die via de piano met zijn moeder moest praten?' zei Konráð.

Eygló knikte.

'Er komen nogal eens piano's aan te pas, hè?' zei Konráð.

'Ja, dat lijkt wel zo,' zei Eygló. 'Ik ben naar het kerkhof geweest, ik heb uitgezocht hoe die jongen heette, en de toets die vastzat in de piano...'

Konráð viel haar in de rede. 'Eygló, het is duidelijk dat ze een weerloze vrouw, die nota bene een groot verlies had geleden, hebben belogen en bedrogen. En jouw vader heeft er evenveel aan bijgedragen. Hij was geen haar beter. Ik weet hoe ze...'

'Zo kijk jij ertegen aan en dat respecteer ik,' zei Eygló. 'Maar je moet me toestaan mijn eigen standpunt te hebben, en dat net zo goed respecteren.'

'Ik weet hoe ze het gedaan hebben.'

'Ik ken jouw visie,' ging Eygló verder. Ze wilde dolgraag haar verhaal kwijt en luisterde niet naar wat hij wilde zeggen. 'Maar ik geloof dat sommigen van ons krachten kunnen ervaren die in ons leven aan het werk zijn en die het zelfs kunnen beïnvloeden. Geluiden. Geuren. Zichtbare dingen. Wat dan ook. Of het nu hersenspinsels zijn van de mensen zelf, die puur toevallig iedere keer goed passen bij de omstandigheden, of boodschappen ergens anders vandaan. Die vastzittende toets, hier in de piano, dat was een D. Stella's zoon heette Davið. Heeft dat ons iets te vertellen? Is dat dezelfde toets die de jongen thuis gebruikte om contact te maken...?'

Konráð haalde het houtje van zijn vader met het ijzerdraad en de veer uit zijn zak. 'Mijn vader heeft dit gevalletje altijd bewaard,' zei hij. 'Om een of andere reden hechtte hij er grote waarde aan. En ook ik heb, net zoals jij, aan de opvallende rol van de piano in die spookverhalen zitten denken. Aan Stella's piano. Aan deze, hier bij jou. En ik denk dat ik er nu achter ben wat er bij Stella thuis is gebeurd toen ze zeiden dat ze via dat instrument met haar zoon konden spreken.'

'Wat heb je daar?'

'Een dingetje van niks dat ik na de dood van mijn vader tussen zijn spullen heb gevonden,' zei Konráð. 'Ik heb het, met nog wat kleinigheden van hem, altijd bewaard. Waarom weet ik eigenlijk niet. Je verlangt natuurlijk net als iedereen een beetje terug naar je jeugd. Naar je vader, zelfs al was dat niet zo'n beste. Ik weet het niet. Mijn vader was nou niet bepaald een type waar je met een zekere warmte aan terugdenkt.'

Hij gaf Eygló het stukje hout aan. Ze draaide het tussen haar vingers om en om. De vorm ervan zei haar niets en ze had geen idee waarvoor het diende.

'Mijn vader zei op een keer tegen me dat hij nog nooit ergens zoveel geld mee had verdiend als met dit doodgewone, waardeloze prutsding. Ik denk dat hij het van een kapotte speeldoos heeft gemaakt. Net iets voor hem om zoiets mee te nemen naar een seance.'

'Ik begrijp niet welke kant je op wilt,' zei Eygló. 'Wat wil je nou eigenlijk zeggen?'

'Jij denkt dat Engilbert contact had met die jongen, hè?' zei Konráð.

Eygló gaf geen antwoord.

'En dat ze via de piano communiceerden?'

'Ik zei dat ik dat niet wilde uitsluiten. Ben je hiernaartoe gekomen om me belachelijk te maken?'

Konráð schudde zijn hoofd. 'Dat zou ik nooit doen. Maar dit ding heb ik meegenomen om je te laten zien dat Engilbert misschien toch niet beter was dan mijn vader.'

Eygló was geschokt en keek hem niet-begrijpend aan.

'Hij was net zo'n bedrieger, net zo onbetrouwbaar,' zei Konráð kwaad. 'Ze waren het allebei. Allebei even schuldig aan het exploiteren van het verdriet van die Stella. Het arme mens! Het leven aan gene zijde komt er totaal niet aan te pas. Dit hier, dit ding van niks dat je in je handen hebt, dat was nou dat hele leven aan gene zijde. Daar moet je maar eens aan denken als je nog een keer praat over...'

'Hoe kom je daarbij? Waarom zeg je...?'

'Ze hebben met Stella's emoties gespeeld. Met behulp van een ouwe muziekdoos.'

Konráð merkte dat hij te ver gegaan was en bond in. Hij wilde niet vervelend zijn. De mensen konden er hun eigen mening op na houden, daar hoefde hij zich niet mee te bemoeien. Van hem mochten ze rustig geloven wat ze wilden.

'Neem me niet kwalijk,' zei hij. 'Ik had me niet zo moeten laten gaan. Ik vond het gewoon niet prettig toen je zei... Jouw vader was ook geen heilige.'

'Wat is dit?' vroeg Eygló. Ze staarde naar het ding. 'Waar dient dit eigenlijk voor?'

'Span die veer maar eens en laat hem dan los,' zei Konráð. Hij liet haar zien hoe het ding werkte.

'Hoe... Zo?'

Eygló aarzelde heel even. Toen deed ze wat hij had gezegd. Op het moment dat ze de veer losliet hoorden ze een eenzaam, dof geluid, zeer sterk gelijkend op een valse toon van een piano.

46

Het was alsof de bodem uit hun gesprek was gevallen, en na enige aarzeling zei Konráð dat het tijd werd. Het was al laat en hij wilde haar niet van haar slaap beroven. Eygló had het apparaatje in haar handen en sloeg afwezig, helemaal in haar eigen wereld, op de veer. Konráð keek naar de A4'tjes op de piano. Hij had het idee dat het herdenkingsartikelen waren.

'Dank je wel dat je gekomen bent,' zei Eygló ten slotte. 'Je hebt gelijk, het is alweer laat.'

'Ik hoop niet dat ik...' Konráð zocht naar de goede woorden. '...dat ik al te bot ben geweest. Dat was niet mijn bedoeling.'

'Nee, natuurlijk niet,' zei Eygló. 'Het is al laat,' herhaalde ze. 'Je kunt nu beter gaan.'

Maar Konráð kwam niet van zijn plaats. Hij wilde niet weggaan nu ze zo verdrietig was.

'We kennen dit soort streken natuurlijk,' zei Eygló, terwijl ze hem het houtje teruggaf. 'Feitelijk stonden ze erom bekend.'

'Het is ongetwijfeld een idee van mijn vader geweest,' zei Konráð.

'Nee, ze zaten er allebei duidelijk tot over hun oren in,' zei Eygló. 'Ik weet niet hoe ik kon denken dat Engilbert minder diep gezonken was. Ik hoopte dat je vader het hele spul georganiseerd had en dat Engilbert misschien had geprobeerd bij al die smerige trucjes wat tegenwicht te bieden. Dat hij had geprobeerd een beetje eerlijker te zijn. Hij was helderziende. Dat weet ik. Ik meende dat hij altijd probeerde eerlijk te zijn in zijn optreden. Maar misschien was dat alleen maar voor mij bedoeld. Hij heeft het er tenminste bij me ingestampt. Hij wist wat ik voor iemand was, dat ik op hem leek en hij leerde me daar niet bang voor te zijn. Ik moest eerlijk zijn, zei hij, dan kwam het allemaal goed.'

Konráð wist niet wat hij moest antwoorden.

'Ik dacht dat het recht uit zijn hart kwam wat hij zei,' ging ze door. 'Die arme Stella,' vervolgde ze. 'Ze is een kapitaal kwijtgeraakt aan die twee, dat kan niet anders.'

'Ik wou niet… Het is naar om je zo'n teleurstelling te bezorgen,' zei Konráð. 'Als ik had geweten…'

'Nee, het is goed om het zo helder uitgesproken te horen worden; iets anders had niet gekund,' zei Eygló. 'In die tijd is hij verschrikkelijk gaan drinken. Ik weet niet of dat een soort excuus is voor wat hij heeft gedaan. Stella… Hansína… God mag weten of er nog meer waren.'

'Ze hebben er in ieder geval geen vrienden mee gemaakt, zoveel is wel duidelijk,' zei Konráð. 'Verzamel je herdenkingsartikelen?' Hij wees op de papieren op de piano. 'Hulda – wat voor vrouw was dat?' vroeg hij, terwijl hij begon te lezen. 'Kende jij haar?'

'Dat interesseert jou toch niet,' zei Eygló.

'Gaat het soms over seances?' vroeg Konráð.

'Ze was een jeugdvriendin van die Málfríður over wie ik je verteld heb. Ze hebben samen in de Society for Psychical Research gezeten.'

'Kende je haar?'

'Nee,' zei Eygló. 'Ik heb haar nooit ontmoet. Málfríður heeft een herdenkingsartikel over haar geschreven. Dat vond ik op internet. Een heleboel mensen hebben over haar geschreven. Dat ben ik zo'n beetje aan het verzamelen.'

'Waarom? Ze is toch al jaren geleden gestorven?'

'Ik wou zien wat Málfríður over haar te vertellen had, meer niet. Maar dat zijn dingen die jou niet interesseren.'

'Gaat het een beetje met je?'

'Maak je over mij maar geen zorgen,' zei Eygló.

Ze namen afscheid en nadat Konráð was vertrokken ging ze een poosje achter de piano zitten. Ze had hem graag willen vertellen over wat ze op het kerkhof had beleefd, en over haar belofte aan Málfríður dat ze open zou staan voor boodschappen. Maar inmiddels wist ze beter dan ooit dat het geen zin had om met Konráð over zulke dingen te praten. En in al hun discussies had hij de bovenhand gekregen.

Ze had geprobeerd met de verhalen die voor haar belangrijk waren begrip bij hem te kweken. Hij had ernaar geluisterd en zijn best gedaan interesse te tonen, maar de onderzoeker in hem stond hem niet toe verder te gaan dan dat. Uit zijn reacties viel af te lezen dat wat zij zag en hoorde en vond naar zijn mening haar eigen waanvoorstellingen waren, die zich zo krachtig aan haar openbaarden dat ze erin was gaan geloven. Dat had volgens hem meer te maken met haar geestestoestand, zeker in tijden van spanning, zoals na een overlijden, dan met een of andere niet in woorden te vatten verborgen wereld.

Eygló pakte de herdenkingsartikelen en begon ze door te kijken. Het stuk van Málfríður was verschenen in de *Íslendingaþættir*, destijds een bijlage van een van de dagbladen, die uitsluitend herdenkingsartikelen bevatte. Daar werd vroeger nogal de spot mee gedreven, herinnerde Eygló zich: de bijlage werd 'de dooienkrant' genoemd. Ze glimlachte een beetje. Zij hield wel van die oude gewoonte om door middel van een herdenkingswoord in de kranten afscheid te nemen van je dierbaren. Voor velen was dat een deel van de rouwverwerking.

Málfríður schreef dat Hulda haar jeugdvriendin was geweest, vanaf de tijd dat ze opgroeiden aan de Laugavegur, niet ver van de plek waar de oude kweekschool had gestaan. Dames uit Reykjavík tot in de toppen van hun vingers, schreef Málfríður trots. Ze waren samen door het leven gegaan, allebei met een onblusbare interesse in geesten, verhalen over geesten en over het leven hierna, allebei leden van de Society. Ze hadden talloze seances bezocht en veel meegemaakt wat ooit voor hen zou worden verklaard. Ze hadden veel gesproken over het leven na de dood en waren er beiden van overtuigd geweest dat zo'n leven bestond. Málfríður was er zeker van dat Hulda op haar wachtte wanneer haar laatste dagen zouden aanbreken en dat ze naast haar een plaats zou krijgen op het kerkhof aan de Suðurgata. Zo zouden ze voor eeuwig samen zijn.

Eygló bekeek de foto van Hulda bij het artikel. Er was geen twijfel over mogelijk dat ze dezelfde vrouw op het kerkhof bij Málfríðurs graf had zien staan. Ze hadden zelfs met elkaar gepraat. Eygló probeerde zich de zin ter herinneren die Hulda had uitgesproken. Ze had die niet goed gehoord omdat er op hetzelfde moment een toerist langs was gelopen die de weg had gevraagd. Toen ze zich weer naar het graf had gekeerd was de vrouw verdwenen en de zin onafgemaakt in de lucht blijven hangen: 'Wat ze zocht…'

'…heeft ze nu gevonden,' fluisterde Eygló.

Ze schudde haar hoofd, stond op en pakte haar jack, dat nog in de keuken over een stoel hing. Ze liep ermee naar de garderobekast bij de voordeur. Ze vond een klerenhanger en toen ze het jack ophing viel haar oog op een zeegroene mantel die ze in de kersttijd van 1971 had gekocht, maar nooit had gedragen. De mantel zat in een kunststof hoes en zag er nog even nieuw uit als toen ze hem had gekocht. Uiteindelijk was ze niet gelukkig geweest met deze aankoop. Het was een mooi kledingstuk en het stond haar goed, maar ze voelde zich er niet prettig in – ze kon niet zo goed uitleggen waarom. Ze had hem in de Kjörgarður aan de Laugavegur gekocht, daar had je destijds allerlei zaken. Toen ze ermee naar de uitgang liep had ze een winkelmeisje horen zeggen dat het om een niet-afgehaalde bestelling ging.

Eygló deed de kastdeur weer dicht. Ineens wist ze weer waarom ze de mantel nooit droeg. De weinige keren dat ze hem aan had getrokken had ze het wonderlijke gevoel gekregen dat ze er niet de wettige eigenaar van was.

47

De enige echt gelovige man die Konráð kende was de ziekenhuispastor, die hij had leren kennen toen Erna ziek was. Hij deed zijn
werk zonder al te veel plechtstatigheid en ondernam, als ze in de
gangen van het ziekenhuis met elkaar over die laatste dagen praatten, geen pogingen de atheïst Konráð aan zijn zijde te krijgen. Het
uitvoerigst sprak hij over de dagen die zouden volgen en over de
uitvaart. Erna had die overigens zelf al tot in de puntjes geregeld.
Later leidde hij Erna's begrafenis en sindsdien hadden ze elkaar regelmatig ontmoet – ze konden goed met elkaar overweg. De dominee bleek tamelijk goed op de hoogte van sekten en religieuze
gemeenschappen, waaronder ook de gemeente die ooit in de stad
had bestaan onder de naam De Schepping.
    Zo wist hij Konráð te vertellen dat de stichter een drinkebroer
was geweest die naar de Verenigde Staten was vertrokken in de tijd
dat het onder IJslandse alcoholisten mode was om daar te gaan
afkicken. Daar leerde hij tv-evangelisten kennen, begon hun bij-
eenkomsten te bezoeken, meende dat hij het licht had gezien en getuigde van zijn visioenen. Hij bekeerde zich, ontving de doop door
onderdompeling en keerde naar IJsland terug, dorstiger naar Gods
Woord dan hij ooit naar iets anders was geweest.
    Hij werd actief in een aantal IJslandse religieuze kringen, maar
slaagde er nergens in invloed te krijgen. Totdat hij zijn eigen gemeente stichtte. Hier had hij de naam een welbespraakt prediker
te zijn, die vaak sprak over de zwakheid van de mens, waarbij hijzelf en zijn gemeente veelvuldig de naam Jezus aanriepen. Hij legde
mensen de handen op en maakte bekend dat hij uit kracht van God,
Jezus Christus en de Heilige Geest de gave had zieken te genezen.

Zijn missie bedreef hij vanuit een woning in de Álfheimar. Vanwege die straatnaam kreeg hij van degenen die niet aan zijn kant stonden algauw de bijnaam Álfheimar-Jezus.

Tegelijkertijd ging het gerucht dat hij een vrouwengek was. Dat was hij in zijn dronkenmanstijd ook geweest, en in dat opzicht bleek hij niet veranderd, al was hij dan specialist geworden in alles wat deze verboden vruchten betrof. Ondanks al zijn godsdienstigheid had hij affaires met getrouwde vrouwen uit zijn gemeente. Toen de hoorndragers onder de gemeenteleden erachter kwamen was er wat herrie in zijn kudde geweest, maar verder ging het hem uitstekend en zijn zending bloeide.

Totdat hij weer begon te drinken.

De ziekenhuispastor kende geen details, maar de man had toen de drankduivel opnieuw bezit van hem had genomen het een en ander gedaan wat het daglicht niet kon verdragen. Onthuld werd dat hij zich had schuldig gemaakt aan verduistering, belastingontduiking en vervalsing van documenten om maximaal te kunnen profiteren van de gemeente en de gemeenteleden, onder andere door zich de huizen van oudere mensen toe te eigenen. Hij werd veroordeeld en zat een paar maanden vast. Maar God had het afgedwaalde schaap niet helemaal in de steek gelaten, want in de gevangenis aan de Skólavörðustígur bekeerde hij zich voor de tweede keer, liet zich met water overgieten en hervond ook zijn genezende kracht. Nog maar net had hij de gevangenis verlaten of hij stichtte al een nieuwe beweging. Dat was De Schepping.

Er was iets veranderd. Op zedelijk gebied toonde hij geen enkele slapheid meer. De drank had hij helemaal afgezworen en hij was een streng asceet geworden, die zijn gemeente zorgzaam leidde. Hij had het niet zo vaak meer over vergeving van zonden en zat niet meer achter de vrouwen aan. Zijn donderpreken gingen nu over promiscuïteit, een praktijk die in die jaren, toen overal de vrije liefde werd bedreven, bij velen grote verontwaardiging wekte. Hij waarschuwde voor de vrijheid van de vrouw op allerlei gebied en was een fel tegenstander van abortus. Die werd toen hoe langer hoe meer toegepast, wat natuurlijk paste bij de grote vrijheid van die tijd.

De dominee, die dit alles op een tamelijk luchtige toon aan Konráð vertelde, wees er evenwel op dat de man – hij had hem een paar keer ontmoet – een kleurrijke figuur was geweest, die als leidsman van zijn gemeente in deze tweede periode van zijn bekering grote invloed had uitgeoefend. Hij wist heel goed te peilen wat er in zijn gemeente leefde en had gevoel voor stromingen en richtingen die de mensen aanspraken. En hij wist de juiste toon te treffen als hij ontevredenheid of ontstemdheid onder zijn gemeenteleden aan de orde moest stellen. Zo had hij meer aanhangers bij elkaar gekregen dan ooit tevoren. De gemeente was gegroeid en tot bloei gekomen en dat was nogal gaan opvallen, zelfs onder mensen die zich voor dat soort dingen het minst interesseerden. Dit ging zo door totdat de stichter op tweeënzeventigjarige leeftijd onverwacht in zijn huis aan een hartaanval overleed.

Hij was zo'n alleenheerser geweest dat niemand ertoe kwam de fakkel van de overledene over te nemen. Er werden wel een paar pogingen in die richting gedaan, de meeste op initiatief van zijn weduwe, maar met het werk van de gemeente ging het langzaam maar zeker bergafwaarts. De leden die het niet meer zagen zitten zochten in de loop van het volgende halfjaar andere gemeenschappen op, totdat er niets meer over was van de gemeente die eens De Schepping had geheten, en die in de gevangenis aan de Skólavorðustígur was ontstaan.

Konráð dacht over dit alles na toen hij op weg was naar een van de zonen van de stichter, een man die golf- en voetbalreizen organiseerde. De dominee kende hem omdat hij twee keer aan een van zijn golfreizen had deelgenomen, waarbij alles waarover was onderhandeld voor de volle honderd procent was nagekomen. Voor nadere informatie over de stichter moest Konráð bij die zoon zijn, had de dominee gezegd. Hij bood zelfs aan met de man te gaan praten en een ontmoeting te arrangeren en Konráð was daarop ingegaan.

De man verwachtte hem; hij kon zijn nieuwsgierigheid niet bedwingen, want de dominee had hem in grote trekken verteld waarover het ging. Het gebeurde niet elke dag dat een voormalig politieman vragen over zijn vader kwam stellen, en al helemaal niet als die te maken hadden met zoiets tragisch als de moord op die vrouw in de flat.

'Was zij lid van de gemeente?' vroeg de man. Hij heette Einar, was ergens in de zestig, en had een zongebruind gezicht, alsof hijzelf net terug was van een van de golfreizen die hij verkocht.

'Nee, lid was ze niet,' zei Konráð. 'Ik weet niet of ze je vader heeft gekend. Was het een grote gemeente? Volgde jij wat ze deden?'

'Nee, helaas. Ik ben natuurlijk opgegroeid in die door en door gelovige atmosfeer, maar ik heb er nooit wat mee gehad. Van mijn vader moest ik mee naar de samenkomsten, maar ik voetbalde liever. Hij liet ons voor de gemeente zingen; zo zette hij ons in voor zijn missie als hij dat nodig vond. Maar zodra je oud en zelfstandig genoeg bent ga je je daartegen verzetten. Met andere woorden: ik ben al heel vroeg het huis uit gegaan.'

De man glimlachte en vroeg voor de vorm of Konráð zich interesseerde voor voetbal- of golfreizen. De mogelijkheden waren tegenwoordig enorm, en misschien wel groter dan hij zich kon voorstellen. Konráð zei dat hij het Engelse voetbal goed volgde, maar golf totaal niet, en dat hij nu wist waar hij moest zijn als hij een voetbalreis wilde maken.

'Je kunt ons gewoon via internet bereiken,' zei de man glimlachend. 'Tegenwoordig gaat alles via internet. Er komt geen kip meer hier, zoals je ziet,' voegde hij eraan toe, terwijl hij zijn blikken door het lege kantoor liet gaan. 'Eigenlijk wel een beetje raar.'

'Werd er iets aan kinderkerk gedaan in de gemeente?' vroeg Konráð om weer ter zake te komen.

De man moest erover nadenken. Het werk van zijn vader in de gemeente had hem duidelijk weinig geboeid. Hij verontschuldigde zich; het was zo lang geleden dat hij met zijn broertjes en zusjes voor de mensen stond te zingen. Ja, hij herinnerde zich vaag dat er iets voor de kinderen gedaan werd, speciaal rond Kerstmis en Pasen, dacht hij. Hij had ook wel kinderen van gemeenteleden leren kennen, maar nee, daar had hij geen contact meer mee. Hij was om de waarheid te zeggen niet meer zo erg met die tijd bezig. In het voorbijgaan vertelde hij nog dat zijn vader twee kinderen had bij zijn eerste vrouw en na zijn scheiding nog eens vier bij de tweede.

'Was dat jouw moeder?' vroeg Konráð.

De man antwoordde bevestigend.

'Nam je moeder deel aan het gemeentewerk, of hield ze zich meer met het huishouden bezig, zoals dat ging in die tijd?'

'Nee, ze deed mee,' zei Einar. 'Met een enorme energie. Ze hield zo ongeveer alles in de gaten: ons kinderen en haar man, en ze was de motor van alles wat er in de gemeente gebeurde. Ze bakte, maakte broodjes klaar, zette koffie, schonk in. Een mens dat tegen een stootje kon en voor honderd procent christen was. Ze deed de voorbeden en nam veel van het werk op zich.'

'Weet je nog hoe de mensen in de gemeente over abortus dachten?'

'Die waren daar fel tegen,' zei Einar. 'Ze haatten het. Dat gold al helemaal voor mijn moeder. Ik denk dat ze in dat opzicht veel invloed op mijn vader gehad heeft. Zij was het vooral die hem stof leverde voor op de preekstoel. Ach, dat ouwe mens – ze is alweer zoveel jaren dood.'

'Zijn er weleens mensen bij haar of bij allebei je ouders geweest die op dat punt nog aarzelden? Aanstaande moeders misschien, die twijfelden of ze hun kind moesten laten komen?'

'Dat denk ik wel,' zei Einar. 'Eigenlijk weet ik het wel zeker, al kan ik me geen concrete voorbeelden herinneren. Ik weet dat er mensen naar hen toe kwamen om advies te vragen. Of omdat ze financiële problemen hadden. En ja, beslist ook aanstaande jonge moeders. En alcoholisten. En mensen die geestelijke steun zochten.'

'Herinner je je een vrouw die Sunnefa heette?'

'Sunnefa?'

'Volgens mij was ze lid van de gemeente.'

'Kan dat een verpleegster zijn geweest, of iets dergelijks?'

'Ze was opgeleid tot vroedvrouw.'

'Ik herinner me dat mijn moeder een vriendin had die zo heette. Die was lid van de gemeente en toen we nog klein waren paste ze weleens bij ons op. Sunnefa? Dat moet ze geweest zijn, vast en zeker. Wat is er van haar geworden? Ik heb in geen eeuwen meer iets over haar gehoord.'

'Ze is lang geleden gestorven,' zei Konráð. 'Ze zat op de vroedvrouwenschool, maar kwam in conflict met de school en de schoolleiding. Ze was fel tegen abortus, net als je moeder. Dat hadden ze met elkaar gemeen.'

'Maar wacht eens, ik begrijp het niet helemaal,' zei Einar. 'Wat heeft dat te maken met die vermoorde vrouw? Die Valborg? Hoe komt zij in dit verhaal terecht? Ze was geen lid van de gemeente, zei je.'

'Ze kende Sunnefa,' zei Konráð. 'Vanaf 1970. Valborg was zwanger. Het kan zijn dat Sunnefa bij de bevalling heeft geholpen en het kind bij een pleeggezin heeft ondergebracht. Dat moet in het geheim gebeurd zijn. En Sunnefa was lid van de gemeente.'

'Bedoel je dat iemand van de gemeente dat kind geadopteerd heeft?'

'Dat is een mogelijkheid.'

'En jij...?'

'Ik wil dat kind vinden,' zei Konráð.

Einar had tot dusver ontspannen op de stoel achter zijn bureau gezeten. Om hem heen hingen posters met buitenlandse voetbalelftallen en zonnige golfvelden. Hij keek Konráð ernstig aan. 'Ik... Ik herinner me een jo...' zei hij. 'Was het een jongen of een meisje? Het kind dat ze kreeg?'

'Dat weet ik niet,' zei Konráð.

'Je zou eens met mijn zus moeten praten. Misschien weet die er meer van. Maar ik herinner me een jongetje dat zo'n beetje bij mijn vader rondhing. Eigenlijk hebben we nooit geweten waar hij vandaan kwam. Soms sliep hij bij ons, en ik weet nog dat hij een keer in de zomervakantie met ons mee is geweest, maar hij was erg teruggetrokken en we hebben hem nooit echt leren kennen. Naderhand hebben we hem nooit meer gezien. Dat was tegen het eind van de jaren zeventig. Hij was van dezelfde leeftijd als mijn zus; eigenlijk waren ze zo'n beetje vriendje en vriendinnetje.'

'Hoe oud was hij?'

'Hij zal zo'n zes jaar zijn geweest,' zei Einar. Hij leunde op zijn stoel naar voren. 'Ik heb mijn vader een keer naar hem gevraagd, en ik weet nog dat hij zei dat dat jongetje het moeilijk had en dat we aardig voor hem moesten zijn. En toen zei hij iets wat ik niet begreep.'

'Wat dan?'

'"Niemand wil hem hebben." Hij fluisterde het bijna tegen me. "Niemand wil hem hebben."'

48

De band op de eerste verdieping speelde zijn laatste nummer, een bitterzoete melodie waarop je lekker cheek to cheek kon dansen. De dansvloer was overvol. Andere bezoekers lieten zich vollopen nu het bal op zijn eind liep en de sluiting niet lang meer op zich zou laten wachten. Er werd gefluisterd over een afzakkertje hier en daar. Algauw gingen de lampen aan en begonnen de bezoekers naar de uitgangen te stromen. Degenen die sjans hadden verdwenen met hun liefje in het nachtelijk duister. Niet iedereen was even zeker van zijn koers. Sommigen gleden uit op het ijs achter de kerk en vielen. Hun metgezellen probeerden te helpen, maar gingen zelf ook onderuit.

Je had altijd lui die in de afgeschermde zitjes waren achtergebleven, volledig uitgeteld over de tafel lagen of van pure vermoeidheid in slaap waren gevallen. Valborg liep de hele discotheek door, maakte degenen die in slaap waren gesukkeld wakker en probeerde de comadrinkers tot leven te wekken. Dat lukte haar tamelijk goed, al waren er weleens gekken die herrie begonnen te schoppen als ze weer bij bewustzijn kwamen. Dan werkten de portiers en het bedienend personeel het karwei verder af. Een enkele keer kwam het tot een vechtpartij en moest de politie erbij worden gehaald.

De bands waren vertrokken en langzamerhand gingen ook de personeelsleden weg. Er werd goed op gelet dat er niemand in het gebouw achterbleef. Valborg was nu op de bovenste verdieping. Even daarvoor had ze nog een jonge vrouw aangetroffen, volkomen van de wereld. Ze had op de vloer overgegeven; in de stank rondom haar vermengde de drankgeur zich met de sigarettenlucht die in het hele gebouw hing. Die lucht was soms zo sterk dat Valborg, die zelf niet rookte, haar kleren direct na thuiskomst in de was deed. Het viel haar niet mee de vrouw te wekken, al lukte het uiteindelijk wel. Toen ze bij haar positieven kwam was ze nog warrig; ze begon te vloeken en van zich af te slaan, maar Valborg wist haar te kalmeren. Ze wilde met haar naar beneden gaan toen toevallig een van de obers langsliep. Hij had zijn jack al aan, hij wilde net naar huis gaan, zei hij, en hij kon haar wel even naar buiten brengen.

Valborg bedankte hem. Ze was op van vermoeidheid en ging even op een gemakkelijke stoel zitten om uit te rusten. Pas toen ze wakker schrok realiseerde ze zich dat ze even was ingedommeld.

'Nog steeds hier?' hoorde ze achter zich zeggen. 'Zijn ze nog niet allemaal weg?'

Ze draaide zich om en zag de man die haar had gevraagd of ze het leuk vond om hier te werken. In dé tent van Reykjavík.

'We zijn gesloten,' zei ze direct, alsof ze wilde laten merken dat ze niet van plan was een gezellig praatje met hem te beginnen. 'Je mag hier niet meer zijn. Ik moet je vragen naar buiten te gaan.'

'Ja, nee, ik ben op het toilet in slaap gevallen,' zei de man. Hij glimlachte verontschuldigend, bleef rustig staan en stak een sigaret op. 'Ik heb te veel gedronken, dat zal het zijn,' ging hij verder. 'Dat overkomt me niet vaak.'

'Ik breng je wel naar buiten,' zei Valborg.

Ze wilde naar de trap lopen toen hij haar vastgreep.

'Waar ga je naartoe?' zei hij.

'Naar beneden,' zei ze. 'Je mag hier niet zijn.'

'Wat dacht je ervan als we het ons hier boven eens gezellig maakten?' zei hij. 'Wij met z'n tweetjes?'

'Wat bedoel je, "gezellig"?' zei ze, zich lostrekkend.

'Heb je soms haast?' vroeg hij en hij ging tussen haar en de trap staan.

'Ik wil je verzoeken hier weg te gaan,' zei Valborg beslist. 'Als je dat niet doet moet ik er iemand bij roepen.'

Ze had een nogal kort rokje aan en een dunne, bijpassende bloes. Hij keek op haar neer, vrijpostig, alsof hij haar taxeerde. Hij nam de sigaret uit zijn mond en schoot hem zorgeloos tussen zijn wijsvinger en duim weg. Al die tijd staarde hij naar Valborg en hij zag niet dat de sigaret terechtkwam op het pluche van een bank en onder een van de zittingen rolde. Op hetzelfde ogenblik liep Valborg achterwaarts bij hem weg, maar hij sprong op haar af, juist toen ze om hulp wilde roepen. Hij legde zijn hand op haar mond en liet haar op de vloer zakken.

Hij was sterk en had er geen moeite mee haar onder zich te houden, met zijn hand onder haar rok te gaan, haar broekje naar beneden te rukken en haar te betasten. Intussen hield hij zijn andere hand op haar mond. Ze probeerde te schreeuwen, maar het geluid verstikte onder zijn hand en het leek alsof het hem nog meer opwond toen ze probeerde zich van hem te bevrijden. Al snel verlamde de angst haar en langzamerhand verminderde hij de druk van zijn hand op haar mond. Als ze ook maar een kik zou geven zou hij haar wurgen, fluisterde hij. Hij greep haar om haar hals en drukte door, als om te laten zien dat het hem ernst was. Hij leek een wild dier dat haar had besprongen. Ze durfde zich niet te bewegen. Durfde niet om hulp te roepen. Hij had haar rok omhooggeslagen, ze voelde zijn hand op haar borsten, ze merkte dat hij zijn broekband losmaakte. Ze huilde en fluisterde dat hij moest ophouden. Ze smeekte het hem. Of hij haar met rust wilde laten. Of hij dit niet wilde doen. Ze zou er met niemand over praten. Als hij maar ophield.

'Ik maak je dood als je er met iemand over praat,' hijgde hij. 'Ik vermoord je, vuile hoer. Ik kom je opzoeken en ik vermoord je! En ik zeg dat je het zelf hebt gewild. Dat je een smerig kutwijf bent, dat je het zelf wou, hier boven!'

Ze voelde pijn toen hij bij haar binnendrong. Ze wilde schreeuwen, zo hard als ze kon, maar weer legde hij zijn hand op haar mond. Hij sloeg haar in haar gezicht, greep haar weer om de hals, drukte door en ging op haar tekeer en bleef maar 'Kutwijf' fluisteren, totdat hij op haar neerzakte.

Ze wilde dat ze dood was.

Ze was begonnen zich onder hem vandaan te werken, vol walging, toen hij opleefde en haar weer steviger onder zich hield.

'Laat me gaan,' zei ze. 'Het is gebeurd. Je hebt je zin gekregen.'

'Hou je bek,' gromde hij.

Valborg lag doodstil. Een ondraaglijke angst maakte zich van haar meester; ze wist niet beter dan dat hij opnieuw was begonnen zijn lusten te bevredigen.

49

Midden in de nacht ging de telefoon. Eygló lag in een diepe slaap. Het grootste deel van de dag had ze zich gespannen gevoeld vanwege het bezoek dat ze samen met het medium aan het meisje met de nierkwaal had gebracht. Ze was er doodmoe van geworden. Op het moment dat ze wakker werd en de telefoon hoorde wist ze onmiddellijk dat dit weinig goeds betekende.

Met onzekere stappen liep ze naar de hal, waar de telefoon op een tafeltje stond. In de nachtelijke stilte klonk het gerinkel oorverdovend luid. Ze deed het licht niet aan, maar ging in het donker bij de telefoon zitten. Ze aarzelde voor ze de hoorn opnam.

Het was Málfríður.

'Ik haal je natuurlijk uit je slaap, kind,' zei ze op het moment dat Eygló opnam. 'Eigenlijk moet ik dat niet doen, in het holst van de nacht opbellen.'

'Hoe laat is het eigenlijk?' vroeg Eygló.

'Tegen vieren,' zei Málfríður. 'Maar ik vond dat je dit direct moest horen. Kristleifur heeft weer contact gehad met het ziekenhuis – hij was er niet gerust op. Hij heeft de moeder gesproken. Die was daar nog. Arme vrouw.'

Eygló wilde niet horen wat er nu zou komen, maar ze wist dat ze daar niet aan ontkwam. Samen met Kristleifur had ze een paar bezoeken afgelegd, met de bedoeling om van hem te leren, maar nooit had ze gedacht dat een van die bezoeken zo'n uitwerking op haar zou hebben. En dat de zieke eigenlijk al op sterven lag. Ze had het hare gedaan om het meisje te helpen. Zij was het geweest die een ambulance had laten komen om haar naar het ziekenhuis te brengen.

Eygló zag het voor zich. Het meisje zoals ze daar in dat kleine slaaphokje in het bed van haar moeder lag. Het jongetje dat doodstil op de bank in de kamer lag te slapen. De moeder, zo vol zorgen over het lijden van haar dochter dat ze zich niet had tevredengesteld met het bezoek van een dokter en een medium had gewild. Als ze maar zou genezen.

'Wat is er gebeurd?' vroeg Eygló.

'Het meisje is gestorven,' zei Málfríður.

Eygló had tamelijk lang de hoop gekoesterd dat ze dit nieuws niet zou hoeven horen. Ze had zich 's avonds beter gevoeld, toen ze hoorde dat het wel goed zou komen. Nu overviel het verdriet haar in zijn volle zwaarte.

'Het ging een beetje beter met haar,' zei Málfríður, 'maar daarna ging ze weer achteruit. Waarschijnlijk was er niks meer aan te doen.'

'Dat arme kind,' zuchtte Eygló.

'Je hebt je best gedaan,' zei Málfríður. 'Zo gaat het soms en het heeft geen zin om daarover te klagen. Ik wilde dat je het direct hoorde,' herhaalde ze.

'Dank je,' zei Eygló. 'Hoe... hoe gaat het met haar moeder?'

'Diepbedroefd natuurlijk, dat arme mens. Kristleifur kon niet echt met haar praten, maar misschien zal hij haar een van de komende dagen opzoeken. Hij zou graag weten of je met hem mee wilt.'

'Ik denk niet dat ik dat moet doen,' zei Eygló.

'Hij heeft je heel hoog zitten,' zei Málfríður, 'en hij beweert dat je van groot nut kunt zijn als je ervoor kiest om dit pad te volgen. Je hebt laten zien dat het je echt interesseert, zei hij.'

'Volgens mij werkte ik hem vooral op zijn zenuwen. Niet dat dat er verder iets aan toe- of afdoet.'

'Jawel, maar dat was hij algauw weer vergeten. Hij had niets dan goeds over je te melden.'

'Ik ben bang dat dit niks voor mij is,' zei Eygló. 'Ik ben er de hele dag mee bezig geweest. Dat arme kind. Die moeder. Nee, ik geloof niet dat ik daaraan moet beginnen. Ik ben er niet geschikt voor, vrees ik.'

Ze wilde nog iets zeggen over Kristleifurs valse verwachtingen, maar zag ervan af. Waarom zou je wrevel wekken na zo'n droevig bericht? Hij bedoelde het goed. Zij ook. In de loop van de dag en de avond, en ook nu, midden in de nacht, had ze overwogen of ze zulke bezoeken psychisch wel aankon. Maar een gebeurtenis als deze kwam bij haar al te hard aan. Zo'n dag hoefde ze geen tweede keer mee te maken.

'Misschien kunnen we het er later nog eens over hebben,' zei Málfríður na lang te hebben gezwegen. 'Probeer nog maar wat te slapen.'

'Dat gaat waarschijnlijk niet lukken,' zei Eygló vermoeid. 'Zou je Kristleifur willen vragen de moeder van mij te groeten?'

'Dat zal ik doen.'

'Nou ben ik toch haar naam vergeten,' zei Eygló, zo zacht dat het nauwelijks hoorbaar was.

'Wat zeg je?'

'Die moeder. Hoe heette die nou toch? Ik ben het helemaal kwijt.'

'Regína, geloof ik,' zei Málfríður. 'Ja, Regína. De stakker.'

50

Het was niet slim van Konráð om via de binnenstad naar de universiteit te rijden. De laatste tijd vermeed hij het centrum. Hij had geen zin om naar al de spuuglelijke torenflats te moeten kijken die daar een voor een waren verrezen en alles wat aan het oude Reykjavík herinnerde hadden tenietgedaan. Hij vond dat die glitterpaleizen daar volkomen misplaatst waren en alleen maar getuigden van dom stedelijk wanbestuur, van onderdanigheid aan de macht van het geld. Het nieuwe stadscentrum herinnerde hem aan de verrommeling van zijn oude buurt Skuggahverfi, waar de lelijkste flats van het land waren neergepoot, muren die de vriendelijke woonstraten hoger op de heuvel het uitzicht benamen. Dus vermeed hij als hij kon tegenwoordig het centrum. Evenals zijn oude buurt.

Nadat hij een paar keer de omgeving van de universiteit was rondgereden zag hij dat er een parkeervak aan de Aðalstræti vrijkwam. Snel nam hij de plaats in. Op de universiteit had hij zelden iets te zoeken gehad. Een of twee keer had hij in de Studentenkelder met zijn zoon naar het Engelse voetbal gekeken, dat was het wel zo'n beetje. Na zijn pensionering had hij weleens overwogen een universitaire studie te beginnen, waarbij hij vooral aan rechten dacht. Na jarenlang bij de politie te hebben gewerkt was zijn belangstelling voor juridische problemen gewekt. Hij kon avondenlang op de tv naar juridische programma's kijken, veel liever dan naar politieseries, die hij stuk voor stuk volslagen idioot vond.

Op de administratie vroeg hij naar Soffía. Hij kreeg te horen waar haar werkplek was en vond die zonder moeite. Er was een student bij haar en Konráð bleef geduldig voor haar deur wachten. Soffía was Einars zus, en hoewel ze allebei kinderen waren van de leidsman van De Schepping hadden ze niet het smalle pad gekozen dat hun vader gepredikt had, maar waren ze helemaal op hun schreden teruggekeerd om hun eigen weg te gaan. Zoals Einar zei: niet speciaal om zich af te zetten tegen het werk van hun ouders, maar meer om te tonen dat ze zelfstandige mensen waren, al had de boodschap hen ook nooit echt aangesproken.

Soffía was opgeleid tot studieadviseur en werkte in die functie aan de universiteit. Ze ontving Konráð met een glimlach. Ze was vrij, haar werkdag was voorbij en er zouden die dag geen twijfelende studenten meer voor haar deur staan te wachten. Op haar kamer stond een koffiezetapparaat en ze vroeg of Konráð een kop koffie wilde. Ze was gebeld door haar broer Einar, vertelde ze. Hij had gezegd dat Konráð zou komen; ze was dus op de hoogte.

'Ik ben echt stomverbaasd,' zei ze. 'Einar zei dat het over die moord ging. Dat heb ik hem drie keer laten herhalen. Over die vrouw in de flat?'

Konráð glimlachte. Hij wist niet hoeveel Einar haar had verteld, en vreesde dat hijzelf te veel over Valborg en haar kind had losgelaten, het kind dat mogelijk was ondergebracht bij mensen uit de gemeente van hun ouders. Maar hoe had hij dat kunnen vermijden?

'Einar had het over het kind van die vrouw,' zei Soffía.

'Je broer zei iets over een jongen die jullie kenden en die eind jaren zeventig soms bij jullie was,' zei Konráð. 'Jij zou daar mogelijk meer van weten. Weet je nog hoe hij heette?'

'Bedoel je Daníel?'

'Daníel? Heette hij zo?'

'Hij was wat jonger dan ik,' zei Soffía. Ze knikte. 'Ik ben van 1970. We noemden hem altijd Danni, dus ik neem aan dat hij voluit Daníel heette.'

'Weet je iets van zijn ouders? Weet je zijn vadersnaam?'

'Nee, die kenden we niet. In die tijd maakten we ons daar niet druk over, we speelden gewoon met elkaar. En we zagen hem ook niet zo vaak. Ik weet nog dat hij een keer in de zomer met ons op vakantie is geweest. En dat hij soms bij ons at. Alsof iemand ons had gevraagd op hem te passen. Maar wie hij was heb ik nooit geweten. Ik denk dat mijn moeder alles regelde en op hem lette. Ik herinner me dat ze ontzettend zorgzaam was voor dat knulletje.'

'Je broer had van je vader gehoord dat niemand die jongen wilde hebben. Weet jij daar iets van? Wat hij daarmee bedoelde?'

Soffía schudde haar hoofd.

'Mijn vader zei zoveel waar je geen chocola van kon maken, vooral als hij bij het preken in vuur en vlam raakte. Soms werd er in de gemeente kinderkerk gehouden, of een dienst voor jongeren, maar daar heb ik Danni nooit gezien.'

'Het klinkt alsof hij geen vaste verblijfplaats had,' zei Konráð. 'Alsof hij een soort zwervertje was. Kan dat kloppen?'

'Nee, volgens mij niet. Ik denk eerder dat hij van buiten de stad kwam. Ik ben een keer met mijn moeder mee geweest om hem af te halen. Toen was hij met de bus naar de stad gekomen.'

'Herinner je je ook Sunnefa nog? Ik heb begrepen dat ze een vriendin was van jullie moeder.'

'O ja, haar herinner ik me nog heel goed. Ze geloofde de Bijbel van kaft tot kaft. Dat had ze met mijn moeder gemeen, ze waren dan ook goede vriendinnen inderdaad. Sunnefa kwam vaak bij ons en hielp mee met het gemeentewerk. Een heel aardig mens, in mijn herinnering. Een bijzonder iemand.'

'De derde vrouw uit de gemeente van wie ik gehoord heb is Regína,' zei Konráð. 'Die was met Sunnefa bevriend. Oorspronkelijk werkten ze allebei in het Rijksziekenhuis. Weet je nog of die ook bij jullie thuis kwam?'

'Regína?'

'Ja.'

'Dat is één groot drama geweest.'

51

Sommige opnamen waren onscherp; op andere waren de gezichten makkelijker herkenbaar. Op de meeste waren dezelfde mensen te zien, mensen die naar hun werk of weer naar huis gingen, mensen die gingen lunchen of daarna het werk hervatten. Daarbij kwamen nog degenen die ergens in het gebouw moesten zijn. Dat waren er heel wat, want op de verdiepingen waren diverse dienstverlenende bedrijven gevestigd. De camera's bij de liften in de hal gaven scherpere beelden dan die buiten bij de ingang; dat had te maken met het verschil in resolutie. Het beeldmateriaal ging terug tot de tijd dat Valborg Konráð om hulp had gevraagd. Marta had een van haar mensen aan de opnamen gezet om ze te bekijken en te vergelijken met foto's die in Valborgs huis waren aangetroffen. Sindsdien waren er twee dagen voorbijgegaan.

Hallurs voorlopige hechtenis was zonder verlenging beëindigd; hij was op vrije voeten gesteld, maar had wel een uitreisverbod gekregen. Glóey had hem opgevangen en Marta zag dat het eigenlijk wel goed ging tussen hen. Hallur had pertinent ontkend dat hij iets te maken had met Valborgs dood, er was geen biologisch materiaal van hem op het lijk of in de woning aangetroffen en Emanúel kon niet met volledige zekerheid zeggen dat het Hallur was geweest die het huis van de vrouw binnengedrongen was. Daarom viel verlenging van de hechtenis met twee weken – een idee waarmee Marta had gespeeld – bezwaarlijk te rechtvaardigen. Ze kon maar moeilijk toegeven dat de politie daarmee weer terug was bij af.

Met haar e-sigaret tussen haar vingers ging ze koffie halen, afwisselend inhalerend en rook uitblazend. Een jonge agent in de koffiekamer groette haar en liep direct met zijn mok naar de gang, omdat hij niet tegen de rook kon. Hij kwam een collega tegen, die wilde weten of er nog iets van de koffie over was.

De jonge agent knikte in de richting van de koffiekamer. 'Vraag maar aan die vulkaan daar.'

Op dat moment kwam Marta de gang op. Ze wilde met de koffiekop haar kantoor weer binnengaan toen ze iemand haar naam hoorde roepen. Het was de politieman die ze aan de opnamen had gezet. Hij had iets gevonden, zei hij, en dat wilde hij haar laten zien.

Marta volgde hem naar een kamer waar een drietal computerschermen met opnamen van de Borgartún stond. De man bood Marta een stoel naast zich aan en liet de camerabeelden lopen. Het tafereel op een van de schermen kwam tot leven. Marta trok aan haar sigaret en probeerde niets te missen, totdat het beeld bevroor. Ze zag een vrouw, die voor het gebouw stond.

'Is ze dat?' vroeg de politieman terwijl hij Marta een foto van Valborg aanreikte.

Marta hield op met roken. Ze vergeleek de foto met de vrouw op het scherm en zag meteen dat het Valborg was. Ze knikte en de weergave van de opnamen ging verder, vanaf het moment dat Valborg voor het eerst in beeld was verschenen. Vanuit het oosten liep ze gedecideerd op het gebouw af, maar net voordat ze bij de deur was begon ze te aarzelen en bleef staan. Er liepen mensen langs haar heen, in en uit, maar ze bleef onbeweeglijk staan en keek langs het glazen gebouw omhoog. Heel even blikte ze recht in de camera, zonder dat ze zich daarvan bewust scheen te zijn; daarna staarde ze naar de deur, die automatisch open- en dichtging. De mensen liepen in en uit en zij stond daar maar, onbeweeglijk, onzeker en aarzelend. Dat duurde een tijdje, totdat ze zich omdraaide en uit het zicht van de camera's verdween.

'Ze is het,' zei Marta.

De politieman spoelde terug en zette de beelden weer stil bij het moment dat Valborg weifelend naar de automatische deur stond te kijken. Naar haar gelaatsuitdrukking te oordelen geloofde Marta niet dat de vrouw zomaar wat aarzelde of op haar hoede was. Het was volkomen duidelijk dat ze voor geen goud het gebouw binnen durfde te gaan.

Er werd geklopt. Een jongeman verscheen in de deuropening en zei dat er bij de ingang iemand naar Marta vroeg.

'Wie is het?' vroeg Marta.

'Een vrouw met een zonnebril,' zei de man.

Toen Marta bij de ingang verscheen zag ze de vrouw die ze had aangespoord contact met haar op te nemen als ze aangifte wilde doen van huiselijk geweld. Met een bedrukt gezicht zat ze op haar stoel; toen ze Marta zag stond ze op. Ze zette de zonnebril af, zodat haar kwetsuren zichtbaar werden. Ze keken elkaar aan. Marta sloeg haar armen om haar heen en bracht haar naar haar kantoor.

52

Soffía voelde zich bezwaard en keek Konráð ernstig aan. Ze hield er niet van te roddelen en praatjes over mensen te verspreiden, zei ze. Konráð viel haar daarin bij. Hij was er beslist niet op uit om zulke verhaaltjes de wereld in te sturen, zei hij. Hij deed zijn best om Valborgs kind te vinden en hij zou daarmee doorgaan, of Soffía hem nou hielp of niet. Soffía zei dat ze volkomen bereid was het hare bij te dragen, maar dat ze nu eenmaal niet de gewoonte had met onbekenden over haar familie en haar jeugd te praten. Ze wist niet waar de grens lag tussen wat ze over vrienden van haar ouders kwijt wilde en wat voor hem van belang was. Konráð verzekerde haar dat alles wat ze vertelde vertrouwelijk was en dat hij ervoor zou zorgen dat het tussen hen bleef.

'Heb je Regína ontmoet?' vroeg ze.

'Jazeker, ik ben bij haar langs geweest,' zei Konráð.

'Waarom ging je…'

'Zij was het die Sunnefa de namen doorgaf van aanstaande moeders die aarzelden of ze voor abortus zouden kiezen. Dat heeft ze toegegeven. Een van hen moet Valborg zijn geweest.'

Soffía zei een hele tijd niets.

'Van mijn moeders vriendinnen heeft Regína het het moeilijkst gehad,' zei ze. 'Ik ken het verhaal niet volledig en ik weet niet wat jij… wat jij zou willen weten.'

'Alle beetjes helpen.'

Soffía vertelde dat die twee op de middelbare school goede vriendinnen waren geworden en samen christelijk jeugdwerk hadden gedaan. Ze waren allebei gelovig, al was Regína daar niet zo consequent in als Soffía's moeder. Soffía herinnerde zich dat Regína volgens haar moeder meer de occulte kant op was gegaan en geïnteresseerd was in het leven aan gene zijde. Op de een of andere manier was het haar tenminste gelukt haar moeder mee te krijgen naar een aantal seances. Regína was jong getrouwd, maar in de loop van de tijd kwam aan het licht dat haar man een hufter was, die haar mishandelde. Twee of drie keer had Soffía's vader haar te hulp moeten komen. Dan beloofde haar man beterschap en ging alles weer een tijd goed, totdat hij zijn vrouw opnieuw aanvloog. Hij was niet alleen gewelddadig, hij isoleerde haar ook, want hij was zowel jaloers als wantrouwend: ze mocht van hem alleen met mensen omgaan die hij aardig vond, en dat waren er niet veel. Zo ging er een aantal jaren voorbij, totdat het Regína, ondanks de constante dreigementen dat het haar het leven zou kosten, lukte van hem te scheiden en met hun dochtertje bij hem weg te gaan. Ze huurde een zolderetage, niet ver van het centrum, maar had het nadat deze slag haar had getroffen niet breed. Haar dochter werd al snel ziek – een gewone griep, leek het eerst. Ze werd in het ziekenhuis opgenomen, maar daar verbeterde haar situatie niet en kort daarop stierf ze.

'Dat was een grote klap voor Regína,' zei Soffía. 'Ze had zich zo lang tegen die schooier van een man moeten verdedigen en nu kwam dit drama er nog bij. Op de een of andere manier raakte ze haar greep op de werkelijkheid kwijt; ze moest in de psychiatrische afdeling van het ziekenhuis worden opgenomen. Daar is ze bijna een jaar geweest. Langzamerhand slaagde ze erin haar beproevingen te overwinnen, al is ze het gemis van haar dochter natuurlijk nooit te boven gekomen.'

'Zou dat in zo'n geval ooit mogelijk zijn?'

'Dat heeft mijn moeder me verteld toen Regína een keer ter sprake kwam. Ik was toen nog zo jong dat ik het complete verhaal pas veel later te horen kreeg. Ik heb altijd aan dat meisje moeten denken. Ze was wat jonger dan ik.'

'Had Regína maar één kind?'

'Ja.'

'Heb je hen ooit horen praten over adoptie?' vroeg Konráð. 'Je moeder en Regína?'

'Nee. Nooit.'

'Heb je hen weleens horen praten over die Danni of Daníel over wie je vertelde?'

'Nee, daar kan ik me niks van herinneren. Maar destijds was Regína op de uitvaart van Sunnefa, ik weet niet hoeveel jaar geleden alweer. Dat was in de Fossvogskerk, er liepen heel wat mensen mee in de stoet. Toen ben ik Regína even gaan groeten. Ze was heel vriendelijk, zoals ze altijd is, en… nee, ik geloof niet dat ik haar daarna nog teruggezien heb. Zulke contacten verwateren in de loop van de tijd – toen mijn moeder stierf bleven haar vriendinnen ook weg. Hoe dan ook, ik zag Regína praten met een man die me ontzettend aan Danni deed denken. Maar toen ik wilde kijken of hij het was, was hij alweer verdwenen.'

'Heb je Regína naar hem gevraagd?'

'Nee, ik heb haar daarna niet meer gezien. Maar volgens mij was hij het echt. Hij zag er niet erg florissant uit.'

'Hoezo?'

'Eigenlijk zag hij er gewoon slecht uit. En zo sjofel. Nee, het ging niet erg goed met hem, leek me.'

'Je weet niet waar ze het over hadden?'

'Nee, ik stond ze natuurlijk niet aan te staren, ik zag het gewoon. Volgens mij was de verstandhouding tussen die twee heel goed. Alsof ze goed bevriend waren. Zoals ze elkaar groetten – zó hartelijk. Ze omarmde hem en drukte hem tegen zich aan. En hij hield haar hand vast. Best mooi, net een paar oude vrienden die elkaar na een heel lange tijd weer hadden ontmoet.'

53

De actie van de politie- en douaneautoriteiten kon als volkomen geslaagd worden beschouwd, maar het plannetje van de boeven had dan ook niet veel voorgesteld. Douanemensen hadden tamelijk betrouwbare aanwijzingen in handen gekregen dat een matroos aan boord van een van de vrachtschepen een aanzienlijke hoeveelheid steroïden, ecstasy en cocaïne het land binnen zou smokkelen. De melding was afkomstig van het schip zelf en de man werd met naam en toenaam genoemd. Na de gebruikelijke douanecontrole werd hij gevolgd toen hij van boord ging en zich naar huis begaf; hij zou medeplichtigen kunnen hebben.

Kort hierna kreeg hij bezoek van twee mannen die de politie al een paar jaar eerder had leren kennen omdat ze verdovende middelen het land hadden binnengesmokkeld. Het was bekend dat ze samenwerkten; voor die affaire hadden ze allebei vastgezeten. Het drietal werd al meteen in het huis van de matroos aangehouden. In een sporttas die ze mee naar buiten hadden willen nemen werden de verdovende middelen waar het om ging gevonden.

De mannen waren bereid met de politie samen te werken. Ze hadden dit om zo te zeggen allemaal al eens eerder meegemaakt en bovendien waren ze op heterdaad betrapt. Erg goed doordacht leek hun plan niet te zijn geweest. Ze waren alle drie grootgebruikers.

Een van hen noemde Hallur als medeplichtige. Die zou ook hebben willen meedoen en aan de onderneming hebben willen meebetalen. Maar poen hadden ze nog niet gezien, en toen de drie mannen hadden gehoord dat hij was aangehouden en in verband met heel andere zaken werd verhoord vonden ze het veiliger om even een teken van leven te geven. Ze waren bij Glóey langsgegaan met de boodschap dat zij en die zakkenwasser van haar maar beter hun bek konden houden als ze ongedeerd wilden blijven.

Maar al meteen waren ze aan Hallurs betrouwbaarheid gaan twijfelen. Best mogelijk dat hij ondanks alles tegen de politie geluld had over de smokkel. Daar waren ze niet meer van af te brengen, en ze hadden onomwonden besproken of ze de klootzak maar niet beter om zeep konden helpen.

Marta werd snel op de hoogte gebracht. Dat kwam doordat de drie maten een nogal interessant verhaal konden vertellen over hun vriend Hallur en de oude vrouw in de flat.

'Wat weet je dan over haar?' vroeg Marta. Ze zat tegenover een van de twee mannen die Glóey hadden aangevallen.

'Over dat ouwe mens?' zei de man. In zijn nek was een tatoeage te zien, die tot achter zijn ene oor doorliep. Marta kon niet ontdekken wat die moest voorstellen. Een draak misschien – dat was het bijna altijd.

'Ja. Wat zei Hallur?'

'Hij zei dat ze bulkte van het geld, dat mens. Hij hoefde het maar te gaan halen.'

54

Regína zat in een tuinstoel achter haar huis en keek naar de bomen, die naar de vaalgrijze hemel reikten. Ze droeg haar winterjack en had de capuchon over haar hoofd getrokken; het was koud en de winter zou niet lang meer op zich laten wachten. Ze reageerde niet toen Konráð op de deur klopte, maar het schoot hem te binnen dat ze in de tuin zou kunnen zijn.

'O, daar ben je,' zei ze toen ze hem in het oog kreeg, alsof ze hem hoe dan ook verwachtte, die dag, de dag erna of desnoods later. 'Ik heb hier altijd een behoorlijke groentetuin willen aanleggen,' zei ze. 'Met worteltjes en sla. Ik vond steeds dat ik te weinig grond had voor zoiets, maar eigenlijk is dat onzin.'

'Zoveel plaats hoeft die tuin toch niet in te nemen?' zei Konráð.

'Nee, precies, ik zat te denken aan wat peen, wat koolrapen en aardappels die ik in de herfst kan rooien. Ik vind het fijn om in de tuin te werken. Of had ik dat al tegen je gezegd? Ik vind het fijn om te zien hoe hij in het voorjaar weer begint te leven.'

'Ik heb geen groene vingers,' zei Konráð. 'En ik ben nog lui ook.'

Ze wees hem een tuinstoel bij de muur. Hij tilde hem op en ging bij haar zitten. Beiden keken ze uit over de tuin. Konráð keek naar de lucht; er kon regen komen, dacht hij, en hij hoopte maar dat ze het droog zouden houden. Zo zaten ze een tijdje te zwijgen, totdat Konráð zijn keel schraapte.

'Ik ben er niet zeker van of je wel de hele waarheid hebt verteld toen we elkaar vorige keer spraken,' zei hij.

'O nee?'

'Daar had je ongetwijfeld je redenen voor,' ging Konráð verder. 'Ik kan dat begrijpen, maar het zou me behoorlijk helpen als je me alles kunt vertellen wat je weet.'

Regína zweeg en keek hem vragend aan.

'Ken jij iemand die Daníel heet?' vroeg Konráð.

'Daníel?'

'Ja. Een geadopteerd kind, als ik het goed heb.'

Regina gaf geen antwoord.

'Kan het zijn dat hij de zoon van Valborg is?' vroeg Konráð. Hij volgde met zijn blik een merel, die hoog boven hen op een tak ging zitten.

Regína schraapte haar keel, maar gaf geen antwoord.

'Kun je me iets over hem vertellen?'

Ze keek omhoog naar de merel.

'Regína?'

Ze hervond haar houding.

'Ik kon hem niet langer bij me hebben toen ze stierf,' zei ze. 'Ik had er de kracht niet voor.'

'Wie niet? Daníel?'

'Ja.'

'Nadat je dochter gestorven was?'

Regína keek hem aan en Konráð vertelde dat hij had gesproken met de dochter van een oude vriendin van Valborg bij de gemeente. Die had hem verteld dat ze haar dochtertje verloren had en dat ze het daar lange tijd heel moeilijk mee had gehad.

'Hebben jullie over mij zitten kletsen?' zei Regína.

'Nee, absoluut niet. Integendeel, het weinige wat ze wist heb ik uit haar moeten trekken.'

'Heeft ze het over mijn man gehad?'

'Ja, dat wel.'

'Hij is nu dood, de slappeling,' zei Regína. 'Een waardeloze vent was het. Onze dochter was het enige lichtpuntje in al die donkerte. Het is me ten slotte gelukt om van hem te scheiden. Dat was niet makkelijk. Ik huurde iets en zorgde goed voor ons tweetjes. Toen vroeg Sunnefa of ik dat jongetje in huis kon nemen.'

'Waarom?'

Regína gaf geen antwoord. Konráð wachtte geduldig. Ze had waarschijnlijk heel lang niet over deze dingen gesproken, merkte hij. Áls ze dat al ooit had gedaan.

'Er was ontdekt,' zei ze eindelijk, 'dat de mensen die het jongetje bij zich in huis hadden genomen… dat die grote drankproblemen hadden, en toen kreeg de vrouw ook nog eens een ongeluk. Ze kwam onder een auto en is uiteindelijk in het ziekenhuis overleden. De man bleef drinken en had… Hij kon niet goed met het jongetje overweg – laten we het daar maar op houden. Sunnefa had het over nalatigheid. Het waren vrienden van haar en ze hadden de jongen op haar verzoek bij zich in huis genomen, maar daar kon hij niet meer blijven. Bij de burgerlijke stand stonden ze te boek als zijn ouders. Ik heb geen idee hoe ze het voor elkaar gekregen had, maar Sunnefa had het zo in de boeken weten te krijgen dat het leek alsof ze zijn bloedeigen ouders waren.'

'Waren dat mensen uit de gemeente?'

'Ja, dat heb ik begrepen. Verder wilde ik erbuiten blijven; ik heb niks gevraagd. Ik wou niet te veel weten. Ze vroeg of ik de jongen in huis wou nemen, en dat verliep probleemloos. Hij was ontzettend lief, een beetje eenzelvig misschien, in het begin. Het ging heel goed tussen die twee, mijn dochter en hij, en alles bij elkaar liep het uitstekend tot… totdat mijn dochter griep kreeg. Een doodgewone griep.'

Regína stond op en pakte een tak die uit een van de bomen was gewaaid. Ze draaide Konráð de rug toe en hij liet haar even begaan. Er ging een tijdje voorbij waarin ze met haar gedachten alleen was, totdat Konráð naar haar toe liep en vroeg of het ging.

'Het valt niet mee om er weer aan terug te denken,' zei ze.

'Nee, vast niet,' zei hij, en op dat moment ging zijn mobiel. Konráð wilde het gesprek snel wegdrukken, tot hij zag wie het was. Dit telefoontje moest hij wel aannemen. Hij verontschuldigde zich en trok zich wat terug. Het leek Regína niet in het minst te storen.

55

Aan de telefoon was een van Konráðs collega's; hij had ooit bij de politie in Keflavík gediend. In de jaren daarna had hij zijn geluk bij de recherche beproefd; hij had met Konráð samengewerkt en ze waren goede vrienden geworden. Hij was alweer heel wat jaren geleden gestopt en werkte nu op de gemeenteadministratie. Konráð wist dat hij in alle mogelijke verenigingen zat en alles en iedereen in de omgeving kende; hij was op het idee gekomen hem te vragen of hij inlichtingen kon geven over het personeel van de aannemers die tientallen jaren geleden op het vliegveld van Keflavík werk hadden uitgevoerd voor het Amerikaanse leger. De man wilde hem graag helpen en verschafte hem de informatie die Konráð zocht. Buitengewoon verrassend was die niet.

'Is dit iets wat je kunt gebruiken?' vroeg de vriend.

'Dat zal blijken,' zei Konráð.

'Je wilt niet vertellen waar het over gaat?'

'Nee, nu niet. Dat kan niet. Maar dat hoor je nog van me.'

Hij beëindigde het gesprek snel en liep weer terug naar Regína, die nog steeds met de tak in haar hand bij de boom stond.

'Neem me niet kwalijk,' zei Konráð. 'Ik kan me heel goed voorstellen dat het moeilijk voor je is om dit allemaal weer op te halen.'

'Ik heb dat ook in geen jaren gedaan. Zoiets kun je beter niet meemaken,' zei Regína. 'Zo'n verlies.'

'Nee, natuurlijk niet.'

'Ik ben altijd gelovig geweest,' zei Regína. Ze omklemde de tak alsof die haar enige houvast in het leven was. 'En ik heb altijd in een leven na de dood geloofd. In die jaren verdiepte ik me een beetje in dat soort dingen, ik ging naar seances en zo en ik nodigde een bekend medium uit om naar Emma te kijken. Er kwam een vrouw met hem mee, en die moet iets hebben gemerkt, want van haar moesten we direct een ambulance laten komen. Maar toen was het al te laat. Emma is 's nachts overleden. Haar inwendige organen waren aangetast en daar was niks aan te doen. Ik heb te laat gereageerd, ik had zelf met haar naar het ziekenhuis moeten gaan. Ik had iets moeten doen. Ik was het geloof in mezelf kwijt. Het geloof in het leven. Het geloof in God. In alles. Ik werd opgenomen en...'

'Nam Sunnefa de jongen weer terug?'

Regína knikte.

'Ze vond uiteindelijk een goed tehuis voor hem, ergens in het noorden. Ik was totaal niet in staat om voor hem te zorgen nadat Emma was gestorven, dus hij... Nadat hij bij mij was weggegaan heeft hij eigenlijk een tijdlang gezworven. Totdat hij naar het noorden ging. Dat was voor 1980. Sunnefa was altijd erg met de jongen bezig en ik begreep dat ze contact is blijven houden met de mensen daar.'

'Heb je nog contact met Daníel?' vroeg Konráð.

Regína aarzelde.

'Ik hoorde dat je hem in elk geval op de uitvaart van Sunnefa nog hebt gezien.'

'Dat is denk ik alweer meer dan tien jaar geleden. Hij zag er niet goed uit, die arme jongen. Hij was toen al een tijdje in Reykjavík terug en ik begreep dat hij niet veel contact meer had met die mensen in het noorden. Hij was in slecht gezelschap terechtgekomen en schooide me wat geld af. Ik vroeg hoe hij het maakte en hij zei dat hij niet te klagen had. We hebben nog even over Emma gepraat. Hij herinnerde zich haar nog. Ik zei tegen hem dat hij beslist langs moest komen als ik hem ergens mee zou kunnen helpen, maar hij heeft zich nooit meer laten zien. Ik vond hem net een zwerver, eerlijk gezegd.'

'Weet je waar ik hem zou kunnen vinden?'

'Nee,' zei Regína. 'Daar kan ik je niet mee helpen.'

'Was Daníel het enige kind dat Sunnefa ter wereld heeft geholpen en waarvoor ze de zaken op deze manier heeft geregeld?'

'Ja.'

'Weet je het zeker? Was dit het enige geval?'

'Ja, daar ben ik zeker van. Dat heeft ze me zelf gezegd. Het was een vergissing geweest dat ze deze weg had gekozen, zei ze. Ze had die vrouw willen helpen haar geheim te bewaren zonder de zwangerschap te beëindigen, maar zo heeft ze het nooit meer gedaan, voor zover ik weet. Ze heeft me er tenminste nooit over verteld. Dit is een heel speciaal geval geweest.'

'Wisten jullie ook waarom Valborg het kind niet wilde?' vroeg Konráð. 'Heeft ze Sunnefa daar weleens iets over gezegd?'

'Ik geloof dat ze was verkracht. Dat heeft ze Sunnefa verteld. In Glaumbær, heb ik begrepen. Sunnefa zei dat ze had geprobeerd haar aangifte te laten doen, maar dat ze dat pertinent had geweigerd. Ze moest er niet aan denken dat ze die man in de rechtszaal zou terugzien of dat ze moest vertellen wat hij haar had aangedaan.'

'En jullie...?'

'Wij vonden het begrijpelijk dat ze het zo zag. Dat ze deze weg koos.'

'Heeft ze aan Sunnefa verteld wie haar had verkracht?'

'Ik heb begrepen dat ze hem nooit eerder had gezien en niet wist wie hij was. Het was een walgelijke kerel, zei ze tegen Sunnefa. Als een beest was hij zijn gang gegaan met haar.'

'Had je Danni de waarheid niet willen vertellen? Over Valborg? Toen je hem op de uitvaart van Sunnefa ontmoette?'

'Ik... Dat durfde ik gewoon niet,' fluisterde ze. 'Voor mijn gevoel was het net alsof ik hem dan onrecht zou aandoen, en... het was allemaal zo moeilijk... Nee, dat kon ik niet. Met geen mogelijkheid.'

56

Ze was onderweg naar huis, door de sneeuw, langs alle kerstversie-ringen. Ze was vastbesloten niets te laten merken. Zich te gedragen alsof er niets aan de hand was. Ze wilde dit vergeten, er nooit meer aan denken.

De man had zich na zijn daad snel uit de voeten gemaakt. Hij had haar uitgescholden en haar op de vloer achtergelaten. Ze was ver-lamd geweest van angst en afkeer. Daarbij voelde ze schaamte en woede en een vreemde zelfbeschuldiging, gevoelens die ogenblik-kelijk bezit namen van haar geest en waarmee ze nog lange tijd zou moeten worstelen. Op de vloer was ze in elkaar gekropen, had haar handen voor haar ogen geslagen en geluidloos gehuild. Geleide-lijk was de gedachte bij haar opgekomen dat niemand haar moest zien nu ze er zo aan toe was. Ze was overeind gekrabbeld. Via de artiestenuitgang van Glaumbær was ze naar buiten geslopen en in de nacht verdwenen. Er was nog keukenpersoneel aanwezig, had ze gehoord, maar ze had niets laten merken, geen hulp gevraagd, niet wanhopig uitgeschreeuwd dat ze verkracht was. Ze had alles weg-gestopt.

Onderweg naar huis voelde ze geen kou. Twee keer bleef ze stil-staan omdat ze moest overgeven. Ze vermeed de drukke, verlichte straten en keek constant om zich heen, ook achter zich, omdat ze bang was dat de man haar zou kunnen volgen. Hij zou haar kun-nen beloeren, haar nog meer kwaad kunnen doen. Ze zette de vaart erin, begon te hollen en rende ten slotte zo hard als ze kon. Een-maal thuis sloot ze de deur zorgvuldig af en schoof er voor de ze-kerheid nog een grote ladekast voor. Toch was ze nog niet veilig. Dat zou ze nooit meer zijn.

Ze had pijn in haar hals, pijn in haar hele lichaam, en heel erg daar waar hij zijn wil met haar gedaan had. Ze waste zich van top tot teen en was nauwelijks onder de douche vandaan of ze ging er weer onder staan. Dan waste ze zich opnieuw, alsof ze de walging met water en zeep van zich af zou kunnen spoelen.

Ze wist dat ze niet zou kunnen slapen en ging in de kleine keukenhoek zitten, staarde uit het raam naar de kerstverlichting van de buren: rode en witte lampjes op het balkon en kerststerren achter de ramen. Ze probeerde het gebeurde uit haar gedachten weg te wassen, maar dat was volslagen onmogelijk. Ze legde een stuk dun gaas losjes op de plek waar het zo brandde, het enige wat ze kon doen. Totdat na een korte tijd de pijn weer opkwam, zonder genade.

Het eerste wat ze hoorde toen ze de dag daarop de radio aanzette was dat er 's nachts in Reykjavík een grote brand was geweest en dat Glaumbær volledig in de as lag.

57

Op de radio klonk een nummer uit de jaren zestig. Het herinnerde Konráð aan de tijd dat Erna nog leefde. Hij bleef even in de auto zitten, zette de motor af en luisterde naar de lieve melodie. Húgó had weer uit Amerika gebeld; hij maakte het goed. Ze zouden over een dag of wat thuiskomen en hij vroeg of Konráð zin had om naar het vliegveld te komen om hen af te halen. Natuurlijk, had hij gezegd. Ze hadden hem aangeboden mee te gaan, maar hij was tegenwoordig veel te lui om een vliegreis te maken; hij had er geen zin in gehad. Bovendien gingen er vrienden mee en hij wilde de sfeer voor zijn familie niet bederven. Waar ze ook heen gingen, ze moesten niet met hem opgescheept zitten.

Kort daarna had Marta gebeld en gevraagd hoe hij het maakte. Ze vertelde dat de collega's van Verdovende Middelen de twee bezoekers van Glóey hadden aangehouden, allebei bekende criminelen; ze hadden een lading drugs, afkomstig van een van de koopvaardijschepen, in ontvangst genomen. Ogenblikkelijk hadden ze Hallur als medeplichtige aangewezen; die had het hele opzetje aan de politie doorgekletst, meenden ze. Een van de twee vertelde dat hij Hallur had horen praten over een oude vrouw die bulkte van het geld. Hij hoefde het maar te gaan halen.

'Heeft hij dat gezegd?'

'Hallur ontkent het,' zei Marta. 'Maar het schijnt wel zo te zijn. Hij zat in de penarie, hij dacht dat Valborg geld had en is naar boven gegaan, naar haar toe.'

'Wat zegt zijn geliefde in de flat ervan?'

'Zijn schoonzus? Die krijgen we niet te pakken. Ze is verdwenen. Glóey doet alsof ze niet weet waar ze uithangt.'

Marta vroeg of hij nog nieuws had over de zaak-Valborg. Konráð aarzelde of hij iets zou loslaten over de informatie die hij had verzameld. Hij had meer tijd nodig, zei hij, maar hij zou Marta gauw weer spreken.

In zijn auto bewaarde hij het houtje uit de speeldoos. Hij pakte het en overwoog of hij Eygló zou bellen. Ze liet haar vader niet vallen, en dat sierde haar. Voor zijn eigen vader koesterde hij niet dergelijke gevoelens. Hij wist dat die er niet tegen op had gezien mensen geld af te troggelen met leugens en goedkope trucjes met speeldozen. Argeloze weduwen nog wel.

Destijds had Konráð het moeilijk gehad toen hij Húgó over hem moest vertellen. Hun zoon was zonder grootvaders opgegroeid, want Erna's vader was kort na Húgós geboorte overleden. Erna en hij hadden de jongen veel verteld over zijn opa van moederskant, die stuurman was geweest bij de kustwacht en die Konráð met enige reserve had ontvangen. Hij was een man geweest van matigheid en discipline, die tot ver buiten de kringen van de kustwacht aanzien genoot. Kwam de opa van vaderskant ter sprake, dan bleef die altijd in een wat vage mist gehuld, totdat Konráð had besloten zijn zoon de waarheid te vertellen voordat hij er zelf achter kwam. Húgó had naar zijn vader geluisterd toen die vertelde over de moord bij de slachterij. Hij had heel wat te vragen, en Konráð probeerde hem zo goed mogelijk antwoord te geven. Het verhaal had een beetje gehaperd toen Húgó wilde weten of zijn opa een slechte man geweest en of hij het daarom verdiend had op deze manier te sterven.

Het nummer op de radio was afgelopen en Konráð zag Ísleifur met vier zakken vol lege bierblikjes uit zijn kelderwoning komen. Een beetje sukkelig liep hij in de richting van de bushalte, die hij deze keer voorbijging. Hij merkte niet dat Konráð uit zijn auto stapte en op een afstandje achter hem aan liep. Ísleifur keek niet op of om en had in elke hand twee zakken. Hij staarde naar de trottoirtegels en bewoog zich tamelijk snel voor een man van zijn leeftijd. Niet lang daarna kwam de afvalcentrale in zicht. Ísleifur liep op het gebouw af en Konráð zag hem meteen naar binnen gaan bij AFGIFTE VERPAKKINGSMATERIAAL. Hier moest hij even in de rij staan voor hij zijn zakken kon legen.

Konráð stond op een behoorlijke afstand toe te kijken en toen

Ísleifur weer naar buiten kwam besloot hij spijkers met koppen te slaan. Zodra Ísleifur hem zag aankomen zette hij de pas erin om een ongewenste ontmoeting te ontgaan. Toen hij zag dat dit vergeefse moeite was ging hij minder hard lopen en bleef ten slotte achter het recyclingbedrijf staan.

'Wat moet dit voorstellen? Wat loop je me te bespioneren? Ik ben nergens veilig voor jou!'

'Ik zag je hierheen lopen, ik wou alleen maar…'

'Laat me met rust, verdomme!' schreeuwde Ísleifur buiten zichzelf. 'Ik praat niet met jou. Ik heb je niks meer te zeggen.'

'Een paar vragen maar, dan ben ik weer weg,' beloofde Konráð. Toen Ísleifur probeerde ervandoor te gaan pakte hij hem bij de arm. 'Ik wou graag iets van je weten over een man met wie je op het vliegveld hebt samengewerkt. Dat is natuurlijk nogal een tijd geleden, maar je herinnert je hem vast nog wel.'

'Lul toch niet, man,' zei Ísleifur. Hij probeerde zich los te trekken. 'Laat me met rust!'

'Het was in de hippietijd,' zei Konráð, om zich heen kijkend. Niemand leek te merken dat ze daar achter het recyclingbedrijf tussen de afvalcontainers tegenover elkaar stonden. Hij wist niet wat hij zou moeten doen als Ísleifur erg agressief werd. Hij wilde niet dat het tot een gevecht kwam, met de kans dat anderen zich ermee gingen bemoeien.

'Ik heb niks met jou te bepraten,' zei Ísleifur. 'Laat me met rust.'

'Hij heet Bernódus,' zei Konráð. 'Je vriend van het vliegveld. Kan dat kloppen?'

Ísleifur staarde Konráð aan. Die liet zijn arm los.

'Van het vliegveld? Waarom vraag je dat?' vroeg Ísleifur verbaasd.

'Jullie hebben toch allebei gewerkt voor aannemers die opdrachten uitvoerden voor het Amerikaanse leger?'

'Wie zegt dat?'

'Oude werknemersverklaringen,' zei Konráð. 'Van de jaren 1968 tot 1971. Jullie zaten bij hetzelfde bedrijf en sliepen in barakken op het vliegveld. In de weekenden gingen jullie naar Reykjavík. Tenminste, dat deden de meesten in die tijd. Jij zat al bij dat bedrijf toen hij er begon. Jullie waren allebei ongeschoolde krachten.'

'Wat heb jij daar verdomme mee te maken?'

'En nou staat een van jullie bij de afvalcentrale een handjevol kleingeld te tellen, terwijl de ander met zijn kapitaal geen raad weet. Die heeft met zijn dochter een geneesmiddelenbedrijf opgericht en is steenrijk geworden.'

'En wat dan nog? Wat sta je nou uit je nek te lullen, man?'

'Hebben jullie nog weleens contact gehad sinds jullie op het vliegveld werkten?'

Ísleifur gaf geen antwoord.

'De avond dat ik je aan de Borgartún tegenkwam – ben je toen niet bij hem geweest?' vroeg Konráð.

'Ik zeg niks meer.' Ísleifur haalde zijn neus op; hij ontweek Konráðs blik.

'Ontmoeten jullie elkaar regelmatig? Om over vroeger te praten?'

Ísleifur gaf geen antwoord.

'Of wilde je hem pas spreken nadat ik je naar die verkrachting in Glaumbær had gevraagd?'

Ísleifur schudde zijn hoofd.

'Kwamen er daardoor weer oude herinneringen bij jullie naar boven?'

'Laat me met rust.'

'Je hebt nooit iets met Valborg te maken gehad, zei je. En ook niet met die moordzaak.'

'Laat me met rust,' herhaalde Ísleifur. 'Bemoei je verdomme niet met me!'

'En hij? Die oude vriend van je? Kende die Valborg?'

'Hou je kop.'

'Ik begrijp het niet helemaal,' zei Konráð. 'Ben jij naar Valborg gegaan om haar het zwijgen op te leggen? Ben je met een van die rottige plastic tassen van je naar haar toe gegaan? Was dat het? Was ze van plan te gaan praten over...?'

'Gelul,' zei Ísleifur. 'Je hebt ze niet allemaal op een rijtje, stomme zak.'

'Zeg jij dan eens wat er wel is gebeurd.'

'Hou toch je kop, man. Laat me met rust.'

'Maar waarom zou jij van plan zijn Valborg na al die jaren het zwijgen op te leggen? Wat kon die jou nou maken? Jij bent gewoon een zielenpoot, geen mens ziet jou staan. Maar het wordt een heel ander verhaal als...'

Konráð staarde de man aan, met zijn vuile jack, de plastic tas die uit een van de zakken ervan piepte, de hand die een druppel van zijn koude neus veegde.

'Valborg verzamelde krantenknipsels over je vriend in de Borgartún. Deed ze dat om...?'

Het showsnorretje krulde. Ísleifur keek hem grijnzend aan.

'Was hij...?' Konráð pakte Ísleifurs arm vast. 'Was hij het...?'

58

Valborg durfde het gebouw niet binnen te gaan. Ze had met een paar dagen tussentijd twee pogingen gedaan, maar kon er niet toe komen. Er was iets wat haar tegenhield. Dat ze hem terug zou zien, dat ze na al die jaren tegenover hem zou staan – als ze daaraan dacht brak het angstzweet haar uit. Ze had na die verschrikkelijke nacht alleen maar persfoto's van hem gezien en was nooit van plan geweest contact met hem te zoeken. Toch raakte ze die gedachte niet kwijt. De gedachte aan het kind dat ze samen hadden. De gedachte dat hij zo rijk was geworden.

De laatste keer dat ze naar de Borgartún was gegaan had ze in een soort rusteloosheid in de omgeving van het gebouw rondgezworven. Zo zou ze zichzelf misschien moed kunnen inspreken, dacht ze. Ze was met de bus gekomen, had het korte stuk gelopen van de halte tot de ingang van het hoge glazen gebouw, maar net als de eerste keer was ze daar blijven staan en ten slotte omgekeerd. Toch wilde ze niet meteen naar huis gaan. Vlakbij ontdekte ze een café, waar ze ging zitten. Aan haar tafeltje had ze zicht op de ingang van het gebouw waarin het farmaceutische bedrijf was gehuisvest en kon ze de mensen volgen die op de ingang toestroomden om aan het werk te gaan en er weer uit kwamen om in de tredmolen van het dagelijkse bestaan te stappen.

Valborg had hem direct op de krantenfoto's herkend. Het was de eerste keer dat ze hem na die verschrikkelijke gebeurtenis in Glaumbær terugzag. Op een dag had ze de krant doorgekeken en was ze opgeschrokken toen ze een artikel zag dat over hem ging. Toen ze het had gelezen knipte ze het uit en legde het bij de recepten die ze bewaarde, zonder te weten waarom ze dat eigenlijk deed en wat ze met dit knipsel moest. Het artikel ging over de reis die hij met zijn vrouw langs de Egyptische piramiden had gemaakt. De vrouw zag er naar de foto te oordelen heel sympathiek uit; ze keek opgewekt en ze had een massa blond haar. Ze vertelde de schrijver van het artikel dat ze altijd veel met haar man had gereisd en er al heel lang van had gedroomd de wonderen van Egypte te kunnen zien. Uiteindelijk hadden ze besloten die droom te verwezenlijken, en dat was geen teleurstelling geworden: het was een prachtige reis geweest. Een sprookje, bijna letterlijk.

Een aantal jaren later waren er nog meer artikelen verschenen. Daarin ging het over de zaken die de man in de loop van de tijd had gedaan, samen met zijn dochter, toen die daar de leeftijd voor had. Ze hadden verstandig geïnvesteerd en ten slotte deelgenomen aan de oprichting van een farmaceutische onderneming, die volgens de laatste berichten nu in de etalage stond, zoals dat heette. De kranten maakten veel ophef over de winst die ze de afgelopen twintig jaar hadden gemaakt. Hoe groot die was geweest. Wat de verkoop hun waarschijnlijk zou opleveren. Daardoor was de dochter opvallend aanwezig op de zakelijke pagina's van de dagbladen. Er kwam een uitgebreid interview, waarin ze vertelde over de verdiensten van haar vader en over hun goede samenwerking.

Valborg dronk haar kop koffie leeg, stond op om te betalen en liep weer in de richting van het gebouw toen ze hem plotseling uit de glazen deur zag komen. Langs het gebouw liep hij naar de parkeerplaats erachter. Haar hart sloeg over en zonder erbij na te denken volgde ze hem op een afstandje. Toen ze de hoek omging had hij juist de kofferbak van zijn grote zwarte Mercedes opengedaan en zijn aktetas erin gelegd. Hij pakte er iets uit – het leek Valborg een nieuwe golfclub. Ze zag een golftas in de bak liggen.

Valborg liep aarzelend op hem af. Ze had geen idee wat ze zou gaan zeggen. Hoe ze zich zou gedragen. Haar hart bonsde in de keel en ze kon nauwelijks ademen door alle emotie.

'Jij...?' zei ze.

Hij draaide zich om met de golfclub in zijn handen.

'Ja?' zei hij.

De herinneringen aan die avond, lang geleden, overweldigden haar, maar ze deed haar best ze weg te drukken. Ze wilde tegenover deze man geen tekenen van zwakte tonen.

'Je weet niet meer wie ik ben, hè?' zei ze. Ademhalen ging moeilijk, het leek alsof ze doodmoe was. Een gevoel van afschuw overspoelde haar.

'Kan ik je ergens mee helpen?' vroeg hij. 'Kennen wij elkaar?'

'Ja,' zei ze. 'We kennen elkaar, al ben je dat misschien vergeten.'

'Neem me niet kwalijk,' zei hij. 'Ik kan je niet plaatsen. Heb je bij me gewerkt?'

'Nee,' zei ze. Ze deed haar best beheerst te ademen, voelde de hitte die door haar hele lichaam trok. Hoewel ze probeerde zich ertegen te verzetten had zich al meteen een grote opwinding van haar meester gemaakt nu ze hem na al die jaren weer ontmoette. 'Ik werk niet bij je. Ik verzamel krantenknipsels over je. Die bewaar ik voor betere tijden. Totdat ik het allemaal ga vertellen.'

'Gaat het wel goed met je?' vroeg hij toen hij zag dat dit duidelijk niet het geval was. Het leek erop dat deze vrouw niet volkomen zichzelf was.

'Ik wil dat je het kind gaat zoeken,' gooide ze eruit.

'Het kind?'

'Dat heeft ook recht op al dat geld van je. Ik wil dat je het gaat zoeken en het erkent.'

'Waar heb je het over? Welk kind moet ik erkennen?'

'Jouw kind! Ik heb het over jouw kind. Ik wil dat je het gaat zoeken en het erkent en zorgt dat het zijn deel krijgt. Er zijn tests om iemands vaderschap aan te tonen en dat kan het kind...'

'Wat is dit voor gekkigheid?' zei de man. Hij wist niet wat hem overkwam. 'Ik heb hier geen tijd voor,' zei hij en hij legde de golfclub weer in de kofferbak. 'Ik kan me niet herinneren dat ik je ooit eerder gezien heb. Sorry, je moet je vergissen.'

Hij sloot de kofferbak.

'Je weet echt niet meer wie ik ben, hè?' zei Valborg weer. Ze kwam dichterbij en voelde haar moed toenemen. 'Je weet niet meer wat je me hebt aangedaan, in de nacht dat Glaumbær afbrandde? Het leek anders wel alsof ze daar boven hadden ingegrepen, om van die hele discotheek een vuurspuwende hel te maken. Na wat jij me had aangedaan!'

De man keek haar aan, perplex, en ineens werd alles hem duidelijk. Hij sperde zijn ogen open alsof hij iemand zag oprijzen uit een oud, vergeten graf. Hij staarde naar de vrouw, ouder geworden in de vele jaren die ook hij had doorgemaakt, hij staarde naar de mantel die betere dagen had gekend, en hij wist dat zij het was die hij eens had onteerd.

'Jij?' stamelde hij.

'Ja, ik!' gilde Valborg.

59

Het was maar een korte bijeenkomst en er was geen jurist bij aanwezig. Daar was Marta al helemaal van uitgegaan. Het gesprek vond plaats in de vergaderzaal op het hoofdkantoor van het farmaceutische bedrijf. Marta was alleen gekomen. Dat wilde de andere partij en ze zag geen reden om daar moeilijk over te doen. Ze was alleen uit op informatie over Valborg, een andere bedoeling had het gesprek niet.

Alleen de vader en de dochter zaten tegenover haar. Klara had haar bij de secretaresse opgehaald en naar de vergaderzaal gebracht. Ze was onberispelijk gekleed in een zwart mantelpakje en droeg een ketting van witte parels. Een ogenblik waren ze ongemakkelijk zwijgend blijven staan. Ten slotte was ook de vader verschenen, die Marta met een bedenkelijk gezicht een hand gaf. Hij was een zeventigplusser die er voor zijn leeftijd goed uitzag; een slanke, gebruinde man, die, naar Marta had begrepen, minstens de helft van het jaar in zuidelijke landen van zijn pensioen genoot. Ze kende zijn naam: Bernódus. Hij droeg een mooi donkerblauw kostuum – maatwerk, iets anders kon Marta zich niet voorstellen. Om zijn ringvinger droeg hij een gouden ring met een vierkante zwarte steen; in een van de hoeken ervan glinsterde een diamantje. Tijdens het gesprek frunnikte hij er af en toe aan. Ongeduldig. Geërgerd.

De man gaf zijn dochter een kus. 'Kunnen we deze onzin een beetje snel afwerken?' zei hij terwijl hij ging zitten. 'Ik begrijp dat je ons en ons bedrijf met een moord in verband wilt brengen.'

Klara glimlachte verontschuldigend en pakte haar vader bij de arm, alsof ze niet wilde dat hij zich opwond. Ze moesten zich nu even coöperatief opstellen, dan waren ze ervan af. Marta zag de man voor zich; hij was vast en zeker niet blij geweest toen zijn dochter hem had verteld dat de politie vanwege de zaak-Valborg bij het bedrijf op bezoek zou komen.

'O nee, in geen geval,' zei Marta. 'Zoals ik je dochter al heb uitgelegd hebben we in het huis van die overleden vrouw krantenknipsels gevonden over jou en je vrouw en over Klara. Dat trekken we alleen maar na. Mag ik vragen of je haar gekend hebt?'

'Nee, ik heb haar niet gekend,' antwoordde de man. 'En ik heb begrepen dat Klara al je vragen over die vrouw al heeft beantwoord.'

'Kun jij je voorstellen waarom ze krantenknipsels over jouw familie verzamelde? Andere hebben we niet gevonden. Ze gaan alleen maar over jullie.'

'Wat zal ik daarvan zeggen? We zijn... We leiden een grote onderneming en dan wordt er natuurlijk al snel over je gekletst. Maar je begrijpt wel dat we niet kunnen verklaren waarom mensen artikelen over ons uitknippen. Dat moet je toch inzien.'

'Ja, dat spreekt vanzelf. Heeft ze de afgelopen weken of maanden contact met jullie of met jullie bedrijf gehad?'

'Nee,' zei Klara. 'Ik kan je verzekeren dat dat niet het geval is geweest.'

Marta haalde uit haar tas een kopie tevoorschijn van een uitdraai van de door Valborg gevoerde telefoongesprekken en legde die voor hen op tafel. De man zette een leesbril met gouden montuur op. Klara keek snel het lijstje door.

'Ze heeft in de weken voor haar dood drie keer naar jullie bedrijf gebeld,' zei Marta. 'Heeft ze met een van jullie gesproken? Of met iemand van het personeel?'

'Nee,' zei Klara, 'niet met mij. Voor het personeel kan ik je vraag niet beantwoorden. Dat zou ik moeten nagaan.'

'Ik kan het me niet herinneren,' zei Bernódus. Hij zette zijn leesbril af en stopte die weer in de borstzak van zijn jasje. 'Er bellen elke dag zo ongelooflijk veel mensen.'

'Ja, natuurlijk,' zei Marta. Ze zocht weer in haar tas en legde drie foto's op tafel: beelden die beveiligingscamera's hadden geregistreerd.

'Is het mogelijk dat ze jullie hier heeft opgezocht?'

Vader en dochter bogen zich over de foto's.

'Is ze dat?' vroeg Klara. 'Hier, buiten?'

'Wat is dit? Worden we aan een of ander politieonderzoek onderworpen?' zei de man opgewonden. Hij schoof de foto's van zich af. 'Wat moet dit allemaal?'

De dochter greep hem weer bij de arm, ten teken dat hij moest kalmeren.

'Heeft ze jullie zelf opgezocht?' vroeg Marta opnieuw.

'Nee,' zei Klara.

'Beslist niet,' zei de man. Hij draaide aan de gouden ring om zijn vinger. 'Er zitten tientallen bedrijven in dit gebouw. Ze kan dus net zo goed naar de tandarts zijn geweest.'

'Maar ze heeft wel hierheen gebeld,' zei Marta volkomen rustig. 'Naar jullie.'

'Dat weet ik niet,' zei Klara. 'Misschien kende ze hier iemand van het personeel. Er werken hier zoveel mensen. Ik zal ernaar kijken.'

'Maar dan hebben we de krantenknipsels nog,' zei Marta. Ze glimlachte. 'En die gaan niet over werknemers van het bedrijf. Die gaan over jullie.'

'Wij hebben die vrouw niet gekend,' zei Klara. 'Ik heb haar nooit gezien. Nooit aan de telefoon gehad. En hier heb ik haar ook nooit ontmoet.'

Ze keek haar vader aan.

'Dit is absurd,' zei Bernódus. 'Wij weten niet wie die vrouw is.'

'Ze heeft in 1972 een kind gekregen,' zei Marta. 'We weten dat ze het na de geboorte heeft afgestaan. Om de een of andere reden wilde ze het niet hebben. We weten ook dat ze voor haar dood naar dit kind heeft gezocht. Wat we niet weten is of het een jongetje of een meisje was. Ze heeft iemand gevraagd het voor haar op te sporen, een voormalige politieman. Ze had ongeneeslijke kanker en wilde weten waar het kind dat ze had afgestaan was terechtgekomen. De vraag is nu of die zoektocht haar hierheen heeft geleid.'

Marta keek Klara en haar vader beurtelings aan, maar die vertoonden geen reactie. Het leek alsof ze geen van beiden wisten welke kant het opging met haar verhaal.

'De zoektocht naar haar kind?' zei Klara ten slotte. Ze keek haar vader aan. 'Ik weet niet wat...'

'Wat moet dat eigenlijk, met al die vragen?' zei de man. Hij fronste nu werkelijk zijn wenkbrauwen. 'Wat zit hierachter? We kenden die vrouw niet, hoe vaak moeten we dat nou nog zeggen? We kenden haar niet. Totaal niet!'

Marta tikte met haar vinger op een kopie van het krantenartikel dat alleen over Klara ging. Op de foto glimlachte ze de lezers vrijmoedig toe.

'Wat zou ze hier ontdekt hebben?' zei ze.

Klara wist niet wat haar overkwam. Marta keek haar zwijgend aan.

'Ik… ik ben in 1974 geboren,' zei Klara uiteindelijk aarzelend. Ze keek beurtelings haar vader en Marta aan, vol verbazing en ongeloof.

'Ja, dat heb ik nagezocht,' zei Marta. 'Je bent geen…'

'Klara is geen onecht kind!' snauwde Bernódus. Hij kon zijn woede niet meer in toom houden. 'Hoe haal je het in je hoofd om met zulke nonsens voor de dag te komen? Zulk stom geklets?' Hij staarde Marta aan. 'Wat is dit eigenlijk voor malligheid? Belachelijk! Ik heb erin toegestemd om met je te praten omdat ik meende dat we je zouden kunnen helpen in die verschrikkelijke zaak. En dan krijgen we dit! Je bent geschift, jij, je bent helemaal gek!' schreeuwde de man, overeind komend. 'Hier kan ik niet tegen.' Hij kookte van woede. 'Dit soort… stompzinnigheid! Klara… jij… Ik heb nog nooit zulke wartaal gehoord. Dit laat ik me niet welgevallen. Dit kan ik me niet laten welgevallen!'

Hij keek Marta strak aan en beende toen de kamer uit, Klara en Marta achterlatend met de krantenknipsels, de beelden van de beveiligingscamera's en de uitdraai van Valborgs telefoongesprekken. Klara liet er haar blik over gaan en stond op.

'Dit gesprek is beëindigd,' zei ze. 'Goedendag.'

60

Ze waren grotendeels identiek, de huizen in de omgeving van de zee: grote vierkante kasten met enorme ramen, hier en daar met ruiten van donker glas. Aan de voorgevel soms zuilen, alsof de Grieken hier ooit voet aan land hadden gezet. Dat was echter niet het geval, het was gewoon slechte architectuur.

Konráð reed de straat verder in, totdat hij aan het smalle, doodlopende einde kwam. Daar stond een van de meest prestigieuze huizen van de buurt, min of meer gebouwd in de vorm van een scheepsromp, met de steven naar de Faxaflói gericht en met aan beide kanten hoge ramen voor het uitzicht.

Konráð had hier zelden iets te zoeken gehad, maar hij herinnerde zich dat hij vroeger op een zondags autotochtje eens met Erna en Húgó door een aantal van deze straten was gereden. De buurtbewoners waren honkvast; slechts nu en dan kwam er een huis vrij, en daar werd dan om gevochten.

Hij had nog geen contact gehad met Marta. Dat wilde hij uitstellen tot hij de man gesproken had naar wie hij nu onderweg was. Ísleifur was iets behulpzamer geworden. Nadat Konráð had gedreigd de politie erbij te halen had hij hem zover gekregen het een en ander uit zijn verleden op te diepen, wat weleens goed van pas zou kunnen komen. Konráð liep nog steeds rond met een groot aantal aannames en vermoedens; in het huis aan zee wilde hij daar duidelijkheid over krijgen. Dat deed hij in de eerste plaats voor zichzelf, maar ook voor Valborg, al was het voor haar dan te laat. Misschien verwachtte hij er te veel van, maar de kans dat hij het goed zag schatte hij toch groter in. Hij had het gevoel dat het eind in zicht was.

Hij had Regína gebeld en haar verteld wie hij zou gaan opzoeken en wat hij vermoedde. Of ze die man ook kende wilde hij weten. Of Sunnefa zijn naam weleens had laten vallen. Regína kon hem niet helpen, maar had haar nieuwsgierigheid moeilijk kunnen verbergen. Hij had gezegd dat hij weer contact zou opnemen wanneer alles wat duidelijker was geworden.

Toen hij het huis naderde meende hij een lichte knal te horen. Hij bleef staan luisteren, en hoorde het geluid even later opnieuw. Het kwam van de zeekant, achter het huis, dacht hij. Na een korte aarzeling sloop hij de tuin in. Het was een zachte avond, nog licht genoeg om te kunnen vechten, zoals het in oude boeken werd genoemd. De zon daalde, zodat de hemel vuurrood werd. Konráð bereikte ongehinderd een grote tuin en kwam op een terras dat op zee uitzag. Het was enorm groot; het bood plaats aan een schuur, een grote jacuzzi en in een van de hoeken aan een buitengrill van forse afmetingen. Helemaal aan het randje van het terras stond een apparaat voor golftraining. Het was gevuld met golfballen, die een voor een als door een onzichtbare hand werden neergelegd op een plastic pin die rechtop in de grasmat stond. Hier kwam het geluid vandaan. Bernódus stond op een mat van kunststof, zwaaide met zijn golfclub en raakte de bal, wat een lichte knal veroorzaakte. De bal vloog door de lucht en kwam zo'n tweehonderd meter verder in zee terecht. Zodra hij er een had weggeslagen zakte de plastic pin naar beneden en bracht een nieuwe bal omhoog, die Bernódus in zee sloeg.

Hij merkte Konráð niet op. Die keek naar hem vanaf het terras en probeerde zich voor te stellen hoeveel ballen er bij dit soort trainingen op de zeebodem waren terechtgekomen. Bij de ballenmachine stond een indrukwekkende witte golftas. Bernódus leek niet helemaal onbekend te zijn met deze sport: iedere bal raakte hij feilloos. Hij pauzeerde om van golfclub te wisselen en stak een dikke sigaar op, die in een asbak op de ballenmachine lag. Ernaast stond een halfgevuld glas cognac.

'Ligt er niet al genoeg rommel in zee?' zei Konráð.

Bernódus schrok niet toen hij gestoord werd. Hij draaide zich om met de sigaar boven het vlammetje van zijn aansteker en zoog de rook in. 'Neem me niet kwalijk,' zei hij. 'Ik had bij je langs willen komen.'

Hij zag de aarzeling bij Konráð, die de begroeting niet beantwoordde.

'Jij bent toch naast ons komen wonen?'

'Nee, ik woon niet in deze buurt. Mijn naam is Konráð.'

'Konráð? En...?'

'En ik heb een vrouw gekend die Valborg heette. En ik leer onze gemeenschappelijke vriend Ísleifur steeds beter kennen. En ik denk dat jij een smeerlap bent.'

'Wie zijn die mensen? Moet ik ze kennen?'

'Ik ben bang van wel, ja.'

'Ik zou maar maken dat ik wegkwam, vriend. Je hebt geen toestemming om hier zomaar te komen aanlopen.'

'Ísleifur ontkent het nog, maar ik denk dat jij hem een tijdje geleden naar Valborg hebt gestuurd en dat dat uiteindelijk haar dood betekende. Ze is gesmoord met een plastic tas voor lege bierblikjes, die daarna bij de afvalcentrale is afgegeven. Geen erg spannende dood, maar Ísleifur is ook geen erg spannende figuur. Hoewel er een tijd geweest is dat jij dat wél vond. Weet je nog?'

'Ik weet niet wat je daar staat te zwetsen,' zei Bernódus. Hij smeet zijn sigaar van het terras af. 'Ik wil je verzoeken hier weg te gaan. Voor ik de politie waarschuw.'

Hij wilde het huis binnengaan, maar Konráð sneed hem de pas af.

'Weet je wat er volgens mij gebeurd is? Ik denk dat Ísleifur jou heeft verteld wat hij ooit in Keflavík heeft uitgehaald. Toen jullie op het vliegveld werkten, vermoed ik. Kun je het je nog herinneren? Dat hij 's avonds naar een of andere tent ging en dan aan de vrouwen die daar werkten vroeg wat ze na sluitingstijd gingen doen. Dat hij zich verstopte en net deed of hij in slaap gevallen was. En dan een vrouw verkrachtte. Dat zal hij je wel een keer hebben verteld toen jullie dronken in het officiersrestaurant van het vliegveld zaten en net deden of jullie heel wat voorstelden. Klopt dat?'

'Wat is dit voor een verdomde kletskoek?' zei Bernódus.

'Hij gedroeg zich bij voorkeur extra schofterig, omdat lang niet alle vrouwen het aandurven het aan anderen te vertellen als het zo afschuwelijk was. Ze zwijgen en blijven zichzelf op die manier jarenlang kwellen. Maar toch is er een geweest die aangifte deed, een vrouw uit Keflavík. En laat Ísleifur nou het stomme geluk hebben dat de rechter haar niet geloofwaardig genoeg achtte. Hij werd wél geloofd, om wat voor reden dan ook. Zij niet. Iemand die Ísleifur kende zou reageren met "Te gek!". Iemand zoals jij.'

Bernódus gaf Konráð een duw.

'Je besloot hem na te doen en zo is Valborg in jouw klauwen terechtgekomen. Misschien waren er nog meer, dat weet ik niet. Ísleifur heeft me niet alles verteld, maar toch een heleboel. Je hebt hem verteld over wat je destijds in Glaumbær hebt gedaan toen jullie de grote meneer uithingen. En je bent een aantal dagen geleden bij hem langs geweest. Je hebt verteld dat ze je lastigviel en moeilijk begon te doen. De vrouw die jij verkracht hebt, ja. En toen heb je gevraagd of hij daar iets aan kon doen. Je wilde dat Ísleifur naar haar toe ging en het haar eens goed liet voelen, zodat ze je niet meer lastig zou vallen. Hij zegt dat hij dat niet heeft gedaan, maar dat jij razend was. Misschien liegt hij, want dat kan hij goed. Misschien heeft hij gedaan wat je hem vroeg en is hij naar Valborg gegaan met zijn plastic zak. Misschien ben jij naar haar toe gegaan nadat hij het had geweigerd.'

Bernódus liep naar de golftas, haalde er een club uit en stevende dreigend op Konráð af. 'Als ik jou was zou ik maken dat ik wegkwam,' zei hij.

'Maak je je geen zorgen om het kind?' zei Konráð. Hij bleef rustig staan. 'Het kind van Valborg en jou?'

'Dat heeft ze allemaal gelogen,' zei Bernódus.

'Dus ze heeft contact met je gehad?'

'Ze viel me lastig en kwam met een of ander waardeloos flutverhaal aanzetten. Leugens, net als alles wat ze jou verteld heeft.'

'Ik heb er nog geen bevestiging van gekregen, maar ik denk dat ze een kind gekregen heeft, een jongetje dat Daníel is genoemd. Een paar bekeerde dronkenlappen hebben hem bij zich in huis genomen. Ik heb begrepen dat hij geen best leven heeft gehad, maar dat kan nog veranderen. Als hij al dat geld krijgt. Al die rijkdom. Van zijn vader. Was dat de boodschap die Valborg voor je had? Voordat je Ísleifur op haar af hebt gestuurd? Of voordat je zelf naar haar huis bent gegaan?' Konráð zag dat de man probeerde zijn woede te bedwingen. 'Ísleifur en jij hebben altijd contact met elkaar gehouden, hè?'

Bernódus haalde met de golfclub naar hem uit, maar Konráð ontweek de slag, greep de club, rukte die uit Bernódus' handen en gooide hem in de richting van het zitbad en de grote grill. Hij raakte de grill, die even naklonk.

'Heb je het aan je vrouw verteld?' zei Konráð, die deed alsof er niets gebeurd was. 'Hoe Daníel op de wereld is gekomen? Heb je het je dochter verteld?'

Op dat moment ging de deur open; een vrouw van Konráðs leeftijd kwam het terras op. Hij meende haar te herkennen van een van de krantenknipsels. Het was Bernódus' vrouw.

'Zijn dochter wát verteld?' vroeg ze. Ze keek verrast naar Konráð en haar man en naar de golfclub, die bij de grill lag. 'Wat is dit voor herrie?'

'Niks,' zei Bernódus. 'Ga naar binnen!'

'Bernódus?'

'Naar binnen, jij!' beval de man kwaad. Zijn grofheid en agressiviteit gingen niet aan Konráð voorbij. Hij merkte ook dat dit gedrag voor zijn echtgenote niets nieuws was.

'Er was een vrouw hier in de stad die je man ervan beschuldigde dat hij haar lang geleden heeft verkracht,' zei Konráð, zo direct en zo beleefd als hij kon. 'Ze heeft er nooit aangifte van gedaan, maar na de verkrachting kreeg ze een kind dat ze niet wilde en dat ze heeft afgestaan. Ze heeft contact met me opgenomen en me gevraagd dat kind op te sporen.'

De vrouw keek stomverbaasd naar haar man. 'Wat zegt hij nou allemaal?'

'Niks. Bemoei je er niet mee, mens. Naar binnen!'

'Is dat waar?'

'Allemaal leugens. Naar binnen, zei ik. Opzouten!'

'Bernódus… is dat waar?'

'Naar binnen, jij. Stomme trut, je bent niet goed snik! Ik heb die man nog nooit gezien. Laat je niks vertellen door die kerel.'

'De vrouw heette Valborg,' zei Konráð, 'en ze heeft mij gevraagd dat kind op te sporen. Opdat het zijn deel krijgt van alles wat jullie bezitten, denk ik.' Hij liet zijn blik gaan over alle pracht om hem heen. 'Zij was de vrouw die een aantal dagen geleden is vermoord, dat weet je natuurlijk wel uit de media. Ik probeer erachter te komen of je man daarbij betrokken is geweest.'

De vrouw staarde haar man aan, als door de bliksem getroffen. Konráð had zijn zin nog niet afgemaakt of zijn mobiel ging. Hij zag dat het Regína was. Het leek hem goed dit gesprek niet uit te stellen. Hij hoorde direct dat ze in grote opwinding verkeerde.

'Hij is hier,' fluisterde ze, op het moment dat Konráð opnam. Ze leek dodelijk geschrokken. 'Hier in huis… Hij is zo kwaad, ik durf nauwelijks… Daníel is…'

Op dat moment werd de verbinding verbroken. De batterij van zijn mobiel was leeg.

61

Zo snel als hij kon reed Konráð naar Regína's huis. Bernódus en zijn vrouw had hij op hun terras achtergelaten nadat hij had gezegd dat ze snel de politie konden verwachten. Die zou hen ondervragen over het contact dat Bernódus vele jaren geleden met Valborg moest hebben gehad. En tijdens de gebeurtenissen die aan haar dood vooraf waren gegaan. Als zijn mobiel het niet had laten afweten zou hij ogenblikkelijk Marta hebben gebeld.

Ongeveer tien minuten na het telefoongesprek reed hij bij Regína voor. Nergens achter de ramen zag hij licht branden, nergens een teken van leven. Hij holde naar het huis, belde aan, bonsde op de deur en kwam tot de ontdekking dat die gesloten was. Hij riep Regína, maar kreeg geen antwoord en haastte zich naar de achterkant van het huis. Daar probeerde hij de achterdeur, die open was. Behoedzaam liep hij naar binnen, ondertussen haar naam roepend.

'Regína! Ben je daar? De politie is onderweg,' loog hij. 'Ze kunnen elk moment hier zijn. Alles in orde met je?'

Hij trapte op een glasscherf, zodat het kraakte onder zijn schoenen, en toen zijn ogen aan de schemer gewend waren zag hij dat iemand het huis overhoopgehaald had. Lampen waren kapotgeslagen, stoelen lagen ondersteboven en boeken waren op de grond gesmeten.

Vanuit de keuken zag hij een schim opdoemen: Regína kwam tevoorschijn. Ze had gehuild en was duidelijk overstuur.

'Alles in orde met je?' vroeg Konráð terwijl hij snel op haar afliep. Ze had een bloedende wond aan haar voorhoofd.

'Ik denk dat ik even bewusteloos ben geweest,' zei ze.

'Ik zal een ambulance laten komen,' zei Konráð. Hij hielp haar op een stoel.

'Daníel is me aangevlogen,' zei Regína. 'Hij was zo ontzettend kwaad. Ik denk dat ik daar tegen de deurpost ben gesmakt,' zei ze, naar de keukendeur wijzend. 'Ik was helemaal weg...'

'Niet bewegen,' zei Konráð. Hij vond haar telefoon en tikte het alarmnummer in. 'Je hebt een lelijke hoofdwond en je bent niet helemaal jezelf. Het is beter dat je je niet beweegt totdat ze komen.'

'Hij was zo kwaad...'

'Waarom was hij zo kwaad?' vroeg Konráð zodra hij het alarmnummer had gebeld en om een ambulance had gevraagd.

'Hij was hier niet lang nadat jij vertrokken was,' zei Regína. 'Ik keek toevallig de tuin in en daar zag ik hem staan, zo alleen, zo hulpeloos. Ik schrok natuurlijk wel, maar toen ben ik naar buiten gegaan en heb hem binnengelaten. Hij had daar al een tijdje gestaan, zei hij. Eerst ging het allemaal heel rustig. Hij praatte over mijn dochter en zei dat hij nog weleens aan haar dacht. Hij wist nog dat ze altijd zo lief voor hem was geweest. Hij wist ook nog dat ze ziek werd en naar het ziekenhuis moest en nooit meer is teruggekomen. En dat hij daarom niet meer bij mij kon blijven. Daarna had hij rondgezworven, zijn hele leven feitelijk, zonder te weten wie hij was en waar hij vandaan kwam.'

Regína streek over haar voorhoofd, haar gezicht vertrok van de pijn. Maar ze begon zich een beetje te herstellen.

'Hij wilde weten wie zijn moeder was. Daar was hij voor gekomen – het leek me dat er iets met hem was gebeurd. Hij vroeg of ik foto's van haar had. Hij had altijd geweten dat hij een aangenomen kind was. Daar was hij nooit zo mee bezig geweest, maar nu had hij ergens een gezicht gezien met zulke vertrouwde trekken dat hij het maar niet kon kwijtraken en...'

'Wat heb je tegen hem gezegd?'

'De waarheid. De volledige waarheid, ik kon niet anders. Hij heeft er natuurlijk recht op om die te weten. Hij had die al veel eerder moeten horen. Ik heb hem verteld over de verkrachting – ik wist niet wat ik er anders van moest maken. Liegen wilde ik niet. Ik heb geprobeerd het hem zo voorzichtig mogelijk te vertellen. Ik zei dat het nog helemaal niet zeker was, maar dat jij niet uitsloot dat het zo gegaan was.'

'En toen?'

'Hij glimlachte alleen maar.'

'Hij glimlachte?'

'Ja, alsof er in zijn leven al in geen tijden meer iets gebeurd was waar hij nog van opkeek. Toen brak hij en begon hij te huilen. Ik probeerde hem te troosten, maar dat had precies het omgekeerde effect. Hij werd kwaad en begon te vloeken als een ketter en voor ik het wist was hij razend. Jou bellen, dat was het enige wat ik durfde. Ten slotte was hij helemaal buiten zinnen, hij begon hier alles kort en klein te slaan. Het was op mij gericht. Hij stond tegen me te brullen. Waarom ik hem nooit iets had verteld. Ik had al lang geleden contact met hem moeten zoeken. Ik had hem de waarheid moeten vertellen, in de kerk, toen Sunnefa was gestorven, dan was dit misschien nooit gebeurd. Wat we ons eigenlijk wel hadden voorgesteld, wilde hij weten, en toen... toen viel hij me aan...'

'Weet je waar hij naartoe is gegaan?'

'Hij zat er zo doorheen, die arme jongen,' zei Regína. 'Ik heb hem over jou verteld, wat jij aan het doen was. Dat je probeerde hem te vinden, omdat Valborg je dat had gevraagd, en dat je hem wilde helpen. Misschien wil hij met jou praten.'

'Waar is hij naartoe gegaan?'

'Ik weet het niet, misschien... misschien naar zijn vader... Ik weet het niet.'

'Bernódus? Heb je hem verteld wie zijn vader is?'

'Ja,' zei Regína. 'Hij was er zo slecht aan toe, zo ontzettend slecht... Het is niet te begrijpen hoe... hoe dit kon gebeuren. Dat hij... dat hij het moest zijn die...'

'Wat?'

'God in de hemel,' steunde Regína. Ze greep Konráð bij de arm. 'Het kón ook niet anders dan fout lopen met hem. Arme jongen.'

62

Daar stond de jonge vrouw; ze staarde het avondduister in. Het gordijn voor het raam was opengeschoven en van binnenuit drong een zwak schijnsel naar buiten. Ze stond aan het raam te roken en blies de rook naar buiten. Ze droeg sportkleren, alsof ze aan het joggen was geweest en besloten had zichzelf met een sigaret te belonen.

In het huis ernaast boog een vrouw zich in de keuken over een laptop. In de kamer zat een man met een tablet. Ze spraken niet met elkaar. De tv stond aan en het blauwige schijnsel verlichtte de kamer, maar niemand keek. Gelijktijdig keken ze op van hun scherm en de vrouw riep iets. De man stond op, legde zijn tablet weg en ging naar de slaapkamer.

De jonge vrouw doofde haar sigaret, liep weg van het raam, begon haar sportkleren uit te trekken en ging de badkamer in. De deur ging achter haar dicht.

De man in het kelderappartement kwam de kamer binnen met een baby, die leek te huilen. Hij hield het kind dicht tegen zich aan en probeerde het stil te krijgen door ermee heen en weer te lopen. Zijn vrouw bleef in de keuken zitten.

De kale man met de bril en zijn vrouw zaten met een schaal popcorn op de bank voor de tv. De man kuste haar vluchtig op haar mond. Samen keken ze tv en knabbelden ze popcorn.

De deur van de badkamer ging open. De vrouw die had staan roken kwam gehuld in een badhanddoek de kamer in en pakte iets uit een la. Het was een flesje shampoo. Ze nam het mee naar de badkamer en sloot de deur achter zich.

De man achter het raam ernaast verborg zijn gezicht in zijn handen. Hij leek alleen thuis te zijn en kennelijk zat iets hem helemaal niet lekker, want hij schopte tegen de legoblokjes die op de vloer lagen, pakte zijn mobiel en stond zich ineens op te winden. Het telefoongesprek kwam plotseling tot een eind. Hij ging naar het raam en staarde de duisternis in. Toen liep hij de kamer weer in, greep een mooie vaas van de tafel en smeet hem op de vloer. Nog meer siervoorwerpen gingen eraan, waarna hij op de bank neerplofte en opnieuw zijn gezicht in zijn handen verborg.

De badkamerdeur was nog dicht.

In het flatgebouw zat de vrouw op de eerste verdieping alleen in haar kamer. Ze had een halfleeg bierglas voor zich staan, praatte in de telefoon en schudde haar hoofd. Ze leek opgewonden en toen het gesprek was afgelopen smeet ze haar mobiel op de bank vlak bij haar. Het ding wipte omhoog en kwam op de vloer terecht.

Boven haar bevond zich het appartement van de vermoorde vrouw, waar alle tumult ontstaan was. Het was er helemaal donker, zoals het die avond enige tijd geleden ook was geweest; er was geen mens te zien.

Bij het volgende trappenhuis was er op de eerste verdieping niemand thuis. Op de tweede verdieping zat een stel naar de tv te staren. Af en toe keken ze op. Dan stootte de vrouw haar man aan alsof ze wilde dat hij iets zou doen.

Op de verdieping boven hen was een aantal jonge mensen bijeengekomen. Sommigen dansten. Anderen stonden te kletsen en dronken bier, direct uit de fles, of lieten zich vollopen met brandewijn. De deur was open. De man van één verdieping lager stond in het trappenhuis.

De deur van de badkamer van de jonge vrouw werd op een kiertje gezet. Ze stond naakt voor de spiegel.

In het appartement van de vermoorde vrouw had iemand het licht aangedaan; hij stond nu midden in de kamer. Het leek alsof hij recht in de lens van een verrekijker staarde.

Toen ging het licht uit.

De deur van de badkamer werd zachtjes weer dichtgetrokken.

63

Konráð dacht na over de grimmige humor van het lot. Over het kleine aantal inwoners van IJsland. Hoe toevalligheden het leven van een volk bepaalden. Hoe ze dat leven mogelijk maakten. Het vernietigden.

Marta was niet blij geweest toen hij er eindelijk toe was gekomen haar te bellen over wat hij te weten was gekomen over Bernódus en Ísleifur en Valborg en Daníel. Het leek één groot drama, dat zijn begrip ver te boven ging. Marta was over hem heen gevallen. Waarom had hij niet eerder met haar gepraat? Waarom had hij informatie die van belang was voor het onderzoek achtergehouden? Waarom was hij zo oerstom geweest? Als het helemaal fout zou lopen, als het onderzoek de mist inging en er nog meer narigheid van kwam, hield ze hem ervoor verantwoordelijk. Konráð had haar door de telefoon stoom laten afblazen. In het drama dat zich voor hem ontrolde was dit maar achtergrondruis.

Hij zette de auto voor het grote huis aan zee en keek op zijn mobiel. Het was hem gelukt hem bij Regína een tijdje op te laden, maar hij wist niet hoelang hij daarmee toekon. Overal was het stil. Deze keer geen geluid van golfballen die de zee in werden geslagen. Tot zijn verbazing stond de deur half open. Voorzichtig liep hij naar binnen en riep of er iemand thuis was. Hij wist dat de politie onderweg was naar Bernódus' huis en naar dat van Ísleifur, en dat er naar Daníel gezocht zou worden.

Hij kwam in een grote, weelderig ingerichte kamer met een witte vleugel en enorme schilderijen aan de muren. Daar zag hij Bernódus' vrouw, die hij eerder die avond ook al had gezien. Ze zat met haar rug naar hem toe gekeerd en scheen helemaal in haar eigen wereld te verkeren.

'Ben jij dat, Klara?' vroeg ze toen ze Konráð hoorde binnenkomen. Ze draaide zich niet om.

'Nee,' zei Konráð. 'Ik ben het weer.'

'Jij?'

'Neem me niet kwalijk dat ik je stoor. Verwachtte je je dochter?'

'Wat kom je hier doen?'

'Ik wilde weten of jullie bezoek hebben gehad.'

'Bezoek?'

'Ja, van een man die Daníel heet.'

'Is mijn dochter niet met je meegekomen? Ik heb haar gebeld, ze is onderweg hierheen. Ik moet met haar praten. Over wat er gebeurd is.'

'Ik begrijp het,' zei Konráð. Hij zag dat de vrouw sinds hij haar voor het laatst had gezien een blauw oog had opgelopen en dat ze uit een van haar oren had gebloed. 'Wil je zeggen dat er niemand langs is geweest? Geen Daníel?'

'Daníel? Waarom vraag je dat?'

'Het kan zijn dat… Waar is Bernódus? En gaat het met jou wel goed?'

'Er is hier niemand geweest. Alleen jij dan. Waar had je hem voor nodig? Het was zo'n mooie avond en hij was juist in zo'n prettige stemming.'

'Prettig?'

'Ja.'

'Hoe bedoel je?'

'Niet dat ik jou wil beschuldigen, hoor,' zei de vrouw. 'Ik zou je eerder dankbaar moeten zijn. Dank je dat je me over die arme vrouw hebt verteld, die Valborg. Daar wist ik niks van. En Klara ook niet. Daar kun je zeker van zijn. Dat is allemaal gebeurd voordat ik hem ontmoet heb. Echt waar.'

'Waar is Bernódus?' vroeg Konráð. 'Heeft hij je verteld waarom ik hier was?'

'Hij hoefde me niks te vertellen. Ik ken mijn man. Die heeft me vaker tot seks gedwongen dan ik je kan zeggen. Hij ging vreemd. Ging in het buitenland naar de hoeren.'

Op dat moment klonken er vlugge voetstappen in de hal. Ze draaiden zich beiden om en zagen Klara haastig binnenkomen. Ze keek Konráð met een vragende blik aan, omarmde haar moeder en trok haar tegen zich aan.

'Alles goed met je?' vroeg ze.

'Maak je over mij maar geen zorgen. Met mij gaat het prima. Ik ben blij dat het is gebeurd. Blij dat het afgelopen is.'

'Waar is papa?' vroeg Klara bezorgd.

'Ik weet niet waar ik de kracht vandaan heb gehaald,' zei haar moeder. 'Misschien van dat verhaal over de vrouw in Glaumbær. Dat heeft je vader me zonder blikken of blozen verteld. Hij stond het me gewoon toe te brullen. Dat hij dat gedaan had. Haar verkracht. En toen sloeg hij me. Voor het eerst in drie jaar. En hij was juist in zo'n goeie bui.'

'Mama toch,' fluisterde Klara. 'Waar is hij? Is hij ervandoor? Waar is hij naartoe? En wat doe jij hier?' zei ze, Konráð aankijkend.

'De politie is onderweg,' zei Konráð. 'Ze zullen jullie tweeën willen spreken. En vooral Bernódus.'

'Vanwege die vrouw? Die Valborg?'

Konráð antwoordde bevestigend.

'Mama, waar is hij?' vroeg Klara. 'Waar is papa?'

De vrouw keek haar aan en wees toen naar het kantoor, waarvan de deur naar de gang half openstond. Klara liep ernaartoe. Konráð keek haar na en zag dat ze in de deuropening bleef staan. Ze liep niet verder. Zijn mobiel ging en hij nam op. Het was Marta. Hij antwoordde haar niet direct, maar liep naar Klara toe en keek het kantoor in. Daar zag hij Bernódus hulpeloos op de vloer liggen. Bloed stroomde uit een wond aan zijn hoofd en door zijn lichaam gingen kleine schokken. Zijn ogen waren open, hij staarde naar het plafond, maar kon zich niet bewegen. Op het tapijt naast hem lag een gebroken marmeren beeldje. Konráð vloog het kantoor binnen, Klara bewoog zich niet. Ze stond daar in de deuropening en keek toe hoe hij haar vader eerste hulp verleende.

'Er moet een ambulance naar het huis van Bernódus komen,' zei Konráð toen hij Marta eindelijk antwoord gaf. 'Hij heeft een harde klap op zijn hoofd gekregen en is buiten bewustzijn.'

'Verdomme,' zuchtte Marta en Konráð hoorde dat ze iemand opdroeg een ambulance te bellen, en snel.

'Ik weet niet waar ik de kracht vandaan haalde,' zei Klara's moeder, die hen was gevolgd en nu achter haar dochter in de deurope-ning stond. 'Het was ineens zo makkelijk.'

Klara begon te huilen; ze drukte haar gezicht tegen haar moeders schouder. Die omarmde haar, sprak haar kalmerend toe.

'Er heeft een of andere idioot ingebroken in het appartement van Valborg,' zei Marta door de telefoon. 'Hij zegt dat hij met jou wil praten. Waarschijnlijk kunnen we maar beter heel voorzichtig zijn en doen wat hij zegt. Hoe ken jij die man? Weet je iets over hem? Wie hij is? En waarom wil hij jou spreken? Waar ben je nou weer mee bezig geweest?'

'Ik dacht dat hij hierheen op weg was,' zei Konráð.

'Wie? Wie is het?'

'Het is Daníel. Het kind van Valborg.'

64

Marta stond vol ongeduld voor de flat op hem te wachten en blies dikke rookwolken uit. Ze was daar met een andere politieman, die Konráð niet kende. De politieauto stond op de parkeerplaats. De hele straat was verlicht, maar vanwege de man in het appartement waren er geen uniformen te zien. Uit de meeste ramen van de flat scheen licht. Alleen de ramen van Valborgs appartement waren donker.

'Die stomme Emanúel heeft gebeld. Hij zei dat hij een man zag in het huis van Valborg,' zei Marta toen Konráð snel naar haar toe liep. 'Geen mens is op het idee gekomen om zijn verrekijker in beslag te nemen. Die man weigert naar buiten te komen. Hij heeft alle lichten uitgedaan en zegt dat hij ongewapend is, maar dat hoeft niet waar te zijn. Waar ik het bangst voor ben is dat hij zichzelf wat zal aandoen. Naar wat ik door de dichte deur meende te horen is hij behoorlijk opgefokt. Waarom denk jij dat het de zoon van Valborg is?'

'Kende hij mijn naam?'

'Ja. Hij vroeg naar Konráð. Heb je hem al eerder ontmoet?'

'Nee,' zei Konráð. Hij keek naar de ramen van Valborgs appartement. 'Wat zijn jullie van plan te gaan doen?'

'Jij gaat proberen hem over te halen naar buiten te komen,' zei Marta. 'Als dat niet lukt breken we de deur open. Als blijkt dat hij gevaarlijk is laten we de speciale eenheid komen. Dan moeten we de mensen die aan dat trappenhuis wonen evacueren. Maar probeer hem om te praten. Ik heb geen zin in een nieuw drama hier.'

Ze liet hem zien hoe hij telefonisch kon doorgeven dat hij hulp nodig had. Konráð stelde zijn mobiel in, liep naar de ingang van de flat en opende de deur. In het trappenhuis klom hij traag naar de tweede verdieping, tot hij voor de deur van Valborgs appartement stond. Die was opengebroken.

'Daníel!' riep hij. 'Ik ben het, Konráð. Je wilde me spreken.'

Hij kreeg geen antwoord.

'Daníel!'

Hij klopte zachtjes op de deur. Als Valborgs zoon daar was wilde hij geen agressieve indruk maken. Hij riep Daníel een paar keer, hield zijn oor tegen de deur, maar hoorde niets. Toen duwde hij hem open en stapte voorzichtig het appartement binnen.

'Ben je daar, Daníel?' riep hij. 'Alles goed met je? Ik heb Regína gesproken. Ze komt er weer bovenop, maar ze maakt zich grote zorgen over je.'

'Ik had haar niks moeten aandoen,' hoorde Konráð vanuit het duister.

'Dat weet ze wel.'

'Ik wou Valborg ook niks doen. En andere mensen evenmin. Ik wist niet wie ze was... Dat ze... dat ze...'

Het schijnsel van de lichten van de politie viel door de ramen naar binnen. Konráð kwam stapje voor stapje naar voren.

'Voor mij was ze zomaar een vrouw.'

'Ik weet het,' zei Konráð, het donker in turend.

'De lui in het opvanghuis zeiden dat ze hier in huis geld had liggen. Ik weet niet wat ik met die plastic zak gedaan heb. Ik dacht alleen maar dat ik haar zo kon bedwelmen. Haar een tijdje kon uitschakelen. Maar ik was helemaal in de war, ik wist niet wat ik deed. Ik heb het er zo moeilijk mee gehad. Dit heb ik nooit gewild. Niet voor haar. Voor niemand.'

Konráð zag de omtrekken van de man; hij zat op een stoel aan de eettafel. Hij had geen wapen in zijn handen. Het leek alsof hij voorovergebogen, met de handen op de knieën, naar de vloer zat te staren.

'Krankzinnig dat zij het nou juist moest zijn. Ik heb nooit speciaal naar haar gezocht, of naar mijn vader... Is het waar wat Regína zei? Heeft ze me daarom afgestaan? Omdat hij haar had verkracht?'

'Alles wijst erop, vrees ik,' zei Konráð. 'Ik neem aan dat jij Daníel bent?'

'Ik weet niet wie ik ben.'

Opnieuw viel er een lange stilte. Daníel bewoog zich niet. Konráð waagde het een beetje dichterbij te komen, totdat hij tegenover de man stond. Hij merkte op dat de balkondeuren openstonden.

'Die duivel!'

'Ja, die man is een duivel.'

'Krankzinnig dat zij het nou juist moest zijn,' zei Daníel weer.

'Ja, dat is bizar, natuurlijk,' zei Konráð. 'Dat jullie elkaar op zo'n manier terug moesten vinden. Al die jaren heeft ze aan je gedacht en ze had mij uiteindelijk gevraagd je op te sporen – ik heb namelijk vroeger bij de politie gewerkt. We kenden elkaar niet en ik heb de boot afgehouden. Ik heb haar laten zitten, vind ik. En jou ook. Misschien had ik jullie samen kunnen brengen. Voordat het tot deze ellende gekomen was. Ze wilde met jou in contact komen omdat ze in de loop van de jaren steeds meer spijt kreeg. En misschien wilde ze ook wel dat je een deel van het geld van je vader zou krijgen. Die is rijk. Ze dacht dat ze op die manier eindelijk iets goed zou kunnen maken.'

'Ik had haar willen leren kennen.'

'Natuurlijk.'

'Ik had… Ik wou dat ik haar niet…'

'Ze heeft in stilte geleden,' zei Konráð. Langzaam kwam hij wat dichter bij de man. 'Ze was verkracht. Ze had een kind gekregen en het afgestaan. Dat moet van grote invloed op haar zijn geweest. Ze heeft geprobeerd haar leven te leiden alsof er niks gebeurd was, maar volgens mij is ze daar nooit echt in geslaagd.'

'Ik heb de mensen om me heen weleens naar haar gevraagd, maar die wisten van niks, of ze hielden het voor zich. Totdat Regína me vanavond vertelde hoe het allemaal zat. Waarom ik altijd rondgezworven heb. Wat voor lui het waren in die gemeente. Wat voor ideeën Sunnefa eropna hield.'

'Ik wil je graag helpen.'

'Je kunt niks voor me doen.'

Daníel zweeg. Hij sloeg zijn ogen op en keek Konráð ernstig aan. 'Ik heb dit niet gewild. Ik ben geen moordenaar.'

Hij was een beetje lallend gaan spreken. Konráð vroeg of hij wel helemaal in orde was, maar kreeg geen antwoord. Hij zei dat hij het licht aan ging doen en Daníel maakte geen bezwaar. Konráð reikte naar de schakelaar bij de keukendeur. Boven de eettafel ging het licht aan. Een mild schijnsel viel op hen en ze keken elkaar in de ogen. Het was aan Daníel te zien dat het leven hem niet zachtzinnig behandeld had. Ooit had hij zijn neus gebroken en bij zijn ene oog had hij een grote snee opgelopen, misschien tijdens een vechtpartij. Zijn lippen waren gebarsten, zijn stevige handen waren vuil, vol littekens, zijn nagels gebroken en geelbruin van het vele roken. Konráð keek naar hem en meende in zijn gelaatstrekken het gezicht van zijn moeder terug te vinden, het hoge voorhoofd en de kromming van de wenkbrauwen. En onder die wenkbrauwen zag hij dezelfde diepe pijn die ook in Valborgs ogen te zien was geweest, op de dag dat ze in het kunstmuseum onder de ramen van het schuin aflopende plafond hadden gezeten en ze over moederliefde had gesproken.

'Ik had bij haar willen zijn,' fluisterde Daníel.

'Ja, natuurlijk.'

'Ze heeft dit niet verdiend.'

'Nee,' zei Konráð.

'En ik ook niet.'

'Daar kun je zeker van zijn,' zei Konráð. 'Dit verdient niemand.'

'Ik heb dorst,' zei Daníel. 'Kun je me wat te drinken geven?'

Hij glimlachte in zichzelf, een vreugdeloos lachje. Konráð stond op, liep naar de keuken, vond een glas en liet het vollopen met water. Toen hij terugkwam had Daníel zijn ogen gesloten. Konráð stootte hem voorzichtig aan en zei dat hij water voor hem had, maar er kwam geen reactie. Hij zag dat er iets aan de hand was, zette het glas neer, omvatte met zijn handen Daníels hoofd en vroeg of alles in orde was. Telkens weer zei hij Daníels naam, hij sloeg hem zachtjes op zijn wang, lichtte zijn oogleden op en zag dat de ogen star en levenloos stonden. Hij drukte op de toets van zijn mobiel en legde Daníel op de vloer. Toen hij hem probeerde te reanimeren zag hij twee doosjes op de vloer liggen. In het ene hadden Valborgs kankermedicijnen gezeten, in het andere een kleine hoeveelheid pillen die Daníel blijkbaar zelf op zak had gehad.

Hij paste hartmassage toe en bleef steeds zijn naam noemen, totdat de politie verscheen, en in hun kielzog de ziekenbroeders en een dokter. Die duwde Konráð weg en begon zelf reanimatiepogingen te doen. Kort daarop droegen ze Daníel de ambulance in.

Ongeveer drie kwartier later hoorde Konráð dat Valborgs zoon op weg naar het ziekenhuis was overleden.

65

Het was zacht weer en Konráð keek naar de toeristen die de *Zonnevlucht* bewonderden, de sculptuur aan de oever van de zee, het schip op zijn eeuwige reis naar de sterren.

Zijn mobiel ging. Het was Marta.

'Die knapt waarschijnlijk nooit meer helemaal op,' zei ze. 'Bernódus. Ze heeft een stel zenuwen bij hem weten te raken.'

'Ik was net te laat,' zei Konráð. Het klonk als een cliché.

'Je had vaker contact met mij moeten opnemen,' zei Marta, maar het klonk niet echt beschuldigend. 'Zijn vrouw heeft ons uitgelegd hoe moeilijk het voor haar was om met hem getrouwd te zijn. Geweld. Onderdrukking. Hij dreigde dat hij haar zou doden als ze bij hem wegging. Dat soort dingen. De dochter zegt dat ze daar weinig van heeft gemerkt. Nou ja, er was weleens wat. Meer niet. En ze dacht dat het de laatste tijd veel beter ging. Een en al verstoppertje spelen en medeplichtigheid. Ze heeft zelf om een DNA-onderzoek gevraagd; ze wil weten of Daníel en zij halfbroer en -zus zijn.'

Konráð zweeg.

'Je maakt je toch niet druk over dat stelletje?' zei Marta.

'Nee.'

'Je denkt aan Daníel?'

'Ja.'

'Zoiets kan alleen maar in IJsland gebeuren, hè?'

'Dat weet ik niet.'

Kort daarna beëindigden ze het gesprek. Konráð keek naar de eeuwige zeiltocht van het schip voor hem en toen naar het trottoir waarop hij stond. Hij had de laatste tijd weinig kans gehad om aan het raam in de rokerij te denken. Een paar jaar geleden, nadat de gebouwen van de slachterij waren geweken voor andere, had hij uitgerekend dat hier de rookovens hadden gestaan, op de plaats waar hij nu stond. Hier was ook zijn vader doodgebloed. Hij probeerde zich te binnen te brengen waar het raam was geweest, en of het een rol had gespeeld bij de aanslag op zijn vader. Had de moordenaar zich in de rokerij verborgen? Was hij op zijn vlucht door het raam gekropen?

Terwijl hij daarover nadacht ging opnieuw zijn telefoon. Het was Eygló. Ze spraken over Regína en haar dochtertje, en over Daníel, en Eygló realiseerde zich dat ze ooit een keer met een medium in hun huis was geweest. Dat bezoek had ertoe geleid dat ze die weg niet was blijven volgen. Ze had haar activiteiten als medium beperkt, en was er ten slotte nagenoeg mee gestopt.

'Heb je dat plankje uit die speeldoos nog, dat je laatst bij je had?' vroeg ze toen ze al een tijdje gepraat hadden.

'Ja,' zei hij.

'Wat ga je ermee doen?'

'Weet ik niet,' zei hij.

Eygló had met hem over hun vaders willen praten, maar ze merkte dat hij er niet met zijn gedachten bij was en zei dat ze dat beter een andere keer konden doen.

Konráð stak zijn mobiel bij zich en liep weer naar zijn auto. Nog één keer keek hij naar de plek waar het schip zich verhief om zijn reis te beginnen. Het kunstwerk riep een gevoel van bevrijding bij hem op dat hem dierbaar was. Hij liep naar een afvalbak, bleef staan, bekeek het voorwerpje nog even en gooide het in de bak. Toen hij verderging was zijn gang wat lichter geworden.

66

Een eigenaardige stilte hing over de gebouwen van de slachterij aan de Skúlagata. Konráðs vader stampte met zijn voeten om warm te blijven. Overal in de omgeving hing de geur van de rokerij; feitelijk helemaal niet zo'n beroerd luchtje, vond hij. Hij probeerde niet te veel op te vallen, maar dat was overbodig; in de hele buurt was geen mens te zien. Benzinestation Klöpp was gesloten. Ten westen ervan verrees een aantal sombere olietanks met het opschrift BP. Hij keek uit over zee. Het was maar een korte afstand naar de steenachtige oever aan de overkant van de straat. Onder de sluier van de kille mist kon hij de golven horen rijzen en dalen.

Hij had al een hele tijd in de bijtende kou staan wachten en wilde eigenlijk net vertrekken toen hij in het donker iemand hoorde naderen.